全国首部统一战线题材的长篇小说

千 越 • 著

山东文艺出版社

图书在版编目（CIP）数据

同心圆/千越著. ——济南：山东文艺出版社，2021.10
ISBN 978-7-5329-6424-6

Ⅰ.①同… Ⅱ.①千… Ⅲ.① 长篇小说—中国—当代 Ⅳ.①I247.5

中国版本图书馆 CIP 数据核字(2021)第 153619 号

同心圆

千　越　著

主管单位	山东出版传媒股份有限公司
出版发行	山东文艺出版社
社　　址	山东省济南市英雄山路 189 号
邮　　编	250002
网　　址	www.sdwypress.com
读者服务	0531-82098776(总编室) 0531-82098775(市场营销部)
电子邮箱	sdwy@ sdpress.com.cn
印　　刷	山东新华印务有限公司
开　　本	710 毫米×1000 毫米　1/16
字　　数	348 千
印　　张	22
版　　次	2021 年 10 月第 1 版
印　　次	2021 年 10 月第 1 次印刷
书　　号	ISBN 978-7-5329-6424-6
定　　价	52.00 元

版权专有,侵权必究。如有图书质量问题,请与出版社联系调换。

目　录

第一章　接了个烫手山芋 …………………………………… 1

第二章　摁下葫芦起来瓢 …………………………………… 25

第三章　放了个"大炮仗" …………………………………… 52

第四章　机关里面机关多 …………………………………… 69

第五章　新官上任三把火 …………………………………… 85

第六章　送上门来的群众工作 ……………………………… 118

第七章　暑研班中了暑 ……………………………………… 133

第八章　"拼命三郎"拼了命 ………………………………… 151

第九章　"院士行"还真行 …………………………………… 173

第十章　往事并不如烟 ……………………………………… 191

第十一章　动了谁的奶酪 …………………………………… 220

第十二章　谨防"黑老大"戴上"红帽子" …………………… 237

第十三章　能者上，庸者下 ………………………………… 248

第十四章　开了个萝卜会 …………………………………… 257

第十五章　身正不怕影子斜 …………………… 263

第十六章　财源村里开财源 …………………… 277

第十七章　难不住干部就难不住群众 ………… 289

第十八章　拔了蒿子现出狼 …………………… 301

第十九章　同心共筑中国梦 …………………… 325

第二十章　尾声 ………………………………… 343

后　记 …………………………………………… 345

第一章　接了个烫手山芋

1

天刚亮,杨正清拉开窗帘,见外面雾蒙蒙一片。对面的楼房影影绰绰、若隐若现,浓重的雾气缓缓流动,整个街区变成了一幅水墨画,楼宇、车辆、行人都笼罩在一片虚无缥缈中。路灯、车灯混杂着,眨着诡异的眼睛,流萤般闪闪烁烁。车子缓缓移动,喇叭声也失去了方向感,时远时近,飘忽不定。

昌海市多年不见这么大的雾了。从前天傍晚起雾,三天了,毫无散去的迹象。连续这么多天起浓雾,这在昌海市气象史上还从未有过。

虽然天气不给力,杨正清却觉得有种雾里看花的美感。人逢喜事精神爽,今儿说不定就是自己的好日子呢!昨晚接市委办通知,今天上午江林书记找自己谈话。眼下正值换届期间,人事调整紧锣密鼓,自己作为市委常委、东城区委书记,这个时候被市委书记叫去谈话,还真让人期待,又有点紧张呢……

杨正清匆匆洗漱完,仔细刮了脸。妻子潘玉梅知道他要去市委谈话,很高兴,早餐下了面条,还特意放上个荷包蛋,说是吃了顺顺利利,包有好事。这段时间,坊间盛传他要接任常务副市长,看来有门儿!她特意查了,今儿是黄道吉日,宜赴任、嫁娶、开市、出行……嗯,不错,是个好兆头!潘玉梅在北海县盐厂当了三十多年工人,文化程度不高,退休后整天和小区里一帮老太太混在一起,学得五迷三道的,杨正清觉得好笑,由着她去,并不理会。

看看表，时间差不多了，杨正清出了门。从楼上看着雾大，到下面反觉小了些。进了腊月，广场西邻的东城大厦还在赶工装修。二百多米高的大厦主体笼罩在雾中，电火花跳跃飞溅，刺耳的切割声听起来也让人倍感亲切。这座大厦的高度在全省排第四，是他去年带队赴美招商的成果，建成后，它将成为"金融一条街"的标志性建筑。这几年，区里引进项目跟下饺子似的，众多项目一起开工，进展很快，几乎一天一个样。可以说，杨正清主政东城的这五年，是全区建设提质升级、高速发展的五年，也是产业脱胎换骨、浴火重生的五年。这五年，东城区锻造了一支能打硬仗的"东城铁军"，创出了令人叹服的"东城速度"，城区面貌焕然一新，与以往简直不可同日而语。

东城是老城区，兴在煤矿，败也在煤矿。二十世纪初，德国人在城南发现了煤矿，于是修建铁路，疯狂掠夺煤炭资源。新中国成立后，东城煤矿作为昌海最大的国企，一度支撑起了地区发展的半壁江山。到二十世纪九十年代，煤矿资源日渐枯竭，企业效益下滑，最后煤矿关停，过去靠煤吃饭的日子一去不复返了，剩下的只有荒凉。

杨正清上任之初，接手的正是一个发展停滞、污染严重、亟须转型的烂摊子。那时的东城，饱受风沙扬尘之苦。一刮西南风，空气中就飘着一股刺鼻的硫黄味，灰土刮起来铺天盖地，直眯人眼，城区整日灰头土脸的。市民意见很大，每年的"两会"上，代表、委员都提不少意见。扬尘的主要来源是矿区的渣滓山，那儿堆积了上百年来的矿渣垃圾，一遇强风就四处飞扬，污染空气，虽屡经治理，但成效不大。杨正清经过调研，从治本抓起，下决心关停小煤矿，清理渣滓山，推动矿区绿化，很快使城区彻底告别了扬尘天气。初战告捷后，他又主持确立了"工业立区，服务业强区，建设美丽宜居新东城"的思路，着力打造半岛地区的金融产业聚集区及高端商务区。一套组合拳打下来，没几年工夫，东城的经济发展强力攀升，GDP翻了一番，领跑各县市区排行榜，跨入了全国科学发展百强区行列。坊间流传着这样的民谣："老杨老杨本事强，东城建成小香港。""只要老杨不挪窝，东城变成新加坡。"

尽管换届少不了要调整，杨正清还真没顾得上想自己怎么"挪窝"。不过"树欲静而风不止"，外面传言不少，特别是上个月常务副市长外调后，他作为资历最老的市委常委，接任的可能性最大。他本人也心有所动，研究工作时，不觉间开始站在全市的高度上看问题……

和大多数老城区一样，土地是东城发展的最大瓶颈。项目无地可落，怎么大招商、大发展？为了腾出更多更好的项目承载地，杨正清把目光投向了城区南部莱茵小镇那片十几平方公里的矿区。那儿老旧小区多，基础设施落后，很多低矮建筑破败不堪，既存在安全隐患，又生活不便、有碍观瞻。在他的推动下，前段时间区里刚研究确定了矿区棚改规划，计划从明年开始，全面启动莱茵小镇矿区棚改工程，用三年时间，新建一个物流发达、商业繁荣的金融商贸区，打造东城乃至昌海市再次腾飞的发展高地。如果他真当了常务副市长，就可以举全市之力推动"提升市区"战略，东城的中心区位优势将更加明显，发展也一定会越来越快、越来越好。

杨正清进屋时，江林正在看文件。数月前，江林从同州市市长任上调到昌海，成为这个经济总量在全省排第三位的农业大市的一把手，他感到肩上的担子沉甸甸的。昌海无论经济总量还是人口、地域，都比同州市大得多，面临的发展瓶颈也不少，尤其是作为一个传统农业大市，转型升级的压力还真不小。

从哪里入手抓呢？为政之要，莫先于用人。江林先对全市各部门班子的配备情况做了调研，让他大跌眼镜的是：一百多个市直部门年终综合考核中，市委统战部竟然倒数第一！他以前任市委副书记期间分管过统战，对统战工作并不陌生。统战部作为党委部门，本身就是做团结联合、凝聚人心的工作，考核怎么会全市垫底呢？带着这个疑问，他特意进行了了解。原来，统战部班子成员不团结，市政协副主席、市委统战部部长田友良和常务副部长钱洪军不和，两个人在部里各立门户，拉帮结派，龃龉不断，甚至常在办公会上争吵，都找市委副书记和组织部部长告过状……这样的班子自身有问题，怎么可能带好队伍、干好工作呢？江林刚到昌海时，省委统战部部长黄卫平找过他，说中央已经颁发了统战工作试行条例，要求市、县两级党委统战部部长由同级党委常委担任或兼任，其他市都解决了，只剩下昌海市一拖再拖，至今仍未落实。前段时间去省里开会，黄卫平又问起来，江林当场表态，这次换届一定把统战部部长配强配好……

杨正清进门后，江林招呼他坐下，倒了杯水，开门见山地说："正清同志，市委要调整常委分工，安排你担任统战部部长，怎么样？"

"统战部部长？"杨正清一愣，怀疑自己是不是听错了。

"对，统战部部长！"江林点点头，微笑道，"这是市委多方了解、综合考虑后决定的。中央对党委常委担任统战部部长有明确规定，省委也有要求。让你担任，就是为了落实政策，加强统战工作。你有啥想法，可以敞开谈！"

杨正清听着，有点走神，心里五味杂陈。换届之年，他对工作调整有思想准备，也猜测过可能改任什么职务，却怎么也没想到会是统战部部长。统——战——部——部——长，这个职位让他始料未及，甚至感觉很陌生……尽管这几年地方统战部部长开始由常委专任或兼任，但他一直觉得自己的主战场是经济一线，做梦也没想到会成为昌海建市以来的首个专职市委常委、统战部部长……

"嗯，有想法不妨直说。"江林看出他有思想活动，催问道。

"哦，没啥，就是觉得有些突然……"杨正清回过神来，勉强笑道，"这些年我在县里摸爬滚打惯了，离开一线还真舍不得……"

"你在东城干得不错，对东城的发展思路清晰，定位准确，工作也很务实，你抓县域工作的确是把好手！"江林对他赞誉有加。

"江书记过奖了，我也是摸索着干……东城发展刚布好局，很多工作才起步，叫我闲下来，真有点不甘心呢……"杨正清搓了搓手，苦笑道。

"现在全市发展正在关键时期，亟须统战工作凝心聚力，这个任务也不轻快，恐怕你干上了就闲不住啦！"江林对他推心置腹，"说真的，我怕别人担不起来，再三权衡，才下决心点了你的名。毕竟能抓经济的干部好找，会做统战工作的，还真是一将难求啊！"

"我对统战也不熟悉，怕是干不好……"

"你完全有能力！为这个部长人选，我多方征求意见，都说非你莫属！"

"市委决定了，我就试试吧……"杨正清不再推辞，多年的党性修养，服从组织安排已成为他的自觉和习惯。

"试试可不行，要干就干好！"江林认真纠正道，"昌海要大发展、大突破，离不开统一战线这个法宝，全力以赴还未必能达到要求呢，千万不能抱着试试看的想法！"

"好的，我尽全力。"杨正清不好意思地笑了笑说，"以后还请江书记多指导、多支持。"

"支持是必须的，统战工作本来就是党委的重要工作嘛。"江林叮嘱道，"这几年昌海统战工作欠账比较多，队伍散、管理乱，问题不少。打铁先得自身硬，我看当务之急，要尽快把队伍建设抓起来！"

"没问题，我一定带好队伍、干好工作，不辜负市委的重托！"杨正清表态道。

江林放了心，最后又交代道："那你准备准备，下周一抓紧到位。常委统战部部长，在昌海你是首个，这头炮一定要打响！"

送走杨正清，江林点起一支烟，踱步到窗前。太阳出来了，雾慢慢散去，城市的轮廓如同洗印中的照片，在显影液的浸泡下渐次清晰起来。他目光越过对面宽阔的街道，望向正在建设中的金融广场：高楼大厦鳞次栉比，海市蜃楼般如梦如幻，闪闪烁烁的显示屏光彩夺目，绽放出现代化城市的生机与活力。东城这几年发展可真快啊！他来昌海时间不长，却明显感受到了日新月异的变化，也通过不同渠道听到了人们对杨正清的认可。平心而论，让他当统战部部长，确实有些委屈他。以往统战部部长大多由政协副主席兼任，这个位置往往被当作"终点站"，来了要么等退休，要么转政协，哪有心劲干工作？再说了，杨正清是市委常委，年富力强，正处在仕途发展的快车道上，现在突然调任统战部部长，不光他本人有想法，恐怕外界还以为他犯了啥错误呢！

不过话又说回来，统战部部长这个职位还真非同寻常。统一战线各领域人才济济，都是行业精英，跟他们打交道、交朋友，统战部部长不光要善于沟通，还要有文化底蕴和人格魅力。为了这个人选，江林可真没少费心思。凭他的观察和了解，他感觉杨正清政治坚定，为人正派，工作能力强，群众威信高，尤其善于协调，是个易共事、善团结的魅力型领导干部。尤为难得的是，杨正清教师出身，博览群书，能写会画，多才多艺，文化艺术修养不低。在有些浮躁喧嚣的当下，能集这些优秀素养于一身可不容易，这不正是统战工作所亟须的复合型人才嘛！

想到这里，江林会心地笑了。他对自己的判断很有信心，相信杨正清一定能正确对待这次调整，放下包袱大干一场，交出一份令人满意的答卷。

2

经过周末休整,周一这天,大雾似乎重新养足了精神,又卷土重来。雾气浓得化不开,仿佛伸手一抓,就能凭空攥出水来。在一片混沌中,班车都找不着北了,开过了门口又慢慢倒回来。

统战部的人大多坐了早班车,提前上班大扫除。大家情绪很高,七手八脚地忙活着,办公场所顿时整洁明亮了许多,过年都没这么干净过。今儿可是个少有的"大日子":新任部长杨正清正式履新,九点钟开见面会呢。

部里七八年没换一把手了。按惯例,来当部长的,要么是老县、市(区)委书记,要么是某个大局的局长,一般是兼任市政协副主席后,在统战部干上几年,要么退休,要么再上政协驻会过渡一下。现任部长田友良来统战部却纯属意外。他原是市公路局局长,精明强干,雷厉风行,作风很是强势。当年正值昌海大建设时期,为改善交通状况,田友良主张长痛不如短痛,采用"休克疗法",八条马路同时拓宽,虽一时间弄得交通瘫痪,市民怨声载道,却大大缩短了工期,竣工后市区的道路通畅了许多,方便了市民出行。他一年修了过去二十年的路,政绩突出,仕途一片看好,是副市长的不二人选。不料世事无常,造化弄人。有一次拆迁时施工队搞偷袭,推倒了"钉子户"的住房,没想到屋门虽然挂着锁,但家里还有个孩子在床上睡觉……田友良为此受了处分,换届时被调到了统战部,当了两年"裸"部长后,才兼任市政协副主席。当时有好事者写了一部网络小说,名曰《失却的乡愁》,描写的就是田友良任公路局局长期间大拆大建引起的悲欢离合,主人公苗市长的原型就是他。小说很火,田友良也因此声名鹊起,成了当年的"网红"……

俗话说,屁股决定脑袋。田友良到统战部后,性情大变,像打足气的皮球被扎漏了,瘪了下来。眼见着仕途快到终点,田友良开始"老有所乐",工作上"大撒把",日常事务都让副部长钱洪军打理,自己乐得清闲,整日喝茶会友,逛景拍照,还担任了老干部摄影协会的名誉会长。起初,钱洪军配合得还不错,尽心尽力,早请示,晚汇报,让他很省心。田友良兼任政协副主席后,力荐钱洪军当常务副部长。不料钱洪军任常务后,权力欲日渐膨胀,部里重要活动、大项开支甚至人事安排等,常自作主张,弄得田友良很被动。

后来有党派主委跟田友良通气，说钱洪军在背后搞小动作，拉拢部分主委帮他造势，推荐他接任统战部部长。此事非同小可，田友良有了戒心，开始收权，诸事过问。钱洪军认为是自己把田友良抬上了政协副主席这个位置，没想到他过河拆桥、卸磨杀驴，遂心生怨气，明里暗里跟田友良"斗法"。二人自此心生芥蒂，矛盾日深。

部里一、二把手失和，干部自然选边站队，年终考核时，竟有好几个人出现了不称职票，班子考核成绩全市垫底。统战部本来没什么实权，人也不多，还拉帮结派、窝里斗，外人瞧不起，部里人自个儿也没心劲。在这种情况下，杨正清担任统战部部长，大家自然有所期待，除了这是首次市委常委担任统战部部长，还因为大家都知道他是个实干家，人品正，口碑好，他来当部长，统战部肯定差不了。

见面会时间不长，气氛却怪怪的，一开始就带了火药味。离开会还有五分钟，统战部副调研员、办公室主任刘元陪着田友良走进会议室。田友良端着个保温杯，慢慢踱着方步，习惯性地往会议桌中间走去。经济统战科科长马连成正坐在田友良对面，他指了指桌上的名牌戏谑道："田主席，这是你的牌位！"会议室里瞬间静下来，大家都愣住了：牌位是写逝者姓名祭奠用的，马连成是真不懂，还是装糊涂？

这个马连成在部里资历最老，他父亲是原昌海地委统战部副部长，嗜酒如命，去南方出差时喝酒引发心梗，不治身亡，市里照顾，安排马连成接了班。那时马连成刚高中毕业，在部里干工勤，后来混了个电大文凭，聘了干。他不爱学习，业务上一窍不通，至今连电子邮件都不会发。当上科长后，就更不干活了，整天端着个紫砂壶串门子，东扯葫芦西扯瓢，到处搬弄是非。田友良刚来时对他就看不上眼，没留下好印象。田友良履新那天，到各科室去转，马连成在电脑上看《失却的乡愁》入了迷，满脑子是小说里的"苗市长"，看到田友良进来，迷迷糊糊地站起来，竟鬼使神差地说了句"苗市长来了！"田友良脸一下子拉长了，怼了句"你看书看傻了吧？"一时传为笑谈。后来马连成提正科时，钱洪军那里没问题，却被田友良否了，又拖了一年多才解决。他自然对田友良有意见，再加上和钱洪军走得近，便时常明里暗里给田友良眼里"插棒槌"。

面对马连成的挑衅，田友良不动声色，慢条斯理地说："连成啊，你这些年机关真是白混了，咋还把'名牌'叫成'牌位'啊？还得加强学习啊，啥时你家里办喜事可别叫错喽！"

说话间，钱洪军陪着市委副书记董立堂和杨正清走进来。钱洪军朗声道："大家热烈欢迎董书记和杨部长！"众人一齐鼓掌，目光聚集到杨正清身上。杨正清中等个儿，圆方脸，高鼻梁，面色微黑，目光沉稳，透着暖暖的亲和力。他身穿深灰色夹克，拉锁没拉到底，脖颈处露出白色的衬衫领，乍看像是一位和蔼可亲的中学老师。

"大家好！"杨正清微笑着朝众人挥手致意。他快步走到田友良身边，与他握手道："田主席，不好意思，让您和大家久等了！"

会议由钱洪军主持。他特意换了身笔挺的藏青色毛料西服，扎了条绛紫色真丝领带，红光满面，神采奕奕，大背头油光可鉴。

钱洪军对田友良打心底瞧不起，觉得他这些年"占着茅坑不拉屎"，还不如趁早上政协驻会，也好给干事的人腾个地方。现在田友良终于要卷铺盖走人了，部长改由市委常委兼任，钱洪军心里着实高兴，统战部成了常委部门，他作为常务脸上也有光。

董立堂宣布任职决定，念到"田友良同志不再兼任市委统战部部长"时，不知谁的手机骤然振铃，欢快地唱道："今天是个好日子，心想的事儿都能成……"大家循声望去，见马连成不紧不慢地掏出手机，关了铃声。

"开会时都把手机关了！"钱洪军提醒后，众人纷纷掏出手机查看。董立堂皱皱眉头，宣读完任职决定，又代表市委讲话，两张讲话稿，一会儿就念完了。

钱洪军扭头看看田友良，皮笑肉不笑地说："下面，欢迎田主席讲话，以后怕是没机会聆听你的教诲啦！"

田友良呵呵一笑，淡淡地说："也没啥好讲的，就两句话：一是坚决拥护市委决定；二是完全支持正清同志的工作。市委常委兼任统战部部长，体现了市委对统战工作的重视和支持。正清部长过来了，统战工作一定能够开创新局面……"

田友良的话音刚落，钱洪军就迫不及待地说："下面，让我们以热烈的掌声，欢迎市委常委、统战部杨部长做重要讲话！"

"没啥重要讲话,今天就是来报个到,和大家见个面,以后都在一个战壕里了,不用客套。"杨正清环顾一周,问,"我看部里的同志很精干啊,就这些人吗?"

钱洪军答道:"部机关一共三十个人,有两个请了假。"

董立堂习惯性地抬手往后捋了捋头发,笑道:"哈,你在区里管着三十万人,统战部才三十个人,这下轻快了!"

杨正清微笑着说:"统战部虽然只有三十个人,服务的却是全市一百三十万统战成员。统一战线的本质是大团结、大联合,就像毛主席说的,把拥护我们的人搞得多多的,把反对我们的人搞得少少的,我看这个任务可不轻啊!"

"部长说的是,咱统战任务可不轻快啊!"钱洪军随即附和道。

行家一出手,便知有没有。看来这位新部长不是外行!会场上鸦雀无声,大家都听得很认真。

杨正清真诚地说:"市委安排我来统战部工作,这是组织对我的信任,是我的荣幸,也是和大家的缘分。我表个态:进了统战门,就是统战人。今后咱们一块努力,抓好班子,带好队伍,把统战部打造成学习型、创新型、服务型、和谐型机关,更好地发挥优势,围绕中心、服务大局,请大家多支持……"

会不长,半个小时就散了。杨正清话不多,但坦诚务实,让人印象深刻。平常开会大家都嫌时间长,领导讲话啰唆,这次却意犹未尽,没听过瘾。见微知著,窥斑见豹。有人开始从杨正清的言谈举止分析他的性格脾气;有的则通过董立堂照本宣科式的讲话,揣测他的安排是不是因为他有什么问题……

董立堂走后,杨正清坚持送田友良回办公室,田友良很受感动。他对杨正清印象不错,前年去东城调研社区统战工作时,杨正清全程陪同,现场办公,当即安排落实了试点任务。那天他多喝了几杯,和杨正清大发感慨,说"要是县市区一把手都像你这么重视统战工作,我们的活就好干了!"

到了田友良的办公室,仿佛进了照相馆,墙上挂着几张风景照,窗台、书架、办公桌上摆满了大大小小、各类题材的照片,乍看还挺像回事:构图取景讲究,颇有大家风范。

杨正清被墙上的一张风景照吸引住了，近前仔细观赏：照片总体呈暖色调，夕阳在山，晚霞满天，一只老水牛在小溪边悠闲地吃草，三两学童背着书包放学归来，在田间小道上追逐嬉闹；落日的余晖融于天际，霞光殷红如泻，宛如为大地披上了一层梦的衣裳。

杨正清赞道："拍得不错，完全是专业水准嘛！这是您的大作吧？"

"呵呵，过奖了，这是我去年到贵州时拍的。"田友良说着，烧上水，叹了口气，"唉，好看是好看，夕阳无限好，只是近黄昏啊！"

"黄昏也有黄昏之美嘛！刘禹锡有句诗'莫道桑榆晚，为霞尚满天'，我看这句诗配图更贴切！"杨正清端详着照片，缓缓说道，"夕阳不像朝阳耀眼夺目，不如骄阳热情似火，更有一种成熟内敛、温暖恬静之美，要不都说'最美不过夕阳红'嘛！"

"哈哈，看来杨部长很有雅兴啊！上了统战部，别的不敢说，发展兴趣爱好还是很有条件的。"田友良说着，顺手从博古架上拿起一个小物件来，"我前阵子弄了个稀罕物，你猜这是干啥用的？"

杨正清接过来仔细端详。这是一个锈迹斑斑的铜蝉，蝉翼磨得锃亮，翼下有盒，可从两边翻出，盒内黑乎乎的，像是盛过墨汁，盒外一侧可见题款：乾隆辛卯年制。杨正清注意到铜蝉正上方有个小眼，可用线穿过，便猜是木匠用的墨斗。田友良不语，笑眯眯地摇了摇头。杨正清又问是不是镇纸，田友良微笑道："沾点边了！"

田友良卖足了关子，看杨正清实在猜不出来，才得意扬扬地揭了谜底："不好猜吧？这是乾隆年间的蝉形墨盒，盛墨汁用的，能随身携带呢！"

"哦，这不就是古代的便携式文具盒嘛！"杨正清笑道。

"你这个叫法好！真是大千世界，无奇不有啊！古人的智慧不比现代人差。"田友良笑着又拿起一把酒壶说，"你看这把壶，表面上看不出什么名堂，里面暗藏机关，正常倒是酒，用指头堵住壶盖上的小孔，倒的就是水或是毒酒了！"

"田主席又是摄影又是收藏，成果不少啊！"杨正清看到博古架上放着十几把造型各异的茶壶、酒壶，还有几块材质各异的砚台。

"其实不难弄，都是我到统战部以后才开始搞的，三五年光景也就入门了。这里别的条件没有，就是有闲工夫！"田友良用开水烫了烫杯子，沏上茶，感慨道，"当然喽，你还年轻，又是常委，跟我不一样，不用急着发展爱好。你过来，工作局面就不难打开了！"

"我是生手，业务不熟，您得多指点！"杨正清言辞恳切。

"指点谈不上，我不过是干的时间长了些，有啥能帮上的，自然毫无保留。"田友良爽快地应道。

"咱这几年统战工作任务重吧？"

"谈不上重，统战工作弹性大，没啥硬任务，只要把民主党派、民族宗教工作做好了，不出事就行。"

"民族宗教工作有民宗局，部里民主党派的工作是大头吧？"

"嗯，我跟你说，党派工作可不好弄！"田友良用杯盖拨了拨茶叶，摇头道，"党派工作啊，要想找活干，有的是事；不想受累，也好对付。"

"听说党派情况有些复杂……部里好协调吗？"

"有什么不好协调的！"田友良伸出右手拇指和食指比画道，"我送你个八字真经——能推不揽，闲事莫管。哈哈！"

杨正清笑了笑，又欠身请教道："万事开头难啊！我刚来情况还不熟，您看工作从哪里入手好？"

"嗯，这个嘛……我看还是先抓班子，理顺队伍。有人办事，事才好办！"田友良呷了口茶，又坦然道，"你可能也听说过，我就不遮丑了。这两年我跟钱洪军拢不到一块去，统战部人心散了，管理没跟上，党派机关也是乱七八糟的，没点正经事……"

见杨正清真心求教，田友良就毫无保留地给他介绍起部机关和党派情况来。他说眼下比较棘手的就是民主党派换届。本来省里要求各地年前换完，昌海市拖到现在，七个党派只换了五个，还剩民盟和民进人选上意见不统一，迟迟无法换届。这两个党派人事复杂，谁也不服谁，统一思想比登天还难……

两个人正聊着，刘元过来找杨正清，说董立堂副书记叫他马上去一趟。

"你怎么才来？"杨正清刚进门，董立堂就抓起上访信抖了抖，生气地说，"你看看，党派就那几个人还窝里斗，告状信都写到省里啦！还不止一封，五大班子都给寄了！"

这也不是第一次了，此前市领导多次收到过党派的上访信。个别民主党派成员平时就喜欢搞小动作，更不会放过换届这个敏感节点。董立堂分管统战，又是换届工作领导小组副组长，刚才省委组织部领导来电话，对昌海市换届期间上访信满天飞、换届进度迟缓很不满意，说再拖下去，影响了全省党派换届工作进度，要严肃问责。

"我看这些都是捕风捉影的事，还真摆不上台面。"杨正清浏览了一下，皱着眉头说。信都是打印的，反映的多是某某上班迟到早退、某某公车私用等，道听途说，事实不清，署名分别为"民盟市委会干部""全体民进会员"。

"党派能出什么大事？不过性质恶劣，影响很坏！"董立堂阴着脸，用手指敲了敲桌子，没好气地说，"上次换届就这样，七个党派俩出了问题，仨人落选，被省里通报批评！兵熊熊一个，将熊熊一窝。我看责任在主委，这些年怎么抓的班子，怎么带的队伍？！"

"刚才我和田主席交流，干部队伍建设是有些问题……"

"他们再闹，咱干脆学八大军区司令员对调，把主委、秘书长们全部对调一遍！"董立堂说着，双手一交叉，做了个交换手势。

杨正清笑道："对调肯定不合适，党派干部不同于咱们中共，各党派成员范围不一样，领域也不同……"

"党外干部也是党的干部吧？不管什么时候都要坚持党管干部这个原则！"董立堂往椅背上一靠，翻了翻白眼，不以为然地说，"现在党派换届就剩民盟和民进在拖后腿。你到位了，先把这块硬骨头啃下来，不能再拖了！"

"杨部长，您可回来了，我都找您好几趟了！"杨正清刚回办公室，副部长姜兰拿着材料风风火火地跑过来，一把推开虚掩着的门，大声嚷道。姜兰是胶东人，高个子，宽脸盘，白白净净，留一头齐耳短发，显得干净利落。她是统战部的老同志了，做过党派科长、干部科长，提拔为副部长后，分管民主党派和民族宗教工作。

"是姜兰啊！我头一天上班你就来闯我的办公室？"杨正清打趣道。他在区里时就认识她，因为东城民主党派成员比较集中，姜兰经常出席活动。有一次她到区委统战部给党派争取活动室，部长周国森推三阻四，气得她当场一拍桌子，闯了书记办公室，找到了杨正清解决问题。

"这不火燎眉毛了嘛！"姜兰面色泛红，用材料扇着汗津津的脸庞。

杨正清笑道："是党派换届的事吧？"

"哎呀，您猜得可真准！"姜兰说着递上材料，"这是民盟、民进的换届方案，我刚和他们沟通过，月底必须换完。省里天天打电话，跟催命似的！"

"董书记叫我去，也为这事。"杨正清递给她一杯水，让她说说换届的情况。姜兰也不客气，喝了一大口水，滔滔不绝地讲起来。

昌海市除了台盟组织，其他七个党派都有，包括民革、民盟、民建、民进、农工党、致公党、九三学社。除了民盟、民进，其他五个人心齐，换届人选意见一致，早早就完成了换届，只剩下民盟和民进在秘书长人选上意见不统一，换届一拖再拖。民盟方面，原秘书长半年前退休了，按理说应由办公室主任唐娟接任。不料，三个月前市委宣传部文艺科科长程红英被提拔为民盟机关副县级干部，拟换届时接任秘书长。程红英是董立堂任市卫生局局长时的红人，后随他调到宣传部。董立堂任宣传部部长时，程红英是他的嫡系干将，不过资历浅，在部里没提起来。这次转战党派，改走"党外干部"之路，也算是剑走偏锋、曲线提拔。不过这样的安排让民盟上下大为不满，他们有现成的人选，自然不愿接受外面"空降"的。再加上程红英为人行事颇为高调，人小架子大，让人敬而远之，这次换届她能否顺利当选秘书长还真不好说。民进的矛盾则更为激烈，几乎到了剑拔弩张的地步。秘书长肖立成和办公室主任科员贺春荣不和，两个人争权夺利、互不相让，为些鸡毛蒜皮的事，多次到部里告状，在党派也拉帮结伙、钩心斗角，甚至闹到了年度考核互投不称职票、写信告黑状的地步。

杨正清听姜兰讲完，问道："依你看，民盟和民进的问题，根子在哪儿？"

"我看就是没事干闲的，成天不琢磨事，光琢磨人！"姜兰是个急性子，对这两个党派的内耗早就看不惯了，吐槽道，"换届都准备小半年了，不是'驴不走就是磨不转'，要不紧催着，过年也换不了。"

"冰冻三尺，非一日之寒。我看问题还是出在机关管理上，今后怎么建章立制，还真得好好研究研究。"杨正清若有所思地说。

"制度都有，就是落实得不好，跟没有一个样！"姜兰发牢骚道，"党派机关这些人没法弄，你说你的，他干他的！"

"管理问题可从长计议,眼下先要把换届完成好。"杨正清安排道,"这样吧,咱分头做工作,我和主委沟通,你找副主委谈谈话,尽量统一思想,商定时间开换届会。我明天要上省里开会,这边你多靠靠吧。"

3

周二下午,杨正清去省委统战部参加会议,顺便报个到。会议除部长外,还要求办公室主任或研究室主任参加。往年都是刘元陪部长去,今年报上名单后,不料杨正清让负责写材料的同志去,以便于了解会议精神、起草材料。刘元只得换成徐风,他是办公室副主任,负责写材料。

徐风今年三十二岁,瘦高个,背微驼,戴一副高度近视眼镜,两鬓有些斑白,略显老成,与实际年龄很不相称,这是常年伏案写材料的印痕。他前些年从东城区政协被遴选到部里,因为文笔好,几乎包揽了所有的文字材料,整天加班加点,无暇他顾。有人说,职场最理想的状态是把职业当成事业,把工作当成兴趣,徐风就是这样。他酷爱写作,喜欢思考,习惯独处。他喜欢在夜深人静或节假日里加班加点,如艺术家般呕心沥血地完成每一件作品。有时,在静谧的夜里,独守着空荡荡的大楼,他感觉自己仿佛成了指挥千军万马的将军,谋篇布局、运筹帷幄,挥洒自如地调动着那两三千个熟稔而亲切的常用汉字,反复推敲、字斟句酌,把会议精神、领导要求和个人见解融入材料,给看似枯燥的公文赋予鲜活的生命……只要一接到任务,他会立马跟打了鸡血似的兴奋起来,脑子里整天琢磨材料,吃饭走路都在思考,一副心事重重的样子,经常错过别人的招呼。有一次他在食堂吃饭,想着稿子走了神,不觉间筷子竟然伸到在对面坐着的一个美女的盘子里,连夹了两次菜还浑然不觉,好像还专门挑的肉,可真糗大了……还有一次在路口等红灯,他思考材料太专注了,信号灯变绿两次了,他还傻傻地站在原地不动……人的精力是有限的,在材料上投入多了,人情世故就看淡了,对世俗的那些迎来送往、交际联络等,他都不屑一顾。在办公室工作这些年,他在家闷头干活多,像跟领导吃饭、开会、出差等场面上的事,他还真没多少经验。听说让自己去省里参会,他心里不免有些紧张。

司机岳师傅先拉上徐风,再去接杨正清。徐风发现副驾驶座挺靠后,便试着往前移。岳师傅忙阻止道:"你别动,杨部长专门交代过,不让往前挪,还叫安上头枕，这样坐前面就舒坦多啦。"

徐风听了心里热乎乎的，心想这位部长真有人情味。以前坐部领导的车可不这样。为了不挡领导的视线，司机把副驾驶座的头枕撤掉，座位还朝前移一大块。领导在后面宽敞了，坐副驾驶的人得蜷腿缩身，简直是活受罪。

徐风发现后排座位上反扣着一本《统一战线读本》，拿起来一看，书页上画了不少横线，还做了标注，不由得感叹道："杨部长真能学啊，刚来就看上统战理论了！"

"是啊，现在有手机了，看书的人不多了。杨部长常年手不离书，一早一晚能看两个钟头。"岳师傅介绍说。

徐风更是钦佩，心想：欧阳修读书写作在"三上"："马上""枕上""厕上"，而杨部长是在"车上"。

车子在市区穿行，杨正清侧身望向窗外。那些他现场调度过无数次的项目多已建成投产，他集中治理过的沿街门头牌匾整齐划一、漂亮时尚，路边五颜六色的共享单车、统一标识的便民餐车、美观大方的双层绿色能源公交车，看上去是那么熟悉、那么亲切……

这些年来，杨正清历任北海县副县长、县长，昌海市东城区委书记，对基层工作始终有着一种难以割舍的情愫。眼见着街道一天天通畅起来，高楼一幢幢拔地而起，项目一个个开工投产，他是多么欢欣鼓舞啊！他怎么也没想到，就在自己准备在更高的平台上大展宏图时，这次意外调整让他远离了一线，就像鱼儿离开了水、猛虎下了山，心里空荡荡的，有种无边无际的失落感……

昨天常务副市长人选终于尘埃落定，结果同样出人意料，横空出世的"黑马"竟然是市委常委、副市长兼公安局局长马杰！他上一届才从省公安厅下派昌海任市公安局局长，很快升任副市长，前年年底新晋了常委，在班子中资历最浅。短短几年工夫，他连跳三级，仕途可谓平步青云、顺风顺水。

马杰晋升这么快，难免让人联想到他的大姐马艳。马艳在国家发改委当司长，和省委副书记是中央党校的同学。她性格泼辣、为人仗义，好说话、能办事，给省里、市里都出过不少力。

跟马艳一样，马杰也是性情中人。他表面上不苟言笑，却好交往、重义气，颇有人缘。他有个口头禅，总爱把"和谐"挂在嘴边。每当解决了什么难题，或是觉得满意了，他往往会说："呵呵，这就和谐了嘛！"坊间有个说法："要方便，找马艳；想和谐，找马杰。"

这个马杰的确能干，提了副市长后一直兼着公安局局长。这几年"平安昌海"建设抓得风生水起，全市低案发率、高破案率，在全国地级市都数得着。他虽资历浅了些，但作为昌海市最年轻的副厅级干部，又是从省里"空降"来的，看这架势，是要重点培养的节奏……

杨正清正想着，不觉车已驶出城区，上了高速。他问了徐风一些情况，又看了会儿书。大半个小时后，车子在白城高速口停下了。杨正清说，有日子没回老家了，正好路过，顺便回去看看父母。

岳师傅从后备厢里拎下一个方便袋，杨正清接过来，说："老母亲腰椎不好，冬天腰疼得厉害，我给她买了个电暖宝。"

"哦，老人家高寿？"徐风问。

"刚过八十，中风卧床三年多了。"杨正清说。

"不知道看老人，也没带点啥……"徐风有些不好意思。

杨正清笑道："不用客气。今天不请你们到家里了，你们俩先上会报到，我回家看看，傍晚自个儿坐火车过去。"

徐风问："我们晚上再回来接您吧？"

杨正清摆手道："不麻烦啦，我们村离车站不远，傍晚正好有趟车，半小时就到了。"

高速口有几辆出租车在等客，杨正清打车走了。徐风不解地问岳师傅："杨部长怎么不让咱送进去呢？"

岳师傅说："他从不用公车办私事，回老家都是自个儿坐车。"

"是吗？像他这么低调的领导可真难得！"徐风由衷地赞叹道。

"他每次回来，都要给老娘洗头、洗脚，全身捏一捏，临走还要鞠上一躬，怕是见一次少一次了。"

"真没想到杨部长还这么传统！他怎么不把老人接到城里去？"

"老人不愿去啊！商量过多少次了，他们怎么也不答应，说是在村里住惯了，不愿挪地方，其实是怕给杨部长添麻烦。给他们拾掇房子也不让，说这样就挺好，别铺张了……"

"嗯，老人这么明白，家风肯定错不了！瞧杨部长这作风，一看就是个好领导！"徐风心里更添了一分钦佩之情。

杨正清的老家是白城市青岩镇的一个小山村，地处昌海市西南山区，离省城比昌海还近。这些年他忙，平日难得回来。有时工作告一段落，或是感觉压力大了，周末抽空回来一趟，陪老人聊聊天，到山上转转，在空旷的山谷里吼上几嗓子，情绪顿时舒缓许多。对这个生在这里、长在这里的小山村，他打心里有种莫名的亲切感。这里的一草一木、一山一石是那么亲切、那么自然，在他眼里都透着一股灵气，藏着一段记忆。只要置身其中，他就忘却了烦恼，看淡了得失，不知不觉间精气神也足了起来……

天气阴冷，路上空荡荡的，不见一个行人。杨正清在村前下了出租车，拎着袋子往村里走。山村不大，依山而建，房屋错落有致，院墙多用山石砌成，不少人家还是柴门，别有一番情趣。前几天下过一场小雪，房顶积雪尚存，像是戴着白帽子。长长的烟囱从房檐下伸出来，正在吞云吐雾。老屋像个年迈的老人，含着烟袋在默默沉思。

杨正清推开门，迎面看到父亲正在院里劈柴。老人腰板硬朗，精神矍铄，胡须花白，脸冻得通红。他和父亲打过招呼，进屋去看老母亲。屋里摆设简陋，光线有些暗。他拉开灯，橘黄色的光亮照得屋里暖暖的，如梦如幻，有种不真实的感觉。老母亲躺在床上睡着了，神色安详，嘴角微微翕动，仿佛呼唤着孩儿的乳名。杨正清没有叫醒母亲。他帮母亲掖了掖被角，悄悄地退了出来。弟弟杨正明住在隔壁，听到动静，过来打招呼、倒茶。

父亲常年抽旱烟，眯着眼睛往烟袋锅里装着烟叶，笑呵呵地说："你娘挺好的，你忙就甭惦记家里。正明说你调到统战部了，我还纳闷呢，虽说公家叫干啥咱就干啥，不过你也没领过兵、打过仗吧？"

杨正清笑道："我可不会领兵打仗。统战部的全称是统一战线工作部，任务就是把人拢在一块，不但不能打仗，还要团结起来，一心一意过好日子哩！"

老人恍然大悟："噢，你这么说我就明白了！村里叫我当调解委员，也是为了老少爷们和和气气的别打仗。看来咱爷俩的活差不多，你好好干啊！"杨正清乐了，笑着划了根火柴，给父亲点上烟。

在家帮父亲收拾了会儿屋子，老母亲醒了，杨正清帮她翻了翻身，坐在床边给她捏肩膀，和她说话。老母亲中风后，语言功能受损，虽不能言语，心里却明白。她扭头瞅瞅窗外，见天色阴暗，玻璃上有些雪花，便费劲地抬手指了指外面。杨正清明白母亲的意思，是怕天晚了下雪，催他早些走。看时间差不多了，他便起身和母亲告辞，走到门口，回头深深地鞠了一躬。

正明从车棚里推出电动三轮车，送他去车站。杨正清跟弟弟交代了电暖宝的用法，嘱咐他照看好老人。父亲从屋里提出个袋子，放进车后斗里说："这些柿饼子是我自个儿做的，你捎给大伙尝尝！"

杨正清打开袋子瞅了瞅，笑道："爸，您这手艺可不咋地，黑乎乎的，大小也不匀称……"

"你还真不识货来！"父亲较起真来，大声说道，"这是咱家的树上结的，没打药，晒出来卖相不好，吃着怪甜哩。外面卖的那些看着滋润，有些加了滑石粉，好看不中吃！"

4

傍晚时分，杨正清在火车站下了车，徐风和岳师傅接上他。雪花更大、更密了些，像一只只调皮的小精灵，争先恐后地扑到汽车挡风玻璃上，好奇地往里瞅，被雨刷轻轻一赶，又轻盈地飞走了。

晚饭后，杨正清去拜访省委常委、统战部部长黄卫平。黄卫平多年前曾在昌海任市长，那时杨正清还是北海县常务副县长。黄卫平握着杨正清的手高兴地说："正清啊，咱又到一个战壕里来了！你是昌海首任常委部长，昌海的统战工作就看你的了！"

杨正清微笑道："多谢老领导鼓励，我是统战新兵，您可要多指点啊！"

"你学习能力强，上手会很快的，我看好你。"黄卫平亲切地看着他，又问，"怎么样，刚进统战门，有啥体会没有？"

"不干不知道，统战口的活还真不少哩！"杨正清这几天恶补统战理论，颇有收获，现学现卖道，"以前统战工作的对象主要在上层，现在体制外人员越来越多，流动性又强，统战工作范围大了、对象多了，任务自然越来越重啦！我看过去统战工作中的那种'上热中温下冷'的状况应该彻底改变了。"

"不错，进入状态挺快嘛！"黄卫平笑着点点头，从桌上拿起一份报告说，

"这次开会正要强调这个问题。统战工作得从基层、基础抓起,建好工作网络,实现哪里有统战成员,哪里就要有统战工作!"

"嗯,基层统战工作的确需要加强。我觉得最大的短板还是认识问题,基层的很多领导干部对统战工作不了解、不重视……"

"这话不假,你们昌海这几年的统战工作欠账就不少!我和江书记打过招呼,让他配个得力的部长。你这副担子可不轻啊,得抓紧补欠账、打基础!"

"请黄部长放心,有您和江书记的大力支持,我这个新学生一定好好学、扎实干,争取交一份合格的答卷。"杨正清满怀信心地说。

会开了一天半,先是参观了工作现场,做了交流发言,黄卫平讲话后,又分组讨论。大家对加强基层统战工作基础建设的重要性有了新的认识,纷纷表示回去好好贯彻落实。下午散了会,杨正清叫上徐风,去省委宿舍看望方进老部长。两个人一路讨论着会议精神,不觉间便到了。

方进是昌海建市后首任统战部部长,八十八岁高龄了。他十七岁参加了共产党领导的游击队,解放昌海时,已是昌海游击纵队二支队队长,常年在北海一带活动。他以中医身份作掩护,身背药箱走乡串户,搜集情报,在昌海战役中成功策反了国民党军的一个炮兵团,为解放昌海立了首功。新中国成立初期,他转业到地方,当过市卫生局局长。"文革"期间,他被打成"叛徒",关了好几年。"文革"后,他任地委组织部副部长期间,大力平反冤假错案,解救了大批干部。二十世纪八十年代初,方进担任北海县委书记,带领北海县干部群众战天斗地,把盐碱地改造成了良田,让乡亲们吃饱了肚子。至今,北海人还对老书记念念不忘。昌海地改市后,方进担任了市委统战部部长,后兼任市政协副主席、主席,统战工作搞得风生水起,一直领跑全省,直到离休前调到了省政协。老部长爱才如命,这些年发现、培养了不少人才。当年杨正清师范毕业后分配到北海县中学当老师,因能写会画,被方进挖进了县委办公室,所以他算是杨正清仕途上的引路人。

"方部长好!小杨看您来了!"一进门,杨正清双脚并拢,行了个鞠躬礼。

方进一见他乐得合不拢嘴,拉着他的手,声音洪亮地说:"正清啊,我早就盼着你来了!知道你干了我那老本行,我心里高兴着呢!组织上选人用人奇准,找你干保准差不了!"

虽年事已高，但多年的军旅生涯让方进拥有一副好身板。他身材适中，腰杆挺直，耳不聋，眼不花，两道剑眉白若霜雪，英气勃勃。他当过游击队队长、营长、团长，做过书记、部长、政协主席，就数对统战工作感情深，最喜欢人家喊他"部长"。

"老领导过奖啦，我也是赶鸭子上架，硬着头皮上吧！"杨正清笑道。

方进拉他坐下，关切地问道："怎么，心里就没点想法？"

杨正清在老部长面前也不掩饰，实话实说道："嗯，想法嘛，是有点……说真的，我从没想到能干统战……别的倒没啥，主要是在县里惯了，觉得抓经济发展能实打实地干点事，更有成就感。"

"统战工作就不实打实吗？我看价值可不比经济工作小！"方进看出杨正清有些情绪，开导他说，"在战争年代，我们用统战工作瓦解敌人，团结朋友，作用比得上千军万马呢！"

"听说昌海战役时您策反过敌人一个炮兵团？"杨正清好奇地问。他从未听方进提过自己以前的功劳，一些零星听闻还是坊间所传。

"是啊，那次多亏了统战工作……"杨正清这一问，方进打开了话匣子，思绪回到了那个炮火纷飞的年代……

方进出生在中医世家，从小习医，十五岁就能独立出诊，十八岁加入昌海地下党组织，十九岁参加了解放军。1948年初冬，部队攻城在即，方进以行医为掩护，四处打探敌情。他去侦察国民党军队45师炮兵团的阵地时被抓，敌人怀疑他是解放军的"探子"，搜查后却毫无所获，这多亏他自创了一套以药方标记情报的方法，外行自然看不出什么名堂来。敌人虽未发现破绽，仍扣下他修工事。干了几天活后，方进对阵地的情况摸得一清二楚，牢记在心。不过他被扣在那里无法脱身，怎样才能把情报送出去呢？

这天，方进一边干活，一边琢磨着怎么逃出去。这时，一个跛脚的国民党军队的团长摇着马鞭，哼着小曲，一步一颠地走过来。方进灵机一动，有了主意。等他靠近些时，方进便停下手里的活，起身打量他。

"看什么看，快干活！"旁边一个士兵扬起枪托作势要打方进。

方进摇摇头，叹了口气，自言自语道："唉，可惜啊，再不治就晚了！"说完，他又埋头铲起土来。

那个团长闻言，用马鞭拨开枪托，好奇地问道："你小子刚才说什么来着,啥不治就晚了?"

方进直起腰,双手拄着锹把,不慌不忙地说:"长官,您是不是腰痛耳鸣得厉害?夜里上茅房也很勤吧?"

"咳,真奇了怪了,老子还就是整天耳朵里知了叫,尿泡也多。"那个团长说着,用鞭子指了指方进,"咦,你小子怎么知道的?"

方进答道:"我看你脸色灰暗,面带浮肿,眼珠暗黄,一准腰子有毛病了。"

那个团长一脸惊讶地说:"咦?还真神了!你是干什么的?能治我这病不?"

"能瞧出病来,自然就会治。"方进笑眯眯地答道,"不瞒长官,我是中医世家,祖传医术。您这病应该还算早期,要是再拖上个把月,转成了尿毒症,神仙也没法治了!"

那个团长姓王,最近总是耳鸣眼花、腰痛尿急。他本以为是战事吃紧,上了大火,没想到还是个要命的病,多亏老天开眼,遇上神医了。王团长大喜,把方进带回团部,催他开药给自己调理。

方进讨回自己的药箱,铺开纸,挽了挽袖子,提起笔来刚要写字,又沉吟道:"团长,我有个不情之请……"

"有话快说,痛快点!"王团长一只脚踩着凳子,大盖帽一揭,扣到桌子上。

"我出来给人看病,没承想被抓来修工事。等俺给团长治好了病,您就开恩放俺回去吧,俺一家老小还靠我这药箱吃饭哩!"

"净费话,不放我还养你一辈子?"王团长不耐烦地挥手道,"这事好说,快开药吧!"

两服药下去,王团长耳朵不叫了,尿也不急了,腰痛明显减轻。他大为高兴,和方进聊起来,知道他也是北海县人,都是老乡,和他更亲近了。

方进发现王团长备战消极,试探着问:"团长,您看这昌海城能不能守住?老百姓可都指望着你们呢!"

王团长叹了口气说:"唉,守得住就守,守不住就跑,俺可不在这儿陪葬!北海都叫共产党占了,俺老婆孩子还在那边呢……"

"我常去北海给人看病,那边的老百姓分地了,都说共产党好呢!有不少乡亲把在国民党军队里当兵的亲人找回去了。"

"共产党得人心，要不国民党军队能完得这么快?!"王团长沮丧地说。

"那您也该早做打算啦！恕我直言，"方进观察了一下王团长的神情，试探着劝他，"现在共产党把昌海城围得铁桶似的，我看前景不妙啊！国民党军队把大半个中国都丢了，这城还守得住吗？依我看，您也该留个后路了……"

王团长盯了一眼方进，冷冷地说："老子在北海当保安司令时杀过共产党，他们能容我吗？"

"听说只要立了功，他们都会优待！"方进看着紧盯着他的王团长，不慌不忙地说，"陈家庄的刘麻子，以前当过土匪，没少祸害人。解放军打北海时，他带队反正了，听说现在还当连长呢！"

王团长点点头，闷声道："嗯，船到桥头自然直，到时看情况吧……"

又过了两天，王团长的病基本痊愈，小便完全正常了，腰也不痛了。方进见他高兴，又提起回家的事。王团长爽快地答应了，还顺手摸出两块大洋给他当路费。

王团长把方进送出来，看看旁边没人，低声说道："我不管老弟是什么人，你回去帮我打听打听家里，有啥信捎给我。"方进应着，又留给他一张药方，让他再吃药巩固一下，慢慢调养。

昌海战役打响后，方进所在的部队负责"拔钉子"，攻打东城的南宫口，这是出入昌海的必经之道，也是敌人防守最严密、工事最坚固的阵地，敌人叫嚣什么"昌海城防，固若金汤""南宫难攻，来了白送"，气焰非常嚣张。那时，华东战场上刚刚开始城市攻坚战，我军由于缺乏经验，久攻不下。敌军为确保阵地不失，又把45师炮兵团调来增援，加强了防守，两军形成对峙态势。

眼见着天气日渐寒冷，加上后勤供应困难，再这么耗下去，形势对我军很不利。方进探知敌方炮兵团团长正是那个他给治过病的王团长，便主动要求去做策反工作。纵队司令部批准后，方进先去北海辗转找到了王团长的家人。王团长的老婆识字，写了封亲笔信，劝丈夫起义投诚。方进潜入城里，在莱茵小镇医院和王团长接上头，把他妻子的信连同纵队谭政委的亲笔劝降书交给了他。方进苦口相劝，晓以利害，王团长最终答应阵前起义。攻坚战再次打响后，王团长率炮兵团调转炮口，猛轰国民党守军，为攻城打开了缺口……

"这是我的亲身经历,也是第一次做统战工作,真没想到发挥了这么大的作用!"方进讲完往事,深有感触地说。

"您做的统战工作能抵一个团的兵力啊!"杨正清由衷地感叹道,"怪不得古代兵书上说'攻城为下,攻心为上'!"

方进点点头,笑道:"可不是嘛,这算古代最早的统战思想吧,说到底就是要讲求一个'和'字!"

"不光'和',还有'合',合作的'合'。"徐风在一旁听得入神,情不自禁地插话道,"像《周易》的'和谐观'、《论语》的'和为贵',还有苏秦的'合纵'、张仪的'连横'等和合文化,都可以看作古代统战思想的萌芽。"

"好,古来有之,这就找到理论根源啦!"方进向徐风跷起大拇指,"不错啊,这个年轻人会讲古,很难得。我也给你们讲个故事吧。春秋战国时期,魏文王问扁鹊,你们兄弟仨谁医术最高啊?扁鹊说大哥医术最高,能在病人发病前下药铲除病根,让人不知不觉中免除了病痛之苦;二哥次之,能在病人刚有症状时药到病除,让人认为他治小病很灵;自己医术最差,虽然能在病人危重时下猛药使之起死回生,让人感恩戴德,其实不如大哥高明,大哥治病就是所谓的'上医治未病'。这个故事对我很有启发:统战工作协调关系、化解矛盾,就好比春风化雨、润物无声,虽然看不到明显的效果,甚至有时不为人所知,其实它的作用更重要,也更有意义。"

听了方进的话,杨正清深受感动,他领会了老领导的良苦用心,心结忽地打开了,顿觉轻松了许多。他长舒一口气,诚恳地说:"听方部长讲古,胜读十年书。您也是'上医治未病',我一定遵照您的教诲,全力以赴做好工作!"

"做统战工作不光要用力,还要用心、用情。"方进指指心口窝说,"首先要真心热爱统战工作,要投入真感情。自己是块炭,才能温暖别人;自己要是块冰,怎么去融化别人?还有,干工作就像攻山头,得有股拼劲,有股韧劲。上级交代了任务,绝不能讨价还价,更不能被动应付,必须想方设法地完成,绝不能打折扣!我记得你以前就蛮能拼的,那年冬天,北海大会战攻坚的关键档口,包段组长病倒了,你主动请战顶上,在工地上整整靠了仨月,率先完成任务,你也瘦得脱了形。"

"方部长记性真好!"杨正清笑道,"那时年轻,真能豁得上!那年过年回家，俺娘都不认得我了，还问我找谁，呵呵。"

"你上我家，小卉也没认出你来，还问家里怎么来了个民工。"

"哦，小卉还好吧？她成家了吗？多年不见了。"

"还没呢！我快五十才有的她，老生子闺女，打小惯的毛病多，找对象也横挑鼻子竖挑眼的，一个也看不上。她都三十七八啦，我看是嫁不出去喽！"

"没事，您甭急，国外跟咱这儿不一样，人家不讲究年龄。"

"唉，各人随缘吧！"方进双手一摊，无奈地说，"你说她当年中了邪似的非要出国，大老远的一年见不上几面。要是和你一块留在昌海，该多好啊！"

"听说她在国外发展得很好，企业都进世界五百强了。她事业做大了，您让她有机会来昌海投资吧，也给家乡做点贡献。"杨正清半打趣半认真地说。

方进笑了："行啊，你进入角色挺快嘛，都统战到我家里来了！"

"还不是您教得好，我是现学现卖、活学活用！"

正聊着，徐风接了个电话，和杨正清说钱部长有急事找他。杨正清接过电话，听了没几句，就脸色越来越难看："嗯……嗯……怎么搞成这样……你先靠着，全力配合警方侦查。我连夜回去，明早开个全体会，所有党派机关人员，一个也不能少……"

杨正清还没放下电话，方进就关切地问出了什么事。杨正清神情凝重地说："部里有个女干部三天没上班了，今天傍晚发现她在家里被害了……"

"啊，出人命案了？"方进一脸惊讶，神情严肃地说，"三天没上班，今天才发现，你们机关是怎么管理的？换届期间发生这种恶性案件，影响很坏！"

"是啊，又是年根，出了这事……"杨正清也觉得懊丧，上任才三天，人还不认识呢，先走了一个。

"本想留你们吃饭，出了这么大的事，我看你也别耽误了，抓紧回去吧！"

"好的，我这就赶回去。"杨正清应着站起身来。

方进一把拉住杨正清的胳膊，叮嘱道："遇事别慌，记住两条。一个是依法办事，坚持原则；再就是相信群众，依靠群众。只要把握住这两点，就没什么解决不了的难题！"

"嗯，我记住了，您放心就是！"杨正清点点头，用力握了握方进的手。

一出门，北风夹杂着雪花扑面而来，不知什么时候下雪了。风很大，吹得雪花没头没脑地四处乱撞，天地间一片苍茫、混沌。

第二章　摁下葫芦起来瓢

1

杨正清履新会那天，大家来得比较早。会前徐风点了一下人数，别的科室人都到齐了，没想到"灯下黑"，只差他们办公室的白茹萍和牛玖平了。

白茹萍是统战部的文书，年轻漂亮，被誉为机关综合办公大楼的"楼花"。她数年前从东方集团考进部里，当时报考的职位是海外联谊会科员，要求英语专业八级、文秘专业，两年以上工作经历。报考条件这么苛刻，勉强凑了三个人报名，刚够开考人数下限。她笔试成绩第三，面试却遥遥领先，总分第一。考进部里后，混岗使用，她在办公室干文书。她在企业跑惯了，坐不住，迟到早退成了家常便饭，还隔三岔五地请假。好在办公室主任刘元刚晋了副调研员，抓得不那么紧了，睁一只眼闭一只眼并不计较。何况白茹萍大有来头，她报到那天，时任副市长、公安局局长马杰专门来部里坐了坐，晚上钱洪军张罗了接风宴……白茹萍在办公室除了收发文件，基本上啥事也不管。她日常散漫点就算了，这次可有些过分。上周五她因丈夫回国，请了一天假，今天没来上班，连个补假电话也不打，部长履新会都爱来不来。

牛玖平是办公室的主任科员。他人高马大，脸宽嘴阔，整天大大咧咧、乐乐呵呵的，人称"大牛"。他脑子活泛，工作不怎么上心，整天迎来送往搞交际，尤好喝酒，几乎逢酒必喝、喝酒必醉，简直就是个"牛酒瓶"！他的强项是喝啤酒，至今保持着一人喝光一箱的纪录。牛玖平耽误上班也不是稀罕事。去年他去省城参加省直机关公务员遴选，和同学喝多了，睡了一天一夜，周一没上班，单位和家里两头不见人，手机也打不通，急得他娘报了警。牛玖平好玩，整天陪着钱洪军喝酒耍牌、钓鱼打球，深得钱洪军的欢心。他是主任科员，级别比徐风高，办公室里的活除了领导点名安排的，他一般不伸手，整天优哉游哉，领导有活动还爱带着他，说没他不热闹……

办公室有这么俩队友，徐风自然要辛苦了，又是文字材料，又是行政事务，整天忙得不可开交。周日那天，徐风正陪孩子上兴趣班，刘元打来电话，让他下通知：周一上午九点开全体人员会，欢迎杨部长履新。徐风下了一圈通知，只剩下白茹萍怎么也联系不上，手机无法接通，家里座机没人接。徐风给她发了信息，又和牛玖平打了招呼，因为他俩住同一幢楼，再联系不上就让他上白如萍家里说一声。

离开会不到五分钟时，两个人还没联系上，徐风赶紧找刘元报告情况。刘元很生气：这两个人，关键时候也瞪不起眼来！没办法，他只得跟钱洪军说了。钱洪军正在电梯口接人，不耐烦地说："多个人少个人不打紧，杨部长又不认识他们。别管了，到点开会！"

散会后，刘元叫徐风继续联系白茹萍和牛玖平，仍打不通电话。徐风没好气地说："这俩家伙同时失联，不会一块私奔了吧？"

刘元笑道："白茹萍跟谁私奔也不会跟个'酒瓶子'私奔！"

可别说，白茹萍天生丽质，人见人爱、花见花开，一般人还真入不了她的法眼。她老家在哈尔滨，大学毕业后来昌海投奔她的远房表叔——东方集团董事长万东方，在集团干了三年。还别说，她适应能力挺强，这些年孤身一人来这里发展，几年工夫，就从一个刚踏入社会略带青涩的女大学生，华丽转身为颇有名气的社交达人。不管在企业还是机关，她都游刃有余。凭着令人惊艳、青春靓丽的形象和穿透力极强的好嗓音，她左右逢源，整个市直机关几乎没有她进不去的门。白茹萍平时开一辆红色蒙迪欧，香车美女，煞是惹眼。照"大牛"的说法，白茹萍就是统战部的形象代言人，只要一提到统战部，总有人问起她来。不过，和牛玖平大大咧咧常误事不同，白茹萍虽也常晚来早走，但重要会议、活动从没耽误过，这次算是例外。一连几天不见人，也联系不上，她到底去哪儿了呢？

十二点了，徐风刚要走时，手机响了，是牛玖平打来的。他接通后叫道：

"大牛你死哪儿去了？怎么和白茹萍一块玩失联？快老实交代！"

牛玖平嘿嘿地笑着，嗓子沙哑地解释说，昨晚招待同学喝多了，在酒店睡了一夜，把开会的事忘得干干净净，手机也没电了……

徐凤顾不得数落他，忙问联系上白茹萍没有，怎么她也没来。牛玖平一愣，想了想，说昨天他也没打通电话，发信息她也没回。徐凤觉得蹊跷，叫"大牛"中午上她家看看，自己下午要跟杨部长去省里开会，就顾不得这头了。

下午上班时，牛玖平头发蓬乱，睡眼惺忪，衣服上全是褶皱，身上还有股浓重的酒味。刘元训了他两句，说刚才钱部长还问起来，让他自己去解释。

牛玖平也不介意，嬉皮笑脸地说："人生难得几回醉，男人嘛，怎么不得醉上几回！钱部长也不是没醉过，有一次我架他上楼，他吐了我一脖子！"

刘元不听他饶舌，忙问："别说些没用的，找着白茹萍了吗？"

牛玖平说："我晌午去她家了，没敲开门。她不会也喝多了，睡个三天两夜的吧？"

刘元听了心里一激灵，担忧地说："别是生病了吧？她丈夫常年在国外，一个女人在家可别出什么事！她这儿有什么亲戚没有？"

"嗨，没事吧？她丈夫上周五不是回来了吗？"牛玖平倒是知根知底，大咧咧地说，"她在昌海亲戚不多，除了她表叔万东方，还有个表姑有来往。"

刘元看看表，拿起公文包说："这样吧，我还要去县里开会，你打电话找她老公，要是没信再问问她表姑……"

"一天没来，用不着这么紧张吧？她又不是小孩……"牛玖平觉得有些小题大做，瞪着眼嘟囔着。他查到白茹萍的丈夫齐帅的电话，打通后，问他在哪儿。齐帅说，他上周五刚从国外回来，正在历平齐家疃老家。问起白茹萍的去向，他不耐烦地说："谁知道她又上哪儿浪去了，甭管她！"说完，他便扣了电话。牛玖平自觉无趣，心想反正已经告知家属了，没必要再啰唆，就把这事放下了。

又过了一天，周三下午白茹萍还没上班。刘元从县里回来没见她，问起牛玖平，才知道他根本没联系上她。刘元的心猛地提到了嗓子眼，顾不得埋怨"大牛"，赶紧要了齐帅的电话打过去，问他白茹萍这周没来上班，他知不知道。齐帅语气生硬地说："我回来的那天晚上，就是上周雾最大的那天，我跟她吵完架就走了，再没见过她。我们要离婚了，她的事别找我了！"

刘元听了，顿时有种不祥的预感。他给白茹萍的表姑打了几遍电话都没人接，后半晌才联系上。她表姑说她也不知道白茹萍的去向，要不问问她表叔，除了这两家，白茹萍在昌海再没别的亲戚了。刘元打电话给万家，保姆说万董事长夫妇去了美国，白茹萍好久没来家里了。

打听了一圈仍没消息，刘元越发担心起来。牛玖平也认真起来，说隐约记得她家的窗帘好像拉着，晚上还透着光亮……刘元听了更是不安，赶紧去找钱洪军汇报。

钱洪军听了顿觉头皮发麻，叫刘元立马带人去白茹萍家，又再三叮嘱道："今天无论如何不能让这事再过夜了！叫上她表姑到家里看看，进不了门就报警！"

2

刘元和牛玖平赶到机关宿舍时，暮云四合，天色开始暗下来。白茹萍家在二楼东山，是她来部里后买的房子。那年碰巧事务管理局处理几套周转房，很多人抢着要，她手气好，抽中了一套。刘元从楼下观察，只见窗户紧闭，窗帘拉着，窗帘缝隙中隐约透着些光亮。

过了一会儿，白茹萍的表姑到了。刘元大致讲了一下事情的经过，与她商量着从窗户看看情况。牛玖平去物业借来梯子，又回家拿了只手电筒。他把手电筒别在腰上，踩着梯子，几步就爬到了二楼卧室的窗前。他拉拉窗扇，好在没闩住，隔着防盗栏杆一拨，推开一道缝，拿手电筒挑开窗帘，往里一照，不由得倒吸了一口凉气。只见卧室里凌乱不堪，跟搬过家似的，床上的被褥都被扔在地下，席梦思床垫移到了一边，梳妆台的抽屉倒扣在床垫上。牛玖平顾不得细看，回头叫道："坏了，家里进去人了！"

打了110，很快过来两个警察，问明情况后，征得白茹萍表姑的同意，他们决定找人开锁。警察提供了一个手机号码，让找"谭瞎子"来。"谭瞎子"专营开锁，和公安部门长期合作。他虽眼盲，却听力超常，凭借这一独门绝技，没有他打不开的锁。

约半个钟头后，"谭瞎子"坐着徒弟的电动三轮车来了。他穿了件老式灰布衫，戴着墨镜，不慌不忙，气定神闲，像个说书人。"谭瞎子"两手一提衣襟，下了车，众人领着他来到门前。他不慌不忙地从包里掏出一截细铁丝，插入锁眼，搅了几下，用自制耳机贴在门锁上听了听，又捅了几下。反复几次后，他猛一扭把手，吧嗒一声，门开了。

这时天已全黑了，屋里亮着灯，警察只准白茹萍的表姑进去。客厅里看上去没啥异样，茶几上花瓶中的一束鲜花引人注目，猩红的玫瑰中夹着几朵百合，散发出一缕淡淡的芬芳。

她在客厅里转了一圈，有了新发现，尖声叫道："肯定是两口子又打仗了！你们看，电话都摔了！"说着，她弯腰从墙角捡起话机，发现上面的电话线被扯掉了。

"前阵子他俩闹离婚，打过仗，茹萍可能回哈尔滨了吧？"她说着，又去餐厅查看。餐桌上摆着四盘菜，两只高脚杯里尚余少许暗红色的葡萄酒，桌角有一摊燃尽的残烛，蜡油顺着桌边滴挂下来，如同一串凝固的白色泪珠。

卧室门虚掩着，屋里也亮着灯，但被翻得乱七八糟。被褥被卷成一团，扔在床与衣橱间的地板上。床垫子被挪在一边，床板被掀开了，床洞里的衣物被翻出来丢了一地，凌乱不堪。

警察仔细查看现场，不一会儿，一个警察沉着脸出来，把白茹萍的表姑叫进卧室。"啊"的一声尖叫传来，把挤在门口往里张望的人吓得一哆嗦。白茹萍的表姑面色苍白、失魂落魄地走出来，警察开始往外撵人。

出了楼，警察表情严肃地在一旁打电话，牛玖平隐约听到点话尾："行，我们保护好现场，等你们过来……"

他顿觉不妙，慌忙去找刘元。刘元正打着电话，一手拿手机，一手捂着，腔调都变了："……嗯，死了……你最好过来一趟，人命关天啊……"

牛玖平顿时一个激灵，始觉入夜后很冷了。他小声问白茹萍的表姑："到底怎么了？"

"可了不得，摊上大事了！人在被窝里卷着呢……警察叫我过去认，可吓死俺了，一掀被子，露出个头来，脖子上还缠着电话线呢……"白菇萍的表姑脸色苍白，手抚胸口，惊魂未定。

刑警来了，拉上了警戒线。几个穿白褂、戴口罩的警察，提着大大小小的仪器箱，进进出出地勘查现场。院里围观的人越来越多，有的用手机拍照，有的交头接耳，议论纷纷。

钱洪军赶来后，刘元正和他说着情况，市公安局刑警支队的人到了。支队队长崔浩过来和钱洪军打招呼。他个子不高，身材瘦削，小平头，鹰钩鼻，脸黑黝黝的，双目深陷，看人不眨眼，仿佛带着几分杀气，让人不敢直视。

"哟，你亲自出马了？这个时候出了人命案，要耽误过年了！"钱洪军说着，递给崔浩一支烟。他俩很熟，都是历平人，一个乡镇的。历平人老乡观念奇强，在昌海有个老乡圈子，都是各行各业有头有脸的人物，混熟后相互照应，坊间戏称为"历平帮"。

崔浩用打火机点烟，火光映出了一张疙疙瘩瘩、毫无表情的脸。他是全省刑侦系统的破案高手，这些年破了不少大案积案，人称"冷面神探"。前几年，他处置一起绑架案时，被歹徒泼镪水烧伤了脸，面部神经部分丧失功能，脸看上去有些僵硬，像戴了面具似的。

"市委家属院发生命案，这些年还是头一次，又在年根上……"崔浩猛吸了几口烟，面无表情地说，"局里很重视，成立了专案组，马市长点名叫我靠上，限期破案。"

"有你神探出马，这案子就快了。你们辛苦辛苦，早些破案，要不人心惶惶的，过年也不安稳。"

"没问题，命案必破。再说现在正在换届，马市长还兼着公安局局长，还真马虎不得！后面侦查少不了你们的配合。"

"好说，好说！杨部长也有指示呢，要求全力配合，我们随叫随到！"钱洪军使劲搓搓手，跺了跺脚。

刘元过来说，杨部长让下通知，今晚九点半在部里开办公会。

杨正清怎么也没想到，第一次部办公会要从省城连夜赶回来召开，议题竟然还与命案有关！他早就听说过统战部乱，班子不团结，队伍松懈，甚至有人在外面搞兼职、办企业。工作上可能面临的复杂局面他思想上有所准备，但始料未及的是，初来乍到，机关就出了这种恶性刑事案件，给他来了个下马威！

虽是临时通知开会，但人员都到齐了。大家心知肚明，换届期间越是临时开的会就越重要。大家接通知时还满怀期待和好奇，以为有啥人事调整，当得知白茹萍遇害的消息时，一个个惊得目瞪口呆，半天回不过神来……

刘元详细讲述了案发前后的情况。钱洪军补充说，他在现场跟市局刑警支队沟通过了，市局对案子很重视，组织了精干力量全力侦破。

杨正清听完汇报，简明扼要地讲了四点意见：一是明天上班召开部机关和各民主党派、工商联机关全体人员会议，强调严肃工作纪律，按时上下班，保证正常办公秩序；二是要求全体人员不打听、不议论、不传播与案子相关的消息；三是全力配合公安部门侦查，所有人员一律不得外出，随时待命；四是成立协调善后工作小组，钱洪军任组长，刘元为副组长，成员从各科室抽调。

钱洪军随即明确了三名组员：干部科科长吕波、党派科主任科员海心和办公室副主任徐风。当务之急是：明天下午白茹萍的母亲和妹妹从东北赶来，要安排好接站、食宿，做好安抚工作。

徐风负责会议记录，注意到小组成员没有牛玖平。"大牛"和他一直是办公室的"哼哈二将"，有啥活两个人都落不下。难道是担心牛玖平与此案有关，有意让他回避？大家都知道这小子平时最爱招惹白茹萍，三天两头地献殷勤，给她调调手机、修修电脑什么的，前几天还帮她换了家里的锁芯，吃喝得无人不知。大家还知道"大牛"和他媳妇关系不好，常闹别扭。他妻子范海霞是昌海电视台的主持人，近两年走红后，开始瞧不上"大牛"，两个人吵架成了家常便饭，她经常抓得"大牛"脸上东一道西一道的。据说两个人分居有一段时间了，不会是这小子对白茹萍干了坏事吧？

3

好事不出门，坏事传千里，凶杀案以惊人的速度在网上不断发酵。机关宿舍大院、统战部、女机要员、交际花、婚变……传言经过好事者的编排加工，很快有了多个版本：自杀说、情杀说、仇杀说、劫财劫色说，甚至有人危言耸听，说是潜伏的国民党特务暗杀了统战部的女机要员，抢走了绝密文件……

一上班，徐风几乎是跑着进了办公室。路上谁碰上谁问，办公电话也成了热线，都是打探消息的，徐风不胜其烦，干脆不接了。还是牛玖平有办法，接电话时一本正经地说："无可奉告，警方正在调查呢，让把打听案情的都登记下来！"对方吓得赶紧挂了电话。

上午九点，钱洪军召集全体人员会议，会上传达了昨天晚上办公会的精神，强调特殊时期大家一定要谨言慎行，别再出什么娄子。散会后，刑警支队的两个警察过来，开始采集所有男青年的血样、脚印和指纹。

牛玖平被叫进去做了两遍，还被单独问话，让他讲清楚帮白茹萍换锁芯的前后经过和案发当日的行踪。他出来后哇哇大叫："哎呀！真是好人难做啊，热心帮忙反倒惹了一身骚！"直到徐风解释说，凡和白茹萍接触多的，都要问情况，包括他在内好几个人都被问了，牛玖平这才消了气。

警察要看白茹萍的办公桌，撬开抽屉，只见里面塞得满满当当，一个鼓鼓囊囊的大号信封特别扎眼。警察拿出来掂了掂，感觉颇有些分量，打开往桌上一倒，一团亮闪闪的金银首饰赫然入目，除了项链、戒指、玉镯，几张银行卡和存折，竟然还有厚厚的一沓美元！

真是土豪啊！徐风和"大牛"都看呆了。刘元生气地说："部里反复强调不准在办公室存放现金和贵重物品，她就是不听，万一失盗了怎么办？"

警察分类登记，用档案袋子装好、封口，让刘元和徐风签了字。

"快来看，重磅新闻！"下午，徐风刚进门，牛玖平就趴在电脑前招呼他。

"啥事一惊一乍的？"徐风凑过去，看到昌海城事网有条醒目的加粗标题：《雾夜惊梦，蓝海郡突发命案；雨打浮萍，白玫瑰香消玉殒》。

"又是标题党的帖子，光会瞎编，不靠谱！"徐风说着，快速浏览了一下。网文用的是春秋笔法，貌似写实，内容却极尽夸张，有不少道听途说的成分。帖子称：昨夜，市直机关宿舍蓝海郡小区突发命案，市委统战部一名年轻貌美的女干部白某在家中遇害。死者系他杀，身着睡衣，窒息而亡，疑似熟人所为，目前此案正在侦破中。受害人交际广泛，人美歌甜，经常出入"月亮船"休闲娱乐城，人送艺名"白玫瑰"。另据统战部门消息人士透露，警方已对该单位所有男青年做过筛查，不排除内部人员作案的可能……

发帖不到一小时，跟帖评论已近千条。网友有的臆测案发原因，有的人肉搜索，扒出了白茹萍去歌舞厅唱歌时的视频和她在"梦幻天使"影楼当模特时拍的婚纱照，甚至晒出了她在东北上学时的照片和毕业论文……

"现在网络真是厉害，多年前的陈芝麻烂谷子都能扒拉出来！"牛玖平好奇地问徐风，"这个'消息人士'不会是你吧？"

"哼，我才不触这个霉头呢！"徐风撇嘴道。他也奇怪，谁这么八卦啊，真是唯恐天下不乱！

他正说着，刘元阴沉着脸走进来。徐风刚提起网帖一事，刘元就说知道了，钱部长刚和宣传、公安部门沟通过，帖子是昌海城事网的"沧海一剑"写的。这个写手本名肖剑飞，是个网络愤青，经常发些针砭时弊的评论网文，颇受粉丝欢迎。他和经济科科长马连成是一个村的，找他打听案情，马连成酒后信口开河，添枝加叶地乱说一通，没想到肖剑飞发到了网上……

刘元恨恨地说："这个老马真是看热闹不嫌事大！案子还在侦查阶段，他就捅到了网上，弄得满城风雨，公安人员找咱兴师问罪呢！"

"肖剑飞我知道，我看过他不少文章。"徐风不无赞赏地说，"这个人挺正的，也能干，他那昌海城事网没几年就火了，人气还奇高呢！"

"人气高了更坏事，这个时候炒作不是忙上添乱吗！我已经协调有关部门尽快删帖，钱部长也找老马谈了，大家要吸取教训，少说话，非常时期一定要瞪起眼来！"刘元嘱咐道。

"白茹萍的母亲和妹妹下午五点半到站，住宿怎么安排？我问过了，她表婶、表姑谁也不接，都说要靠单位照顾。这就开始推了，都是些什么亲戚！"徐风不满地说。

刘元却有打算："这好办，在她表姑家附近找家商务酒店安顿下，费用从抚恤金里扣。家属来了肯定要问情况，咱去趟刑警支队，问问案子的进展吧。"

到了刑警支队，他们见崔浩正领着人围在桌前研究案情。这几天崔浩一直靠在这里，眼睛熬得通红。刘元说明来意，崔浩也没客套，言简意赅地说案件已取得重大突破，很快就会有结果，具体案情不便透露。

刘元追问道："甭提案情，我就想知道凶手和单位没啥关系吧？"

崔浩微微一笑，淡淡地说了句："放心，不是你们的人干的。"

刘元和徐风都松了口气。

杨正清去找江林汇报，刚进门，江林就皱着眉头说："正清啊，这下你们可出名了，没有不知道统战部的了！"

"我工作没做好，给市委抹黑了……"杨正清内疚地说。

"这也不怨你,你刚来就赶上了。我看过公安专报,要求他们尽快破案。"江林见杨正清颇为自责,语气缓和下来,"年底正值换届,机关宿舍大院发生这种恶性案件,影响不小啊!"

"那是,只好亡羊补牢了……昨天晚上我连夜开了会,要求机关抓好管理,全力配合案件侦查,做好善后工作,争取尽快破案,消除影响。"

"听说统战部和党派机关个别干部不务正业,有的在外面兼职干私活,有的闹意见,上访信满天飞。看来干部队伍得好好抓一抓了!"

"问题是不少,我们一定吸取教训,抓紧整改……"

"冰冻三尺,非一日之寒。凝心聚力可不容易,做统战工作,自身先得统一思想。"

"的确是这样。治沉疴还得用猛药。我想年后在统战系统集中开展一次思想作风整顿,您看怎么样?"

江林点头说:"好啊,你放手干就行,市委全力支持!"

"我们尽快抓好班子、带好队伍,还请您多指导,多给我们压任务!"杨正清言辞恳切地说。

"磨刀不误砍柴工。你不用着急,先整顿好队伍,后面不愁没活干,养兵千日,用兵一时。"江林笑道。

4

火车晚点,白茹萍的母亲和妹妹到站时快七点了。天阴了一整天,傍晚开始淅淅沥沥地下起小雨来。冬天的雨滴沉重冰冷,打在脸上有股透心的寒意,更让人备感压抑。

刘元充分考虑了接站时可能出现的状况,专门叫来了白茹萍的表姑,又从机关医院找来一名医生随行,但场面还是几近失控。

与白茹萍的形象截然相反,白母五大三粗,性子急,嗓门大,走路带风,两只大手甩起来跟蒲扇似的。徐风刚介绍了一句"这是刘部长",她就一把扯住刘元,放声大哭:"哎哟,我那苦命的萍丫头啊,咋说走就走了啊……"她的哭腔又长又尖,引来不少人围观。

刘元偏瘦,被她拉扯得东摇西晃、站立不稳,连声说:"大姨,请节哀顺变,节哀顺变……"徐风和海心也在一旁劝她。

白母痛哭了一会儿，在众人的劝说下渐渐止声，抹了把眼泪，咬牙瞪眼地喝问道："我那萍儿到底是怎么没的？我千里迢迢把人好好地交给你们，咋在市委大院里被害了呢？"

眼看围观的人越来越多，海心扯了扯白妹的胳膊说："妹妹，你劝劝老人吧，天这么冷，又下着雨，咱先回宾馆住下吧。"

白妹还算理性，掏出纸巾擦擦眼睛，上前去拉母亲："妈，和人家领导才见面，你咋号起来没完了呢？坐这么长时间的车，可累了，住下再说吧。"白茹萍的表姑也跟着上前劝她。

刘元早让徐风在白茹萍的表姑家附近订了家商务宾馆，说她们亲戚住近了便于照应。徐风一开始提议住市政府接待中心，离机关近些好联系，还能挂账，刘元却说离机关远点好，省得住近了，三天两头找单位。当时徐风还觉得有些不近人情，眼见这般状况，不禁暗暗佩服刘元的老谋深算，姜到底还是老的辣。

到了酒店，白母嫌房间不朝阳，就做了调换。徐风烧上水，白妹又嘟囔着不是纯净水，于是又要来一箱瓶装水。折腾了半天，刚坐下，白母突然又毫无征兆地放声大哭："我那苦命的闺女啊，不让你来昌海，你非来，这下把命撂在这儿啦！从小拉扯你这么大，你妈我容易吗……"白茹萍的表姑和白妹也跟着哭起来。徐风想劝她们，刘元使了个眼色，微微摇了摇头，意思是让她们宣泄一下。

白母唱腔般抑扬顿挫地哭了好一会儿，有些累了，声音低下来。海心乘机揽着她的肩膀劝了几句，白母顺势止住声，瞪着血红的眼睛问刘元："刘部长，我那姑娘是为公家没的吧？听她表姑说，咋被特务害了呢？"

刘元哭笑不得："大姨，您别听外面瞎传，这年月哪来的特务啊……"

"要不就是哪个杂碎同事给害的？你们单位可要负责到底！"

"这都是谣言，您可千万别信！"刘元耐心解释道，"我专门找公安部门问了，专案组正在全力侦破，很快就有眉目了……"

刘元向白母详细地讲述了案发前后的情况，说一有消息就马上告诉她。白母提出要看遗体，刘元答应明天再跟公安部门协调一下。

他们正说着，服务员送饭菜来了。刘元叫白母先吃饭，早点休息，明天等他的消息。安顿好后快九点了，他们告辞出来。

下了楼，刘元打电话和钱洪军说了情况。钱洪军正在东方集团喝得高兴，叫他们过去，说慰劳一下他们。刘元谢绝了，说就近吃点就行，折腾了半天，有些头晕。医生没白带，给他一量血压，高压一百七，赶紧让他服了片降压药。

第二天上班后，刘元和徐凤又去了刑警支队，问案件的进展情况，还有能不能让家属看遗体。他们刚到门口，正碰上白母和白妹从出租车上下来。刘元感到有些意外，招呼道："大姨，你们怎么来了？"

白母见了刘元挺高兴，一把抓住他的胳膊说："刘部长啊，碰上你正好，我还担心进不去门呢！"说着，她拉开了包，"不让我进我也有法子，我就跪在门口喊冤。喏，你看，条幅我都找酒店整好了！"

"哪用这样？我们不是一早就来协调了吗？"刘元不满地说。

"俺不为别的，就是问问案子破得怎么样了？不紧催着点，他们不拿着当事！"白妹解释道。

徐凤说："不催他们也紧着办呢，市里都把它列为一号要案了。"

"我听店里人讲，要是因公被害，能评烈士吧？除了抚恤金，单位是不是也该出点慰问金？俺娘俩初来乍到的，两眼一抹黑，你们可得给我们做主啊！"白母说着，扯住刘元的胳膊用力摇了摇。

刘元努力站稳，说道："国家都有规定，该怎么着就怎么着，等破了案定性了再说……你们既然来了，就一块进去吧。"

他们在接待室等了一会儿，崔浩来了。刘元刚要介绍，白母故伎重演，上前一把扯住崔浩的胳膊，开口就号："俺那……"她刚出声，崔浩一甩手，瞪着眼厉声喝道："给我打住！这是公安局，不是哭丧的地方！想问事就安稳点，要不就出去！"白母一愣，噤了声。

崔浩让他们坐下，耐着性子说："家属的心情我们完全理解。案子市里很重视，限期侦破，干警们好几天没回家了。我可以负责任地告诉你们，犯罪嫌疑人已被抓获了……"

"逮住啦？"白母一下子蹦了起来，情绪激动地嚷道，"是谁干的？我要活扒他的皮，零刀子剐了他！"

"你别激动，到时候自然会告诉你。审讯还需要时间，请你们配合。现在家属还不能看遗体，再耐心等等。我们要准备审讯了，先这样吧！"崔浩说完，向门口一摆手，做了个送客的手势。

下了楼，刘元让白母坐他们的车回去。车子刚启动，一辆警用小面包就闪着警灯开进院里。车停下后，门拉开了，两名警察押下一个男人来。那个人长发蓬乱，遮了半个脸，双手交叉在前，胡乱缠着一件外套，看来是被铐着呢。

"那不是齐帅吗？"白妹眼尖，失声叫道。

"还真是他！这个杂碎男人，咋会是他……"白母也认出来了，和白妹面面相觑。

车子开出大门，白母和白妹满腹心事，一路无话。

5

"什么时候你办案变得婆婆妈妈的了？"马杰正在大发雷霆，面部肌肉微微颤动，脖子上青筋暴突。

崔浩低着头，在桌前立正站着，像个挨训的学生。他刚汇报了白茹萍遇害案的进展情况，虽然侦查神速，很快抓获了犯罪嫌疑人，没想到审讯并不顺利，一天一夜了，还没有什么突破。

案情其实并不复杂，从初审来看，不过是一起夫妻婚变引发的情杀案。据推断，案发当晚，齐帅出差回家，偶然发现白茹萍有外遇，两个人争吵起来，白茹萍抓破了他的脸，齐帅恼羞成怒，用抱枕捂脸、电话线勒颈，致其窒息死亡。为破坏现场，他打开燃气阀门，在餐桌上点了蜡烛，意图制造燃气爆炸事故。所幸燃气灶有防泄漏自动断气功能，才没酿成严重后果。

齐帅到案后，拒不认罪，不过证据确凿、板上钉钉。上周五，齐帅从国外回来，晚上在家和白茹萍吃饭，是最后一个见到她的人；他两口子聚少离多，长期分居，夫妻感情淡漠，几次吵架闹离婚；齐帅左脸被抓伤，从白茹萍的指甲里提取到了他的皮屑，已经DNA鉴定证实；房间的地面虽仔细清理过，但酒杯、电话上都提取到了他的指纹……综合这些情况来看，齐帅既有作案动机，又有作案时间，基本能认定他就是凶手。齐帅落网后极不老实，推了个一干二净。他辩称自己与白茹萍争吵时被抓伤了脸，负气离家后，在洁宜快捷酒店住了一夜，第二天便回了历平老家，后面发生了什么他并不知情。经查证，他当晚确实入住了洁宜快捷酒店。案发现场也有两处疑点：一是家里的小保险柜去向不明，不排除有人入室盗窃、图财害命的可能；再是厨房的门后发现了大半个残缺不全的脚印，与当晚所有到过现场的人员的脚印特征都不符。本来案子侦查没这么麻烦，但因案发时正值昌海市遭遇强雾，当晚雾最大，小区的监控基本上失去了作用，进出人员、车辆影像都模糊不清，难以辨识。更不巧的是，洁宜快捷酒店的电脑坏了，没有保存下当晚齐帅入住时的视频资料……

本来马杰心情不错，觉得案发三天犯罪嫌疑人就落网了，这办案效率够高了。但听到齐帅拒不认罪时，他又烦躁起来。他新任常务副市长，尚未卸任公安局局长，机关宿舍大院就出了这种恶性凶杀案，社会影响极坏。尤其是近年来他主持打造的"平安昌海"成了全国的典型，上个月刚开了现场会，这几天就出了人命案，这不是打他的脸吗？会干不如不摊上，真摊上了也没办法，只能亡羊补牢了。这个案子能否迅速破案，办成铁案，不仅是对公安人员业务能力的一个考验，也应该成为他公安局局长任上的收官之作。

"这么简单的案子，一天一夜了还拿不下，你们是干什么吃的？"马杰脸色铁青，劈头盖脸地批评道。

"马市长……齐帅那小子看着像个文弱书生，没想到还奇硬，死活不认账……"崔浩讷讷道。

"不认账就没办法了？零口供照样能定罪！案子能形成完整的证据链就和谐了，没必要在细枝末节上纠缠！"

"这个……还有保险柜和那半个脚印没着落……"崔浩犹豫了一下，小心翼翼地解释。

"解铃还须系铃人，我看还是要从齐帅身上突破。保险柜肯定被他带走了，他就是想伪造图财害命的现场。那半个脚印倒没啥名堂，说不定是哪天送水的、查煤气的留下的，不能死心眼、一根筋！案子影响这么大，书记、市长都过问了，你们可一定给我弄和谐了！"马杰说着，用手重重地敲了敲老板台。

崔浩连连点头应道："是！是！没问题，我们再上上手段，这小子就是钢牙铁齿也给他撬开！"

"当然了，你们也要把握好分寸，在这个敏感的时期，千万别给我捅娄子!"马杰语气缓和下来,走到崔浩面前,拍了拍他的肩膀说,"这些年你受了不少累,再辛苦辛苦,把这个案子弄和谐了,也该动动啦!"

"多谢市长栽培!"崔浩啪的一下立正,打了个敬礼。马杰说的"也该动动啦",正是他梦寐以求的。他自己心里明白,这些年他为此熬了多少个日夜,付出了多少艰辛的努力……

崔浩的老家在历平县最南部的一个小山村。他考上军校后,从山窝窝里走出来,看过海岛,守过南疆,当过侦察兵,还两次去非洲参加维和,曾荣立二等功一次、三等功两次。转业到昌海市公安局后,十几年来,他从一名干警,一路靠苦干死拼,好不容易熬成了支队长,付出了不知比别人多几倍的努力。他曾勇闯火海,背出了瘫痪在炕上的老人;他为保护被劫持的人质,迎面挡住了歹徒泼来的镪水,自己的面部却被严重烧伤;他连续四天四夜不眠不休,破获了全市连环抢劫杀害出租车司机案……他本以为靠工作实绩就能提起来,没想到支队长却成了一个坎,不管他多么努力、怎样付出……他眼见着有些资历、资质比自己差许多的同事都提拔了,只有他还在原地踏步,处室轮岗也没他的事,理由竟是他干得太好,换成别人顶不起来……

正当崔浩有些心灰意冷时,马杰的出现又让他振作起来。马杰从省厅下来,很重视用人,颇看重他的业务能力,遇到急难险重的任务都派他上,个人有啥事也放心交给他办。"士为知己者死",崔浩工作起来愈发拼命,对马杰安排的事尽心尽力、全力以赴。今天马杰亲口对他说换完届该"动动"了,这绝对是个好兆头,他得尽快突破这个案子,办一个漂亮的铁案,证明自己的实力。

崔浩想到这里,不觉攥紧了拳头,大声说:"请马市长放心,没有我崔浩拿不下的案子,您就坐等好消息吧!"

6

"小孩小孩你别馋,过了腊八就是年……"这几天年味日渐浓起来,商店、小区门口张灯结彩,街上车水马龙、热闹非凡。路人行色匆匆,有徒步的,有骑车的,很多人大包小包地带着东西,一场全民参与的年货盛宴和年礼旅行又隆重开场了。

与街上相比,机关大院里冷清了许多,空荡荡的,少有人来。办公楼前新挂了两只大红灯笼，上写"欢度春节"四个字，提醒人们要过年了。

徐风正和牛玖平商量着排值班表，"大牛"心不在焉地歪趴在桌上。他见海心过来拿报纸，立马有了精神，弹簧般地跳起来，煞有介事地问："哎呀，姐姐怎么有空过来？西边停车场分年货呢，是不是叫我帮你搬去？"

海心是党派科主任科员，今年三十四岁，看上去也就二十几岁的样子。她身材苗条，皮肤白皙，明眸似水，脸上有个酒窝，更添几分娇美，又带了一分淡定与从容。去年党派科科长到新疆喀什挂职，科里由她主持工作。平时牛玖平除了爱招惹白茹萍，再就是喜欢跟她闹，一口一个"海心姐姐"，叫得煞是亲热。徐风曾笑话他，不光"撩妹"还"撩姐"，从十四到四十，一个也不放过。他嬉皮笑脸地说，你不知道这年月就兴"姐弟恋"啊？

海心听了"大牛"的话认了真："咦，是发工会福利吗？徐风领了吗？"

徐风故作认真状："我不要，都给'大牛'了！"

海心明白过来，笑道："看'大牛'让年货馋的，大白天做年货梦呢！"

"不是做梦啊，停车场那边确实有人偷着发年货，跟做贼似的！卸车时有个泡沫箱摔了，东西撒了一地。你们猜是啥？嘿，这么大的梭子蟹！"牛玖平说着，双手比画成碗口大小，又咂吧了一下嘴，"真馋人，咱连根蟹子毛也捞不着！"

徐风听了惊讶地说："中央有八项规定，两办又刚发了通知，节日期间不准送礼走访，怎么还有人敢顶风作案？"

"抓得再严，还是有人敢办，手段还更隐秘了！"牛玖平道。

"你可别违反纪律啊，给咱咱也不要。"徐风说着，拿起一份文件来递给他，"你看，杨部长刚签了意见，让发个通知，强调过节纪律，科室负责人还要签承诺书呢！"

牛玖平没接文件，双手一摊，歪头咧嘴，故作惊恐状："不会吧，哥哥？就咱这破部门哪会有人送礼，不用这么矫情吧？就是八项规定前，咱们分年货也不过是卫生纸、大馒头、五谷杂粮什么的，有些好单位分的东西家里都没地方放，人家吃肉咱连汤都喝不上！"

他们正侃着，刘元进来了，说接到公安部门的通知，案子已经侦查终结，凶手不出所料就是齐帅，他本人供认不讳。白茹萍的遗体明天火化，到时在殡仪馆搞一个简短的告别仪式。

海心有些伤感，神情黯然地说："好端端的一个人，说没一下子就没了！"

牛玖平摇头道："唉，这都是命中劫数！我早说过，白茹萍这名字起得不好，命薄如白纸，身世似浮萍啊！她又喜欢'7'这个数，也犯了大忌。"

"这个数哪儿不好？"海心想起白茹萍的车号中有"77"，手机号尾数也是"7"。

牛玖平故作神秘地说："你想想，'7'像个啥？"

"像啥？"刘元也起了好奇心。

"像把镰刀呗！"牛玖平右手食指一弯，演示了一下，摇头晃脑道，"这个形状煞气太重，和住宅最忌讳刀把型一个道理。"

"哦，还好，亏了我的车号、手机号码都不带'7'……"海心托腮蹙眉，想了想，松了口气。

"别听'大牛'瞎忽悠！照他这么说，哪个数字都不能用：'1'像根闷棍，'6''8''9'还像个绳套呢！那'0'不成了无底洞！"徐凤笑道。

"谣言止于智者，无稽之谈，就此打住！""大牛"做了个鬼脸。

"你们开'神仙会'啊，这么热闹！"杨正清刚散了常委会，走到门口说。

"您回来了！"刘元上前打招呼，"我们正议着呢，白茹萍的案子侦查终结，家属要明天火化遗体，忙完就回东北了。"

"哦，抚恤金办好了没有？车票订上了吗？你们问问家属，还有什么需要帮忙的，尽量帮一下。"杨正清关切地问道。

刘元应道："嗯，都办好了，正想问问大家明天有没有想去参加告别仪式的。"

"大家同事一场，明天除了参加党派换届会的，能去的尽量都去送送吧！"杨正清叮嘱道，"多安排几个人帮忙，保障好车辆。"

7

又一轮雾霾袭城，天空灰蒙蒙的，像没洗脸似的，空气中有一股烧煤球时的呛鼻的味道。今天民盟、民进召开换届大会，上、下午各半天时间。空气质量这么差，海心开始后悔跟姜兰步行了。

近年来，昌海市的雾霾越来越严重，污染天数居高不下，都是北海化工惹的祸。北海经济技术开发区的前身是北海县，全国最大的盐碱化工基地。这些年来，盐碱化工在大量创造 GDP 的同时，也造成了严重污染。北海县改区后，开始重视环保，陆续采取了一些措施，但短期内成效还不太明显。

海心一手拎包，一手用围巾捂着鼻子，问姜兰："上午民盟换届还算顺利，该选的都选上了。下午民进不会出什么乱子吧？"

姜兰面带愁容，忧心忡忡地说："俺正揪着心呢！肖立成和贺春荣闹得这么僵，跟有几世仇似的，别在会上掐起来就行！"

"嗯，是得小心点！"海心点头应着，又叹道，"唉，这肖秘大大咧咧的，我看他还真不是贺春荣的对手！"

"嗯，贺春荣这个女人不简单……她一直想把老肖拉下来取而代之。"

"何必呢！党派机关就这么几个人，争来抢去的，谁也捞不着好！"

"是啊，他们搞窝里斗，提干部时自个儿推不出来，外人才会乘虚而入。民盟的程红英不就是个例子！"姜兰摇摇头，一脸无奈。

"什么时候党派机关也成了安插干部的地方了？像那个程红英，好好的市委部门不干，跑到党派瞎掺和！"

"小程在宣传部资历浅，前面还有好几个科长呢，所以才走党外干部这条路。有董立堂罩着，估计她在民盟也干不长，再换届时说不定弄个党外副县市区长什么的。"

"这算怎么回事啊，扎根党派的提不了，不干党派的还鸠占鹊巢！"海心愤愤不平地说，"人家唐娟在民盟都干了二十多年了，里里外外全靠她忙活，没有功劳也有苦劳吧？好不容易倒出一个秘书长位置来，又叫外人占了，难怪党派没积极性。干部不流动，就是一潭死水！"

"谁说不是，这帮人整天窝在一起大眼瞪小眼，时间长了不出毛病才怪！"姜兰摇摇头，又嘱咐道，"开会时咱可得盯紧了，小心别有捣乱的！"

两个人一路聊着，到了会场。贺春荣正领着几个会员摆放名牌，见她们进来，笑嘻嘻地迎上来，跟姜兰打招呼："姜部长，这么早啊？有什么指示，还是不放心啊？"

姜兰微微一笑，回敬道："有你这么能干的主任，我有啥不放心的？咦，怎么没见肖秘？"

贺春荣柳眉一挑，哼了一声："人家大秘书长光忙着联络感情了，哪管这些鸡零狗碎的杂活？不跟俺似的，就是个干活的命，折本搭吆喝，出力不讨好！"

"你也别攀人家肖秘，他是老民进了，你年轻多干点没坏处。整天低头不见抬头见的，互相体谅着点，往长远看！"姜兰劝道。

贺春荣漫不经心地应着，见肖立成来了，便转身忙活去了。姜兰又和肖立成聊了一会儿，劝他别跟贺春荣一般见识。

离开会还有十分钟时间，与会人员开始陆续入场，姜兰和肖立成去贵宾室门口迎候领导。海心见主席台上摆好了材料，上前翻看。

"哎，海科，我都检查过才码齐了，你就别动啦！"贺春荣看她翻看材料，忙喊了一声。

海心应着走下台来，忽又记起姜兰嘱咐的话，还是有些不放心。她看贺春荣去签到处了，索性又上台逐页翻看材料。当翻开一份民进市委会工作报告时，她赫然发现里面夹着一张对折的粉色纸张。海心好奇地打开，定睛一看，头嗡的一下大了，竟然是"关于反映肖立成作风问题的举报信"！她顾不得细看，赶紧抽出来，又逐一查看主席台上的所有材料，发现都夹着这种纸……

海心仔细检查完，把材料码放整齐，拿着一叠粉色纸走下主席台。贺春荣从门口走过来，面无表情地瞥了一眼她手中的材料，若无其事地走开了。海心怕再生事端，索性守在门口，面朝主席台站着，不敢离开一步。

离开会还有五分钟时间，会场里人都到齐了。贺春荣四下望了望，走到主席台前，拿起一支话筒"喂"了一声。海心以为她调试话筒，也没在意。不料贺春荣清了清嗓子，大声说道："各位会员，有件事给大家提醒一下。"海心只道她是要提醒注意会场秩序、关好手机什么的，也没往心里去。

"民进秘书长肖立成假公济私，挪用公款，我多次向组织反映，长期遭受他的打击报复……"贺春荣语速很快，像上足了弦的发条，猛地绷开了。

海心回过神来，忙上前夺话筒："贺主任，有问题要从正常渠道反映……"

"你胡说八道，贼喊捉贼！"肖立成正好进来检查会场人数，听到贺春荣的话后涨红了脸，一手叉腰，一手指着贺春荣反驳道。

"今天是全体会员大会，我有权利反映情况！群众的眼睛是雪亮的，决不能再让肖立成这种害群之马继续混在民进班子里……"贺春荣双手护着话筒,越说越快,声音震得音箱嗡嗡作响。

"你成天勾引男人,还有脸在这里胡咧咧,看我不揍死你!"肖立成一拍桌子,抄起个名牌朝贺春荣劈头盖脸砸过去。贺春荣一歪头躲开了,名牌却把海心的眼角划了道口子,血珠慢慢地渗了出来。

贺春荣被肖立成戳到了痛处,怒火中烧,冲前几步,抓起摄影记者的三脚架就要开抡。海心顾不得痛,死死拽住她的手臂,记者也紧护着设备不撒手。

这时,姜兰闻声赶来,厉声吼道:"贺春荣!你撒什么泼?领导马上就到,你是不是上台来施展施展?"

贺春荣顿时收敛了,松了手。姜兰又喝退肖立成,叫大家都坐好,准备开会。

开场铃响起,贵宾通道的门打开,领导们鱼贯而入,杨正清陪着民进省委会领导走在前面。贺春荣见状,转身气昂昂地回到座位上,肖立成也悻悻地坐下。

会议最后一项议程是选举,经过紧张的投票计票,选举结果出来了:原定市委会委员人选中,唯有肖立成以一票之差落选。委员选不上,就进不了市委会班子,秘书长自然也当不成了。

肖立成脸色阴沉,面无表情,一如外面的天气。和他隔几个座位的贺春荣面带微笑,一手托腮,一手跷着一只涂了红指甲油的手指轻轻晃动,犹如摇着一面胜利的旗帜。

8

民进换届会上的闹剧,让杨正清的心情格外沉重。换届大会开成了批斗会,会场变成了演武场,简直太不像话了!这是以中高级知识分子为主要成员的民主党派应有的样子吗?这样的干部能胜任参政议政、建言献策的重任吗?党派成员思维活跃、个性张扬,拢一块儿难免有这样那样的矛盾,个别人之间磕磕碰碰也属正常。但像这次在会场公然相互诋毁,实属罕见,矛盾之深可见一斑。看来,党派换届虽然结束了,但加强自身建设、搞好政治交接,还任重道远呢……

门外的一阵喧哗声打断了杨正清的思绪，他听着好像有人吵着要见他。杨正清起身开门，见刘元正和一个中年男人在门外拉扯着。那人一见杨正清，脸红脖子粗地叫道："杨部长！杨部长！我是民进的肖立成，找您反映情况！"

杨正清把他让进屋里，倒上茶，让他有话慢慢说。肖立成作为不速之客来闯门，本以为会讨人嫌，见杨正清态度和蔼，对他以礼相待，顿觉如沐春风，情绪平复了许多。

肖立成是个直筒子脾气，眼里揉不得沙子。换届前贺春荣就四处煽风点火，对他进行造谣诬蔑，今天在会上又公开诋毁他，严重影响了他的选票，达到了拉他下马的目的。肖立成既憋屈又恼火，不满主委的"和稀泥"，就来找部长告状。难得杨正清这么平易近人，他便毫无保留地讲起自己与贺春荣结怨的来龙去脉。

肖立成在统战部做过多年的经济统战科科长，上次换届提拔到民进任秘书长，引起了贺春荣的不满。贺春荣时任民进市委会办公室副主任，上任秘书长内退后，机关事务由她把持，她自个儿开着公车、管着账，倒也逍遥自在。她正志得意满地等着接任秘书长，没想到"半路杀出个程咬金"，肖立成搅了她的好事，还让她交车报账。贺春荣心里老大不痛快，工作上不配合，还常跟他闹别扭，唱对台戏。肖立成生性耿直，不吃这一套，两个人就针尖对麦芒，明争暗斗、龃龉不断。

年底考评时，贺春荣串通部分人给肖立成评不称职，还记他的"黑账"，把机关里个别需要变通处理的开支，说成私设小金库，诬陷他贪污公款。"你不仁，我不义"，肖立成起初还迁就她，后来撕破了脸，也不再客气，几次到部里反映她的生活作风问题。贺春荣生性狐媚，长得不怎么样，却打扮得花枝招展，招蜂引蝶。

俗话说，家丑不可外扬。本来两个人的矛盾还没公开化，这次贺春荣在换届会上闹得满城风雨，肖立成也豁出去了，打算先找部长反映情况，再找组织部和纪委，一定要为自己讨个说法。

杨正清听了眉头紧锁，神情凝重。窥斑见豹，从民进机关的问题来看，恐怕整个统战干部队伍的现状也不容乐观……

肖立成一股脑地发泄完，才注意到杨正清神情严肃，意识到自己有些情绪化了，忙解释道："杨部长，按说您刚来部里，不该给您添堵，不过我落选后压力奇大,贺春荣还四处说我的坏话。我在民进没法待啦!"

"别着急,你谈的情况我都记下了,回头部里还要调查,一定严肃处理。"杨正清说着,给肖立成的茶杯续了水,又批评他道,"俗话说,一个巴掌拍不响。你作为秘书长,跟下属搞得这么僵,也有领导责任!"

"贺春荣就是个泼妇,没法和她论里表!"肖立成咬牙切齿地说。

"有话慢慢说,不论谁对谁错,起码应该注意处理问题的方式吧?"杨正清耐心地劝道,"你是统战部出去的老同志,统战工作协调关系、化解矛盾,得讲求方式方法。有了误会不怕,要好好沟通,实在谈不拢,可以找领导协调,哪能当面锣、对面鼓地搞这么僵?!"

"我也找领导反映过,田主席说钱部长管机关,让我找他。钱部长说姜部长管党派,姜部长找了主委,主委又找我,转了一圈又回来了,最终还是俺俩在底下互掰。我实在忍无可忍了,一见她就来气!"肖立成说着,右手拍了一下自己的大腿。

"你这么意气用事,哪还像个领导干部?大家都是统战人,凑在一块是缘分,有啥解不开的疙瘩?"杨正清好言相劝道,"我看解铃还须系铃人,你们俩当面交交心,都做一下自我批评。贺春荣的做法肯定不对,后面还要对她严肃批评,让她写出书面检查。你是领导干部,大度一些,主动找她谈谈,争取打开心结,化干戈为玉帛,怎么样?"

"好吧,我都听您的,不过……"肖立成犹豫了一下说,"我落选秘书长,在民进没法待了,要不您给我换个单位吧?"

"这次没选上也没啥,在哪里摔倒了就在哪里爬起来,不能当逃兵啊!你虽没连任上秘书长,但还是机关负责人,该怎么干还怎么干,别有思想包袱。"杨正清安慰他说,"你先沉住气,把工作干好,有机会再调整,好不好?"

"行,我听您的!我把心里话说出来,就不憋屈得慌了。"肖立成说着起身告辞,"谢谢部长啊,您忙,我就不多耽误您的时间啦!"

"别急着走,来了就多坐会儿,我还有事请教呢!"杨正清招手示意他坐下,"我刚来不熟悉情况,你是老统战了,工作上有什么想法,咱交流一下。你敞开讲,错了也不打紧。"

肖立成早就听说杨正清为人随和、没架子,今日一见果不其然,竟然问计于他，不免受宠若惊，连声说："老统战不敢当，干的时间长点而已。承蒙部长看得起，我就知无不言、言无不尽啦！"

难得有机会和部长面对面交流，肖立成就"竹筒倒豆子"，把他这些年来工作中的一些感受和想法和盘托出。主要问题是：干部队伍建设跟不上，不少人心思不在工作上，出工不出力，吊儿郎当混日子，有的甚至一两个月不见人，在外面跑买卖、搞经营。再就是民主党派的作用没发挥出来。按说党派成员中人才济济，但由于缺少载体、平台，市里的中心工作和重大活动参与不进来，他们感觉被边缘化了。还有，统战部和党派机关干部出口窄，人员流动不起来，年龄偏大，人多事少，难免内耗、窝里斗，积累了不少矛盾和问题……

"说这么多，归根结底一句话，就是没事干闲的！公理公道地讲，咱统战口的干部素质还真不错，关键是没用起来！"肖立成深有感触地说，"我先谈这些吧，纯属个人看法，不一定对，供您参考。"

"嗯，你看问题挺深入，都说在了点子上。"杨正清听得很仔细，肯定道，"我看有问题不可怕，可怕的是浑然不觉、麻木不仁！"

肖立成点点头，恳切地说："其实，大家还是希望改变的。一天到晚不干事，浪费时间、浪费生命不说，也对不起拿的这份工资。"

"穷则思变！咱们一块努力，争取早点把问题解决了！你能看透，那就放下包袱，带头搞好团结，后面咱们还有许多硬仗要打呢！"杨正清微笑着给肖立成打气鼓劲。肖立成听进去了，满口答应。

送走肖立成，杨正清叫来姜兰和刘元，问道："刚才肖立成找我聊了聊，没想到他跟贺春荣结的疙瘩还不小，经济上也有些纠纷，你们都知道吧？"

办公室管账，刘元深知其中的原委，解释说："他们民进一年不过十万经费，能有啥问题？有时走访、接待方面的账不好下，变通一下处理也算正常，没想到让贺春荣盯上了……"

"就那点账还翻腾起来没完了！"姜兰接过话来，"前年有个会员给民进捐了一万块钱给大家改善办公条件，钱放在办公室里，这事那事的花上了，也没入账，时间一长都忘了。贺春荣抓住这点做文章，非说钱让老肖一个人花了。老肖大大咧咧的，经常花钱忘了要发票。他俩要是一块仔细对对账，想想把钱用在哪儿了，补起账来就没事了。可他俩互相推诿，谁也不担责，这才闹僵了。我和钱部长都做过他们的工作，主委也跟他们谈过，但说什么都没用！"

杨正清说："我看问题还是出在机关管理上。无规矩不成方圆，管理越松越容易出问题，以后坚持以制度管人、靠制度办事，就能避免这种问题。"

"好的，后面我们办公室加大制度落实督查力度。"刘元应道。

"我看肖立成态度还不错，愿意主动找贺春荣谈谈，你有空再做做小贺的工作，尽量争取让他们和解吧。"杨正清对姜兰说。

"好，我今天就找她。小贺这人心里也没多少道道，就是个性太强，吃软不吃硬。老肖要能高姿态，我看问题不大。"

杨正清说："那就好，人心齐，泰山移。只要善于用统战思维协调关系、化解矛盾，就没什么解决不了的问题。"

这时，桌上的座机响了，姜兰和刘元起身告辞。

电话是方进打来的，他惦记着白茹萍一案，问处理得怎么样了。杨正清简要地讲了案件的来龙去脉，又提起民进换届会上的闹剧，不觉叹了口气："唉，没想到这统战工作还真复杂，摁下葫芦起来瓢，都不是省油的灯呢！"

"听你这话又想打退堂鼓了？"方进语气严厉起来，批评他道，"你还是没全身心投入到统战上来，要知道搞经济容易，做统战工作可不简单！"

"没事，您放心，开弓没有回头箭，不干出点名堂来哪能打退堂鼓！"杨正清意识到自己可能失言了，忙赔笑道，"我只是随口说说，您老别生气。不过我还真觉得干统战就像是'老虎吃天——无从下口'！"

"你要多和党外代表人士交朋友，多听意见、建议。什么时候你和他们打成一片了，统战工作才算入门了！我打你办公室的电话，就是想看看你在不在办公室。"

"怎么，老领导还管查岗啊？"杨正清不明就里，老实汇报道，"我可是每天早来晚走，出满勤干满点，从没旷过工！"

"这就是问题！你整天坐在办公室里，高高在上，怎么跟统战成员交朋友？怎么听意见、建议？"方进说着加重了语气，"正清，我提醒你啊，要是每月你不拿出一半时间在外面跑，打不出二百块钱的电话费来，你这个统战部部长就不称职！"

杨正清这才领悟到方进的本意，感动地说："好的，我记住了！您老还是像在北海时手把手地教我，我一定按您的要求认真干好！"

杨正清放下电话，感慨良多。方进这位老前辈为党工作了一辈子，革命战争年代出生入死，社会主义建设和改革时期兢兢业业，自己干好工作的同时，还言传身教，发现培养了许多人才，杨正清自己也是其中的受益者。要是当初没有方老的提携，自己哪能有今天？杨正清默默地点上一支烟，陷入了对往事的回忆……

那还是二十世纪八十年代初，杨正清从昌海师范毕业后，分配到北海中学任教。他上学早，工作时不过十九周岁，跟稍大些的学生的年龄差不多。他虽然年轻，但课讲得好，又认真负责，能写会画，很快成了学校的顶梁柱。他本以为就这样扎根教育，没想到一个偶然的机会，彻底改变了他的人生轨迹。

那是他工作后的第二年，北海中学承办全县中学秋季运动会，时任县委书记方进出席完开幕式准备回去，但没等走出操场，就被现场的解说吸引住了。播音员即时点评赛场动态，男中音抑扬顿挫、浑厚有力，解说出口成章、妙语连篇，颇见功力。方进驻足听了一会儿，问校长："这个解说的是什么情况？"校长素知他爱才，便介绍说播音员叫杨正清，今年二十岁，师范毕业，能写会画，在报刊上发表过不少文章……方进听了高兴地说："好，就是他了！我那儿缺个文字秘书，明天你叫他上县委办公室报到吧！"就这样，杨正清意外地进了机关门，成了县委办公室秘书组的一员。起初，他写公文材料摸不着路子，方进耐心地修改，手把手地指导。好在杨正清悟性高，文字基础又好，一点就透，写材料很快开了窍、上了道，不出半年就成了秘书组的骨干，深得方进的喜爱。方进虽然对杨正清要求很严，但私底下却夸他："这个年轻人不错，能吃苦，不张扬，从他身上我看到了我年轻时的影子。"一年半后，杨正清担任了秘书组副组长，开始在县委办公室挑大梁，为日后的仕途发展夯实了基础……

杨正清正想着，姜兰过来汇报节前的走访方案，明天计划去看望市伊协的老会长马永年，按惯例分管部长去就行。杨正清说："我正想拜访一下马老，明天一块去吧！"尽管杨正清和马永年不熟，但他素知马永年在昌海回民群众中威望很高，八十多了，还为伊协的事操劳，在维护回汉一家亲上做了不少工作。

"这……我看您还是不去的好……"姜兰犹豫了一下，直言不讳道，"见了您，马会长肯定提清真寺的事，还真不好办呢……"

"哦，清真寺有什么困难吗？你说说看。"杨正清问道。

姜兰汇报说，城区目前只有一座清真寺，还年久失修，加上近年来回民进城务工人员大增，活动场所早就满足不了信众的需求了。市伊协这几年一直找民宗局和统战部反映，要求修缮扩建清真寺。民宗局协调过几次，但因清真寺所在地段属于旧城改造区，早已纳入棚改规划，此事便一拖再拖，搁置到了现在。

"保障信教群众的宗教活动场所，不是理所应当的吗？"杨正清不解地问道，"就是要拆，也得给人家另安排地方，怎么还一拖再拖呢？"

"这事主要是民宗局负责，但市民宗局丁局长没兼统战部副部长，部里不好协调。去年底他因为宗教房产问题没处理好受了处分，去了政协，局长的位置至今还空着呢，就更没人管了……"姜兰解释道。

"嗯，这事我知道。"杨正清点点头。

"民宗局本身有执法职能，平时经常开展执法检查吗？"杨正清又问。

"除了和有关部门开展联合行动，很难单独开展执法检查。这些年少数民族进城务工人员和信教的人越来越多，涉及民族宗教方面的矛盾纠纷自然也就多起来了，光靠民宗局还真忙不过来！"

"市民宗局人不少吧？"杨正清翻了翻笔记本说，"好像有二十来人吧？"

"嗯，市局人多点，县里人少，民宗局和统战部加一块不过七八个人。按理说，宗教管理执法至少三人以上，可县里人员编制紧，有的根本凑不齐仨人。本来人手就紧，还要抽人搞拆迁、包村扶贫，剩不下几个人，哪还有力量开展执法检查？"

"那也不能敞着口子啊！工作做好了，把矛盾隐患化解在萌芽中，才能事半功倍！"

姜兰心里很认同，使劲点头道："谁说不是！"

"民族宗教无小事，不能光靠民宗局单打独斗，必须加强部门协作，实现信息共享。另外还得依靠群众，通过建立完善基层信息员队伍，第一时间掌握情况，才能防患于未然、化被动为主动！"

"您说得太对了！"姜兰笑道，"千难万难，领导重视了就不难！"

"这几年市里分管领导抓得还紧吧?"

"唉,这两年几乎就没怎么管过,基本上是无事不过问,出事就问责……"姜兰无奈地说。

"明天我和你一块去马会长那里走访,听听人家有什么意见,尽力帮着解决就是。"杨正清诚恳地说,"快过年了,咱也借这个机会走访看望一下宗教界的代表人士。咱做党外代表人士的工作,就得放下身段,和他们平等真诚地交朋友,做真朋友,可不能高高在上坐衙门、当老爷啊!"

"嗯,您说得太好了,我今儿真受教啦!"姜兰又使劲点点头,打心底里觉得杨正清的话实诚、接地气。杨正清又问了她一些民族宗教方面的基本知识和礼仪,和她约好明天上班后去马永年处走访。

第三章　放了个"大炮仗"

1

马永年正在书房里作画。他知道统战部领导要来走访,却没想到部长亲自来,高兴得毛笔没放下就迎了出来。

杨正清一下车,见一位白帽长须老者站在楼前,精神矍铄、神采奕奕,颇有几分仙风道骨。姜兰介绍说,他就是马永年会长。杨正清上前一步,右手放在胸口,微微欠身,问候道:"赛俩目!"马永年赶紧还礼,心里一热:这位杨部长居然还懂伊斯兰教礼仪!

他们寒暄了几句,一同往屋里走。杨正清问马永年:"马老不是昌海人吧?像是冀东一带口音。"

马永年笑道:"杨部长好耳力!我老家是沧州献县,我二十岁来昌海做生意,不知不觉一甲子啦!"

"献县是个好地方,远有名士纪晓岚,近有抗日英雄马本斋,人杰地灵啊!"

"不瞒部长说,马本斋是我本家爷爷,还没出五服呢!"

"哦,失敬,失敬!当年回民支队有勇有谋,打得鬼子闻风丧胆,毛主席还表扬他们百战百胜呢!"

"他是老马家的骄傲,也是后辈的榜样。这些年来,爱国大义一直是我们世代相传的家风呢!"

"马本斋将军爱国爱党,人人敬仰。您老人家爱国爱教,也是高风亮节啊！"

"杨部长过奖了，这是我们的本分，理应如此嘛！"说话间，他们进了家门，来到书房。书房宽敞明亮，兼做茶室。

杨正清注意到书桌上有幅刚画完的水墨画，走近前一看，画的是一位古代文人面朝石头作揖，墨迹还没干，尚未题款。杨正清手牵宣纸，鉴赏片刻，赞道："好一幅《米颠拜石图》！虽是临摹，但画中太湖石瘦皱透漏，笔法空灵，人物如醉似狂，用笔写实，深得米芾之意啊！"

马永年一看杨正清懂画，视为知音，高兴地说："杨部长是内行，让您见笑了！我摹的正是任伯年的《米颠拜石图》，还没想出怎么题款，您给点拨点拨。"

"点拨不敢当，算是切磋吧！"杨正清略加思索，提议道，"我看用个现成的吧。元代的倪镇有首诗《题米南宫拜石图》，写的是：'元章爱砚复爱石，探瑰抉奇久为癖。石兄足拜自写图，乃知颠名传不虚。'借此为题怎么样？"

马永年拊掌大喜："好啊，用古典、作古画、题古诗，可谓相得益彰！杨部长既然是书画中人，要是不嫌画拙，就请您题个款吧？"

杨正清也不推辞，爽快地答应了："好，难得能与马老合作，非常荣幸，那我就献丑啦！"说着，他提笔润墨，笔走龙蛇，一气呵成。

马永年拊掌叫好："部长写得一手好字，颇有'二王'之风啊！"

杨正清笑道："据说米芾晚年不喜'二王'，有诗为证：'一洗二王恶札，照耀皇宋万古。'可咱题字偏用了'二王'笔法，给他们结成统一战线啦！"众人大笑，落座品茗，相谈甚欢。

杨正清诚恳地说："我们来看望马老，一来给您拜个早年，也征求一下您对我们工作的意见。有什么想法您但说无妨，咱们一块商量着解决！"

马永年见杨正清当面征求他的意见，很受感动，坦言道："承蒙部长关心，我就直言不讳了。也没别的，还是清真寺维修扩建的事，伊协反映过几次，时间不短了，说是要拆迁，也没个准信。不过总得有个活动场所吧？"

"我听说了，也了解些情况。拖了这么久，真对不住了！"杨正清欠欠身，致歉道，"我这次来就是征求您的意见，回头再向市委反映一下。这事早该提上日程啦，是我们工作没做好！"

"这可怪不得您，部长刚上任就来关心这事，我们感激还来不及呢！"马永年捋了捋胡须说。

"今天杨部长市里有会，他专门请假过来的。"姜兰插话道。

"耽误部长的工作了！"马永年感动地说，"其实我们要求也不高，清真寺不用扩建，修缮一下将就着用就行。"

"征求您的意见也是我们的工作嘛！"杨正清早有了想法，跟马永年商量道，"清真寺在老石桥子街，那一块的确是旧城改造的重点片区，在原地修缮扩建有困难，能不能换个地方建一座新的？"

"要能建新的，那敢情好！"马永年喜出望外，高兴地说，"现在这座清真寺又小又旧，修缮了也不合用。拆旧建新，我们求之不得！"

"好，我们回去就协调，争取尽快促成！"杨正清痛快地说。

"太好了！不过，还有个问题……"马永年欲言又止。

杨正清说："有什么顾虑您直说，千万别见外。"

"我是担心新建地段太偏了，有些地方拆迁安置在城郊，很不方便……"

"没问题，等有了规划，我们先征求您的意见，等您和伊协满意了再定。"杨正清说着看了看姜兰和刘元，"你们俩记着，到时一定落实好。"

"真是太感谢啦！"马永年高兴地端起茶杯，递给杨正清，"那我们就坐等杨部长的好消息啦！"

杨正清忙接过茶杯，笑道："这是应该的，回汉一家亲嘛！"

从马永年家出来，车子行经刘家巷。杨正清知道党派、工商联在这条街上，兴致勃勃地说："哎，正好经过党派、工商联，咱进去看看吧，我还没来过呢！"

姜兰面带难色道："这……咱临时去他们没准备……"

"又不检查卫生，准备啥？"杨正清笑道，"今天咱就突然袭击，看看他们的日常工作状态。我可说好啦，不许通风报信！"大家应着，在巷口下了车，步行往里去。

刘家巷是条老街，昌海人更习惯叫它"进士巷"。明清时期这条街上先后出过六个进士，其中明洪武十三年（1380）科进士刘勋，官至右都御史，刚正不阿，疾恶如仇，上敢谏君，下能参臣，深得朱元璋的喜爱。当年朱元璋曾起意东巡，刘勋谏称天下方定，民生维艰，皇帝不可因一人之私欲而靡费财力，陷民于不安。朱元璋从谏如流，取消了东巡。如今刘勋故居尚在，昌海刚解放时，县政府就设在这里。改革开放初期，民主党派市级组织恢复活动后，曾在此办公。当时有四个党派，每个党派三间房子。老屋年久失修，透风撒气，冬天阴冷潮湿，夏天酷热难当、蚊叮虫咬，条件非常艰苦。直到二十世纪八十年代末，时任统战部部长方进积极争取了财政拨款，才在这条街上建起了一座四层党派、工商联机关办公楼，还盖了十间沿街配套用房。昌海建市初期，财力捉襟见肘，到处用钱、要房。当年整个市直机关只建了五座办公楼，其中就包括这座党派楼，大家反响强烈，在全省统战系统也引起轰动。省委统战部专门在昌海召开了现场会，各地市考察团纷至沓来，参观学习，这里一时风光无限、盛况空前。

时光荏苒、白驹过隙，当年曾是刘家巷地标性建筑的党派大楼早已老旧不堪，湮没在了周围鳞次栉比的高楼大厦中。巷子本来就窄，两边又建了不少门头房，再加上摊点占道经营，更是拥堵不堪。这条街成了小商品街，商户五花八门，卖什么的都有。街上人流如织，喇叭声、叫卖声此起彼伏。碰上货车进来，或路边有临时停车的，人流、车辆就乱成一团，让人寸步难行。

刘元陪杨正清走在前面，给他介绍党派楼的情况。楼房为老式结构，落成三十年来，一直没大修过，不是漏水就是停电，冬天暖气也不热，环境又乱，党派、工商联机关人员意见很大。部里申请改善办公条件，几次打报告都没有下文。机关管理局被逼急了，就派人修修补补，将就一年是一年。中央出台八项规定后，各地对新建、装修办公场所控制严格，解决起来更难了。

两个人边走边聊，经过一处拥堵路段时，发现前面有个衣着光鲜的妇女，正伸着两臂往头上套羊毛衫，杨正清从她身边走过时，提包蹭着了她。那妇女尚未回身，先大声叫道："谁啊？"

杨正清回身看了看，意识到自己可能碰着她了，忙停步道歉："对不起，不小心碰着你了……"

"哼，不小心？你咋不去碰汽车啊！"那妇女说着，三把两把从头上扯下羊毛衫，气哼哼地转过身来，只见她脸上抹得煞白，嘴唇血红，柳眉倒竖，怒目圆睁。她看到刘元先是一愣，又认出了杨正清，面部表情瞬间起了变化，剑拔弩张的五官迅速拢成了一副略带夸张的笑脸："哎哟喂，杨部长啊！您看我这个急性子，光会瞎嚷嚷，您大人有大量，别拿俺不是啊！"

"这是民进办公室的贺春荣主任。"刘元介绍说。

姜兰和海心在后面不时被衣服、布料所吸引,走得慢了些。忽听前面有人吵,她们快步赶上来。姜兰一看是浓妆艳抹的贺春荣,顿生反感,调侃道:"贺主任怎么在这儿?又没下通知,还盛装出迎啊!"

贺春荣反应倒快,把手中的羊毛衫丢下说:"我倒饬我倒饬,想出去照个相,刚好走到这儿……"

刘元问:"杨部长要去机关看看,你们办公室有人吗?"

"小孙去大楼送报表了,别的没在家的,我跟你们回去吧!"

"机关空了店,有事怎么办?"杨正清问。

"嗨,误不了事,我把办公电话转到手机上啦!"贺春荣说着掏出手机瞅了瞅,"再说了,党派能有啥事?我们肖大秘书长出去培训俩月,地球不也照转,我看还转得更好了哩!"

姜兰瞪了她一眼,变色道:"小贺你好好跟部长说话,别满嘴跑火车!"贺春荣一撇嘴,不吱声了。

再往前走,就到了刘勋故居,杨正清驻足观看。房子是老式青砖屋,大门面宽三间,硬山顶,顶部耸起,形若牌楼。梁架为穿斗抬梁混合结构,中门前檐柱左右各有石狮一对,昂首相向蹲立,上中门月台置垂带踏跺三级,左右各有一座拴马石,虽是仿品,但当年的气势可窥一斑。大门紧锁,门口铜牌上写着"刘勋故居——省级文物保护单位"。贺春荣介绍说,这里平时不开放,来人参观需提前联系。

过了刘勋故居,不远处就是民主党派办公楼。在几棵大树的掩映下,一座土黄色的四层小楼很不起眼,与周边繁华热闹的商业气氛格格不入。院子不大,铁栅栏门锈迹斑斑,有些寒酸。七个民主党派再加上工商联,八块标牌并排竖在一起,白花花一片,倒很醒目。门口两边各有五间沿街房,都租出去了,大多商户经销服装,也有从事美容美发的,还有一间成人用品店,门口摆着两个人体模特,身着黑色蕾丝情趣内衣,前凸后翘,甚是扎眼。

传达室有几个人在全神贯注地下象棋,有人进来他们都没注意。楼前站着四五个人,正聊着天。一个体态稍胖的中年人身穿绛紫色羊毛衫,戴着蓝套袖,弯腰倒腾着花盆,两个年轻人蹲在地上帮忙。刘元认出那人是市政协副主席、工商联主席戴国庆,便高声招呼道:"戴主席,杨部长来了!"

戴国庆起身迎过来，摊着两手笑道："杨部长大驾光临，有失远迎啊！你看我一手土，咱就不握手啦！改成招手礼吧！"说着，他顽皮地招了招手。

"自家人，客气啥？你养的是长寿花吧？"杨正清弯腰瞅了瞅花盆，"今天暖和，阳光也好，松松土见见光，过年开一盆好花！"

"你也喜欢养花？一听就是内行！"戴国庆拿湿毛巾擦了擦手，"你要是喜欢，就拿两盆！"

"好啊，见见面，分一半！"杨正清在区里时就和他熟，不客气地说，"那你留两盆好的，我去省城时给方老捎过去，算是借花献佛啦！"

戴国庆笑道："让让是一礼，没想到碰上实在客啦！你是来打秋风的吧？"

"有来无往非礼也，不白要你的，我养的一品红不错，回头也送你两盆！"

两个人说笑着进了楼。戴国庆招呼杨正清去他办公室喝茶，杨正清说："你先忙，我到党派走走，最后再过来。"

工商联和党派服务中心在一楼，其他党派机关在二至四层。杨正清走了一圈，看了党派机关的现状，心情不免有些沉重。各个楼层都冷冷清清的，两个党派锁着门，三个党派秘书长和办公室主任不在，机关人员有的上网玩游戏，有的煲电话粥。四楼会议室一片狼藉，桌椅东倒西歪，地上落了一层厚厚的灰尘，看样子有日子没用了。

民建办公室的门虚掩着，有个女孩背对门口坐着看书。她歪着头，一手托腮，一手拿笔又写又画，身上披的大衣掉到地下都没发觉。杨正清给她捡起大衣，女孩忙起身打招呼。姜兰介绍说这是郭晓丽，今年新考来的公务员，二十岁。

郭晓丽性格开朗活泼，见了领导也不打怵，笑盈盈地揽着海心的胳膊，很是亲热。杨正清问她看的什么书，郭晓丽把封面一亮，说话干脆利落："报告部长，我在准备公务员遴选考试呢，想再考省直机关！"

姜兰有些纳闷，问她："你不是刚考来吗，怎么又想考出去？"

郭晓丽也不隐瞒，大大方方地说："嗨，提起来可丢人了！不怕领导笑话，我学的建设工程，考公务员时也不懂，还以为民建就是建设口的，考来了才知道差了十万八千里呢！反正闲着没事，再考个专业对口的吧！"

杨正清一听乐了："哈，年轻人爱学习是好事，有机会可以再考。不过既来之，则安之，进了党派机关，先把业务学精了，工作干好了，以后就不会再把民建当成建设部门啦!"大家听了都笑起来,郭晓丽不好意思地吐了吐舌头。

屋里温度很低,寒气逼人。杨正清摸了摸暖气片,稍觉温乎。刘元介绍说,老式楼房保温差,再加上供热管道老化,水温提不上来。有空调也不敢用,线路老化,根本负荷不了,一开就跳闸。有次电路打火烧了起来,多亏发现及时才没酿成火灾。办公桌还是多年前的老式写字台,文件橱是老式木橱,橱角用红漆标着"昌海地革委"字样。

转了一圈回到一楼,到了工商联。这边办公条件还行,桌椅、电脑挺新的。戴国庆介绍说,这是沾了东方集团董事长万东方的光。他当选市工商联副主席后,看这里条件实在寒酸,主动赞助的。

戴国庆指着院里一辆白色面包车说:"喏,瞧见那辆破车了吧?除了喇叭不响哪儿都响,上路像跑黑车的,还时常闹罢工。三个副主席坐这辆车,办公室有事一块用,平日根本不敢出市区,说不定什么时候就撂在路上!"

"没想到这里办公条件这么差!"杨正清心情沉重地说,"工欲善其事,必先利其器。党派、工商联要发挥优势作用,保障条件得跟上。"

戴国庆说:"理是这个理,不过谁认这个账?现在党派、工商联真像有些人说的,成摆设了!条件差不说,干部也焖着多年不动,都是些老面孔。刚才我们还在聊呢,都说常委兼部长力度大了,以后可要看你的啦!"

"事在人为,还得咱们一块使劲!"杨正清认真地说,"中央出台统战工作试行条例后,各级领导对统战越来越重视,工作也越来越规范了,有什么问题都会逐步解决的。"

"这些年文件倒是出台了不少,就是没大有起色。"戴国庆不以为然道,"统一战线是'三大法宝'之一,吆喝多少年了?越说重要的工作,往往越边缘化!像组织人事、金融财政什么的,也没见人家吆喝有多重要!"

"话可不能这么说!现在统战工作确实越来越受重视了。像原来说统一战线是'三大法宝'之一,现在成了'三个重要法宝'啦!"

"'三大法宝'之一我早就知道,怎么还有'三个重要法宝'?"

"新民主主义革命时期,毛主席把统一战线、武装斗争和党的建设,作为我们党取得革命胜利的'三大法宝';中央统战工作会议指出,统一战线是夺取革命、建设、改革事业胜利的重要法宝,是增强党的阶级基础、扩大党的群众基础、巩固党的执政地位的重要法宝,是全面建成小康社会、加快推进社会主义现代化、实现中华民族伟大复兴中国梦的重要法宝。从'三大法宝'之一到'三个重要法宝',你们看,统一战线的地位作用是不是更突出、更重要了?"

戴国庆被震住了,心悦诚服地赞叹道:"哎呀,你可真行啊,上任没几天,统战理论一套一套的了!"

姜兰说:"杨部长可能学啦,笔记都记满一大本子了!"

"我是统战新兵,统战工作政治性、政策性这么强,不抓紧学习,两眼一抹黑还行?"杨正清认真地说,"中央要求大力加强党外代表人士队伍建设,下一步不光统战部,党派、工商联的任务也会越来越重。老戴你可要有思想准备,恐怕忙起来就顾不上这些花花草草啦!"

"忙起来好,忙了不长病!以后你怎么吆喝我就怎么干。咱虽然没当过兵,也是一切行动听指挥,就喜欢打硬仗!"戴国庆搓着手说。

"那就好,以后有你干的!"杨正清笑道,"市委已经同意,我们年前开个民主党派、工商联迎春座谈会,听听大家的意见,你有啥想法可以在会上提。"

戴国庆瞪大眼睛问道:"啥意见都能提?统战部还提前把一下关吗?"

"提意见就要畅所欲言嘛,还把什么关?只要有利于改进工作,什么意见、建议都可以提。"杨正清肯定地说。

刘元问道:"座谈会打算哪天开?年底酒店会议室很紧张,最好早预订。"

杨正清说:"不用去酒店,在这儿开就行。市委领导来走访看望党派、工商联,还可以实地调研一下办公条件,一举两得嘛!"

"在这儿开好,接地气!"戴国庆听了很高兴,满面笑容地说,"我们一定好好准备,摆上八仙桌,笑迎四方客!"

2

星期六是腊月二十四,天阴沉沉的,飘着零星的雪花,市各民主党派、工商联迎春座谈会在党派机关四楼会议室召开。年底市里会议特别多,周末都排满了。

年根的刘家巷更是热闹非凡,街上除了卖衣服、布料的,又新添了灯笼、对联、鲜花、彩饰，还有各种小吃，吸引了不少年轻人和儿童。孩子们挑着棉花糖，伸出红红的小舌头，小心翼翼地舔着，也有的擎着一支红红的糖葫芦，露出一排洁白细密的小牙，侧着脸咬啊咬的，街巷里流溢着香甜浓郁的年味。

　　与外面热闹的节日气氛相比，会议室里却压抑得让人喘不过气来。迎春座谈本该是轻松愉快的，没想到场面如此难堪。因为会前发生了点不愉快，影响了大家的情绪。当时市委副书记董立堂一进院，就抱怨路太堵，车进不来。他扯着嗓门嚷道："怎么在这里开会？往年不是在昌海大酒店吗？这么堵，挤死人！"

　　民盟主委李丽听见了，忍不住呛他："董书记来一次就嫌堵，我们可是天天来这儿上班啊！最好你给争取一下，给我们换个不堵的地方吧！"

　　董立堂"哼"了一声，没搭腔，旁若无人地往楼上走。今天他是来替会，原本江林要参加，但临时有事走不开，才委托他出席。

　　座谈会难得人很齐，党派主委、工商联主席和统战部领导班子成员全部到会，一个也不少，这在以前倒不多见。室内暖气不热，温度提不上来，大家冻得纷纷穿上外套。服务中心主任郑大鹏见状，打开了墙角的柜式空调。这台空调有年岁了，噪音奇大，嗡嗡作响，不时发出一声怪音，如同老牛不堪重负喘着粗气一般。

　　会议由杨正清主持。董立堂先代表市委讲话，例行慰问后，简要通报了全市经济社会发展情况和下一步的思路举措，对党派、工商联提出了希望和要求。他总共讲了不到十分钟，一句脱稿的话也没有，还念错了几个字，把"勠力同心"念成了"谬力同心"，"砥砺前行"念成了"纸砺前行"……念的人语调抑扬顿挫、浑然不觉，听的人却如鲠在喉、忍俊不禁。

　　董立堂体态肥胖，嘴阔嗓门大，脸宽脖子粗，为人强势，说一不二。他抓工作是把好手，豁得出、拼得上，不怕吃苦，雷厉风行。他任东城区卫生局副局长时，正值创建卫生城，他没白没黑地靠在街区攻坚"拔钉子"，总是率先完成任务。他也是运气好，以一种超乎寻常的方式，遇上了仕途上的伯乐。那天夜里两点多钟，时任昌海市市长黄卫平失眠了，翻来覆去睡不着，索性起床，走出大院沿街散步，正碰上董立堂带人清理违建。黄卫平见那个领头的干部风风火火、干脆利落，指挥得有条不紊，便站住看了一会儿。只听一个青年说："董局，这个货亭是街办黄书记他舅子的，是不是关照一下，先不拆了？"董立堂一听就火了："卫生城马上就要验收了，还有这么多违建没拆完，别说是街办黄书记的，就是黄市长的也照拆不误！"黄卫平听了顿生好感，上前问董立堂是哪个单位的。夜里光线暗，董立堂没认出他来，大大咧咧地说："我是东城区卫生局的董立堂，你是谁啊？"黄卫平笑道："我就是你说的黄市长！"……董立堂以这种戏剧性的方式，闯进了黄市长的视野，从此驶入了仕途的快车道。不久，他接任区卫生局局长，后又历任副区长、区委常委、市卫生局局长、市委宣传部部长，直至市委副书记。市委常委兼任统战部部长前，统战工作一直由董立堂分管。他分管的部门多，还担任着十几个协调推进小组的组长，对统战工作基本顾不上，活动难得参加，今天来这里还是头一次呢！

　　董立堂讲完，座谈交流开始。他看看表，有些着急，不等杨正清主持，径直说："年底忙，咱抓抓紧。谁先发言？要不从头来，还是'国民党'先说吧！"说着，他指了指坐排头的民革主委刁安连。

　　刁安连是市人大副主任、昌海科技学院院长、省内知名的化工专家。他为人耿直，治学严谨，心直口快，每次协商会都是他最先发言，所提的意见最多，问题也最尖锐。去年政府工作报告征求党外人士意见时，刁安连单刀直入，连提五六个问题，直问得时任市长如坐针毡、直翻白眼。他针对报告中提到的环城高架立项问题，尖锐地发问道："现在城区一天比一天堵，市民都盼着尽快改善交通状况。这几年政府工作报告年年说建高架，年年落实不了。我看今年又写上了，能不能落实？有没有个准信？办不了就别画饼充饥，让大家失望，也影响政府公信力！"市长哑口无言，直拿湿巾擦汗……

　　刁安连正戴着老花镜看材料，听到董立堂点名，一翻眼皮，正色道："董书记，国民党在台湾呢，这里可没什么国民党！"

　　有人哑然失笑。董立堂自我解嘲道："噢，我说的是简称！"

　　"简称也不对！我们全称是'中国国民党革命委员会'，简称'民革'！"刁安连较起了真。

　　董立堂一时语塞，脸色阴沉下来。杨正清忙打圆场："董书记口误，各党派都有规范简称，不能随便叫，以后咱加强这方面的宣传。我看还是按党派、工商联排序，请民革市委会刁主委先讲吧！"

刁安连也不客气，简要介绍工作情况后，提了三条意见：一是党派机关干部流动慢、出口小，不少人多年不动，坐等退休，普遍缺乏工作积极性。二是办公条件差，设施严重老化，连水电暖都保证不了。暖气不热，一开空调就跳闸，冬天冻得坐不住。三是经费严重不足，党派每年经费十万元，在其他单位连养辆车都不够。光开年会就得花两三万，其他活动往往难以开展……

刁安连讲完，民盟主委李丽随即附和，也谈到干部流动慢，特意举例说，像民盟办公室主任唐娟，兢兢业业干了二十多年，能力强、人品好，本是秘书长的最佳人选，没承想放着现成的不用，另派了个中共干部来，很伤人的积极性……其他主委依次发言，意见大同小异。董立堂眉头紧皱，坐不住了。

戴国庆最后发言。他底气足，嗓门高，讲起来既形象生动，又耿直实在："大家都在一个楼上，漏雨一块挨淋，感受差不多，前面的意见我都赞成。既然是征求意见，就不说'过年话'了，实事求是地讲，这些年市里对党派、工商联重视、支持不够，欠账比较多。别的不说，车辆都没保障。工商联和企业打交道多，车况不好怎么出去跑？办公经费每年十万，除了燃油费、维修费和临时司机的工资，剩不下几个钱。不知道主委们怕不怕过年？反正我是最怕过年过节，别的单位搞福利分这分那，咱连卷卫生纸也没有，怎么调动大家的工作积极性？光要马儿跑，不给马吃草怎么行……"

董立堂实在听不下去了，不耐烦地打断他："我看差不多行了，老戴你就甭哭穷了，你也没指望着办公费过日子！别的不说，你们收的会费都干什么了？这几年也没少拉企业赞助吧？"

戴国庆一听急了，脸红脖子粗地反驳道："会费能有几个钱？不少会员还拖欠着呢！话又说回来了，会费和企业赞助都得用在开展活动、服务企业上，总不能拿来买汽车、修办公楼吧？"

"哼，我看就别纠结这个了，马上车改，有车也坐不成了！"董立堂面无表情地说。

"谁还图个车啊，不都是为了工作嘛！既然是征求意见，我就多说了几句，要是不中听，就权当我没说吧，以后这种会也别叫我参加了！"戴国庆说完，不屑于再争辩，把椅子往后一拉，起身出去了。董立堂目瞪口呆。

"董书记，我看别的都好说。今年天气特别冷，办公楼暖气不管用，别冻着大家。"为了打圆场，李丽微笑着说道。

董立堂黑着脸，手里捻着一支签字笔，默不作声。

"我们工作没做好，难为大家了！"杨正清打破沉寂，扭头问刘元，"供暖前找热力公司检修过吗？"

刘元答道："热力公司看了，管道严重老化，早就该换了。本来不达标不给供，好说歹说才没给停。"

"前些年市委对党派机关挺重视，逢年过节主要领导还能过来看看。现在有五六年书记没来了吧？年年在宾馆开会，市领导当然不了解这边的情况啦！"刁安连忍不住发牢骚道。

董立堂本来就不痛快，一听这话更来气，心想：我出席还不够档次咋的？他脸色一沉，没好气地说："各位，我今天来开这个会也是受江书记委托，代表市委。以前在宾馆开会，交通便利，条件好些，不也为了大家方便嘛！有的同志一再谈待遇、提条件，听这个意思，没钱没车就没法干事了？我看应该把精力放在干事创业上，工作上去了，有了成果，党委政府自然重视、支持，有为才有位嘛！要是心思不在工作上，光想着要待遇、讲条件，这不合适吧？"

刁安连脸色很难看，反驳道："董书记，此言差矣！我们可不是要待遇、讲条件，更不是要权力、谋职位！我在学院有办公室，条件不比市委大楼的差，大不了我少过来就是！我提意见还不是为工作考虑，为同志们考虑？别的不说，今年这么冷的天，供暖跟不上，管道整天这里漏那儿破的，总不能让大家就这样过冬吧？！"刁安连越说越激动，最后明显是质问的口气。会场上的气氛骤然紧张起来，大家面面相觑，闭口不言。

这时，半空中啪的一声，有东西炸响，大家都吓了一大跳。众人循声望去，见墙角空调上方火花四溅，火苗三蹿两跳地冒了出来，顺着电线刺刺地往天花板上烧去。

"电线烧了，快拉电闸！"杨正清叫道。郑大鹏坐在后排门口处，跳起来几步蹿到配电箱处，一把拉下了电闸。

电线噼里啪啦地烧着，火苗很快爬到了天花板，好在天花板没装修，光秃秃的并无可燃物。火烧到顶部慢慢熄灭了，仿佛一条火蛇钻进了洞里，空气中弥漫着呛人的胶皮味。

休会十分钟后,大家又坐下继续开会。空调停了,但会议室里似乎比刚才暖和了些。原来郑大鹏怕冻着领导们,把其他几层楼的暖气阀门全关了,只给四楼供暖,效果还真明显。

"大家刚才提的我都记着了,我原原本本带回去,尽量争取解决。"董立堂看了看表,耐着性子说。刚才休会时杨正清和他交流了一会儿,说党派、工商联有意见也正常,先听着,以后想办法协调解决。杨正清还专门解释他们多是性情中人,说话直爽些,让他别介意。董立堂听进去了,语气委婉了许多。他注意到刁安连正在和李丽小声说什么,想调侃一下,就指了指刁安连笑道:"老刁还有什么意见吧?有就说出来,莫憋屈出毛病来!"

刁安连头也不抬,冷脸道:"我有啥说啥,憋不出毛病来!真要生气,早气死了!"

"老刁你说这话什么意思?"董立堂一听就毛了,提高了嗓门,变色道,"听你这意思还真让你受委屈了?"

"我个人没啥委屈,不过是就事论事!这些年也没少征求意见,到头来还不是灯草敲鼓——哪有个回音?我看党派机关的办公条件改善不了,以后就甭再搞些形式,征求什么意见、建议!"刁安连说到关键处,习惯性地用手指敲了敲桌子。

董立堂气急败坏,脸涨得通红,刚要发火,忽听隔壁房间砰的一声巨响,随即传来哗哗的水声。这又咋了?大家面面相觑,一齐望向会议室东墙与隔壁房间相连的便门,眼见着一股水流如吞云吐雾的水蛇,从门缝里快速爬进来……

"暖气片爆了!"徐风先反应过来,一跃而起,拉开门一看,水正顺着走廊四处流淌。好在水温不是太高,也就四五十度的样子。徐风踩着水推开隔壁民建办公室的门,只见墙角暖气主管道的接口裂了,一条水蛇正噌噌地吐着芯子,直射到会议室那面墙上,又流到地下,从门缝里涌出来。办公桌上一片狼藉,电脑冒了烟,文件、资料被冲得七零八落。

郭晓丽上完厕所回来,一看这场景蒙了,手足无措地站在那里。水管喷射出的热水正对她的座位,强大的冲力把椅子都冲倒了,那本厚厚的公务员考试辅导书也被冲到了地下。幸好她出去了,要不肯定让热水浇个正着。

"快拿笤帚、拖把来!"刘元喊着,指挥几个年轻人扫水。在一片热气蒸腾中,水从楼梯上哗哗地淌下去,像瀑布一般。刘元和徐风贴着墙边进去,试图拧上管道阀门。但那阀门多年不动,早锈住了,两个人合力都纹丝不动。会议室里的水越来越多,大家有的用铁簸箕往外撮水,有的把整卷报纸往门缝里塞,还有人在挪桌子、搬椅子……

杨正清拿着笤帚扫走廊上的水,见刘元和徐风还在合力拧阀门,叫他们注意安全。二人应着,猛一使劲,嘎巴一声,把手断了。杨正清提醒道:"别弄这儿了,快去关楼道里的总阀门!"

徐风跑出来,和郑大鹏去关楼道里的总阀门。好在总阀门还能转动,关到底后,郑大鹏又找了根铁棍,用力别紧。楼上管道裂口处水势骤减,水蛇像被击中了七寸,渐渐瘫软下去。后来,水流越来越小,最后只是滴答水,郭晓丽拿了个脸盆接上。忙活了半个多小时,收拾干净,大家都汗津津的了。

杨正清征求董立堂的意见:"董书记,咱还继续开会吗?"

董立堂也忙活出汗来了,用讲话稿扇着胖脸,大声招呼道:"开啊,大家坐下接着开,这点水算什么!我看让水一冲,地面更干净啦!"大家听了都笑了。可别说,会议室的地面本来灰头土脸的,让水一冲,亮汪汪的清爽了许多。大家重新入座,继续开会。

经历了刚才的火水两重天,董立堂心有所动,不无歉意地说:"大家辛苦啦!座谈会开成了现场会,很有教育意义。这里的设施看来真不行了,是该大修了。我们工作没跟上,我在这里代表市委,给大家道个歉!"说着,他起身鞠了一躬。大家热烈鼓掌。

董立堂坐下后,接着说:"会上大家提的意见,我原封不动地带回去,向江书记汇报。统战部也认真整理一下,给市委打个报告。"说完,他又回头嘱咐随行的副秘书长:"你马上协调市政局和供电局,立即安排对党派楼供暖供电维修改造,限年前完成任务!"大家又是一阵热烈鼓掌。

大家发言结束,杨正清最后总结:"我借此机会做个自我批评吧,这里办公条件这么差,我也有很大责任……"大家听了感觉很意外。

"我在东城工作期间,收到过政协委员的提案,建议全面改造刘家巷。当时觉得这是背街小巷,没有引起重视,至今没提上改造议程。我在这里向各位道个歉!"杨正清起身鞠了一躬,又表态道,"下一步我们专门给市委打个报告,充分反映大家的意见,争取尽快改善办公环境和条件……"

刁安连带头鼓起掌来。徐风正在隔壁帮郭晓丽收拾办公室,小声逗她说:"这场水发得多及时啊!快老实交代,是不是你们提前商量好了,叫你埋伏在隔壁,以刁主委敲桌子为号,一声令下,立马开闸,来个水淹七军……"郭晓丽捂着嘴笑弯了腰。

散了会,大家说说笑笑地一块走出党派楼。外面已是漫天大雪,店铺棚顶和地面上都落了厚厚的一层雪,与红红的灯笼、对联相映成趣,又为节日增添了几分喜庆。海心叫住徐风,悄悄问道:"你看短信了吗?'大牛'叫我提醒你,晚上有活动,钱部召集吃饭呢!"

徐风把手机设成了静音,没听见,掏出来一看,有两条短信,先是牛玖平发给他的:"今晚六点,钱部召集去东方集团调研。"另一条是海心转的。

"今儿他娶儿媳妇还是嫁闺女?"徐风有些摸不着头脑。

"你忘了今天啥日子啦?腊月二十四喝完工酒,给老钱祝寿!"

"哦,好几年没参加了,我都忘了!"徐风恍然大悟,又疑惑道,"现在都八项规定了,他还敢?"

"听说他自掏腰包,考核立功奖了三千块呢!"海心笑道,"不吃白不吃,去凑个热闹吧?"

"他还真自个花钱请客?糊弄鬼去吧!"徐风本无意掺和,因海心叫他,也想看看都有哪些人参加,便答应了,"嗯,领导敢请咱就敢去,那就给他捧个场,吃上一顿去!"

3

腊月二十四是钱洪军的生日。他好热闹,常隔三岔五地拉一帮子人吃吃喝喝,生日这天更是少不了。再说,正值岁终年尾,大家忙活了一年,也想喝个"完工酒",凑堆乐和乐和。不过这个酒局可不寻常,能参加的都是他圈子里的人。

徐风对"拉山头"活动很反感,从不往前凑。这些年他参加钱洪军的私人酒局只有一次,还是他刚考进部里那年……那场宴会安排在昌海大酒店顶层最大的一个房间,除了部里的科室骨干,还有几个党派机关的人参加。大家争着敬酒献歌,钱洪军来者不拒。贺春荣打扮得花枝招展,两腮绯红,醉眼迷离,和他唱完《敖包相会》后开始跳舞,投怀送抱,嗲声嗲气,众人直起哄。一曲舞罢，又起一波献歌高潮。徐风不会唱，正百无聊赖地坐着，牛玖平唱完《今天是个好日子》后起哄，说欢迎徐风给钱部长献歌一首。徐风忙摆手说自己五音不全，不会唱歌。他一推再推，钱洪军脸色就不好看了，冷冷地说："算了！献歌献歌，自愿才叫献，哪能勉强！"海心挨着徐风坐，也劝道："不在好孬，你随便吼几嗓子就行，不过凑个热闹、表个心意。"徐风为难道："我真不会唱，从没唱过……"这样一时冷了场，气氛有些僵，当时屏幕上正好播放朱哲琴的《一个真实的故事》，前奏开始，正在念白，海心站起来说："我给大家唱这首歌吧！"众人鼓掌欢迎，算是给徐风解了围。"走过那条小河/你可曾听说/有一位女孩她曾经来过……"海心人俊歌美，唱得声情并茂，让人陶醉，大家齐声叫好，气氛重新活跃起来。那次饭局后，徐风再未参加过钱洪军的私人聚会。他置身圈外，倒也自在清静。一晃几年过去了，徐风早已淡忘了这样的活动，也不知道他们每年还搞不搞。八项规定以来，这种吃喝很少见了，钱洪军怎么还敢组织这种活动呢？

晚宴设在东方集团的餐厅。这是一座普通的灰色三层小楼，隐在厂区一角，楼前楼后都有几株大型绿化树遮掩着，从外面看像是仓库，毫不起眼，里面却别有洞天，装饰豪华，物品应有尽有，不比星级酒店差。

这次晚宴是万东方安排的，除刘元外，还有几个科长和副科级干部在场。钱洪军坐主宾位置，刘元坐副宾位置，万东方和马连成分坐主、副陪位置，其他人按职务、年龄就座。

万东方是东方集团董事长，六十多岁，个子不高，黑黑瘦瘦，头稍谢顶，脑门锃亮，三角眼，目光像高速扫描仪，眨眼间便把全桌人扫描了一遍。他举杯站起来，比钱洪军坐着高不了多少，开口一副公鸭嗓："今天各位光临集团，万某深感荣幸！今儿是黄道吉日、三喜临门啊！"

"哪三喜啊？万董快给大家说说！"牛玖平跟说相声捧哏似的，及时接上。

"一喜过年酒。昨天是小年，大家都过了一个顺顺利利、圆圆满满的丰收年。二喜下雪酒。入冬后一直没正儿八经地下雪，今儿下大雪了，瑞雪兆丰年嘛，明年还是大丰收年！"万东方一手端杯，一手伸出三根指头说，"这三喜嘛，最最重要，就是祝寿酒。今儿是钱部长生日，这个房间又正好是'亨通厅'，咱们一起祝钱部长生日快乐，官运亨通，步步高升！"

大家齐声叫好。刘元补充道："还有四喜呢，钱部长连续三年考核优秀，荣记三等功,这得祝贺一下!"

"嗯,都是大家支持的结果嘛!"钱洪军笑道,"今儿周末,我用奖金请大家聚餐,不违反纪律!"

"酒是钱部长从家里带的,存了十几年了!"万东方举起一瓶当地产的昌海重酿说,"酒有了,菜算我的,咱们周末聚个餐,联谊交友,不违反纪律!"

钱洪军又补充道:"哎,今儿还有一喜呢,就是接风酒。万董前天刚出国回来,咱们也给万董接接风、洗洗尘!"

万东方接道:"多谢钱部!那咱就喝个五喜酒,祝钱部长和各位五福临门、顺心如意!今儿是周末,大家放量喝,一醉方休!"

第四章　机关里面机关多

1

徐风今天起床后感觉还有些晕，口干舌燥，胃也难受，喝了水直想吐。他洗了把脸赶去单位，这是年前最后一个周末了，他还要加班赶材料……

走到办公室，出了一身虚汗，徐风感觉清爽了许多。他想起《增广贤文》里"若要断酒法，醒眼看醉人"的话，觉得真是至理名言！自己昨晚喝多了，难免有失态之处，让那些清醒的人看笑话……徐风想着想着，心血来潮，随手在便笺条上把这句话写下来，又寥寥数笔，在旁边画了幅简笔画：一个歪嘴斜眼流涎的头像。他瞅了瞅，觉得头顶上缺点什么，又添上两笔，变成了大背头发型。他自鸣得意地欣赏了一会儿"诗配画"大作，把便笺条夹在文具盒里，提醒自己少喝酒，免得失态出洋相……

徐风正胡思乱想着，刘元端着水杯进来了，瞅了他几眼，说："你真行，昨晚喝了不少，今天还能照常加班！你下个通知吧，明天上午九点开部务会。"

年前最后一次部务会，主要是梳理一下当前的工作，研究筹备年后召开的全市统战部部长会议。钱洪军汇报了全市新的社会阶层代表人士联谊会筹备情况，提议说："年后的部长会是杨部长来部里召开的第一次会，一定要开好！我看安排在东方大厦吧，上午开完部长会，中午一起吃个工作餐，和县里的部长们交流交流，下午接着开联谊会成立大会，一天下来，既紧凑又热烈，效果也好！"

杨正清问："大家有什么意见吗？都谈谈。"

新任副部长孙奉明提出了异议："听说东方大厦号称六星级，去那儿开会不合适吧？还是市接待中心稳妥一些。"

孙奉明原为历平县委副书记，上周刚调到统战部任副部长，列在姜兰之前。他性子直，办事认真，没少得罪人。县委办公室有个叫丁剑的副主任，八项规定后顶风作案，因公款旅游、报销私人费用等问题被追究责任。事发后，丁剑四处托人说情，甚至找董立堂打了招呼。但孙奉明坚持依纪严惩，顶住压力，把他撤了职。丁剑挺记仇，扬言要报复孙奉明。丁剑随身带着个小本子，紧盯孙奉明的一举一动，整天记他的"黑账"。哪天晚来早走了，去哪里吃饭了，喝了什么酒，见了什么人，连一些正常的接待活动也说成是公款吃喝。在他执着的实名举报下，省委巡视组和市纪委约谈过孙奉明两次，虽没发现问题，却造成了影响，这次调整估计与此事有关。

"你刚过来，不了解情况，东方大厦早降成四星级了。"钱洪军有些不悦，瞟了孙奉明一眼，解释道，"再说，东方大厦是会员单位，承办联谊会活动有啥不合适的？杨部长是市委常委，会议规格稍高些，也没什么不妥。"

杨正清认真听着，不时做一下笔记。他有个习惯，就是商量事时，先听大家的意见，免得先入为主，影响大家发言。

几个班子成员意见不一。刘元支持在东方大厦，姜兰建议到昌海大酒店，钱洪军说实在不行去县里开。杨正清拍板道："大家提的方案各有利弊，我看还是在办公楼开吧！以后开会原则上都在大楼会议室，工作餐安排在机关餐厅。各级单位都在转作风、改会风，厉行勤俭节约，咱们要带头贯彻好。"

"我赞成，还是部长站得高、看得远！"钱洪军马上附和，又问，"俩会一天开完吗？"新的社会阶层代表人士联谊会成立，他牵头筹备了半年多，因在班子人选上和前任部长田友良分歧大，成立大会一直没开成，拖到了现在。

杨正清对联谊会的班子人选很慎重，想了想说："我看联谊会换届再缓缓吧，不急于一时。开会容易，关键是人选一定要过硬……"

"人选没问题，完全符合联谊会章程要求。现在有些人对新阶层了解不多，凑齐这些人还真不容易呢！"钱洪军怕夜长梦多，急忙解释。

"在这种情况下，选好人就更重要啦！据我了解，个别党派、社团组织吸纳成员比较随意，有的'武大郎开店——比自己高的不用'，也有的'是菜就剜进篮子里——不加甄别'，造成成员素质不高，影响了组织形象！"

"我们很注意这个问题，人选反复酝酿了半年多，逐一考察过，还征求过当地党委的意见，人选的素质都过硬……"钱洪军解释道。

"过硬不过硬，得有个标准。党外代表人士凡进必评，必须进行综合评价。"杨正清说着翻了翻名单，"我看这里面有的人选恐怕就立不住。比如东城区这个副会长人选，他的企业违规排污都让省里通报了，还能进联谊会班子？"

"这个……"钱洪军红了脸，解释道，"这个因素倒没考虑到，主要是看人选的社会贡献大小……"

孙奉明说："应该明确评价标准，对违反标准的一票否决；对通过综合评价、做了安排的代表人士，也要实行动态管理，不能只上不下、只进不出。"

"早就该综合评价啦！"姜兰高兴地说，"以前推荐人选，常要拿帽子找人。有的领导打招呼压下来，明知人选有问题，也不好不办。"

"那就尽快实行综合评价，以机制选人，靠制度管人，这样最可靠。钱部长牵个头，各分管部长负责制定各领域的评价标准，尽快抓好落实。如果大家没意见，那就这么定了。"杨正清说着放下了笔。

大家以为要散会，纷纷合起笔记本，扣上水杯盖。不料杨正清坐着没动，稍微顿了顿，神态严肃地说："还有个事需要提醒一下。"

会场上静下来，大家都望向杨正清，不知道他要提醒什么。

"各级单位三令五申要求转变作风、正风肃纪，统战系统做得怎么样，大家应该心中有数吧？我到部里时间不长，坦率地讲，我感觉差距还不小！"杨正清毫不客气，直面问题道，"比方说，还没放年假呢，有的同志早进入过年模式了，整天吃吃喝喝、爱来不来，一天两三场酒，上班睡大觉，在走廊里就能听到呼噜声，成何体统？统战干部的形象就是这样吗？哪还像个党员干部？！"

会议室里鸦雀无声，空气像凝固了似的。

"今天就不点名了，大家都自觉反省一下，看看有没有这方面的问题。"杨正清环视一周，继续说道，"俗话说，正人必先正己，咱们和统战成员打交道，代表的是党的形象，必须站稳立场、摆正位置，决不能搞团团伙伙、拉拉扯扯！"

会议室里的气氛愈加紧张，大家从未见过杨正清这么严厉，都低头琢磨着他的话。墙角座钟的嘀嗒声，像把小锤子咚咚地敲在大家的心头。

"今天咱们对事不对人，有则改之，无则加勉。"杨正清看大家神情紧张，意识到自己话重了，语气缓和下来，"新年要有新气象，我提议明年作为全市统战系统作风建设年，集中开展一次作风大整顿。年前筹备好，节后上班第一天就动员部署。大家有什么意见没有？"

"没意见！"钱洪军率先表态，语气凝重地说，"作风建设无小事，杨部长点的问题一针见血，及时给大家提了醒、敲了警钟。我们可能都不同程度地存在这样那样的问题和不足，一不注意就会放松自我要求。因此，开展作风整顿非常及时、很有必要，可以说，这是我们队伍建设的及时雨、催化剂和加油站，我举双手赞成！"其他人也纷纷附和、一致赞同。

大家表完态，杨正清又强调道："这次活动由钱部长牵头，办公室负责，尽快拿方案。先明确一条纪律：从今天开始，工作日中午一律禁酒，以后决不允许出现酒后上班甚至不见人的现象！咱们班子成员互相监督，我带头！"

2

海心来办公室送活动方案征求意见稿，对徐风说："这方案弄得不错，操作性挺强的，关键看怎么落实。"

按杨正清的要求，这次作风建设年教育整顿分查找不足、剖析原因、制定整改措施三个阶段，用时两个月。半年工作总结时搞一次"回头看"，检查整改成效。

"我看太啰唆！"牛玖平一脸坏笑，龇着大板牙说，"这个活动的三个阶段用三句话就能讲明白，哪用写三页多！"

"哪三句话？'大牛'给指导指导呗！"徐风知道这家伙脑子活络，连忙请教。

"这查找不足阶段嘛，就是检讨'我不是人'；剖析原因嘛，就是分析一下'我为什么不是人'；制定整改措施，自然是要表决心，'今后我怎么重新做人'！"牛玖平一本正经、字正腔圆，逗得海心哈哈大笑。

"那后面还有个'回头看'呢？"徐风笑着追问。

"这'回头看'嘛，就是等活动搞完了，回头看看当初有谁说我不是人来？"牛玖平摇头晃脑地说。

"哈，'大牛'还要秋后算账，谁还敢说你'不是人'啊！"徐风打趣道。

牛玖平叹了口气说："唉，是人不是人的，年底还这个忙活法，真是世上本无事，庸人自扰之。要不说，'若要上级不得安宁——上访，若要下级不得安宁——检查，若要群众不得安宁——开会，若要基层不得安宁——调研，若要单位不得安宁——整顿'！"

"枪打出头鸟，你这个'酒瓶子'和'大嘴巴'可得管住了，千万别当了典型！"海心善意地提醒他。

他们正聊着，刘元匆匆进来，喊他们去钱洪军办公室开会，研究活动筹备情况。

钱洪军办公室的墙角和窗台上摆放着不少绿植，有发财树、红运当头和绿萝等，枝繁叶茂、绿意葱茏。电陶炉上煮了普洱，咕嘟咕嘟地冒着热气。牛玖平和在自家一样，熟练地烫壶、温杯、分盏，大家围坐着，像是开茶话会。

刘元汇报完方案征求意见情况，钱洪军又专门强调了活动意义和要求，然后开始布置任务：活动方案及配档表修改印刷、动员会通知和会务安排，由牛玖平负责；部长动员讲话、活动通知、编印简报以及起草修订工作制度，由徐风负责；吕波负责组织谈心谈话、征求意见和民主测评；海心负责民主党派机关的活动协调……

安排完，钱洪军补充道："徐风，你别忘了通知新闻单位，提前准备新闻通稿，还要给省部报信息。大家抓抓紧，全部筹备工作务必年前完成，正月初七一上班就开会。大家还有什么问题没有？"说完，他环顾了一周。

徐风觉得自己正在准备全市统战部部长会议讲话，这是个大头，额外再加上这么多材料，明显任务重了，想提出来，但欲言又止。钱洪军看到了，面无表情地说："小徐这边材料是大头，特别是动员讲话要写好。总结成绩要全面肯定，问题原因要实事求是，整改措施也要切实可行。篇幅不用长，但要说实说透了。你一直负责部里的大材料，也驾轻就熟了，就多辛苦一点吧！"

徐风见钱洪军点到了，就索性提出来："钱部长，我还在准备部长会的材料，怕是忙不过来。精力分散了，干不到好处……能不能我重点写讲话，制度修订、通知啥的让其他同志分担一下？"

钱洪军绷起脸来，冷冷地说："为什么搞这次教育整顿？不就是要解决作风问题嘛！要是大家都由着自己的性子来，拈轻怕重、挑三拣四的，工作还有法安排？我看平时少搬弄些是非，多把精力放在工作上，没什么干不了的！就这样吧，散会！"

窗外阴雨绵绵，冬天的雨，又湿又冷，带着透骨的寒意。徐风坐在办公室里，郁闷地望着窗外。

那场生日酒局后，徐风明显感觉到钱洪军对自己有成见。工作上多给自己压任务，年终评优却把他晾在一边。机关年终考核有两个优秀指标，且不看工作，单就民意测验票数来看，海心第一、他第二，评上优秀本无悬念，不想最终确定的优秀等次人选除了海心，另一个却是排名第三的吕波！他听'大牛'透露，钱洪军把他刷下来的理由，是他给母亲看病请过一周假，没有出全勤……其实他对评优并不在乎，不过钱洪军不露声色的打压，着实让他苦恼。

前天晚上牛玖平喝了酒，醉歪歪地回办公室上网，见徐风还在加班，和他聊了一会儿。牛玖平歪躺在沙发上，晃着二郎腿，吐了个烟圈说："老徐啊，你这个干法可不行！俗话说，没有耕完的田，只有累死的牛，咱不能光低头拉犁、不抬头看路吧？"

"领导不待见，我也没办法……"徐风无奈地说。

"你得主动和领导搞好关系。早年间秘书圈就有个说法，'写上一万字，不如给领导换上一罐液化气'。你得多接近领导，多请示多汇报，别太清高了！"牛玖平讲到兴头上，一翻身坐起来，双手扶膝道，"别看咱俩都干整材料这个活，不过还真不是一路人……"

"怎么不一路法？你这牛人给指点指点呗！"徐风知道他酒后说话嘴不把门，却也酒后吐真言，常给自己一些提醒。

"咱俩嘛，都是性情中人，不过我是文人，你是书生……"

"本质上有什么不同吗？你是说我像书呆子吧？"

"哪里，文人意气，书生风骨。说你是书生，是说你有风骨，自命清高……我以文人自居呢，更洒脱些，不在乎、放得开。其实我不愿意在机关干，一直想趁年轻从这个围城里跳出去……"

在某些方面，徐风还挺佩服"大牛"的。他表面随性，但粗中有细，既放得开，又有眼色，和领导、同事都处得很好。"大牛"平时工作不上心，却很善于抓时机、跟形势。去年全市政法工作会议刚召开，他就写了篇《以统战思维推动柔性维稳》，署了钱洪军的名，发在《昌海通讯》上，书记做了长篇批示，政法委还专门来部里学习取经呢！

徐风正盯着窗外冥想，海心推开虚掩的门走进来。她穿了一身白色运动装，一双红色旅游鞋，披肩发扎成了马尾，像健美教练似的，看上去青春靓丽、干净利落。

"你没歇着啊？"徐风顿觉屋里亮了起来，心中的阴霾一扫而光。

海心说："我来改党派机关活动的材料。动员讲话完稿了吗？要是有了我们借鉴一下。"

"正犯愁呢，都折腾好几稿了，真不知道怎么写才好！"徐风皱着眉头道，"问题写少了写浅了，杨部长不满意；写多了写深了，又否定了以前的工作，老钱有意见。真难为死搞材料的了！"

海心同情地说："是啊，这种材料的确难弄！像有些领导民主生活会的剖析材料也要找人代写，让下属剖析领导的问题和不足，这不是难为人嘛！"

"就是，要不说打死不写材料，一旦干上就难以脱身了！"徐风深有体会，感慨道，"你看那些搞材料的，没白没黑地忙，有的年纪不大，头发都熬白了！"

"材料有风险，入行需谨慎！"海心调侃道。

他们又聊了一会儿，最后徐风说："爱咋咋吧，活人还能让死材料憋死！我也不前怕狼后怕虎了，就实事求是地写。这次整顿不就是以问题为导向转变作风嘛，我看这文风也该转变了！"

"就是，该怎么写就怎么写，看不中，找别人写去！"海心说着翻了翻桌子上的材料，"还让你改制度啊……哦，还有活动通知，按理说这是干部科或党总支的事，怎么都压到你这儿啦？"

一提到这些，徐风又陷入苦恼，叹了口气说："唉，我也不知道戳着了老钱的哪根筋，光给我小鞋穿。我琢磨着问题可能出在那场生日酒局上，不知哪个舌头长的跟杨部长告了状，老钱把账算在我头上了！"

"那么多人，凭啥怀疑你啊？依我看，刘元和吕波都有可能，他俩和部长接触多，打小报告最方便。"

"刘元不可能，陪老钱喝酒他是召集人，不会和部长说。"徐风皱着眉分析道，"吕波平时话不多，也不大可能。我怀疑是不是'大牛'捣的鬼？他是大嘴巴，和我有竞争……"

"绝无可能，他看着大大咧咧，其实挺阳光的，不会干那事！倒是吕波话不多、心眼可不少，得防着点。"

"你说得在理，也不排除是吕波。他竞岗时说过一句话：干部科要成为单位的信息处，当好领导的眼睛和耳朵……"

"算了，甭想那么多了，脚正不怕鞋歪，爱谁谁吧！不过，咱这儿'庙小妖风大，池浅王八多'，小心别让人当枪使了！"海心关切地嘱咐道。

"你说得对，以不变应万变吧！好在杨部长一来就整顿作风，真抓到点子上了，我看会好起来的。"

他们正聊着，马连成端着一把小紫砂壶，趿拉着拖鞋进来了。他瞅了瞅两个人，笑眯眯地说："呵呵，才子佳人都在啊！"

"哎哟，您老人家一把年纪了，还满脑子的才子佳人啊！"海心回敬道。

"马科也来加班？"徐风知道他在外面有买卖，经常不见人，故意刺挠他，"您也忙活动材料吧？给我们指点指点呗！"

"哪里，哪里，你是部里的一支笔，谁能指导了你？"马连成笑吟吟地对着茶壶嘴嘬了口茶，神秘兮兮地说，"你们都在忙整顿材料吧？依我看，这次整顿可不简单哩！"

"就是搞次活动，还有啥道道？"海心脸一侧，好奇地问道。

马连成回头看了看门口，小跑过去关好门，折回来往前凑了凑，小声说道："说是活动，我看就是一场小型运动！新官上任三把火，整顿就是整风，说白了就是整人！这整人期间……哦，整顿期间，可得瞪起眼来！俗话说，不打勤的、不打懒的，专打那不长眼的！"

马连成一副危言耸听的样子，徐风心里既恶心又反感，甚至觉得他可怜。他干了这么多年统战，不学无术，业务上毫无长进，连统战部的职能都说不清楚。前几年市里号召机关干部脱产帮扶民营企业，他报名到东方集团挂职两年，结束后也没回来上班，继续靠在那里，整天揽业务挣外快。他来单位不是打长途电话就是发传真，再就是打扑克、下象棋，串门子、嚼舌头。

"不打扰你了，快赶材料吧！"来说是非者，必是是非人，海心不愿意和他多聊，也提醒过徐风少和他打交道，徐风对他也是敬而远之。

马连成看海心要走，自觉无趣，也一块走了。

3

第二天上午，钱洪军找徐风反馈修改意见。他靠在老板椅上，双手扶着扶手，慢条斯理地说："材料嘛，总体不错，下了功夫。到年根了，你还加班加点，应该表扬。"

徐风口上说这是应该的，心里却做好了挨批的准备。先扬后抑、明褒实贬，这是钱洪军的惯用套路，徐风已领教过多次。

果不其然，钱洪军哗哗地翻了翻材料，开始切入正题："好的方面就不说了，主要谈不足。我看问题是不是讲得多了些、重了点？"

"我把握不准，您多指教。"徐风不卑不亢地说。

"不是把握准不准的问题，有些是无中生有、道听途说！比如'小圈子'问题，部里就这点人，上哪里划'小圈子'？想当然的东西说说也就罢了，落到纸面上不合适！"钱洪军说着，用一支笔尖弯弯的粗钢笔，锄草般地大片画去，那刺刺声听得徐风直心痛。钱洪军一边改着，继续说道："工作都是有连续性的，肯定现在也不必否定过去，更不能把以前的工作抹成一团黑！"

徐风枯坐无语，不知说啥好。他感觉钱洪军不是单纯对材料提意见，而是发泄对活动的不满。他试探着解释道："钱部长，您分工时，我提出任务重了些，不是怕多干活，就是担心写不好耽误事……"

"不用解释，我都明白。干得怎么样是能力问题，干不干是态度问题！"钱洪军没抬头，看着材料说，"小徐啊，年轻人在机关干，就是要多做少说，不用解释，言多必失嘛！"

"多谢钱部长指点。"徐风见他听不进去，索性不再多说。

"你在部里是骨干，材料写得不错。杨部长过来后，还是我推荐的你，部长活动尽量让你跟着。可别小看给领导服务，不光锻炼人，进步也快嘛！"钱洪军看完材料，放下钢笔，抬起了头。

"多谢您的栽培,我一定努力干好。"

"栽培谈不上,不过我是真心希望年轻人进步,不会背后使绊子。你有什么想法,可以当面和我说,我有什么不周到的,欢迎你及时提醒!"钱洪军说完,意味深长地瞥了他一眼。

听了这话,徐风感觉后背直发凉。看来钱洪军认准了是他给杨部长打的小报告,还在材料里给机关建设挑毛病,真有必要解释一下了……

"钱部长,这些年您很重视培养年轻同志,我们都很感激呢!"徐风言不由衷,自个儿都觉得不自然,"大家都说单位氛围好,像前几年组织全体干部上南方考察、举办干部家属春节联欢会,还和联谊单位搞文体活动比赛,很活跃呢,外单位都羡慕咱们!机关建设开展得已经很好了,我写材料找问题只好鸡蛋里挑骨头,都是硬凑的,您可千万别误会……"

徐风提到的活动,都是钱洪军前几年的得意之作。他好热闹,喜欢聚堆,统战部联谊单位好几个,隔三岔五地联合搞活动。徐风的话让钱洪军很受用,他双目微眯,沉浸在对往事的回忆里,语气也柔和起来:"可不是嘛,单位氛围很重要!统战工作联谊交友,内部先要活跃起来。统战统战,请客吃饭,不吃不喝不来往,光耍嘴皮子可不行!"

"那是,应该多联系、多来往……"

"既然要联谊交友,酒局自然少不了!搞统战的,接待方面不能限制得太多太死!在革命战争年代,昌海老区干部菜金一餐五分钱,一般性宴请标准每人两毛,统战性质的宴请可以到四毛,重要活动还上不封顶呢!"

"您说得对,有个说法,握手十次不如喝酒一次!"徐风附和道。

"哼,没事谁愿意喝酒?"钱洪军眉毛一挑,话锋陡转,"一个人喝不喝酒是他的自由,对别人喝酒冷嘲热讽,就是人品问题了!"

这"喝酒交友论"让徐风感到莫名其妙,他一脸茫然、无所适从。

"这是你写的吧?"钱洪军见他不得要领,拉开老板台桌面上的小抽屉,拿出一张便笺条来,一字一顿地念道,"'若要断酒法,醒眼看醉人'。咦,你挺会画小人的嘛!"

徐风的头嗡的一下大了,怪不得这几天便笺条不见了呢!他忙解释说:"这是《增广贤文》里的一句话,我喝多了抄下来的,想提醒自己少喝酒……它怎么上您这儿来了?我没别的意思……"

"我说过了，不用解释……"钱洪军仔细地把便笺条叠起来，放进名片盒里，"这个挺有意思的，图文并茂，发人深省。我收藏着吧，也好提醒自己别喝过了头。不过话又说回来，人生在世，难得糊涂嘛，有时太明白了也不好！"

这时，吕波拿着文件敲门进来，看徐风在，他就在一旁等着。

"就这样吧，你回去抓紧改材料，问题再客观点，一定实事求是！"钱洪军说着把讲话稿递给徐风，"改出来，上午就呈给杨部长。"

徐风悻悻然回到办公室，脑子里一片空白。这些天钱洪军老给自己穿小鞋，罪魁祸首竟是这张便笺条！那两句话还不算什么，要命的是自己画的那个小人：方头宽脸，大背头发型，跟钱洪军还真有几分相像，难怪他多心！这且不论，问题是谁拿走便笺条的呢？

他一脸晦气，懊恼不已。翻了翻动员讲话稿，他又气不打一处来！自己精心起草的讲话稿让钱洪军改成了大花脸：问题部分，有的整段删了，有的只留了几句话。这样一来，问题部分明显地大而化之、过于轻描淡写了。

端详着钱洪军龙飞凤舞的签批意见，徐风忽然有了新发现。以前钱洪军签文件给田友良时，签的是"请田部长阅示"，签给杨正清的却是"呈杨部长审示"。这个"呈"字，笔画如行云流水般一气呵成，上部"口"字微扁，稍往右倾，仰首腆脸；下面连笔的"王"字，末笔弯曲，势如蜷坐，整个字形似一个奴才跪在地上，手托文书请主子御览的模样……

材料报给杨正清后，他下班前便改了出来。徐风拿到稿子，第一眼就注意到请阅件上杨正清把那个"呈"字改成了"请"，材料也做了大幅修改，压缩了总结成绩和分析形势的内容，问题部分增添了一页半附纸，不少内容是初稿上有却被钱洪军删掉了的。多亏徐风有经验，初稿有备份，找出来再复制上，省了不少工夫。

杨正清真不愧是大秘出身，改的材料确实非同凡响！徐风越改越佩服他的功力。材料修改后主题鲜明、言简意赅，无论是调整的段落，还是遣词造句，确有独到之处，让人很服气。譬如，原稿上的"以创新谋发展，靠作为争地位"，杨正清把"谋发展"改成了"求发展"，把"争地位"改成了"赢地位"，用"求"和"赢"二字，更能体现出追求发展的迫切性和必胜的信心，真乃"一字师"也！徐风改完把文本收好，留作日后学习。

完成讲话材料，徐风又开始修订工作制度，他想借鉴一下"两办"的，便给大学同学魏高全打电话。魏高全是市政府办公室综合二室主任，跟着常务副市长马杰，最近刚提了副调研员。

电话刚振一声铃便通了，徐风"喂"了一声，魏高全便不由分说道："秀才吧？晚上别安排事了，吴鑫回来了，一块坐坐，下了班等我电话！"

徐风在大学时是校报主笔，喜欢舞文弄墨，老师和同学都喊他"秀才"。吴鑫和他俩不一个专业，在校苦研《周易》，也算是名人，又是昌海老乡，三个人常一块坐车。毕业后，徐风和吴鑫联系不多，前年吴鑫曾约他和魏高全吃饭，席间咨询他们怎样才能当市政协委员。徐风虽觉得按他的条件来说有些异想天开，还是详细给他讲了有关程序和标准要求，往后便没了下文。不过这次政协换届时，让徐风很感意外的是，市政协委员名单里吴鑫赫然在列！

徐风本要推辞，忽然想到魏高全提了副县级还没给他祝贺呢，再说也有日子不见吴鑫了，便答应了，嘱咐魏高全带上"制度汇编"。

4

魏高全个子不高，体态偏瘦，留着小平头，行事干练，人极精明，是那种见面自来熟、顺竿往上爬的人，在机关里简直如鱼得水、左右逢源。他比徐风小一岁，进市里也晚了几年，却后来居上，进步飞快，是同学中的传奇人物。当年徐风大学毕业后考进东城区政协，魏高全则去了北海县一个偏远的乡财政所。他虽起点低，几年工夫就成功逆袭，先是调入县财政局，不久又去了东城区政府办公室，很快提了副科级，走在了徐风前头。在区政府办公室没几年，他又调到市政府办公室给马杰当行政秘书，也叫"拎包"秘书。他侍候领导有一套本事，群众威信却不高。

徐风刚下班，魏高全就打来电话，叫他去楼下停车场。徐风过去一看，居然是刘山开着万东方的"大奔"来接他们。刘山是万东方的司机，和魏高全一个村。徐风虽和他素无来往，但听魏高全说起过。刘山家庭条件不好，父亲出了意外，他性格变得自卑孤僻。那是二十世纪九十年代初，刘父是历平县制药厂会计，厂长是万东方。有人举报万东方贪污，县纪委调查期间，刘父烧毁账本上吊自杀，案子不了了之。这件事之后，万东方辞职下海。他倒腾中药发家后，安排刘山到集团上班，还送给他娘俩一套小二居室。刘山自此对万家尽心竭力、唯命是从。

上了车，魏高全把"制度汇编"丢给徐风，笑道："你们又开始建章立制了？新官上任三把火，新领导都会搞这一套！杨正清给你们上紧弦了吧？"

"是紧多了，要不年根还忙活着搞整顿、定制度？"徐风翻着"制度汇编"，感慨道，"常委兼部长就是不一样，要求奇高，看来市委开始重视统战工作了！"

魏高全不以为然，笑道："杨正清干了一届县长再加上一届区委书记，又是老常委，早该动动了，实在没地安排，才把他放到统战部。"

正值晚高峰，路上堵得厉害。刘山一边扶着方向盘，在车流中熟练地左插右穿，一边搭话道："听说姓杨的很死板，不给人办事。"

魏高全哂笑道："人家不是死板，是会作秀！他当北海县副县长时，到乡下调研，看到一家老小在割麦子，就撸起袖子下了手，陪同人员都跟着受了累，下地干了半天活。"

徐风也听过他的一些逸闻趣事，满怀钦佩道："听说他在北海都是骑车子上下班，摆摊的、扫街的都熟了，老百姓都喊他小杨县长。"

魏高全说："那时我在北海，听说的多了！有一次他路过烧烤摊，有人招呼他：'小杨县长，来抿口！'他就掏钱添上些肉串，坐下喝他们自带的烧酒。有一次碰上一个穿工商制服的人过来，大模大样地装了一兜肉串走了，也不付账。杨正清问摊主怎么不收钱，摊主苦笑着说：'哪敢收所长大人的钱啊，人家要咱的就算给脸了，权当上供吧！'第二天这个所长就被撸了！"

"干一两件事是作秀，老这样就不是作秀啦！我看杨部长不是作秀，他就是这个做派！"徐风听了心里更是对杨正清钦佩有加。

刘山说："不给别人办事也就算了，自家的事也不办，这不是六亲不认嘛！听说他老婆一直在北海盐厂工作，在那儿办的退休。"

"作秀也好，做派也罢，反正他不会做官！"魏高全往后一仰，双手摸着亮闪闪的腰带扣说，"秀才啊，我看你跟他干没混头！"

徐风淡然道："这样也不错，干好活就行，别的不用考虑，多省心！"

魏高全笑道："省心？就他这个做派，你就跟着操心吧！"

他们一路闲聊，扯到了白茹萍遇害案上。徐风问："案子快判了吧？"

"半夜晒被子——早着呢！"一提这个魏高全来了兴致，起身坐正了，神秘兮兮地说,"没想到'针线'还不少呢,要不是前段时间有反复,现在早判完了,还不是检察院给闹的!"

车子一个急刹,把他俩闪了一下。魏高全手扶着前部椅背,惊叫道:"刘山,万董不在家,用他的车悠着点!"

"放心好了,咱是老司机,零事故!"刘山打了两把方向盘,稍微倒了倒,见缝插针,从几辆车的包围中钻了出去,还不耽误说话,"光听你们聊了,走错车道啦……齐帅不都招了吗,证据确凿,还有啥反复的?"

"你们俩知道就行,别往外瞎传……"魏高全绘声绘色地讲起案情进展来。案子侦破后,移送到市检察院。市检察院审查卷宗时,提出案子两处存疑:一是齐帅供称把保险柜丢进响水河里了,却没找到;再就是厨房里发现的那半枚脚印,至今没法解释。市检察院两次将案卷退回,要求补充侦查。马杰市长本想把案子办成铁案,作为他卸任公安局局长的封山之作,没想到案件退侦,他非常生气,把崔浩骂了一顿,要求他尽快完善证据链,确保年前结案。崔浩自然不敢怠慢,抓紧补充侦查,重新向市检察院报送了起诉意见书和案卷,马杰也打了招呼,市检察院已向法院提起公诉,估计年后就能判了。

徐风松了口气,点头道:"那就好,应该早些判,也好给亲属个交代。前几天,白茹萍的妹妹还来电话问呢!"

说话间,徐风远远望见了"月亮船"休闲娱乐城。"月亮船"堪称全市最高档的娱乐中心,是马杰公安局局长任上的招商引资项目。最初开业时规模没这么大,十二层楼只用了四层,单纯经营KTV,店名叫"绿色嗨歌",生意一直不好,惨淡经营两年后,在马杰的协调下,被东方集团低价收购。万东方一出手就是大手笔,把整座楼盘下来,扩大规模,整体精装,新上了餐饮、住宿、洗浴、游戏等项目,吃喝玩住一条龙服务,生意不错。徐风从没进去过,只听说很高档。

车子在"月亮船"门口停下,刘山把车钥匙交给服务员,领着他们往里走。徐风没想到安排在这里,心里直打鼓,悄悄地问魏高全:"机关干部来这种场所不合适吧?"

"哈,真是个书呆子!"魏高全笑道,"你脸上又没贴记号,谁知道你是机关干部?再说了,朋友小聚,个人消费,违反哪门子规定?都像你这样,酒店就甭开啦!"

"魏主任副县级干部都不怕,你怕啥哩!"刘山也觉得徐风大惊小怪,哂笑道,"放心吧,我们集团开的,安全着呢!"

徐风不好再说什么,虽然心里有些忐忑,也只得硬着头皮往里走。

服务员领班和魏高全很熟,亲自带他们来到餐厅一个雅致的沙发座单间。吴鑫早到了,他白白胖胖,圆头圆脑,嘴角上翘,眉毛下垂,笑容可掬,一脸喜相。他头上常年扣着一顶鸭舌帽,虽不近视,仍戴了一副水晶变色眼镜。照他的说法,人不戴帽子,就像暖瓶不盖瓶塞,元气消耗得厉害;不戴眼镜,煞气直逼眼球,也会损耗精神。他说话声音软绵绵的,仿佛音量大了也会无端损耗元气似的。

吴鑫的发家史颇具传奇色彩。他上学时学的专业是财经,却醉心于研究风水八卦。吴鑫本名吴焜,因五行缺金,火亦克金,他就自作主张把"焜"字改成了"鑫"字。那几年,周易八卦颇为流行,他自学两年后,参加了个什么培训考试,获得了特级玄空风水大师资格证,自称得到了师祖刘伯温"第十八代传人"的赏识。大师认定他天资聪慧、禀赋超群,遂将毕生绝学传授于他,并封他为"第十九代传人"。吴鑫所学,在校时就传得神乎其神。据说,他根据宿舍学生的床位,准确预测出了毕业时谁能保研,谁能考上公务员。他还劝辅导员调整办公桌位置,没出半年,辅导员被提拔为副处长……

毕业后,吴鑫回到老家历平,先后去过几个单位,都因痴迷风水、不务正业被辞退了。后来,他去南方发展,一走数年,杳无音讯。直到前年听魏高全提起,徐风才知道他回昌海创办了周易风水研究中心,起名、预测、看风水,还开班授徒,在业内小有名气。

董立堂任区卫生局副局长时,经万东方介绍认识了吴鑫,听说他会看风水,就带他来了办公室。吴鑫看出董立堂是个办事的人,有心攀附,自然十分卖力。他捧着风水罗盘再三测量,问明董立堂的生辰八字,在一张红纸上写写画画,掰着指头闭目掐算,推演了半天,脑门上都沁出了汗珠。董立堂正有些不耐烦,吴鑫忽地站起来,击掌叫好,口中念道:"嗯,这就对上了!"说完,他指着红纸上的图示,详细解释了一通。大意是说,董立堂的官星为用神,旺而得生,官运正旺,今年应有大的提升,不过办公室的方位犯冲。风水讲究"宁可青龙高千丈,不宜白虎乱抬头",左龙高于右虎方为大吉,即坐处左前方建筑物宜高于右前方建筑物，方可提升气运。董立堂的办公室正好相左，犯了大忌。另外，他的办公室还紧挨楼梯，办公桌正对门口，这都犯冲……吴鑫讲得云山雾罩、神乎其神，董立堂虽然半信半疑，还是抱着宁可信其有、不可信其无的想法，按他的指点调整了办公室。结果大概连他自己也没想到，不久后他意外被时任市长黄卫平发现，从此走上了仕途快车道……从此，董立堂视吴鑫为心腹智囊，对他言听计从。吴鑫有了靠山，事业顺风顺水，生意盈门。大到公司开业、项目奠基，小到婚丧嫁娶、乳儿起名，找他都要提前预约，且价格不菲。后来风水热降温，吴鑫也觉得难有大作为，开始转型。他在北海买了五十亩盐田，盐价飙升的那几年，他赚了大钱。后来盐价落了，他又进军房地产。他早早获悉北海即将划设新区，提前半年以十万一亩的价格买了五十亩盐碱地，新区开发启动后，地价一路飙升，几年工夫就涨到了四十万一亩……

几个人聊到晚上十二点，徐风出了"月亮船"，见马路上湿湿的，不知什么时候下雨了。门口停着几辆出租车在等客，见有人出来，排头那辆发动起来，往前挪了挪。徐风没有打车，想在雨中走一会儿。路上除了偶尔过去一辆车，已没有行人。他像个夜游者，怀着莫名的孤寂和惆怅，踽踽地行走在深夜的街市上……

第五章　新官上任三把火

1

年后一上班，作风建设年活动启动了，部机关的变化立竿见影：上班不见迟到早退、串屋聊天的了，中午也没喝酒的了，工作节奏像火车提速般忽地快起来。党派、工商联机关变化更明显，年前办公楼更换了水、暖、电管线，假期里换上了新空调、桌椅和电脑。一夜间，办公区变暖了、亮了，人气也旺了，小院里日渐热闹起来，仿佛随着春天的到来，一切都焕发了生机。

下午，杨正清主持部务会，专题研究作风建设二十项措施，对严肃工作纪律、规范工作运行机制等内容做出具体规定。其他的事项都好说，但清理兼职和党派机关外租房的工作非常棘手。前几年，为发展民营经济，市里鼓励一部分机关人员脱产带薪创办、帮扶民营企业，为期两年。期满后，大部分人回原单位上班，也有人辞职创业，还有个别的人回单位了，心却没回来，仍明里暗里搞兼职，甚至长期不上班，除了部里的马连成，党派、工商联还有几个人也是这种情况。杨正清重申了有关规定，要求有关人员一律停止兼职，回单位正常上班。除此以外，最难办的还是清理党派机关外租房。党派大院门口那十间小平房最初用作小餐厅、活动室和仓库，但二十世纪九十年代，刘家巷商业街发展起来后，党派、工商联纷纷将其外租，成了单位创收的来源。这些年几经清理，都没有结果。时间久了，租户早已坐大，反客为主，强占不退，还有的层层转租，倒了几遍手。每次清理，都有人说情，还有的撒泼耍赖，最后不了了之，拖到了现在。

杨正清知道外租房清理是场硬仗,强调说:"党派机关配套房出租创收,既违反纪律规定,又影响办公环境,必须彻底清理!房子收回来,拾掇好了当活动室,正好缓解一下党派活动场所少的问题。大家有什么意见?"

姜兰分管民主党派工作,听了自然高兴,抢先表态道:"太好了!党派机关本来有现成的房子不用,每次搞活动还求爷爷、告奶奶地到处找地方!最可气的是,那些租户干什么的都有,卖布条的、炸油条的……,搞得乌烟瘴气,早就该清理啦!"

"那个……"钱洪军沉吟道,"问题嘛是有些,能不能在管理上下点功夫?可别小看这几间房,地段好,每年房租十多万,党派还靠这进项补贴经费呢!"

刘元了解情况,附和道:"是啊,现在财务制度越来越严,没点预算外收入,有些账还真没地方出……"

"肯定不行!"杨正清斩钉截铁地说,"中央三令五申,不准私设小金库、滥发奖金福利,这是原则问题,决不能搞变通、打折扣!"

"以前也不是没清理过,真不好办……"钱洪军摇了摇头。

杨正清说:"拖得越久越不好办!"他又问刘元,"今年的房租交了没有?"

刘元答道:"还没有,合同上规定一交三年,去年底合同刚到期,还没续签呢!"

杨正清点点头说:"那正好,今年就不签了,清一下账,全部腾出来。"

"是该好好清清账了!"姜兰发牢骚道,"听说有的租户仗着这样那样的关系,把租金压得很低,再转租出去挣钱。还有的拖着不交租金,一直白用呢!"

钱洪军明知她说的是实情,仍故作惊讶状:"是吗?有这种情况?这次正好清一清,不管谁的关系,该交的都要交齐了!"

杨正清拍板道:"就这样吧,办公室牵头,一个月为限,全部腾出来,统一拾掇拾掇。清理难度肯定不小,你们得注意方式方法,耐心做工作。"

不出所料,沿街房清理遇到了很大的阻力。有的电话变了,联系不上;有的转租过好几次,最初的租户始终不露面;有的答应得好好的,就是拖着不搬;有的刚装修过,扬言"天王老子"也撵不了……

这些天，办公室和党派机关服务中心挨家挨户做工作。牛玖平出了个点子，找出市里的有关红头文件，作为政策依据。他们忙活了十来天，给大部分租户做通了工作，最后剩下三家"钉子户"，领头的是年后刚开业不久的迪日家纺店，好说歹说，就是死活不搬。

早上，刘元听说党派办公楼夜里被人扔了砖头，砸破了好几扇窗玻璃，院子大门的锁眼也被堵上了。他跟钱洪军汇报后，叫上牛玖平去了现场。

到了党派机关大院，司机把车停在沿街房前。服务中心主任郑大鹏迎出来，说已报了案，派出所的人勘查完现场刚走。传达室的人说，夜里一点多钟听到动静，出来也没见人，院子里外都没监控，一时无从查起。

刘元说："来了就去迪日家纺看看吧，十有八九跟这家店有关。"

郑大鹏介绍道，迪日家纺的老板叫王海洋，去年底托人转租的房，进行了精装修，正月初八才开业。要是现在退租，他就白忙活了，因此他啥也听不进去。

说话间，他们三个到了迪日家纺店门口。门楣上横挂的牌匾特别显眼，青砖般厚，黑黢黢的，有些年头了，镌刻的"迪日家纺"四个颜楷大字，稳重饱满，遒劲有力。郑大鹏指着牌匾说，这块牌匾颇有来头，是王海洋家祖传的，黄花梨木料，有人出价两万元收购，他不肯卖。牌匾白天挂着，晚上收起来。

王海洋坐在小马扎上，正在门口喝茶、嗑瓜子。他和郑大鹏混熟了，见他过来，起身招呼道："鹏哥来啦！喝茶吧，刚泡的上好龙井，你瞧这嫩芽！"

"上班呢，哪得空？"郑大鹏说，"这是统战部刘部长，过来看看。"

"啊，部长？大领导啊！"王海洋摸着后脑勺笑道，"我这地小，调不过腚来，就不里边请啦！领导能不能帮我再盘间房啊？"

刘元不接他的茬，开门见山道："你应该接到通知了吧，市里有规定，办公房不能再出租了，你抓紧另找地方吧！"

"去年不还让租吗？怎么我刚开业就不让租了？"

"去年新部长不是还没来吗？现在就按新要求办！"

"新部长怎么啦？新官上任三把火啊，先跟咱小老百姓过不去！"

"不是跟谁过不去，谁租都一样，市里要求一律清理！喏，你看有文件。"牛玖平说着，从包里掏出红头文件来递给他。

王海洋不接，瞅都没瞅一眼，嚷道："有文件也不行！还讲理不？我装修花了十几万怎么算？"

刘元耐着性子给他解释："你是转租的，没见合同吗？单位只管租，不管装。今年又没签合同，你急着装啥？部里有要求，这个月必须腾出来！"

"合同还不是人定的，就不能改了？反正俺才装了，怎么也得干上两年！"王海洋急了，嗓门大起来，"早先这大半条街都是俺老王家的呢，公私合营时俺爷爷连厂带店给了国家，怎么现在连这么间小破房也不让租了？"

郑大鹏见王海洋气极了，拍了拍他的肩膀，又跟刘元商量道："要说海洋吧，也不容易，厂子效益不好，家里的钱都投在这店上了。'迪日家纺'是个老牌子，他老爷爷创办的呢！企业做得挺大，后来参加公私合营改成了昌海二棉。他这情况确实特殊……"

听了郑大鹏的介绍，刘元也觉得有些棘手，沉吟道："那……这样吧，我把情况向部里汇报一下，看看有没有回旋的余地。不过部里决心很大，你最好早做打算，老郑你也帮着多想想办法。"郑大鹏答应着，陪他们又转了几个门头后，送他们上车。

车子刚起步，忽听噗的一声，右前方的轮胎开始撒气，慢慢瘪了下去。牛玖平下车一看，轮胎正中结结实实地扎了一颗三角钉。

"这肯定是哪家租户干的！"司机气愤地说。

刘元阴沉着脸，回头看了看，见王海洋正站在店门口，双手抱臂，和邻店的老板说笑着往这边张望。

下午，刘元找杨正清汇报情况，钱洪军和孙奉明也在。听刘元讲了他们的遭遇，杨正清并不感到意外，他拿起一封信说："我也收到匿名信啦，威胁要是不让租了，就让办公人员不得安生！还说这次是砸办公楼的窗玻璃，下次要砸我家的窗玻璃！"

"真是胆大妄为、无法无天！我看看这信是从哪儿寄的？"孙奉明气愤地接过信去，仔细瞅了瞅邮戳，"哦，还真是从刘家巷邮局发的，那肯定就是租户干的！"

"太猖狂了！我给崔浩打个招呼，叫公安人员查查，把这家伙揪出来，办他个寻衅滋事！"钱洪军也很生气，拿过信去翻看着。

"那倒不用,别激化矛盾,我看要多沟通,多做思想工作。"杨正清心平气和地说,"还要具体问题具体分析,尽量照顾租户的利益。像王海洋这种特殊情况,可以考虑帮他解决困难。比方说,通过商会给他协调个经营场所,租金尽量优惠,他有什么要求都商量着来。咱做统战工作,就要善于协调关系、化解矛盾,处理问题千万不能一刀切、简单化!"

孙奉明是老昌海人,对王海洋的家世有所耳闻。他介绍说,王海洋的曾祖父王平山,是原昌海县赫赫有名的民族资本家。据《昌海县志》记载,二十世纪三十年代末,王平山在刘家巷创办了纺织厂,生产的"迪日"牌毛巾远近有名。商标之所以命名"迪日",取"抵制日货"之意。后来,企业传到王海洋爷爷手上,越做越大,成为昌海纺织业的翘楚,直到参加公私合营,成了昌海二棉的前身。一晃半个多世纪过去了,昌海二棉早已破产重组了,没想到王平山的后人仍坚守着"迪日家纺"这个老牌子……

杨正清听了感慨地说:"这'迪日家纺'还是个爱国品牌呢!原工商业者对社会主义改造贡献很大,不能忘了他们,咱们尽力帮扶吧!"

"嗯,于情于理都该帮。"孙奉明出主意说,"这样行不行,市里新建的信诚纺织品市场正在招商,我找商会协调一下,把他吸纳为会员,能享受不少优惠呢!"

杨正清点头道:"这样最好,先帮他安顿下,摊位、价格上尽量优惠,以后还可以给他联系个合作方,提供技术、资金扶持,争取把这个爱国老牌子重新叫响!"

2

周六,杨正清骑着自行车去中医院。这两天玉梅的腰痛病又犯了,定制了膏药,他去取。他多年来形成了习惯,公休日只要没有公务活动,出去一般近处骑车,远了坐公交,既不麻烦司机,还锻炼了身体。

取了药,他特意绕了个弯,拐进了刘家巷。因为没出十五,不少店铺还未营业,客流量少,巷子难得畅通无阻。

迪日家纺店门口搭着几排货架,上面密密麻麻地摆满了五颜六色的毛巾、浴巾和床上用品。杨正清支好车子,搭手摸一条蓝色毛巾,感觉厚实软和、质地不错。店员见有顾客,上前招呼。

杨正清仔细看了一会儿，用手指捻了捻毛巾角，叹道："货还真不错，开幅大，料子厚实，手感也好，不愧是个老爱国品牌啊！"

王海洋正坐在门口喝茶，听杨正清这么说，忽地站起来，上前招呼道："老哥行啊，一看就是个识货的！听说过迪日家纺？"

杨正清笑道："迪日迪日，抵制日货，当年这可是个爱国品牌，家喻户晓哟！"

王海洋见杨正清知根知底，顿生好感，拉他坐下，倒了杯普洱递上，问他在哪里发财。杨正清接过茶，说是商会的，对纺织业略知一二。他问起店里的经营情况，王海洋叹了口气，摇摇头说："现在纺织品太难做了，老家有个小厂子，勉强维持着，我盘个小店，卖卖存货。"

两个人边喝边聊。王海洋说，当年爷爷响应国家号召参加公私合营，企业并入了昌海二棉。二十世纪九十年代昌海二棉改制，父亲离岗后筹资重新注册了"迪日家纺"商标，在老家开了个小家纺厂，采用祖传工艺生产粗布棉纺织品。一开始效益还行，不过老工艺耗时费力、工序繁杂，产品花样又少，再加上受高科技产品的冲击，销量下滑，经营惨淡。父亲病逝前，把祖上留存的"迪日家纺"这块牌匾传给了他。匾额是当年参加过甲午海战的昌海籍武进士刘洪奎所题，勉励曾祖父抵制日货，发展实业。父亲咽气前拉着他的手，希望他日后能重振家业，别辱没了这块老牌子……厂子本就规模不大，又缺资金、少技术，只能勉强维持。他让厂里的老师傅管生产，自个儿租房开门头，想在昌海打开市场。他之所以选择刘家巷，不只是这里行情好、下货快，他还想在这块先辈创业的地方从头打拼，东山再起……

杨正清听了很受感动。他原以为王海洋就是个"愣头青"，没想到他还是个有故事的人。杨正清启发他说："现在受大环境影响，企业经营压力都比较大，小微企业缺资金、少技术问题突出。你要把'迪日'做起来，光靠自个儿单打独斗可不行。像这样零敲碎打地卖货，哪天才能打开市场？你还得开阔一下思路……"

"一听老哥就是个明白人！你是商会的，见识多，给兄弟出个主意，有啥好路子没有？"王海洋拉了拉小马扎，往前凑了凑请教道。

"我看不能抱着老工艺不放，还要改进工艺、改良产品，经营也要上规模，可以到纺织品市场发展，做批发走量。"杨正清想了想，又补充道，"还要加大宣传，现在是网络时代，酒香也怕巷子深……"

王海洋目光一亮又暗淡下去，闷声说："嗯，老哥讲的都在理，我也不是没考虑过……可话又说回来了，俺的大难题就是资金、技术。再说，进市场成本也不小，怕连费用也挣不出来……"

"只要想办，都不难办。"杨正清胸有成竹地说，"资金、技术方面，可以争取贷款，搞技术合作。市场嘛，现在刚建的信诚纺织品市场正在招商，我帮你协调摊位，首批进驻三年免租费，还能优先挑摊位，你看怎么样？"

"有这好事？"王海洋一听两眼放光，有些不敢相信，"真要这样，俺自然求之不得啦！哎，老哥，你到底是干什么的？不会是忽悠俺吧？"

杨正清掏出联系卡来递给他，说自己是统战部的，单位有联系、帮扶民营企业的任务，以后就把他的企业作为包靠对象啦！市工商联正在协调成立全市非公有制企业小额贷款互助中心，他可以帮王海洋争取低息贷款扶持。另外，昌海科技学院有不少专家，可以争取校企合作的方式，联合研发新产品，一块把"迪日家纺"这个牌子重新做大叫响……

两个人越谈越投机，王海洋翻出珍藏多年的特级普洱饼，又重新泡了一壶茶。杨正清让他多搞调研，及时了解市场需求，把握好产品发展的方向。他说回头就帮王海洋协调摊位，挑个好位置，等安顿好了再联系学院跟他对接。最后，杨正清嘱咐他说："等那边摊位安顿好了，你就把沿街房退了吧，按要求都得清理。"

"那还用说，老哥放心就是！"王海洋拍着胸脯说，"你把俺当朋友待，俺也不给你拖后腿！我先收拾着，市场摊位一有着落，立马就搬！还有，其他两户都是我哥们，全包我身上了，你就光等着收房子吧！"

两个人聊完，杨正清起身就走。王海洋要留他吃饭，他一再推辞："家里的病人还等我拿药回去呢，以后你买卖做大了，我再上门给你祝贺！"

王海洋见他执意要走，拿起一包毛巾硬塞进他车筐里。杨正清坚辞不受，王海洋恼了："又不是什么值钱的东西，兄弟的一点心意，你不收就是看不起我！"

杨正清拿起毛巾看了看说："我不好用深颜色的，换包浅色的吧！"王海洋这才高兴了，欢天喜地地去拿毛巾，回来放到了杨正清的车筐里。

王海洋站在门口，目送杨正清骑车走远，回头跟店员说："今儿还真碰上稀罕事了！以前听老人讲，早些年共产党的干部骑车子进村入户，访贫问苦，现在领导也兴骑车子出来给老百姓办事？看来工作作风确实变啦……"

店员拾起椅子上的深色毛巾，惊叫道："啊，这儿怎么压着一百块钱？"王海洋一下子回过神来，无奈杨正清早已不见了人影。

这时，一辆加长版"大奔"开过来，嘎的一声在门口停下。刘山打开车门，还没下车就吆喝道："海洋，装二百条白毛巾！"

"好嘞！"王海洋知道他又来给集团拿劳保用品，忙叫店员去打包。

刘山比王海洋大一岁，两个人是一个村的，从小光腚耍着长大的。刘山个子矮，性格又绵软，常受人欺负，多亏王海洋护着他。这几年王海洋走背字，投资股票赔了血本，厂子效益又不好，背着一屁股债，老婆也跟他离了婚。他消沉一段时间后来昌海发展，还是刘山托人帮他盘的门头。

王海洋跟刘山说起刚才统战部来了个人，看样子是个领导，一点架子也没有，还真给人办事。刘山摇头笑道："你也别轻信，这种人我见多了，说人话不办人事，光会作秀哄老百姓！"

"我看这人不像！"王海洋说着，掏出联系卡来递给刘山，嘟囔道，"反正我是不见兔子不撒鹰，他不给我找着地方，我就不搬！"

"哟，杨正清啊？真是他？"刘山瞪大眼睛，简直不敢相信，"要真是他，你这事就好办了！他是市委常委、统战部部长！"

"什么，还部长？乖乖，这么大领导能来我这小店？联系卡上没写职务，我哪儿知道？"王海洋吃惊地张着嘴，半天才合上，叹了句，"怪不得水平这么高啊！"

"不谈这个了，我找你还有要紧事！"刘山说着，拉开副驾驶车门，从储物箱里掏出一包东西。王海洋看到东西用黑塑料袋包着，横七竖八地缠了好几层宽胶带。

"这是啥啊？包得这么严实！"王海洋好奇地问道。

"没啥，就是个账本，你替我收好了！"刘山递给他，瞅瞅旁边没人，低声说，"这个东西非同小可，关系我的身家性命，你一定收严实了！"

"还这么神秘啊？"王海洋掂了掂笑道，"是你的花花账吧？放心，搁我这儿，就是进保险柜了！"

3

杨正清刚到家，钱洪军就打过电话来，说晚上马杰宴请高天华，请他参加，并强调是高天华专门点的名。

高天华回来了？这可是稀客，当年他从昌海"出走"后，移师同州，干得风生水起，企业很快成为全国知名民企。高天华是天华集团董事长，昌海历平县人，全国工商联常委、省工商联副主席。他二十世纪九十年代初退伍后，自主创业，从回收废旧钢材起家，一步步发展起来，创办了昌海钢铁厂。企业初建时，钢材市场还供不应求，但厂子建成投产后，正赶上国家大幅压减钢铁产能，钢铁企业的日子都不好过。当年钢铁厂是市委统战部的包靠企业，高天华和时任历平县副县长孙奉明去找田友良，希望统战部出面帮企业争取有关政策扶持。当时田友良刚从市公路局调来统战部，正心灰意冷呢，对此一推二拖三不管，气得高天华拂袖而去。不久，同州市有关领导来昌海考察，看中了高天华企业的发展潜力，以零地价、三年免税的优惠，成功吸引高天华转战同州。在当地政府的大力扶持下，他并购了当地几家企业，整合资源，成立了天华集团。经过数年发展转型，集团的业务除了钢铁制造，还有房地产开发、光伏电缆生产、发电等，跻身全国民营企业一百强。这些年，高天华对昌海不太"感冒"，很少在这里露面，今儿什么风把他吹来了？

晚宴设在东方大厦。杨正清到了酒店，马连成在大厅里接上他。进了房间，杨正清见马杰和高天华还没来，万东方正在和钱洪军讲他智"擒"高天华的经过。

天华集团在同州做强做大后，昌海多次伸出橄榄枝，希望高天华能重返家乡发展，特别是今年全市大搞"招院引所"、发展总部经济，马杰一直想请他回来看看，争取让他在昌海投资，什么条件都可以谈。万东方和天华集团有业务，几次牵线联系，高天华都不置可否。万东方想去登门拜访，但高天华整天满世界飞，很难约上。今天万东方和马连成陪马杰去半月湖钓鱼，路过光明大街路口时，绿灯变红灯前，一辆红色QQ加速并线冲了过去，把他们的车隔下了。马连成说了句："小QQ也敢插万董的'大奔'啊！"刘山也不乐意了，绿灯后一脚油门，车子轰的一声冲了出去，很快就追上了那辆红色QQ。刘山憋着口气，也想炫炫车技，就紧贴着QQ超过去，突然并线，轻点了一下刹车，想吓唬一下QQ。不料那辆QQ的司机是个新手，根本没反应过来，刹车不及，砰的一声从后面顶上了。QQ的司机下了车，是个女孩，中等个儿，体型匀称，扎着马尾，头戴棒球帽，穿一身红黄相间的运动装，打扮得像运动员。女孩摘掉墨镜，冲着刘山喝道："你这人怎么开的车啊？"刘山顾不上答话，忙去车后仔细查看，好在没什么大碍，只有一个小白点，倒是QQ的前保险杠瘪进去一大块。万东方和马连成也下了车。马连成见是个漂亮女孩，笑道："怪我们眼拙，没躲远点！"女孩上前踢了"大奔"一脚："开个破'大奔'有什么了不起？""小丫头敢踹我的车，你知道车上拉的是谁吗？"他们争吵时，一个披着军大衣的男人从QQ的后座上下来了，叫道："小阳，别胡闹！"万东方定睛一看，又惊又喜，抢先一步抓住那个男人的手笑道："高董，怎么是你？真的是你！"他乐颠颠地拉开自己座驾的车门，笑逐颜开地对马杰说："马市长，真是踏破铁鞋无觅处，得来全不费功夫！我可逮着高董了！"

六点整，高天华准时入场。他身材魁梧，腰杆笔直，步履沉稳，始终保持着军人的气质作风，平时最喜欢穿迷彩服和军大衣。他这次要上省城坐飞机赴美考察，顺路回昌海办点事。高天华和杨正清也认识。当年他在历平办厂时，劳力紧缺，招不到人。杨正清时任北海县副县长，去历平考察时得知他的困境，回北海很快帮他招了二百名工人，解了他的燃眉之急。这时马杰也到了，招呼大家入席，他坐主陪，杨正清坐副陪，钱洪军和万东方分别坐三、四陪，其余的人也依次坐定。

马杰首先举起酒杯说："祝高董旅途顺利，欢迎回昌海投资兴业。"高天华微笑着表示感谢，说有机会一定回来给家乡做贡献。

杨正清举杯敬酒道："美不美，家乡水；亲不亲，家乡人。高董无论在哪里发展，家乡永远欢迎你回来，统战部永远是你的娘家，有空常回家看看！"

"天华的发展，还真与统战有缘！"高天华举杯一饮而尽，感慨道，"当年要是没有昌海统战部包靠帮扶，我还真下不了决心投资建厂。后来没有同州统战部的扶持，我也走不到今天。说实话，同州非常重视民营企业，其'保姆式'服务，让企业心无旁骛地抓生产经营，发展环境实属难得！"

"你贡献也不小啊，一直是同州头名纳税大户！"钱洪军满脸堆笑道。

"高董不光税收贡献大，履行社会责任也不含糊，汶川抗震救灾一出手就捐了一个亿！"杨正清说着，伸出右手食指晃了晃。

马杰笑道："高董也别光给外地做贡献，也要支持家乡发展嘛！今年全市实施'海洋强市'战略，北海是前沿阵地。我们刚定下北海化工产业园项目，你要是能投资加盟就再好不过了！"

"这个……我们集团的主攻方向是绿色能源，化工产业暂时不会考虑。"高天华坦率地解释道，"今年集团正集中力量建设绿色能源城，别的暂时顾不上。"

"也不急于一时，等日后条件成熟了，欢迎高董随时来北海发展！"杨正清见马杰有些失落，打圆场道，"这几年同州发展很快，民营企业功不可没。最近我们打算上同州考察学习，取点真经。"

"好啊，杨部长什么时候去提前打个招呼，我在同州等着您！"高天华高兴地说。他抬手看看表，说时间不早了，先行离席。

高天华走后，马杰坚持把杨正清让到主宾位置，举杯道："杨部长来市里，我还一直没顾上接风呢！常委兼部长这是高配，咱们祝贺一下！"

杨正清微微一笑："以后马市长可得多支持统战工作哟！"

这时，万东方举杯："感谢各位领导多年来对东方集团的大力支持！"

马杰说："你是省政协委员，今年又新进了常委，多亏了统战部支持。"

万东方忙说："是啊！集团发展还真是多亏了统战部指导、支持！这两年部里派出精兵强将帮扶我们集团，连成科长出力不少啊！"

马连成表态道："我不过是来锻炼、学习，还是部里领导得好，万董干得好！"

马杰说："前几年市委号召机关干部离岗帮扶民营企业，对民营经济发展促进很大。后来撤的时候，有些干部企业都离不开了！"

"不少人坐机关久了，不愿下来受累。连成觉悟高，主动报名，给单位分了忧，为企业服了务，各方面反映不错呢！"钱洪军说着伸出了大拇指。

见他们谈到马连成，杨正清已心中有数，就不动声色地说："帮扶效果总体不错，也有后遗症。帮扶结束后，个别人没按时撤回来，还在外面搞兼职，甚至打着单位的名义拉业务，严重违反规定！现在部里正在清理整顿，就是要彻底解决这个问题。"

钱洪军忙解释道："连成一向很注意，他从没打着部里的旗号出去招摇，去年还给单位完成了五千万的招商引资任务呢！"

"连成脑子活，搞经营还真是把好手。我看能不能暂时让他在老万这儿多锻炼一段时间？万董还真离不了他呢！"马杰索性把话挑明了。

万东方笑嘻嘻地说："马科能力强、人脉广，现在可是集团的铁招牌，不少客户只认他，我恨不得把他一直留在这儿呢！"

"好啊！"杨正清接着万东方的话说，"连成要是确实想干企业，万董又确实需要，可以考虑辞职过来发展嘛！"

"啊？不过……"马连成神色紧张，期期艾艾地说，"我在机关二十多年了，辞了怪可惜……要不我再荡悠上几年，工龄满了三十年再申请退休，行不行？"

"这肯定不行！"杨正清斩钉截铁地说，"要不你先回来安心工作，等退了休再考虑其他的吧！"

马连成一脸失望，屋里气氛尴尬起来。杨正清并不在意，兀自说道："今年市里开展大招商，统战系统也要发挥优势，为助推民营经济健康发展献计出力。连成是经济统战科科长，回来也大有用武之地！"

"这样也好，我这座庙还是小了点。"万东方打圆场说，"不过，部里助推民营经济发展，也别忘了拉东方一把！"

马杰强作欢颜道："我分管民营经济，统战部也抓民企，这不抢饭碗嘛！"

"我们是做代表人士工作，引导民营企业家健康成长，算是给你助力，你不感谢还倒打一耙！"杨正清笑着说。

钱洪军也想缓和下气氛，忙道："两位市领导齐抓共管，都是为了全市民营经济健康发展嘛！"

4

大调研开始了，这是作风整顿活动的"规定动作"，要求以问题为导向，深入基层了解情况，征求意见建议。杨正清专门强调了纪律：严格执行中央八项规定，工作餐禁酒，不搞边界迎送，不进景点参观，不准收受土特产……

杨正清提出分别去一个统战工作基础好的和薄弱的县市区考察，刘元和钱洪军商量后，确定了东城区和历平县，一个中心区，一个贫困县，比较有代表性。尽管东城的统战工作不算出色，但考虑到杨正清在东城干过，还是首选了东城。

今天天气不错，碧空如洗，瓦蓝瓦蓝的。杨正清和刘元、徐风一行上午到东城调研。车子开到区政协办公大楼前，新任区委书记刘志海已在楼前迎候。

刘志海今年四十五岁，身材壮实，膀大腰圆，走起路来习惯性地瞪眼攥拳，像上拳击台似的。杨正清任东城区委书记时，他是区长，两个人一张一弛，宽严相济，配合很默契。老书记回来，刘志海自然高兴，没等杨正清下车，就扯着大嗓门叫道："可把你盼回来啦！咱搭班子还没干够，你得常回来指导指导！"

"指导谈不上，也用不着，你魄力比我还大嘛！"杨正清握着他的手笑道，"听说你们棚改力度不小，一个月拆了过去一年的拆迁量！"

"这不都是按你的既定方针办的嘛！"刘志海性情豪爽，嗓门又大，说起话来劲头十足，"多亏你定的盘子好，至少能管二十年！坚持工业立区、服务业强区，离不开大招商，但要落项目先得有地。现在工业用地指标这么紧，拆不了就建不了，建不了就发展不了！"

"嗯，拆迁面这么大，可要把握好政策，积极协调，千万别激化矛盾！"杨正清提醒道，"我看可以借鉴一下统战思维：求同存异，形成共识，照顾好同盟者的利益，还要多听基层和群众的意见。"

刘志海笑道："哈，你真是干什么吆喝什么！"

他们一路聊着，去会议室开座谈会。刘志海致辞后，区政协副主席、区委统战部部长周国森汇报统战工作情况。

周国森是多年的老统战部部长了，他白白胖胖，秃头顶，亮脑门，一开口满脸堆笑，跟弥勒佛似的。因他心眼子多，人送外号"鬼孙儿"，就是把他名字中的"国"字读成湖南口音，"森"加儿化音念成了"孙儿"。周国森到区委统战部后，跟田友良挺谈得来，两个人一起搞摄影、玩收藏。他反正也快退休了，工作上得过且过，部里的事务全靠副部长李文刚打理。

汇报完工作，大家开始座谈。与会人员除了几名党外干部，还有几个民主党派成员和民营企业家，杨正清大都认识。大家发言全念稿，没啥新意，杨正清插话问了几个问题，听到的回答也都中规中矩。座谈会不咸不淡地开了半个小时，刘志海让发言者拣主要的讲，材料不用念，调研组带着就行。这样发言速度明显加快，二十分钟后就结束了。刘志海对杨正清说："区里的情况你都了解，还是以看为主吧，安排了不少点呢，请老书记给把把脉！"

杨正清也觉得座谈乏味，不如多看现场，便应道："这样也好，咱边看边交流。统战部也在这楼上吧？说来惭愧，我还没去过呢！"

周国森答道："没呢，在政协楼南边的平房里。"

杨正清一愣，颇觉意外："平房？我怎么记得那年机关搬家，考虑你兼着政协副主席，把统战部安排在政协楼上了？"

刘志海解释道："这事我知道，原方案是这样，后来政协提出办公室不够用，楼南边还有排平房闲着，就把统战部挪出去啦。"

"哦，是这样……那咱去部里看看吧！"杨正清说。

周国森面有难色，推诿道："这……不去看了吧，平房条件差，乱七八糟的进不去人。我也一年多没去了！"

"那就更该去了！今年的基层统战工作基础建设是重点，正好实地看看你们的办公条件怎么样。"杨正清站起来，不容分说就往外走。

出了政协楼，从西侧小路向南，他们来到一排平房前。房子有七八间，青砖红瓦，水泥外墙，檐前出厦，还是老旧的木头门窗。门口吊挂着几个小木牌，上面白底红字，写着统战部、工商联、民族宗教局、会议室等字样，条件颇为简陋。屋内略显拥挤，收拾得还算干净。办公设备老旧，电脑还是早年间那种笨重的台式机，显示器占了写字台的小半张桌面。两个女干部正在填写统战代表人士卡片，摊了一桌子。前段时间市委统战部通知要求各地梳理各领域统战代表人物，建档立卡，摸清底数，进一步完善党外代表人士资料库。

杨正清拿起一张卡片看了看，上面登记着统战成员的基本情况和联系方式，字迹工整娟秀，个别修改处涂了白色修正液。他指着卡片问："都网络时代了，怎么还用手填啊？能不能实现信息资料的数字化、规范化？"

区委统战部副部长、民宗局局长李文刚答道："我们先建档立卡，再录入电脑，还要通过机关内网把代表人士信息联网，现在正委托科技学院帮我们开发管理软件呢！"

"不错，统战工作网络化是大势所趋，你们先搞试点，有了成果，市里开现场会推广！"杨正清说着，回头看了看刘志海，"志海书记可要大力支持啊，以前统战欠账比较多，以后你多倾斜倾斜！"

刘志海笑道："没问题，你就把东城区当试验田，把东城区委统战部看作市部的编外科室，有啥活尽管往这儿派！办公场所临时不好办，以后找机会改善，回头我先叫财政局给统战部增拨十万经费，换换电脑、档案橱什么的。"

杨正清很高兴，对周国森说："好啊，区委这么支持，试验田出不出彩，就看你们的啦！"

从统战部出来，他们乘车观摩了商贸城、总部经济中心、物流产业园等项目。杨正清看着这些他当年大力推动的项目正在落实落地，倍感亲切，既为自己当初主持制定"工业立区、服务业强区"的决策初见成效感到欣慰，又颇为欣赏刘志海一张蓝图绘到底、一心一意抓落实的工作魄力。杨正清起初制定的是提升城区五年规划，刘志海认为完全可以再快一些，能提前两年完成。他接任书记后，提出"全区大干一千天，东城旧貌换新颜"，全区发展提速，旧城改造全面铺开，到处都在搞建设，吊塔林立，围挡遍布，机械轰鸣，一派忙碌的景象，整个东城区变成了一个大工地。区里专门成立了拆迁办，抽调了二百多名干部，全力以赴抓拆迁。坊间对此褒贬不一，颇有争议，有人给刘志海起了个外号，叫他"刘大扒"，还编了歌谣："刘志海，刘大坏，只管扒，不管盖！"

他们来到窗博城工地，刚下车，旁边有个干活的老农认识刘志海，回头对工友喊了声："刘大扒来啦！"老农耳背，不觉间说话声很大。刘志海听了也不恼，笑呵呵地对老农说："大爷，我不叫'刘大扒'，我是'刘建设'啊！俗话说：'旧的不去，新的不来。'咱扒了旧的，就是为了建设一个新东城嘛！"众人听了都笑起来。

"说得好，拆旧是为了建设新东城！"杨正清笑着提醒他，"不过要加强宣传引导，争取群众理解支持，千万不能蛮干！"

"你放心就是，我们依法拆迁、和谐拆迁，决不留任何后遗症！"刘志海说着，招呼大家上车，"我领你看看莱茵小镇吧，再不看就没有啦，很快拆到那边了！"

车子往南部矿区驶去，半个钟头后到了城南，杨正清远远望见一座小山包,那是渣滓山遗址,矿区最显眼的地标。渣滓山本来有两座,当年治理矿区扬尘污染时,北海正在围海造田,经杨正清协调,大部分矿渣拉去填了海,只剩下一个足球场大小的山包,做了绿化处理。这几年山上的植被长起来了,又新栽了些松树,看上去郁郁葱葱。山顶新建了一个红色凉亭,造型简约,飞檐高挑,万绿丛中一点红,颇有诗情画意。

杨正清问道:"当初定的把渣滓山全清掉,怎么还建亭子?改规划了吗?"

"有些调整,这儿要变成风水宝地啦!"刘志海不无得意地说,"今年区里启动矿区改造项目,东方集团投资开发新莱茵小镇,要把这里打造成高端商务住宅区,规划标准至少在全省是最高的!"

"哦,这么快就规划到老矿区了!渣滓山要改造成人工景点吧,安全性论证了没有?"杨正清有些不放心,问道,"山体是矿渣堆积的,牢靠不?"

"没问题,请专家看过,正在加固处理呢!"刘志海指了指前方,"小镇南面挖了个人工湖,用挖出的土绿化渣滓山。湖叫'鎏金湖',山叫'聚宝山',名字是我起的,前水后山,是个旺财格局,老万还找风水大师吴鑫看过呢!"

杨正清笑道:"你也信这个!布局还行,有些移山造海的架势呢!"

"多亏你给区里定了个好盘子,我们只管抓好落实就行!"

车子在一片破败的欧式老建筑群前停下,这儿看上去废弃已久,枯草丛生,垃圾遍地。此处就是当年显赫一时的莱茵小镇,始建于十九世纪末,迄今已有一百多年的历史。当年,德、日殖民者为掠夺煤炭资源,在侵占东城的近半个世纪里,以煤矿为中心,陆续修建了各种工业及生活设施,造就了东城"南北四条马路,东西十里洋场"的繁华。德国人最早建起医院、火车站、邮局、教堂、学校和兵营,日本人占领后又新建会社、妓院。这些大大小小的建筑,散落在五六平方公里内。新中国成立后,小镇先后成为东城特别区政府、昌海军区医院、昌海棉纺厂所在地,但多数建筑在"文革"中遭到破坏,保存相对完好的,大都被单位和个人占用,也有的成了流浪汉和拾荒者的乐园。

刘志海陪着杨正清往里走,一路介绍着。杨正清在区里几年,这还是头一次来。到了小镇的西入口,他先看到的是东城老火车站。站房黄墙红顶,墙体斑驳龟裂,上面依稀可见"文革"时期的宣传画和标语,字迹模糊,尚能辨出"抓革命促生产"几个大字。站房的地面还算干净，墙角放着一把破笤帚，地上摆着几块砖，有些灰烬，看来有人逗留过。墙壁上满是涂鸦，内容五花八门，叠加着不同时代的印记。室内没有天花板，抬头可见方形屋梁，木料厚重，被烟火熏得黢黑。

穿过站房北门，就是当年的火车站站台。首先映入杨正清眼帘的是两条锈迹斑斑、没在荒草中的铁轨，不远处的铁轨尽头连接着一个巨大的圆形转盘。刘志海介绍说，这个大转盘是当年供火车机车调头用的。火车头开上转盘后，用人力拉动铰链转动转盘，把火车头调整到驶出方向，再与轨道对接。历经百年沧桑，转盘已锈烂不堪，许多部件不知去向。最近区文物部门正在勘查，发掘出土了部分铰链装置，正在研究复原。

不远处有人在地上清理着什么。刘元和徐风上前观看，见地上埋着半截蜿蜒曲折、锈迹斑斑的绞盘链条，如同一条冬眠的蛇，半截露在外面，半截埋在土里。徐风弯腰摸了一下，握住用力往外拔。旁边蹲着一个身材瘦削、头发蓬乱的中年男子，正一手拿毛刷一手持铲子忙活着，见状忙叫："别动！别动！"他话音未落，链条应声而断，徐风一个趔趄，差点摔倒。

那人丢下手里的家伙，弹簧般跳起来，一把抢过半截链条，看了看断茬面，怒喝道："你捣什么乱？忙活半天叫你一把撅断了！破坏文物是犯罪，你知道不知道？"

刘志海和杨正清闻声过来，一看是区文化局主任科员、文管所所长郑峰。郑峰是党外干部，专业出身，对文物可以说是痴迷，整天带着文管所的人泡在文物堆里。哪个地方有古墓被盗挖了，一有消息他们就立马去现场查看。有一次做抢救性发掘，白天没干完，夜里他自己坐在现场守着，抽了整整两包烟。冲着他对文物的这股"疯"劲，人送外号"郑疯子"。

"领导过来看看，碰你几块破铜烂铁，嚷嚷啥？"刘志海训斥道。

"书记啊，这可不是一般的破铜烂铁，价值大着呢！"郑峰一看是杨正清和刘志海，乐了。他平时难得见到书记，今儿运气好，竟然一下子碰上了两任书记！好不容易逮着了，他便乘机汇报起他们的发现来。

郑峰介绍说，这几天在老火车站挖出了不少好东西，很有文物价值，应该尽快保护起来。他急切地说："刘书记，我查了，咱这个机车转盘是全国仅存的，满世界打灯笼也难找！咱建个煤矿铁路博物馆吧，这就是现成的镇馆之宝啊！我写过好几次提案，您收到没有？区里一定要支持啊！"

刘志海不耐烦地挥挥手："好你个'郑疯子'，让你缠磨上就走不了！先别啰唆，抓你个差，给杨部长当导游吧！"

郑峰觉得杨正清肯定了解小镇的历史，便重点介绍起小镇的现状和保护价值来。他满怀感情地说，这里每一座建筑都是宝贝，去年底，德国当年建造教堂的公司来函，说该教堂已过了百年最长使用年限，提醒我们注意安全。文管所摸过底，这片德、日建筑群现存德式建筑95处，日式建筑51处，这么大规模的百年建筑群，世界罕见，其历史、文化、建筑、旅游等方面的价值无法估量。

郑峰言辞恳切地说："杨部长，你赶快帮着呼吁呼吁吧！今年市政协会上我又交了提案，还是没有答复。如今矿区改造，传着小镇要拆，也不知真假。恳请市里一定重视小镇的保护，不光拆不得，还应该尽快提上保护日程……"

"我叫你讲讲小镇的历史，哪用你操心它以后的事！"刘志海不耐烦地打断他，"以后怎么办，市、区都有规划，不是你该考虑的事！"

听了郑峰的话，杨正清心里却直犯嘀咕。这里他来回路过无数次，却从未近距离地面对过。在他眼里，老矿区这堆破烂，不过是一片待开发的垦荒地，随着城市建设的推进，很快就会变成一座座现代化厂房，一幢幢参天高楼，一片片繁华街区，以全新的面貌展示发展成果，彰显城市的活力。而走近这片百年建筑群，回顾历史，抚今忆昔，他似乎触摸到了那沉重的百年沧桑……

"嗯，郑所长说的也不无道理。这些老建筑留下来不容易，不能简单化地一拆了之，应该慎重考虑是否确有保护价值。"杨正清沉吟道。

"那是自然喽，一百多年的老屋，也不敢说拱就拱了，肯定要论证论证。"刘志海笑道，"我要随便拆了，不真成'刘大扒'了？"

"太好了！"郑峰高兴地说，"什么时候论证我们提供资料！整好了材料也给杨部长寄一份。"

"不用寄，你上部里找我就行。"杨正清挺喜欢郑峰坦诚执着的性格，掏出一张联系卡递给他说，"你是党外干部，又是市政协委员，欢迎多提意见建议！有什么想法，可以随时找我，统战部就是党外人士的娘家嘛！"

5

今年倒春寒，清明过了，气温还没升上来，风刮在脸上凉飕飕的。在镇机关食堂吃过午饭，杨正清一行驱车前往历平，刘元一路给他介绍情况。

历平县位于南部山区，距昌海九十公里，是全市唯一的县，还属欠发达地区，统战工作基础也非常薄弱。统战部人员编制少，除了部长仅有四个人。县政协副主席薛梅兼任部长，挂个虚名，在政协办公，基本不管部里的事，上级领导来或开会时，她才出面照应一下。日常工作由常务副部长韩力主持，另有一名副部长被抽调出去包靠项目。办公室有两个干部：一个是办公室主任，年龄大了身体不好，长期病休；另一个年轻的休了产假。这样，韩力成了光杆司令，从部长到办公室主任乃至会计、司机，他都一身兼。他分身乏术，疲于应付，光会也开不过来，工作基本上处于半瘫痪状态。

听刘元介绍完，杨正清眉头紧皱，心里很不是滋味。他在东城时对统战也不太重视，没想到历平县的情况更不乐观，看来基层统战工作力量薄弱并非个别现象。都说是基础不牢，地动山摇，统战工作要想创新发展，必须从基础抓起，首先要解决好有人管事、有人干事、有钱办事的问题。

车子在路口等红灯，杨正清远远看到前方有个穿黄大衣的老农坐在路牙石上哭。车子过了路口后停下来，杨正清走到老农跟前，见他哭得一把鼻涕一把泪的，探身问道："大叔，你怎么啦？是不是碰上难处了？"

老农约有六七十岁，花白的山羊须上沾着些眼泪鼻涕，黝黑的脸庞满是褶皱。他见杨正清从车上下来，身后还跟着两个人，猜到他是个领导，忙站起来，用袖口擦擦眼泪说："领导给俺做主啊……"

老农说他姓于，是历平县沙河镇徐家庄的农民，家里种了几亩萝卜，头年入冬开始卖，一直没卖出去。他平日都在公路上摆摊，挨上一天冻，也卖不了几个。为了多卖点，今儿他开着农用三轮车进了县城。因为怕查车，他早上四点半走的，天亮前进了城。谁知去年种萝卜的太多了，城里也不下货，靠了一上午，也没卖多少。挨到晌午，本想趁中午头赶回去，但还是让交管所逮住了，扣了三轮车，罚了二百元。他一上午总共卖了十七块八毛钱，晌午饭都没吃……于老汉说着从怀里掏出一个布包，两手哆哆嗦嗦地打开，掏出一卷几元几角的零钱来。

杨正清听了心酸不已：农民真是不容易，种菜受累，卖菜还要犯难。萝卜是昌海特产，清脆可口，远近闻名，主产区在历平。前些年县里大力发展特色农业，家家户户一窝蜂地种萝卜，供大于求，营销没跟上，造成了卖萝卜难的问题。和于老汉聊起来，杨正清了解到他们徐家庄的萝卜最正宗，品种好，口味独特，过去曾是朝廷的贡品。这几年种萝卜的多了，品种也杂了，就不值钱了。去年萝卜又大面积丰收，卖不上价，有的干脆弃收，扔在地里让它们白白烂掉了……

卖菜难是个老问题了。城区路边和小区门口，常见有人开着农用车卖菜，大多是附近乡镇的菜农。创建文明城市期间，市里集中整治市容市貌，严查农用车进城摆摊。杨正清掏出二百块钱塞给于老汉，嘱咐他交上罚款快回家，以后别开三轮车进城了，不光违规，也不安全。于老汉流着泪说："俺遇上贵人啦！恁一定是个大官吧，要是能帮乡亲们解决卖萝卜的难题就好了！"

刘元介绍道："这是市委常委，统战部杨……"

"我不是什么官，就是给乡亲们服务的！"杨正清打断他，拉着于老汉的手说，"大叔，我也下过地，知道农民不容易。回头我一定帮乡亲们反映反映。"

于老汉千恩万谢，直用袖口擦眼睛。徐风心里也热乎乎的，眼睛不觉湿润了，感觉此情此景有些熟悉，又有些陌生。

进了城区，杨正清见县委副书记蔡伟和县政协副主席、县委统战部部长薛梅在路边等着。他们一行上了车，先去观摩现场。

看过几个调研点，他们最后来到金达集团。这是一家大型冷藏食品加工企业，去年已挂牌上市。董事长齐会国是本地人，身材矮胖，面容和善，身着中式长袖唐装，左手腕戴着小叶紫檀佛珠手串，右手握着两个狮子头文玩核桃，走路四平八稳，神情怡然自得，从仪表上真看不出他是杀猪出身。齐会国早年间在县肉联厂上班，改革开放后，他看准商机，辞职回乡，从杀猪干起，发家后办起了屠宰加工厂，后来陆续收购了县肉联厂和冷藏厂等几家企业，成立了金达集团有限公司，产品出口东南亚，生意做得红红火火。

参观完厂区，座谈会的时间也到了。参加座谈的人不多，有七八个人。薛梅汇报统战工作时，照着稿子念，统战业务没涉及多少，包村扶贫、招商引资、包靠项目方面倒说了不少，连走访慰问老党员、参加运动会、植树节活动都没落下。

大家正谈着，蔡伟接了个电话，说县委书记王明远出国考察刚回来，正往这边赶，让他先去接个外地考察团。

"快去吧，你杵在这里，大家座谈还放不开呢！"杨正清撵他。

蔡伟走后，杨正清嘱咐大家都别念稿子，敞开聊就行。他叫薛梅谈谈部机关的情况，说说工作上的困难和问题。

薛梅倒不隐瞒，坦诚地说："我是个挂名部长，平时主要靠在政协，还是韩部长汇报吧！"

韩力是常务副部长，性格耿直、心直口快，在统战部工作二十多年，憋了一肚子牢骚，难得有机会发泄，就毫无保留地诉起苦来。他说，统战部最大的问题是没钱办事、没人干事，最终无事可干。部里经费少得可怜，连车都养不起。前些年为了省钱，部里甚至把仅有的一辆桑塔纳出租外包，把油票卖了，补充办公经费……

薛梅插话道："那是以前，这几年好多了。我兼任部长后，能从政协出的费用都从政协出了，一年下来也省个万儿八千的。"

韩力谈到人员编制时吐槽说，部里现在有四个人，能正常上班的就他自己，有时一天好几个会，都查人数，缺席了通报，真恨不得刻上几个木偶放在会场当替身……

杨正清又问这次换届县政协委员怎么安排的，韩力没好气地说："还能怎么安排？按惯例政协包办了，统战部不参与！"

薛梅讪讪地说："政协委员名单党内的组织部提名，党外的政协拉了个单子，也征求过我的意见。"

"你们这么办就不合适了！"杨正清惊讶地说，"安排人事是统战部的重要职能，党外政协委员的安排必须由统战部负责。这可不是争权，属于咱的职责，要理直气壮地抓起来，要不就是失职啊！"

"嗯，这个……可能是因为我兼着政协副主席，就没分那么清楚。"薛梅自我解嘲道。

"统战部部长由政协副主席兼任，是为了更好地做统战工作，可不能本末倒置，种着人家的地，荒了自个的田！"杨正清提醒道，"还有啊，我听大家都喊你'薛主席',外人无所谓,部里的同志也这么叫,那就生分啦!干什么吆喝什么,以后你还得多往统战上靠靠!"薛梅红着脸点头应着。

座谈会刚结束,县委书记王明远就风尘仆仆地赶到,寒暄了一阵,招呼大家去集团餐厅吃饭。进了二楼一个大房间,只见室内装潢考究、摆设齐全,枣红色木地板上铺着一块有花纹的方形地毯,一色的红木桌椅,桌上整齐地摆放着黄铜餐勺和红木嵌银筷子,电动转盘随着柔和恬静的音乐缓缓转动,上面摆满了各色凉菜。

"怎么这么正式?简单吃点就行,别弄复杂了!"杨正清嘱咐道。

"一点不复杂,就是请领导们吃个便饭,尝尝集团种的菜、养的鱼!"齐会国笑着解释。

众人坐定,服务员端着葡萄酒过来了。杨正清伸手拦住说:"酒就免了吧!"

"这是他们集团自个酿的葡萄酒,尝一点,算是帮企业宣传产品吧!"王明远劝道。

"尝点吧,这也不算酒,就是葡萄汁!"薛梅调侃道。

"这葡萄汁也含酒精吧?"杨正清微笑着说,"含酒精就是酒嘛,咱要实事求是,不能自欺欺人啊!"

见杨正清一再坚持,王明远让服务员换成了热豆浆,招呼道:"那咱就听杨部长的,以吃为主。"

很快上了热菜,桌上盘压盘、碟摞碟,摆得满满当当,十分丰盛。杨正清一再说够了够了,别再上了。没吃一会儿,有些菜还没怎么动就撤了下去,腾出地方来,服务员接连端上了两个青花瓷盆,报菜名说是"木柴全羊"和"双冬炖狗肉"。

杨正清不悦,说怎么弄这么多菜,吃不了浪费!薛梅笑道,这是套菜,金达有四大招牌菜呢,这才上了两个!说话间,服务员又接连抬上两个椭圆形青花大瓷盘,里面各卧着一条半米长的大鱼。薛梅满面笑容地说,这样金达的四大招牌菜就全啦!

王明远拿起筷子,按当地礼仪摁住鱼头,薛梅摁住鱼尾,招呼杨正清趁热"开鱼"。大家纷纷拿起筷子,等着他先夹。刘元眼尖,早就注意到杨正清神情严肃,就没动筷子。徐风也觉得这"四大盆"忒扎眼,见杨正清和刘元没动筷子，也把刚拿起的筷子放下了。

果不其然，杨正清扭头对王明远说："王书记啊，今天我们来调研，吃个工作餐就行，弄这么一大桌子菜没必要吧？"

王明远以为杨正清是客套，笑道："没啥，都是些家常菜，鱼啊、羊啊，都是自个养的，不值钱。"

杨正清正色道："不是钱不钱的问题，今天就应该吃工作餐，上几笼包子、下碗面条、拌俩凉菜不挺好吗？"

正说着，服务员又端着一大盆汤来了，在门口坐着的县委办公室主任眼疾手快，忙摆摆手，撵回去了。

一时，气氛有些尴尬。王明远调侃道："呵呵，杨部长头一次来金达，会国想展示展示他们的招牌菜，确实上多了，心情可以理解嘛。再说，我去国外这些日子，西餐吃得反胃，还真馋这'四大盆'了！既然做了那就尝尝，下不为例，以后就按杨部长说的办！"

杨正清坚持道："我看也别下不为例了，还是把这'四大盆'撤了吧，光其他的菜就吃不完，太浪费！"

王明远脸色难看起来，一扭头挥挥手："好吧，好吧，那就恭敬不如从命，咱不给部长添麻烦。撤了，快撤了！"

"请大家理解啊，你们的心意我们领了。"杨正清说着，从盘里拿起一根绿莹莹的萝卜条来，"上这么多菜，的确吃不了。历平还是贫困县，日子不宽裕。就拿这萝卜说吧，老百姓辛辛苦苦种出来，还犯愁卖不掉，起早贪黑地拉到城里，一头晌卖不了二十块钱……"

杨正清动情地讲起路遇于老汉的事，饭桌上鸦雀无声。他真诚地说："我不是故作姿态，确实挺受触动。老百姓生计还这么难，咱该拿出让爹娘过好日子的劲头，使劲抓发展啊！"

大家都很感动，王明远带头鼓掌，感慨道："杨部长现场教学，给我们上了一堂生动深刻的思想教育课！今后咱们再加把劲，使劲干，争取贫困县早日摘帽。卖萝卜难的问题县里调研过，打算加强政府指导，在提升产品质量、扩大市场销路上多下些功夫。"

杨正清说："民主党派有不少专家学者，回头请他们多搞些调研，帮着开开方、把把脉，没准能提出几个好点子来。"

"那太好了，我们求之不得呢！"王明远高兴地介绍说，县委县政府已经把叫响昌海萝卜品牌，发展特色农业列为县里"十件民生实事"，争取尽快把历平萝卜品牌打出去，把它当作带动全县农民脱贫致富的突破口。大家边吃边聊，气氛又热烈起来。

杨正清特意谈到统战部机关情况，问韩力："韩部长，你们去年经费是多少？够不够用？"

韩力不明就里，扭头看看薛梅，含糊地说："乱七八糟都加起来，有……七八万吧！紧着用还行。"

杨正清追问道："七八万是多少？是七万还是八万？"

"呃……七万多吧！"

"七万多是多少？七万一还是七万九？就没个准数吗？"

韩力又讷讷道："七万一……"

"七万一？这么少啊？这点钱连养车都不够，还怎么开展工作？"杨正清扭头看看王明远，"王书记，这样下去可不行！发展离不开统战工作凝心聚力，县里再困难，也不能忽视了统战，人财物上可要保障好啊！"

"没问题，我们一定不拖市里的后腿！"王明远连忙表态，接着又对韩力说，"老韩，你们经费紧张怎么不早说？回去打个报告，有什么困难一并提出来，县委全力保障好。"

杨正清趁热打铁，对韩力说："你看经费缺口有多大、需要多少，县委这么支持，下一步可要给你们压任务啦！"

韩力有些犹豫，看看薛梅，小心翼翼地报了个数："开会时和其他县市区交流起来，一年经费怎么着也得十五六万吧……"

"那就凑个整数，二十万吧！"王明远痛快地说。

杨正清又乘势而上，提出人员编制上也应倾斜一下，多给统战部安排几个得力的干部。王明远满口答应，当即表态让统战部先借调几个人，等考公务员时再列计划。

韩力一看杨正清给解决了这么多问题，喜出望外，用豆浆敬了他好几杯。他悄悄问徐风："县里准备了点土特产，你跟司机说说，装车上吧？"

"杨部长连菜都不让多上，能要土特产吗？"徐风笑道，"他要知道你们还有钱送礼，刚争取的经费说不定就不给了！"

韩力忙摆摆手，做了个鬼脸。

6

阳春三月，草长莺飞，正是踏青的好时节。市内调研结束后，杨正清带队赴全省统战工作先进市——文河、同州考察学习。考察团一行二十人，车上欢声笑语，煞是热闹。市、县两级部长和市部中层人员一块外出考察，还是头一次。大家积极性很高，无一人请假，有的还为此取消了其他活动。

薛梅说："以前市部一年开不了几次会，县里的部长还认不全。这次出发难得一块待几天，正好熟络熟络。"

杨正清说："统一战线的本质是大团结、大联合，咱们内部先联系起来，工作才有活力。要是系统内部老死不相往来，外面也难有社会影响力。"

"实事求是地讲，这些年统战影响力确实不行，很多人不知道统战是干什么的！"钱洪军摇摇头说。

"我刚干统战时，有人托我帮忙送兵，以为统战部是统一作战指挥部，还问我配枪了没有？"东城区委统战部部长周国森乐呵呵地说。

孙奉明笑道："也有人找我办营业执照，把工商联当成工商局啦！"

"前几天报销，财务部门退回来好几张发票，说是开错了。"牛玖平从副驾驶座上扭过身子说，"你猜怎么着？发票抬头给开成'统站部'了——站立的站！"

大家都笑了起来，姜兰也来凑热闹："有些人搞不明白民主党派是怎么回事。有一次开座谈会，有人看见'民建'名牌，问这是哪个单位。我告诉他是民主建国会。他一听乐了，竟然说，建国都几十年了，怎么还叫建国会？是不是改成爱国会更合适一些？"

"现在好多了，以前还有更离谱的呢！"杨正清听大家聊得起劲，也讲起了笑话，"以前听方进老部长讲，昌海刚启用党派办公楼时，有人看到门口挂了'中国国民党民主革命委员会昌海市委员会'的牌子，赶紧向公安局举报，说可了不得了，你们快去看看吧，'国民党'又回来了，竟然还敢公开挂牌子了！"大家听了都笑喷了。

杨正清接着说："这也不能全怪人家，还不是因为咱们统战工作没做到家，宣传不到位，缺乏影响力啊！看来咱们还得加把劲，把统战工作干好，发好声音、讲好故事，社会上也就认可了！"

文河是革命老区，经济欠发达，全省最后一个地改市。这里尽管经济底子薄，统战工作却过硬，尤其是基础建设，完全出人意料，市、县、乡镇、社区四级都建有"统战之家""党外代表人士之家"和统战工作室。各领域党外代表人士档案一应俱全，有些原始档案材料存放了数十年，纸张都发黄了，一排排档案盒摆在橱柜里，整齐划一，摆放有序。街道、社区有哪些党外代表人士，其工作履历、业绩和参与社会公益活动的情况，以及党政领导干部进行联系交友等记录，分门别类地建了台账，内容十分精细，真下了实功夫。

杨正清翻着档案材料，对陪同的文河市委常委、统战部部长方子儒说："你们把统战家底理得这么清，绝非一日之功啊！"

方子儒笑道："闲时置下忙时用嘛，不把家底弄清楚了，怎么开展工作呢？"

"你们怎么把情况掌握得这么清楚呢？就像实时的！"孙奉明问道。

方子儒介绍说："也没啥，一句话，就是一清二聚三联系——先深入调查把底子摸清，通过开展活动把人气聚起来，再通过统战阵地进行经常性联系，这些工作做实了，情况自然就了如指掌啦！"

姜兰对他们的"数字统战"建设很感兴趣。她在大屏幕上随意点击一个街道，上面党外代表人士的数量、分布区域、行业等目录随即显示出来，一级一级连续点下去，最后出现了每名代表人士的照片、简历、特长优势和工作动态、社会贡献等，甚至能看到各统战工作室的实时工作画面。

"你们都实现网络化了，真不简单！"姜兰由衷地赞叹道。

"市里有些部门单位想打听哪个领域的人才，都过来查，组织人事部门也和我们联了网，实现人才资源信息共享了呢！"方子儒微笑着介绍。

杨正清回头和周国森说，你们东城也在搞"数字统战"建设，可以学习这里的经验，争取再有所创新发展。周国森应着，说回头专门组织来学习。

参观文河战役纪念馆时，杨正清被"统一战线"板块吸引住了。他注意到一幅照片，感觉似曾相识，便驻足细看。只见照片上那人一身戎装，剑眉星目，英姿勃发。他一看说明，原来是方进年轻时的照片。

"你们看，这是我们昌海的老部长！"杨正清兴奋地招呼道。当年昌海战役胜利后，方进又参加了文河战役。他所在的部队采纳了他建议的"攻心战"打法，找来国民党守军在解放区的家属，采取写信、喊话等方式开展政治攻势，有效瓦解了敌人的斗志，促使部分守军战场起义。上面还介绍了方进先前在昌海战役中策反敌人炮兵团的故事，配了两幅照片，一幅是方进给一名国民党投诚军官戴奖章，另一幅是一名国民党军官的妻子劝丈夫弃暗投明的家信。

"这段故事我听方老讲过！"杨正清指着照片感慨道，"这些照片我在昌海都没见过，没想到你们保存得这么完整！"

"应该重视档案建设，不能有历史没存史！"方子儒说。

杨正清很受启发，提议道："我看有条件可以单独建个统一战线教育基地，把统战历史和生动案例挖掘出来，很有教育意义！"

"咱们想到一块去了，本来我们也想搞，但文河早期的统战资源还是少了些，不如昌海历史久、东西多。"方子儒笑道，"等你们搞出来，我们再去昌海学习取经去！"

第二天，他们到了同州市。同州是个新兴城市，城区不大，布局紧凑，干净整洁。同心河穿城而过，河宽水阔，两岸垂柳婆娑，绿草茵茵，河岸上大片的迎春花开得正艳，黄灿灿的一片。

同州市统一战线的亮点是服务经济发展，在这方面成效显著，是全省的先进典型。市委常委、统战部部长楚欣陪着看了3D打印、精密铸造、光伏发电、机器人制造等，这些都是统战部门引进的大项目。其中天华集团投建的绿色能源城35MW屋顶分布式光伏发电项目，依托物流园二十几个仓库屋顶建成，近50万平方米，如同一个方阵，黑压压一片，场面极为壮观。项目采取全额上网模式，年发电量4000万度，与同发电量火电相比，相当于每年节约标煤1.5万吨，减排二氧化硫约1200吨、二氧化碳约4万吨，规模在全省首屈一指。

楚欣说："高天华在美国还没回来，让我替他接待好你们！老高可是我们统战部去昌海招商挖的第一块宝！"

"你们不光会挖宝，关键还会用宝！"杨正清感慨道，"前些年高天华在昌海发展困难，到了同州却如鱼得水，可见还是你们服务到位！"

"现在各地营商环境普遍都好了，我们不过重视得早些罢了。"楚欣深有体会地说，"做统战工作不能光靠说教，还得给人家办实事、解难题，以心换心，才能把人争取过来。"

"说得好，这是咱统战人的制胜法宝！"杨正清点头道。

参观完市区，他们又驱车前往临水县。车子出城后，沿着笔直宽阔的雪龙大街一路前行，四十多分钟后，他们远远看到前方路口处有一座巨大的二龙戏珠雕塑，横跨整条街道，两条巨龙在马路中心上方托举着一颗硕大的圆珠，上有一方红色印章，镌刻着"雪龙集团"四个汉篆。

楚欣介绍说，雪龙集团是亚洲最大的以生猪屠宰、冷却肉、低温肉制品、调味食品加工为主的大型食品企业，在全国十几个省市都有分厂，是香港四喜集团"肉丸子大王"单若水投资兴建的。单若水的祖辈是昌海人，她前几天刚从香港过来，听说老家的领导要来，就把别的事放下了，专门候着呢。

车刚停下，单若水便迎了上来。她体态丰腴，笑容可掬，戴一副金丝圆边茶色眼镜，皮肤白净，保养得很好。她和杨正清握了手，笑盈盈地说："杨部长你好啊，我祖上也是昌海人，咱们是老乡呢！"

"单董事长好！"杨正清说道，"老乡见老乡，两眼泪汪汪。欢迎您方便的时候回老家看看，我们随时恭候。"

单若水陪着他们进了厂房，乘电梯上了二楼，进入全封闭的观摩通道。透过玻璃幕墙，整条生产线一览无余。车间全部是自动化控制、流水作业，里面一个人也没有。几排活猪依次进入生产线，经过冲热水澡、听着音乐按摩放松、电击、放血、脱皮、切割、加工、分装等工序后，生产线末端出来的，便是整箱的猪肉、丸子、火腿肠等成品。

杨正清问生猪从何处收购，单若水介绍说，公司在城阳山上建了养殖场，用有机饲料喂养，品种不少。生猪圈养到一百斤左右时，再放到山上散养，让它们充分运动。宰杀时，让猪听着音乐冲热水澡，在其放松时瞬间电杀，肉质特别好。

杨正清感叹道："真是先进啊，猪从入口进去，出来就变成火腿肠了！"

"我看还不够先进，要是火腿肠不可口，从这头放回去，那头再跑出猪来就好了！"临水县政协副主席、县委统战部部长蔡志民打趣道。他今年五十多岁，个子不高，体态偏胖，秃顶，头顶周围仅存的一圈头发努力往中间靠拢，典型的"地中海"发型，看上去憨态可掬、风趣幽默。蔡志民还有半年时间就退休了，却干劲不减，笑称"站好最后一班岗"，依旧干得热火朝天、风生水起。

"那我们就盼着蔡部长帮我们引进这种生产线啦！"单若水笑着接话。

"只要猪源优质，产品过硬，就用不上这种生产线啦！"杨正清介绍说，"昌海是农业大市，南部山区生态很好，发展绿色养殖很有条件，欢迎单董回乡发展！"

"没问题，我前年跟蔡部长去昌海考察过，日后机缘巧合的话，一定再回去看看！"

"热烈欢迎，我就在昌海迎候大驾光临！"

"好啊，再回老家我就奔您去啦！"单若水笑着伸出手来，两个人握手言定。

他们考察的最后一站是临水县工商联。车子在同心河畔一座高层楼前停下，楼顶"工商大厦"四个硕大的金字在阳光下闪闪发亮。孙奉明调侃道："大家看好啦，这是人家工商联的，可不是工商局大厦！"

蔡志民笑道："工商局条件还没这儿好呢！"

一进大厦，大家见厅堂宽敞明亮，布局考究，设施非常完备，餐饮、住宿、健身、会议接待功能应有尽有。大厦是外包酒店式服务，十分规范。大家东瞅西看，问这问那，很是羡慕。

钱洪军瞅了瞅大堂中心，又抬头看正上方悬吊着的巨大水晶灯，只见灯具精致豪华、晶莹剔透，便说，到酒店先看大堂，大堂的水平就是酒店的水平。大堂这么高档，酒店就差不了。

大厦共二十七层，是由县里提供土地优惠政策，工商联牵头，会员企业融资建成，楼层按企业投入分配。工商联在此办公，用了一层楼，建了"会员之家"和"企业家党校"，时常举办舞会、酒会和联谊培训活动。

蔡志民介绍说："统战资源很丰富，这几年我们牵线搭桥，引进了世界五百强企业三家，全国百强企业二十五家，招商引资二百多亿，多数是会员企业以商招商引来的呢！"

楚欣补充道:"现在统战部是全县最牛的部门,经费实报实销。县委书记、县长出去考察,别人可以不带,但必定少不了蔡部长。平时他还列席县委常委会呢!"

"领导重视,咱们就使劲干!"蔡志民笑着搓了搓手,好像有使不完的劲,"部里经费不设上限,咱们是要人有人、要钱有钱,县里这个支持法,干不好哪行!"

大家深受震动、啧啧称赞,县里几个部长交头接耳、议论纷纷。

杨正清感叹道:"同样是县级统战部,临水干到这个程度真不简单,我看最重要的一条真经就是:有为才有位啊!"

周国森说:"蔡部长抓经济有一套,在统战部大材小用啦!你这水平,不兼常委也该干个副县长!"

"嘿嘿,要我说,干统战就最好!"蔡志民坦诚地说,"我们服务经济发展,干出点成绩,靠的就是统一战线这个法宝!统一战线人才多、人脉广,我最乐意和统战成员打交道了!大家一块干点实事,比当什么官都强!"

杨正清见大家很受触动,鼓劲道:"咱们常说思路决定出路,临水县的经验充分证明:统战工作大有可为!我看咱就采取'拿来主义',带回去好好学习消化,真正做到'以创新求发展,靠作为赢地位'!"

7

他们晚上住在临水工商大厦,县委安排了招待宴会。开席不久,徐风匆匆吃了一点儿,离席回房间写材料。上午接到通知,下周二市委常委会专题听取统战工作汇报。徐风本想今晚改一遍汇报稿,没想到节外生枝,钱洪军安排徐风给他弄个座谈会发言提纲。明天考察结束时,要就地召开座谈会,交流考察心得。

徐风答应了,心里却想,杨部长还没安排呢,你倒会支使人……

徐风正忙活着,牛玖平回来了。他一进门就上了卫生间,小半天才出来,接了个电话,说有同学找,又匆匆走了。

起草完材料,徐风拷在U盘上,去一楼商务中心打印。他刚下楼,迎面碰上了海心。她穿了一身浅绿色休闲运动装,脚蹬白色旅游鞋,刚洗过头,秀发披散开,黑绸般乌黑发亮,空气中飘着一缕淡淡的薄荷洗发水的香味。

海心碰到他有些诧异："哎，你没去凑堆儿啊？"

徐风一愣："凑啥堆儿？"

"吃完饭，老钱招呼一帮子人出去啦，说是他同学请客。刚才刘元叫我过去唱歌，我又不是陪唱的，还能随叫随到？"

徐风恍然大悟："难怪'大牛'接完电话就跑了，说有同学找，原来捧场去了！"

"他们几个都叫了，怎么没叫你？"

"叫我我也去不了，老钱让我给他写明天座谈会的发言……"

"嘿，他还真好意思！"海心一撇嘴，打抱不平，"你真是个冤大头，人家吃喝玩乐，让你做嫁衣裳！"

"无所谓，反正我也不爱凑热闹。哎，人家叫你，你咋不去？"

"我才不稀罕！"

"人家可是真想叫你，谁也不如你这朵花能摆上台面！"徐风笑了笑，又问，"你没参加晚宴吧？吃饭的时候没见你。"

"我肠胃有些不舒服，就没去。"海心用手揉了揉腹部，叹气道，"唉，再说我也不好意思见人家蔡部长啊！"

"你怎么还怕见他？"徐风好奇地问。

海心解释说，其实前年临水县委统战部去昌海考察招商项目，就是这位蔡部长带的队。当时田友良觉得是县级统战部，就没出面，叫钱洪军接待。钱洪军有别的活动，又推给了刘元。刘元他闺女高考走不开，让海心一个人去高速路口接的，当时海心还是办公室副主任。"大懒使小懒，小懒白瞪眼"，没办法，海心只得硬着头皮，领着他们看了几个企业，其中就包括高天华的那个钢铁厂……

"中午吃饭部领导出面了吗？"徐风问。

"哪有出面的，还是人家高天华管的饭。"

"这也太差劲了吧？天下统战是一家，这么冷淡人家，真给昌海人丢脸！"

"这次咱来人家接待得这么周到，我都不好意思见蔡部长了，也不知道他还记得我不？"

"单若水说他们公司跟着县委统战部去昌海考察过，是不是这一次？"徐风想起这件事来。

"是啊！雪龙公司本来有意与昌海六禽养殖集团合作，让我帮他们联系。你猜怎么着？六禽那边一听是统战部介绍的，又没市里的领导出面，根本就不接待。你看现在倒好，六禽刚倒闭了，人家雪龙还越来越红火了呢……"海心正说着，姜兰和薛梅从电梯里出来，她们一块散步去了。

徐风打印完材料，回房间看了一会儿电视，门猛地被推开，牛玖平跟跟跄跄地走了进来。

"哟，你同学请的客？"徐风笑着问他。

"今晚钱部的同学请客，说你有材料就没叫你……再说，你也不好唱歌……"牛玖平倒不隐瞒，哑着嗓子说，"老徐你不能光闷头写……写材料啊，你还真想当……当一辈子书生？"

"没办法，性格决定命运吧，我又不擅长交际。"

"我看你不是……不擅长，是不屑吧？"牛玖平把鞋一甩，往床上一躺，跷起二郎腿说道，"我'大牛'也志不……不在此！碰上合适的单位，我就跳……跳槽！"

"说实在的，我挺佩服你的！既有想法，又左右逢源，我可没你这本事，只好老老实实地闷头写材料啦！"

"那你也不能光……光知道干活，最起码也得保护好自己……上次字条的事我知道，是你自己送给钱……钱部长的……"

"怎么是我自己送的？你说明白点。"

"确实是你自己送的……"牛玖平翻身起来，盘腿坐在床上，"是你那天送《会议纪要》时夹……夹在材料里面的。"

"《会议纪要》？"徐风有点发蒙，拍了拍脑袋说，"让我想想……"那是年前最后一次部务会，他整理完纪要，打印出来放在文件夹里，逐页翻了一遍，才给钱洪军送过去的。确认材料没有重页漏页，这是他多年来雷打不动的习惯，因此绝对不可能是自己误夹进去的！那到底是哪个环节出了问题呢？咦，想起来了，那天他拿着材料去钱洪军的办公室，听到他在屋里打电话，便折回办公室，把文件夹放在桌上，去了趟洗手间。他回来时远远地看到吕波拿着报纸从他办公室走了，难道真是他把字条放进去的？

"反正不是你自己不小心，就是有人给你使坏……"牛玖平说着，一骨碌又躺倒了，"睁不开眼了，做梦娶媳妇去了啊……"

"先别睡啊,再帮俺指点指点迷津——咱们给老钱过生日喝酒的事,是谁跟杨部长打的小报告,让我一直背黑锅?"徐风又追问道。

"哼,还能有谁……咱们周六晚上喝的酒,周日上午,干部科陪杨部长走访老干部呢,你自个寻思吧……"牛玖平说着,声音低了下去,打起了呼噜。

徐风怔了半天,怎么也没想到竟然是吕波干的!吕波是选调生,平时为人低调,话不多,城府却极深,最大的特点就是脑子活、鼻子灵、耳朵长。机关一有什么风吹草动,他总能第一时间掌握信息。比如考选干部、下派挂职、选调培训什么的,往往没等部署,他就提前获知消息,掌握了先机,行动总比别人快半拍……不过按常理说,吕波早已是科长,资历也比他老,有啥必要跟他过不去?

徐风思来想去,心里很乱。牛玖平要跳槽找一个能体现价值的单位,而他的价值又在哪里?这么多年来,他一直信奉"只管耕耘,莫问收获,一路走下去,鲜花总会开放",总以为天道酬勤,干出成绩自然会脱颖而出,但在风气出了问题的环境里,"劣币驱逐良币"的法则注定让人步履维艰……

不过,好在天无绝人之路,自己正厌倦了这种生活的时候,杨正清的履新,犹如一股清流,荡涤尘埃,去疴除弊,让他重拾了信心。想到这里,徐风不觉精神一振,默诵起了朱熹的名句:"问渠哪得清如许,为有源头活水来。"但愿昌海统一战线的春天也尽快到来吧……

第六章　送上门来的群众工作

1

今天的市委常委会,议题除了研究"海洋强市"战略,第二项就是听取统战工作汇报,统战部议题这么靠前,还真少见。

上次统战议题上常委会,还是一年前。当时汇报全省统战部部长会议精神及贯彻意见,议题排在最后。田友良汇报时,已过了下班的点,与会者早坐不住了,像休会一般,有的上厕所,有的打电话,有的交头接耳。书记提醒道,简洁点,讲要点。田友良挑着拣着念了几句,书记又催,念题目就行……结果徐风精心准备的汇报稿,念了不到三分钟。所提的贯彻意见,除了同意开个部长会,有关编制、经费和改善党派办公条件等,都没答复……

这次由钱洪军汇报。他很重视,身着正装,专门扎了一条绛紫色领带。他汇报了全省统战部部长会议、宗教工作会议精神以及近期的调研情况后,提了三条贯彻意见:一是结合县市区换届,落实好统战部部长由党委常委担任的有关政策;二是改善民主党派、工商联机关办公条件,新迁或彻底整修办公楼;三是妥善解决回族信教群众宗教活动场所问题,规划新建清真寺……

汇报稿分析深刻,建议中肯,很有说服力,语言也简明扼要、生动实在。这个汇报稿是徐风考察回来熬了一个通宵反复修改的,杨正清又做了润色,再加上钱洪军的男中音颇具感染力,与会者听得都很认真。

钱洪军汇报完,杨正清做了补充。他介绍说,现在统战工作形势任务有了新变化，过去统战工作主要在上层，这些年随着改革开放的不断深入，越来越多的党外知识分子、非公有制经济人士到基层创业发展，社会新阶层力量不断壮大，信教群众数量逐年增多，少数民族进城务工人员剧增……与十年前相比，昌海市的统战成员数量翻了好几番，仅新的社会阶层人士就有六七十万人！如何统一思想、凝聚共识，是新形势下统战工作面临的十分重要而紧迫的任务，必须切实重视和加强基层统战工作，再也不能像以前那样"讲起来重要，干起来次要，忙起来不要"啦！

"统战工作政治性、政策性都很强，实践证明：什么时候我们重视了，就能推动工作；忽视了就容易出问题，造成损失。"杨正清现身说法道，"我在北海工作时有过教训。那年县里要建万亩虾池发展对虾养殖，有政协委员提出反对意见，说北海风暴潮灾害风险高，不宜发展近海养殖。但当时急于发展，为赶工期，项目未经论证就草率上马，结果第二年就碰上了五十年不遇的风暴潮，一夜之间，虾池全被冲毁，损失很大。眼下也有教训，像年前党派换届，由于我们工作不到位，个别党派选举出了问题，在这里我做个检讨。"

"你刚履新，这账不能记在你头上。"江林笑了笑说，"不过以后就看你的了！有困难就提出来，市委全力保障。"

"江书记这么支持，我就不客气了！"杨正清开门见山道，"当务之急是改善党派、工商联办公条件，再就是解决回族信教群众活动场所问题，不能再拖啦！"

"清真寺我去过，确实不能用了。党派机关我还没来得及去，听说条件也不行？"江林关切地问道。

"前段时间董书记去开座谈会，电线烧了，水管爆了，条件不是一般的不行！他们反映多年了，一直没解决。当年民主党派办公楼落成时，是全省最好的，工作也干在前头，现在掉队啦。"

常委们喊喊喳喳讨论起来，有的表示理解，也有的不以为然、无动于衷。杨正清翻了翻笔记本，又补充了一句："我看望方进老部长时，他托我给大家捎句话——当前统战工作任务这么重，哪怕少修条路、少架座桥，也要把统战工作保障好。这话我不敢'贪污'，原样捎回来了！"

嘿，这话说得也忒直白了吧！大家都笑了。

"说得好，咱们照单全收！"江林微笑道，"我看刚才正清同志给大家上了一堂很好的统战课，市委常委会开成统战宣传会啦！不知道各位听了有什么启发？都谈谈吧！"

市长姜娟首先表态，话虽不多，却颇具分量："我没别的意见，就一句话——统战工作需要政府支持的，要钱有钱、要人有人。"

"正清讲得很全面，我分管了几年统战，还不如他这几个月整得明白！"董立堂跷着二郎腿，慢条斯理道，"不过也不能说统战工作没保障好，有为才有位嘛！有人总爱拿现在跟新中国成立初期比，光看当年有多少党外人士当了国家领导人，多少人干了部长，也不看看那时党外人士素质有多高，对国家贡献有多大。现在有些人不比贡献比待遇，不讲成绩讲条件，我看此风不能长！"

杨正清听了颇感意外，没想到董立堂还这个态度，连忙辩解道："我看董书记言重了！党派、工商联只是希望改善一下办公条件，解决最起码的工作保障问题，不能说是比待遇、讲条件吧？"

董立堂两手捧着茶杯，往椅背上一靠，说："当然啦，党派办公楼的确旧了些，也不是不能用，年前我专门安排了维修。现在这个形势，不准新建装修办公场所，我看差不多就行了，也甭太讲究啦！"

"我谈点看法。"马杰奄拉着眼皮，漫不经心道，"干什么吆喝什么，可以理解。统战再重要，该修的路桥不能不修吧？我分管城建，加强统战没意见，拿修路架桥的钱去做统战，可就不合适喽！"说得大家都笑起来。

江林说："我最近刚看了本统战案例选编，和大家分享两个故事吧！一个是战国时孟尝君广纳贤士，引来食客三千。门客冯谖先后三次提出'食无鱼''出无车''无以为家'，孟尝君都满足了他的诉求，最终冯谖成为他的得力谋士，屡建奇功。再是新中国成立初期，毛主席专门要求对原国民党旧公职人员的工作生活做出妥善安排，说我们要是安排不好，人家就要'另起炉灶吃饭'。当时也有人认为，民主党派发挥的作用，不过是'一根头发的功劳'，可有可无。针对这种错误看法，毛主席在1950年3月第一次全国统战工作会议上明确指出，'民主党派不是一根头发。从他们联系的人看，是一把头发，决不可藐视'。新中国成立初期百废待兴，社会主义建设事业发展那么快，与我们党广泛团结广大党外人士分不开。照顾好同盟者的利益，大家凝心聚力，才能共谋发展。老话说得好：'人心齐，泰山移'啊！"

会场上静悄悄的，大家都听得很认真。江林环顾一周，问道："在座的除了立堂和正清，还有谁去过党派机关办公楼？"

大家面面相觑，不明白他的意思，都摇了摇头。

"我来昌海这么长时间了，也没去过。"江林面带歉意地说，"想来惭愧啊！市委市政府都在高楼大院办公，让党派、工商联的同志挤在老旧拥堵的背街小巷里，怎么调动人家的积极性？怎么好意思让人家参政议政、献计出力？大家都该将心比心、换位思考才行。我看改善党派、工商联办公条件不能再拖了！"

姜娟痛快地说："我同意书记的意见。依我看，不光应该给党派、工商联尽快改善办公条件，还要不比我们的差才行！"

"姜市长说得好，有高度！"江林点点头，继续说下去，"实事求是地讲，这些年我们和党外人士联系少了，交情浅了，距离远了，没调动起人家的积极性来，也没搭建好履职平台，就不能怨人家作用没发挥好——巧妇难为无米之炊。当前全市正在实施'海洋强市'战略，打造未来海上新城，实现昌海高质量发展，离不开统一战线凝聚共识、献计出力。刚才正清讲了北海建虾池的教训，我听了很受启发。避免拍脑袋决策最有效的办法，就是要多听党外代表人士的意见，多接受社会各界的监督！这方面正清你们可要抓实了，民主党派的民主监督、参政议政职能一定要到位，做到协商在决策之前、之中，才能有效减少和避免决策失误！"

"没问题！"杨正清听了深受鼓舞，心里还惦记着党派办公楼的事，又催道，"不过，当务之急还是尽快给党派、工商联改善办公条件……"

"那是自然，'工欲善其事，必先利其器'。"江林郑重其事道，"还有，刚才提到了修路，我看方老捎的话意味深长。统战工作是一项有温度的、特殊的群众工作，也是修路架桥！它通的是党委政府联系统战成员的同心路，架的是联谊交友的同心桥。城市里少修条路，人们可以走其他的路；统战工作做不好，统战成员的言路、心路堵了，是无论修多少路、架多少桥都难以挽回的！"

这话说得好！杨正清情不自禁地带头鼓起掌来。书记、市长态度很明确，问题就迎刃而解了。会议决定，尽快改善民主党派办公条件，为党派、工商联机关另选办公新址，明年上半年正式启用；党派、工商联配齐配强秘书长，新增一部参政议政用车，每家增拨调研经费十万元。关于清真寺，因原址不具备维修扩建条件，拟另规划建设一处高标准的新清真寺……

散会后，江林叫住杨正清和马杰，问道："你们下午有安排吗？"

马杰犹豫了一下说："我有个电视电话会，您有事吗？"

江林看看表说："那就别等下午了，耽误你们一点时间，跟我看个地方去！"

车子出了机关大院，向东驶了数百米，往北拐进了民生巷。杨正清以为是去市信访局，车子却直接开到了其北面的凯利广场。

凯利广场是数年前市国资委引进的写字楼项目，规划建成小微企业孵化器，因投资方资金不足，十五层的楼拖拖拉拉建了两三年，刚搭起主体框架，企业破产了，变成了烂尾楼，被市国资委收回闲置至今。据说目前好几个单位都在抢，究竟花落谁家还不知道。

江林指着楼盘说："你们看看，这个烂尾楼怎么用起来好？"

马杰已明其意，不甘心地说："最好还是给档案局，申报全国档案工作先进市硬件要求很高，必须创建一级档案馆呢！"

杨正清心里也有了数，但不便明讲，只好说："好钢用在刀刃上，您肯定有安排了。不管哪个单位搬过来，腾出地方来可要优先考虑党派啊！"

江林笑道："哪用这么麻烦？直接请党派在这里办公就是啦！"

"太好了！"杨正清虽已猜到，江林挑明后他还是大喜过望，"七个党派加工商联，一座小高层正好！离市委办公楼又近，跟邻居似的，再合适不过了！"

马杰有些失落，问道："那档案馆升级怎么办？"

江林早有考虑，胸有成竹地说："不耽误啊，市档案馆虽说旧了些，但位置好，在响水河边，又是仿古建筑，古色古香的，好好修缮一下，不用挪地方。我跟姜娟市长统一过意见了，这里谁用都不如党派、工商联用合适！"

马杰见事已至此，不再多说。江林提议道："既然来了，咱晚点吃饭，一块进去看看吧？"

杨正清高兴地答应了，马杰却无心再看，推托道："十二点多了，我接待中心还有个活动，去陪建设厅调研组……"

江林挥挥手道："那你先去吧，我跟正清进去转转。"说话间，市财政局局长、国资委主任陈萍闻讯赶来，项目负责人也到了。大家戴上安全帽，进楼参观。

大厅地面坑坑洼洼，堆放着几袋早已板结了的水泥。墙体还没抹灰，窗户、楼梯护栏也没安，电梯井露着黑魆魆的大洞。几个人沿楼梯拾级而上，徐风用手机在前面照路，杨正清嘱咐他注意安全。看到四楼，陈萍说上面的楼层结构都一样，杨正清这才停下脚步。

"叫你来看看，心里好有数，怎么装修事先征求一下党派的意见，尽快拿个方案。"江林和杨正清说完，又问陈萍，"这里按办公楼标准装起来，大概多少钱？"

陈萍说："前年拿过一次预算，两千五百万。"

江林摇头道："噢，恐怕拿不下来，你说的是两年前的标准。要不凑个整数，造个三千万的预算吧，桌椅什么的都给配好。党派机关难得搬一次新家，咱们别太小气啦，都弄利索了，请人家拎包入住！"

"太好了！我先替党派谢谢市委、谢谢江书记！"杨正清感动地说，"他们盼了这么多年，没想到一下子就解决了，肯定高兴坏了！"

"客气啥，本就应该做的，拖了这么久，真对不起人家！"江林说着，想起一个事来，"党派大楼应该有个名字，你们想想叫啥好？"

"这个还真没想过，是得起个妥帖的名字……"杨正清沉吟了一下，一扭头瞅见徐风，招呼道，"小徐也一块想想。"

合该徐风露脸，杨正清话音刚落，他脑子一转，灵光乍现，脱口道："叫'同心大厦'怎么样？党的十八大报告指出，加强同民主党派和无党派人士团结合作，促进思想上同心同德、目标上同心同向、行动上同心同行……"

"同心大厦，这个名字好！同心同德，同向同行。嗯，很贴切！就是它了！"江林亲切地看了看徐风，赞许道，"正清，你们统战部有能人啊！"

"徐风是部里的笔杆子，肚里墨水不少。统战部队伍素质都挺高的，干好工作没问题！"杨正清说。

"嗯，那就好，统战工作创新发展，需要担当作为、作风过硬的干部队伍。"江林点点头，又嘱咐道，"同心大厦这个名字先这样定着，再征求一下党派、工商联的意见，咱也不能包办。"

一行人出了楼，来到车子旁。江林正跟陈萍交代经费的事，杨正清听到路边有人喊他："杨部长！杨部长！"他扭头一看，不知是谁推着车子朝他这边跑过来了。保安上前拦住，来人支下车子，挥手叫道："杨部长，我是郑峰，东城区文化局的郑峰！"

"是你啊，你怎么来这里了，有事吗？"杨正清迎上去问道。

"本想上大楼找您，在这里碰上了。我有急事！"郑峰气喘吁吁地说。

"啥事这么急啊？"

"莱茵小镇不能拆！"郑峰语速很快，激动地说，"东方集团要开发莱茵小镇，这几天工程人员光在小镇转悠，老火车站墙上都给刷上'拆'字了！是谁允许他们这么干的？这些德、日建筑都是宝贝啊，一座也动不得！"

"哦，这么快就拆到那里了？"杨正清也很吃惊，去年才制定了南部矿区发展五年规划，这才大半年就拆到莱茵小镇了！上次调研他听了郑峰的呼吁，对小镇开发也谨慎起来，正想找有关部门问问，没想到拆迁进展如此神速。

"杨部长啊，小镇留到现在上百年时间，让它消失可用不了几天！"郑峰言辞恳切地说，"我给您和其他市领导写过信，都没回音。实在不行，我上省里反映去！"

"我没收到你的信啊？回头我问问，你先别急躁！"杨正清安抚他说，"你放心，真要拆也不是个小动静。我协调一下，回头给你个信。"

劝走郑峰，杨正清回到车子前。江林笑着问他："怎么，现在还兴拦轿喊冤啊？"杨正清简要地和他说了情况。

"噢，是有这么封信，我批给马杰了。"江林肯定地说，"不论意见是否正确，党外干部能主动关心全市发展，这是好事！你们统战部是党外人士的娘家，要畅通渠道，多听意见，可别让他们再用信访这种老路子啦！"

杨正清应道："好的，我也正考虑怎么打造个党外人士建言献策'直通车'，有了载体，他们反映意见建议就方便多了。"

2

下午一上班，杨正清叫来刘元，问近期有没有收到反映莱茵小镇拆迁的来信。刘元一愣，说还真有一封，是东城区文化局寄来的，收件人写的"部长收",办公室以为是公函,拆开一看,是郑峰的上访信。当时钱部长正好在,看了说他的观点不对,与当前南部改造、提升市区的大方向不符,就没报给您……

杨正清让他把信找来,又专门交代:以后凡给他的信,要及时送来,不用代拆,更不能截留。刘元一脸尴尬,连声答应。

来信只有一页纸,言简意赅,言辞恳切。信中说,东城区规划拆除莱茵小镇另建高端金融商务区,这是舍本逐末、劳民伤财之举。这些百年德、日老建筑是德、日侵华殖民统治的历史见证,价值难以估量,谁要是为了一时的政绩工程和面子工程,罔顾其历史文化价值而强行拆除,谁将成为千古罪人。

杨正清仔细读着信,从字里行间不难感受到郑峰那份强烈的焦灼感。他在东城工作时,曾无数次站在沙盘前运筹帷幄、精心谋划,计划用数年时间,把城南矿区这片又脏又乱的疮疤抹掉,取而代之的将是精心打造的现代化高端金融商务区,这里将成为东城发展的新高地、新地标。直到上次实地参观莱茵小镇,听了郑峰的解说,犹如醍醐灌顶,他才从最初的开发狂热中冷静下来。那片百年老建筑独特的厚重历史沧桑感,给人的视觉冲击是那么触目惊心……

"对信上的意见你怎么看?"杨正清问刘元。

刘元倒也实话实说:"我觉着挺在理。那些百年老建筑保留下来不容易,都拆了怪可惜的!"

"上午江林书记要求拓宽党外人士反映意见的渠道,前些日子徐风提议办个建言献策专报,以信息直通车的形式,向市委报送党外人士的意见建议,我看可行。你们拿个方案吧,部务会上议议,定了抓紧创刊。"

"噢,以前我们讨论过,拿不大准,就没提出来。"刘元口上应着,心里颇为不满。徐风以前提议过,他怕麻烦就没应,怎么又捅到部长这儿了?他掩饰着不快,问道:"第一期登什么内容?用不用每期确定一个专题?"

"又不是办刊物,不用分专题。以后党外人士的意见建议,只要有参考价值,不拘形式,不论长短,随报随发。"杨正清说着把信递给他,"第一期有现成的,用这封信就行。我们再跟郑峰沟通一下,结合文化强市建设提提高度,争取引起市委的重视。"

刘元回到办公室,问徐风:"你啥时跟部长说要办建言献策信息专报?"

"信息专报?"徐风想了想,解释道,"有这么回事。年前上省里开会时,杨部长问我,除了'两会'提案议案,平时还能通过什么渠道反映党外人士的意见建议?我随口讲了这个想法。怎么,有问题吗?"

"你真是没事找事,党外人士建言献策由党派科负责,你倒好,你揽的活你干吧!"刘元埋怨道。

对这活徐风并不打怵,上学时他就是校报主编,工作后又办过好几个内部报刊,编信息更是轻车熟路。他参照省部和兄弟市的做法,上网搜了些参考资料,很快拟出了创刊方案。信息专报名称为《同心议政建言集萃》,面向党外人士征稿,围绕"海洋强市"、双招双引、民生保障等重点工作提出意见建议。信息专报每月不少于两期,直报市五大班子主要领导和市委常委。徐风他们很快编了两期,创刊号是郑峰的《关于开发保护莱茵小镇百年德、日建筑群的建议》,另一期是民盟市委会的《关于发展农村电商平台的建议》。

信息专报上报的第二天,市委督查室就转来了书记、市长的批示复印件,两期建议都批了!在保护德、日老建筑群信息专报上,江林批示道:"请姜娟市长阅处,此建议应予重视。文物保护是文化强市建设的题中应有之义,需加强调研,充分论证,切不可草率决策,盲目拆建。另,此件甚好,望统战部再接再厉,引导支持党外人士围绕中心提报更多更好的意见建议。"姜娟也做了批示,让马杰组织力量深入调研论证。另一期建议则批转有关部门阅办。

初战告捷,徐风兴奋地拿给刘元看。刘元正要去找杨正清汇报常委接访的事,便拿着批示复印件去了部长办公室。

一进门,见姜兰也在,他们正在商量筹备民主党派暑期学习研讨班的事。杨正清看完批示件,递给了姜兰。刘元表功说:"报信息专报时,我专门协调了两办,让他们放在领导桌上显要位置呢!"

杨正清笑道:"领导批不批,关键看质量。建议不过硬,就是塞到眼皮子底下,人家还嫌碍眼呢!"

"那是,关键还要保证质量。"刘元讨了个没趣,点头应道。

"头一炮打响了,后面要跟上,可不能虎头蛇尾啊!"杨正清说完,又问,"稿源怎么样,后头能接上茬吧?"

刘元说:"没问题,还有好几期等着发呢!"

杨正清对姜兰说："专报还是文来文往，我正考虑着怎么加强互动，面对面征求代表人士的意见，你有什么想法？"

"咱们能不能建一个党外代表人士双月恳谈会制度？"姜兰早有考虑，胸有成竹地说，"每两个月确定一个主题，邀请各领域代表人士座谈交流，把坐等意见建议改成当面征求，您看怎么样？"

杨正清点点头赞道："嗯，这个办法不错！当面沟通交流效果好，还便于联谊交友。也可以聘请他们当社会监督员，让他们监督有平台，说话有分量，建议意见才更有针对性。你拟个方案吧，不要急，多征求各方意见，成熟了再提交部务会研究。"

姜兰高兴地说："没问题，包在我身上！党派、工商联解决了办公楼，新配了参政议政车，还增加了经费，积极性可了不得，憋足劲要大干一场呢！"

"那就好！我看首次恳谈会可以围绕推进'海洋强市'战略实施研讨交流，这可是全市加快高质量发展的大文章！"杨正清出题目说，"你考虑细致些，把好事办好。咱们就借书记、市长批示的东风，掀一个建言献策的高潮！"

"这份批示我给郑峰复印一份吧，他看了肯定高兴。"刘元说。

"不光给郑峰，各党派、工商联和统战社团都发一下吧，给大家鼓鼓劲。"杨正清笑道，"光提建议不行，还要抓落实。我看下一步还要健全完善建言成果转化和督办落实机制，年底好好总结一下，可以评个'金点子'奖。"

姜兰走后，刘元汇报了常委接访安排。市委实行常委接访包靠制度，每名常委轮流带班接访，两周一次，每次半天。按照轮值排班表，明天接访的常委本来是马杰，但他去了省城，临时调换成了杨正清。刘元说已经和市信访局对接过，他们说市领导不必亲自过去，有情况他们随时报告，领导签意见就行。

杨正清听了很反感，不满地说："接访接访，不到场怎么接？常委接访制度就是为了让领导干部多接地气，多听群众意见。要是不去现场，光听汇报、签意见，还设接访日干啥？"

3

市信访局在综合办公大楼东面的民生巷，是一座四层小黄楼，独门独院。

杨正清由刘元、徐风陪同，从东门步行过去。

三个人正聊着，忽听市信访局门口有人大声喊叫。走到门口，迎面碰上四个保安正扯着一个老太太的胳膊往外拽。老太太扭着身子，哭喊着："冤枉啊，冤枉啊！"

院内有人出来，认得杨正清，飞也似的去喊领导。不一会儿，局长杜子明小跑着迎出来，宽大的脑门上汗津津的，老远就伸出双手，边跑边叫道："哎呀，老领导大驾光临，怎么没提前说声，我们出来接接？"

杜子明曾任北海县副县长，和杨正清搭过班子。杨正清也不客气，劈头盖脸地数落道："老杜啊，你们这个干法可不行！信访局就是接待群众、解决问题的，你们作风这么粗暴，不怕群众寒了心吗！"

杜子明喝退保安，赔笑道："回头我狠狠批评他们，一定好好整改！"

老太太坐在地上瞅了一会儿，看出杨正清是个大官，往前紧爬几步，抱住他的腿大喊道："冤枉啊！俺儿冤枉啊！他平日连鸡都不敢杀，哪敢杀人啊！"

杨正清弯腰扶起老人说："大娘，您别着急，我就是来听您反映问题的，有什么冤屈咱们进屋聊。"

老太太止住声，用袖口擦了擦脸。徐风扶她起来，给她拍了拍身上的土。

进了接待室，工作人员端上茶，先放在杨正清面前。杨正清把茶杯递给老人，又叫人拿了条热毛巾，让她擦把脸。

老人擦了一把脸，感激地说："俺今儿碰上青天大老爷啦，俺孩有救了！"

杨正清让她喝口水慢慢说。老人满脸褶皱，脸似枯树皮般镌刻着岁月的沧桑。她嘴角哆嗦着，喃喃地说道："俺是历平县齐家疃的，儿媳也是公家人，叫白茹萍，头年给人害了……公安局把俺儿齐帅抓起来，非说是他杀的……"

众人心头一震，原来这位老人就是白茹萍的婆婆、齐帅的母亲！

老人继续讲下去："俺自个的孩儿自个知道，性子绵软得三脚踢不出个屁来，打死俺也不信他敢杀人！要说儿媳妇确实不像过日子的，成天打扮得像个妖精，三日两头在外面唱歌跳舞，不是正经人，他俩过不上来……两口子都到打离婚的份上了，帅儿就是再恼也用不着害她啊！"

齐母激动地咳嗽起来。杨正清让她喝口水再说。老人呷了口水，继续说道:"帅儿被抓了,我俩眼都快哭瞎了!俺就想当面问问孩儿到底杀没杀人。法院宣判前不让家里人见面,直到开庭时俺才见到他,瘦得都脱形了……"

老人泪如泉涌,徐风递上几片纸巾,她擦了擦眼泪,强打精神讲下去:"帅儿见了我直叫娘,喊冤枉……这孩子从来不会说谎,更不会骗他娘……"

杨正清默默地听老人说完,心情十分沉重。尽管凭她所言无法判断是否确有冤情,但他能体会到一位母亲护犊心切却又无能为力的悲痛和绝望。他觉得应该为老人做点什么,无论齐帅是不是被冤枉的,都该帮她弄清真相,面对现实。

他轻声安慰老人说:"您说的我都记下了。白茹萍是统战部的干部,您和齐帅就是统战部的家属,有事单位应该帮。您年纪大了,就别出来跑啦……"

"不跑咋办,法院判了死刑,我得给孩子喊冤告状啊!"齐母不等杨正清说完,激动地打断了他的话。

"我的意思是,不用您自个跑了,齐帅这案子单位管啦!回头我们问问情况,需要律师就找最好的律师,有什么进展随时联系,您留个电话,在家等消息。我这儿有张联系卡,上面有号码,有事给我打电话就行。"杨正清说着,递给老人联系卡,又让徐风记下她的联系电话。

"那敢情好……"齐母老泪纵横,颤巍巍地从沙发上站起来,千恩万谢着,面朝杨正清就要跪下去。杨正清忙一把搀住,又安慰了她几句。这时有人进来报告,又来了上访的。齐母说不耽误领导办公了,还要趁早赶回去。

杨正清问她怎么来的,齐母说一大早从齐家疃搭三轮到历平汽车站,坐长途汽车来昌海,又打听着坐公交车找过来的。杨正清扭头刚要让刘元安排车,杜子明抢先说:"大娘别坐公交车了,我叫司机送你上汽车站。"

齐母又连声道谢:"阿弥陀佛!菩萨保佑,俺真是遇上贵人了!"

送走老人,杨正清让市信访局按程序登记好,后面及时反馈情况。

上午又接了几起反映村干部作风、企业欠薪等问题的上访,杨正清都让来访者到接访室坐下,倒上茶,耐心听他们反映问题,当面与有关部门协调,限期解决。

快十二点了,看看再没来访的了,杜子明把信访局班子成员和中层人员叫到接待室,请杨正清做指示。

"没啥指示,借这个机会和大家交流交流。"杨正清环视一周,见大部分人晒得皮肤黝黑，看来没少在外面跑，就关切地说，"大家辛苦了！信访工作很重要，也很受累，大家没白没黑地干，很不容易。有时群众不理解，甚至还有过激行为，让你们受了不少委屈。"

"这是我们分内的事，应该干的。信访局就是群众表达诉求、反映情况的'出气筒'嘛！"杜子明谦虚道。

"我看，信访工作还要成为党委政府了解社情民意、检验工作得失的'晴雨表'！"杨正清动情地说，"老百姓有了委屈，撇家舍业地来上访，说明他们信得过党委政府。什么时候群众有事都憋着不来找了，那才是最可悲的！希望大家把上访看成是送上门的群众工作，尽心尽力给他们办实事、解难题，主动把上访变下访，真正把工作做到群众心里去！"

"老领导讲得太好了！我们一定按照您的要求把信访工作做扎实！"杜子明带头鼓掌，看看表说，"十二点半了，请杨部长尝尝我们机关小食堂的饭菜吧。"

"离单位几步远，不麻烦啦。"杨正清说着，翻了翻桌上的接访台账，"你们有没有接到涉及统战领域的访案？尤其是民族宗教方面，政治性和政策性很强，一定要处理好啊！"

"这方面的不多，以前有个别涉及宗教房产、原国民党起义投诚人员、原工商业者等访案，能处理的都处理了，确实解决不了的也都有记录。"一位副局长汇报道。

杨正清提议道："我看咱们可以建个联动机制，凡是涉及统战领域的来信来访，你们第一时间跟部里沟通，统战部及早介入，把问题化解在萌芽中，这样可以取得事半功倍的效果。"

"那是！我们信访工作一定融入统战思维，耐心细致地做好群众工作！"杜子明反应很快，见杨正清重视统战信访，当即安排分管副局长说，"老曲，你们中午加个班，把这几年与统战有关的访案整理出来，下午报给杨部长！"

市信访局工作效率还不低，下午送来了齐帅杀妻案审理的情况，还有近几年统战领域来信来访的情况。刘元汇报说，齐帅对罪行供认不讳，起诉后检察院曾因证据不足两次退侦，公安部门补充侦查后重新移送，最终提起公诉。市中院一审宣判齐帅犯故意杀人罪，判处死刑，剥夺政治权利终身。齐帅当庭喊冤,提出上诉,二审还没定下开庭时间。

杨正清听了很吃惊:"检察院还退侦过两次?人命关天啊,可不能草率了!二审请律师了吗?"

刘元说:"还没呢!他家里除了老娘,也没别人管。一审辩护律师就是法院指定的,看来二审还要指定。"

"我看专门请个好。"杨正清有些不放心,嘱咐道,"市新阶层联谊会里律师不少,你给物色个吧,找业务过硬的。"

刘元说:"没问题,有现成的,还是找公明律师事务所吧,他们长期给弱势群体提供法律援助,业务也最棒!"

"哦,陈公明啊?你不说我倒忘了,我在北海中学教过他!"杨正清笑道,"你找他吧,说我安排的,让他多上心,办不好,老师可上门摘他的招牌啦!"

杨正清仔细查看了近年来有关统战领域的访案,共十几起,大部分已办结,还有四起积案因各种原因没能解决,其中时间最长、上访次数最多的,是北海王永福要求为其父王彪落实原国民党起义投诚人员待遇问题。这几年,他多次到县、市上访过,也去过省城,都因时间长、缺少证明材料没能解决。

刘元前年接待过他,印象很深。王永福的父亲王彪在国民党军队当团长,1948年昌海战役中率部起义投诚。昌海解放后,王彪骑马回乡探亲,因他当保安团长时欠过血债,当地群众对他恨之入骨。听说他回来,一伙人埋伏在村西头的小树林里,等他路过时,把他从马上揪下来,一顿暴揍,把他打死了。王彪横死后,王永福随母亲改嫁到了柳滩村。二十世纪八十年代初,中央统战部、中办发文对原国民党起义投诚人员落实政策,因王彪起义投诚后不久就死了,妻子改嫁他乡,再加上缺少相关证明材料,一直没办理。王母去世前还嘱咐儿子,一定给父亲弄清楚历史问题……前些年,王永福打听过多次,父亲当年那个团起义后被取消建制,分编到了各部队。后来大军南下,很多人留在了南方。时隔多年,想找当时的见证人无异于大海捞针!王永福先后找过教育、民政、信访等多个部门,都无结果,最后抱着一丝希望找到了统战部。那天刘元和徐风接待了他,给他查文件,请示省委统战部相关处室,还打电话问了多个部门,忙活到十二点多,仍无眉目。中午,他们带王永福去机关餐厅吃饭,边吃边聊,说像他这种情况,年月太久,一没档案资料,二无证人证言,确实难办,请他理解。王永福见刘元他们忙活了半天,还请他吃饭，很是过意不去，感激地说："麻烦领导了，不行就别费事了，这些年，我能找的都找了，也算尽心了……"徐风看他喝完粥问道："大叔，我再给你盛碗粥吧！"王永福摆手推辞道："够了，不要了吧！"刘元说粥随便喝不算钱，他又改口道："那我再喝碗！"王永福仰头喝粥，下巴花白的胡茬上粘了些粥屑。徐风递上纸巾，他接过去，没有擦嘴，却拭了拭眼睛，哽咽道："还是共产党好啊！以前国民党衙门老百姓甭说进，连靠近都不敢！现在我能进市政府，领导还倒水管饭……俺以后再也不来给政府添麻烦啦！"打那以后，王永福果然再没来过。

听刘元讲着，杨正清心里一动，想起方进在昌海战役中策反敌军炮兵团长的事，提醒道："哎，昌海战役时方部长策反过一个炮兵团，团长也姓王，老家是北海的，没说名字，会不会就是王彪？"

"对啊，咱们在文河见过那个团长的照片呢！"刘元也记起来了。

杨正清兴奋地说："我看这事有门儿，不能算了，还得帮他找。咱们分一下工，你联系文河要照片资料，我找一下方部长。"

"好，我尽快办。我早就听说过方部长策反国民党部队的事，怎么就没往这上面想呢……"刘元不好意思地说，"看来还是没上心啊！"

"要不说功夫不负有心人嘛！统战信访往往涉及党的统战政策落实，有些历史遗留问题的确很难解决，不过要想方设法、尽心尽力。"杨正清说着把报告递给刘元，"这几起信访积案都重新梳理一下，部领导每人一个，包靠到底。"

第七章　暑研班中了暑

1

昌海"春脖子短",春天像逃课的学生,一露头点完卯就跑了,天气仿佛从冬直接入了夏。这夏天也是个"调皮鬼",玩起了过山车,气温急剧蹿升,还没入伏呢,就到了三十多度。

今年热得早,尽管研讨班比往年提前了一个月,仍没躲开高温。以前办班都在七八月份,统战部组织党派、工商联主要负责人暑休学习研讨班,找个天气凉爽的地方学习研讨,还带有考察的性质,惯称"暑休班"。但今年的暑休班改称为"暑研班",也不外出考察,地点就在北海,研讨结束后接着开民主协商会,围绕推进"海洋强市"战略实施建言献策,为市委市政府提供决策参考。

这次办班虽不外出,党派、工商联却空前重视,接到通知后开始精心准备意见建议,有的还先行做了调研研讨,积极性之高,让杨正清感触颇深:看来照顾同盟者的利益,积极为他们办实事、解难题,将心比心、以诚相待,这是凝心聚力、合作共事的前提和基础。

同心大厦已开始装修,明年五一前启用。本来各级严控扩建、新建办公楼,但昌海市民主党派、工商联办公条件确实亟须改善,在江林和杨正清的大力推动下,经市委研究报批,工程得以启动,引起强烈反响。这段时间市委明显加大了对党外人士工作的重视支持力度,书记、市长接连批示了好几期《同心议政建言集萃》,并转有关部门落实,承办部门有的邀请民主党派参加座谈，进一步征求意见建议，也有的联合党派开展调研考察活动，对大部分建议做了成果转化。近日，市委统战部和组织部联合印发了《关于进一步落实好党外干部政治待遇和生活待遇的通知》，重申落实好党外干部相关待遇，并组织专项督查。这些举措鼓士气、暖人心，党外人士的积极性像充足了气的轮胎，立竿见影地高涨起来……

以往暑休班在外地办，时间又久，常有人请假，也有的开班后中途早退，与会人员基本没齐过。这次和以往大不相同，七个民主党派主委和工商联主席全部到场，一个也不少。大家准时在市级机关办公大楼前集合，统一乘车出发。从市区到北海有八十公里，约一个多小时的车程。

主委们扎成堆很活跃，一路上欢声笑语，煞是热闹。傅春是新任致公党主委，头一次参加研讨班，又数她年轻，自然成了大家的调侃对象。她是满族，东北人，却生得娇小玲珑，皮肤白皙，四十岁看上去也就三十出头的样子。她还是留美博士，无党派，作为海外人才引进昌海后，历任北海经济技术开发区管委会副主任、市科技局局长，去年换届时，任副市长、致公党主委。

傅春坐在民革主委刁安连身旁，后排的市工商联主席戴国庆调侃说："你们看，老刁和小傅坐一块真像爷俩！"

刁安连回头看看，戴国庆和民盟主委李丽坐一排，便回敬道："俺俩差二十岁，说爷俩也合适。你和老李坐一块，倒跟两口子似的！"说得大家哈哈大笑起来。戴国庆和李丽两个人都黑黑胖胖的，今天衣服也撞了衫，都穿着白T恤衫，乍一看还真有点夫妻相呢！

在大家的笑声中，车子一路向北疾驰。路两旁新栽的法桐枝繁叶茂、随风招展，新铺的柏油路乌黑油亮、平坦舒适。到了北海区界，车子慢下来。前面正在修路，推土机像野猪拱土似的，冒着黑烟嗷嗷直叫。路边大片空地上脚手架林立，广告牌、规划效果图随处可见。巨幅标语牌上写着"海洋强市，再造新城""大干一千天，旧貌换新颜""放飞蓝色梦想，拥抱海洋时代"等口号。

北海经济技术开发区位于昌海市北部，现区划主要是原北海县沿海的四个乡镇，海岸线三十公里。这里虽是沿海地区，但海滩都是黑淤泥，地是成片的盐碱地，几乎不长庄稼。早年间，北海县外出逃荒要饭的很多，是远近闻名的穷乡僻壤。当年坊间有首民谣："旱三年涝三年，一连六载不收田。盼得来年青苗好，谁知蝗虫又啃完。盐碱滩里难活人，拖家带口去要饭……"方进担任县委书记后，为改变北海的贫穷面貌，举全县之力，整理改良土地，组织开展大会战，动员二十多万劳力轮番上阵，开发改造盐碱地。他亲自带队，带着铺盖卷在窝棚一住就是大半个月，带着机关干部和群众同吃同住同劳动，硬是把占全县总面积百分之四十的不毛之地，变成了全县的"粮仓"和"银山"。北海第二次大发展是杨正清担任北海县县长后，他力排众议，提出了工业强县的思路，大力发展海洋化工产业。县里依托北海盐厂和几个小型纯碱厂，整合资源，组建了昌海化工集团，通过优化管理和技术改良，生产规模不断扩大，盐碱产量一度占到全国的四分之一，带动了北海经济的腾飞。

北海经济技术开发区获批成立后，昌海市在受金融危机影响、经济下行压力加大的形势下，转身向海，把大力发展海洋经济作为新的经济增长点，提出实施"海洋强市"战略，并成立了指挥部，由江林任总指挥，马杰任常务副总指挥兼北海开发区党工委书记。规划方案修改过多次，江林要求定稿前再开一次民主协商会，征求党外代表人士的意见建议。

看着窗外热火朝天的建设场面，大家的话题自然而然地转到北海的发展上。聊起近海污染问题时，大家的心情沉重起来。刁安连用力吸了吸鼻子，大声说："你们闻闻，都仔细闻闻，一进北海就有股臭鸡蛋味！这样下去可不行！南方'腾笼换鸟'，把高能耗高污染项目都置换出来了，咱们北方还拿着当宝贝，哭着喊着抢过来给大招商撑门面！"

傅春用手扇了扇脸，皱着眉头说："发展的确不能急功近利！大招商没错，关键是招好商、选好资。有污染高能耗的项目，利税再高也不能要！"

李丽笑道："哈，你们马市长亲自引进的盛海六十万吨氯碱项目算不算有污染高能耗？我看这块大蛋糕再有毒，你们也舍不得扔吧！"

傅春争辩说："氯碱项目国内外很常见啊，不能谈氯色变！北海的优势资源就是盐化工，发展海洋经济，离不开这个基础产业。"

"氯碱化工项目确实存在污染，也有一定的危险性，总不能因噎废食吧，关键是规范管理。"戴国庆认同她的看法，附和道。

刁安连反驳道："我看就是饥不择食、饮鸩止渴！那些高污染项目只要上马了，污染就很难控制住。要是还舍不得化工项目，海洋强市就是痴人说梦！"

"哟，大家讨论得这么热闹！"杨正清一直听他们讨论，见起了争执，忙调和道，"仁者见仁，智者见智，看法不一样很正常。这次研讨班和民主协商会就是要广泛深入地听取意见建议，大家可要知无不言、言无不尽啊！"

"这老刁有一肚子气要撒，瞧他现在就憋不住啦！"李丽打趣道。

说话间，车子靠路边缓缓停下。北海经济技术开发区管委会主任尹强上了车，跟大家打过招呼，在杨正清身边坐下，介绍情况。前面路口是一个大环岛，环岛中心有一座形似 DNA 螺旋体的银色雕塑，是北海刚落成的地标性雕塑。尹强介绍说命名为"活力"，寓意开发区高新技术的汇聚和生命力的旺盛。

李丽说："我听说老百姓都叫它'大麻花'，可别说，还挺像！"

刁安连推了推眼镜，脸贴在玻璃上，瞅着窗外说："我怎么咋看咋像个金刚钻啊？"

戴国庆笑道："还是刁主委叫得贴切，我看正好适用于大招商，意思就是'俺有金刚钻，诚揽磁器活'！"

2

这次来北海办研讨班并不顺利，起初联系有障碍，还是杨正清极力促成的。北海经济技术开发区党工委没有单设统战部，只有一个政治部，对着组、宣、统、工、青、妇等十几个口。确定在北海办研讨班后，刘元跟政治部联系，等了好几天一直没有回音。他打电话找政治部主任，对方再三推诿，说北海接待条件差，一下子来这么多领导接待不了，最好换个地方……杨正清知道后，摸起电话打给尹强，说这次研讨班主要是来调研，又不是疗养，接待上不用费事，把考察现场安排好就行。尹强诺诺连声地应着，说是再跟马市长汇报一下，尽量保障好……

老领导亲自打电话安排，尹强不好不接，不过也确有难处。当年杨正清任北海县县长时，他还是县政府办公室主任，今年初才当上管委会主任。马杰身兼管委会书记，又是"海洋强市"指挥部常务副总指挥，党政大小事务实际上都是他说了算，尹强也就顶个常务副主任用。上周接到办研讨班的方案后，他一看这个活动规格可不低，除了杨正清是市委常委，各党派、工商联主要负责人中，一个市人大副主任、两个市政协副主席和一个副市长，这么多市领导扎堆来调研，动静可不小。他向马杰汇报后，马杰没好气地说："这帮子人成事不足，败事有余，光会唱反调！这次找上门来，看了项目还不一定提出啥意见来，能推就推了吧。咱们这儿庙小，安不下这么多菩萨！"尹强本想拖黄了拉倒，没想到杨正清亲自找他，话说到这个份上，他不好再推，只得应承下来。

从内心讲，尹强对杨正清一直心怀敬畏。他在北海当县政府办公室主任时，和杨正清曾有个小过节。那年杨正清刚当县长，放年假前，尹强拿了一张购物卡送给他。杨正清问这是什么，尹强说，过年给您准备了十万元过节走访费，您拿着用吧！杨正清一愣，问钱从哪儿出的。尹强说按惯例从接待费里出的，账都做好了，放心用就行！杨正清愕然变色，一拍桌子怒斥道："简直是胡来！你知道自己在干什么吗？套取公款、送礼行贿、做假账，你这办公室主任就是这么当的吗？快收起来，回去丁是丁、卯是卯地给我把账理清楚了，后面还要查账，真查出什么问题来，严肃处理，绝不姑息！"尹强红着脸收起购物卡，蔫了好些日子。好在杨正清对干部一向是批评归批评，从不"一棍子打死"，只要知错就改，也不为难，该怎么着还怎么着。时间一长，尹强也就卸下了思想包袱，任劳任怨，埋头苦干，成绩还很突出。杨正清调离北海前，尹强担任了县民政局局长，县改区后，当了管委会主任。

尹强给马杰打电话解释，马杰"哼"了一声，不耐烦地说："推不了就接着吧，海丰宾馆刚装修完，叫他们住那儿试试新！参观现场多看投产的，少安排在建项目，尤其是盛海氯碱就别看了，免得节外生枝。"

尹强连声应着，本想说化工项目是调研重点，不安排盛海氯碱说不过去，但他深知马杰说一不二的脾气，也没敢多嘴。

研讨班开班式在海丰宾馆三楼会议室举行。宾馆刚装修完，还有股怪味，让人闻了很不舒服。刁安连嗓子不好，呛得直咳嗽。开班式本来由马杰代表北海区致辞，但他有事赶不过来，就由尹强代讲，他刚念完最后一句"祝各位领导在北海考察指导期间工作顺利、生活愉快"，吧嗒一声停电了。中央空调本来效果就不好，光嗡嗡响，出不了多少凉气，这一停，屋里更加闷热起来。

尹强赶紧让人去协调，一脸尴尬地说："真不好意思，又停电了！开发区到处都在搞建设，再加上天热用电量激增，缺口比较大……"

徐风起身拉开窗户，海风吹进来，一下子凉快了不少。

杨正清用湿巾擦着汗，笑道："没事，自然风更好。新区发展应该搞好基础设施，特别是路和电，这是最基本的条件。不来感受不到这些问题，今天大家身临其境，算是现场体验了！"

党派主委和工商联主席依次发言，围绕如何发挥优势、聚焦中心、服务大局谈了认识看法，大家又讨论了以市各民主党派、工商联名义形成的《昌海市各民主党派、工商联关于发挥优势助推"海洋强市"战略实施的意见》，都畅所欲言，提了不少修改意见。

下午观摩项目。今天是入夏以来最热的一天，晴空万里，骄阳似火，明晃晃的阳光直射在盐碱地上，晒得地面泛白，空气里都是潮湿腥咸的海腥气。宾馆空调效果差，再加上有气味，大家中午都没休息好，这时有点提不起精神，出来让日头一晒，更觉得晕乎乎的。

研讨班一行先到开发区行政中心观看了专题片和规划沙盘，又到中心商务区、未来科技城参观，沿途看了围海造田、大学城、动力城、物流园等项目。刁安连注意到两次经过盛海路，都没进盛海化工集团，便问尹强："尹主任，怎么不去盛海化工，我看行程上安排了啊，盛海氯碱可是化工产业园的龙头项目，不会不看吧？"

尹强推诿道："这个项目还在规划，刚铺开摊子，没啥看头，就调整了一下，请领导先看别的……"

刁安连觉得奇怪，追问道："新闻上不是说项目推进很快，一期工程明年上半年建成投产吗？这么好的项目不看岂不是白来啦！"

傅春在一旁帮腔道："这是北海化工园首屈一指的大项目，宣传都来不及呢，怎么还金屋藏娇？都是自己人，就别藏着掖着了！"

杨正清本以为氯碱项目往后调了，听尹强话里的意思，没给安排，便催道："方案上这是主要观摩点，大家都想看。既然到这儿了，还是先睹为快吧，刁主委是搞化工的，他心里痒痒着呢！"

尹强面露难色道："这边没准备，项目正在施工，路很难走……"

杨正清脸色一沉，生气地说："看项目现场还用准备啥？你找个人介绍一下情况就行！"

尹强不好再推，只得叫人给盛海打电话。他特意把下午的行程安排得很紧，本想拖到最后看不完就算了，没想到这帮人还会"点菜"！

盛海化工集团坐落在北海区西北角，东邻响水河入海口，西边是一片空旷的盐碱地，盐田里堆了许多白花花的盐垛，像是一个个圆蘑菇，又如摆的馒头阵。尹强介绍道，多年来，盛海税收支撑了北海县的大半个财政，税务上有"盛海交，全县饱"的说法。不过，近年来纯碱市场不景气，盛海集团多年来传统的低端产品缺乏竞争力，企业效益连年下降。为加快转型升级，马杰市长多方协调争取，新上六十万吨氯碱项目，已完成规划，正在搞基建配套。

车子沿盛海路往西三四百米，到了工地入口处，沿工程沙石路向北拐了进去。刚走了一会儿，车子停下了，因前方有辆十轮货车堵在路上。司机长按了几声喇叭，不见动静，又鸣了几声警笛，仍没反应。工作人员下车查看，见货车锁着门，司机不知去向。杨正清见前面工地上有个围栏门，提议说路不远，干脆走过去算了。

一下车，一股热浪迎面扑来，大家顿时置身于"蒸笼"之中。沙石路面晒得滚烫，踩上去鞋底都软了，感觉像烤化了似的。大家头顶烈日往里走，有的戴上墨镜，有的撑起了遮阳伞。

走了半里路，来到工地门口，大家见栅栏门上胡乱缠着条链子锁，有个看门的老头拿一把破蒲扇遮着脸，正躺在藤椅上打盹。喊他开门，他说平时都走西门，这儿除了工程车出入，一般不开门，拿钥匙的不在；让他打电话找人，他打不通电话。

尹强叫党政办的人赶紧联系。周围没有阴凉处，大家站在日头下等着，焦急地四处张望。工地很大，用铁丝网圈成围墙，里面大部分地荒着，棘草丛生。等了一会儿，远处挡道的货车喘着粗气开走了，他们的车子驶过来，刘元赶紧招呼大家上车凉快凉快。

尹强见众人晒得满脸是汗，后背都湿了，上前征求杨正清的意见："杨部长，天这么热，要不咱不看了吧，以后有机会再来？"

刁安连听到了，擦着汗嚷道："都到门口了，还是看看吧！热点不打紧，出出汗，还排毒养颜呢！"

戴国庆还顾得上和李丽开玩笑，盯着她的脸笑道："嘿，天热点没啥，就是李主席成了大花脸了，可惜了刚抹的进口化妆品啦！"

李丽还挺配合，板起脸来，一本正经地说："你笑我不笑，一笑粉要掉！"

尹强下车给马杰打电话，报告了这边的情况。马杰不耐烦地说："他们不嫌热就看吧，反正项目大局已定，谅他们也翻不了天！"有了他的指示，沙石路上很快拐进来一辆越野车，集团的人到了，打开门，领着他们的车子驶入工地。

厂区大部分地荒着，硬化了几条水泥路，装着太阳能路灯。车子在一幅巨型规划图前停下，大家都下了车。一个扎着马尾辫的年轻女孩，一手举着电喇叭，一手拿激光笔指着展板，背书似的介绍起来："盛海氯碱项目占地750亩，总投资60亿元，建成后将成为全省最大的氯碱化工新材料生产基地。一期工程总投资40亿元，建设年产30万吨烧碱、10兆瓦热电联产项目、30万吨PVC联产装置，项目投产后每年将新增销售收入50亿元，实现利税10亿元。二期工程将扩建年产20万吨双酚A和20万吨环氧氯丙烷项目及配套工程，项目全部落成后，将成为我市总资产和销售收入过百亿元的大型化工新材料基地……"

刁安连看到北面不远处施工人员正在挖沟，地下横七竖八地摆放着磨盘粗的水泥管，问是什么管道。"排污管道啊！""马尾辫"用激光笔指了指效果图右上角的一条黑线说，"喏，就是这儿，离入海口直线距离最近。"

刁安连用湿巾擦了擦汗，没好气地说："我算服了，真是项目未动、排污先行！从这里排污，正好流到北海新城去，那边海岸的水质能好得了？这还没算上烟囱呢，西北风一刮，城区就有的闻了！"

尹强连忙解释道："当然不能直排，还要上排污设备，把污水和废气净化处理了再排放，对城区绝对不会有影响的。"

"这就是个方向性错误，无论是从项目选址还是风向、海水流向看，都不适合在这里上化工项目！"刁安连摇摇头，直言不讳地说，"我看不但不能建，原有的那些能耗大、重污染的化工项目也应该关停并迁，这样才能从根本上解决污染问题！"

李丽点头附和道："刁主委说的有道理，治标不如治本，长痛不如短痛。北海新城建设起点一定要高，不光经济要发展，还要美丽宜居、绿色环保，不能再走先污染后治理的老路啦！"

戴国庆说："这么大个项目，肯定要做环评。环评通过了，问题不大吧？"

"通过了环评，只能说明项目排污处理设施正常运转后可以达到国家规定的排放标准，污染还是客观存在的，只是污染程度在国家允许范围之内而已。"刁安连用手揉了揉太阳穴，继续开炮，"问题是，投产后企业要是不按环保规定流程操作呢？比方说不全开设备，照样会超标排放，这与通没通过环评没啥直接关系！"

杨正清注意到刁安连面红耳赤、气喘吁吁，觉得大热天的，别晒久了，便催促道："这样吧，咱们带着问题看，会上再做深入交流，天热咱们抓抓紧。"

他们继续往前走，姜兰忽然发现刁安连手捂额头，走路打晃，赶紧问他："刁主委，你哪里不舒服吗？"

刁安连喃喃地说了一句："有些头疼恶心……"说着，他就要倒下。

姜兰忙一把搀住他，叫道："刁主委！你怎么了，是不是中暑了？"大家纷纷围上来，有的给他擦汗，有的喂水。徐风随身带着些基本药品，赶紧掏出清凉油，抹在他额头和太阳穴上。

尹强叫人安排救护车，刁安连摆手不让："没事，就是热的……凉快凉快就缓过来了……"众人七手八脚地扶他上车，让他在后排躺下。

杨正清内疚地说："是我疏忽了！刁主委年纪大，血压又高，晒这么长时间，可别引起别的毛病来，还是去医院看看吧！"刁安连躺着更难受，只觉天旋地转，便不再坚持，由刘元和徐风陪着，乘越野车去了北海人民医院。

尹强一看把市领导热坏了，再不敢怠慢，赶紧让项目办打开会议室的空调，准备茶水，还不知从哪儿抬来一桶绿豆汤。

李丽冲他抱怨道："老尹，不是我说你，怎么搞的？让'暑研班'中了暑，这算咋回事啊！"

尹强神情尴尬、满脸是汗，赔着不是给大家递湿巾、倒茶水。

大家休息了一会儿，缓过劲来，又往北走，到了下管道的地方，见几个民工正在用铁锹清理管道槽沟，光着黑黝黝的膀子，挥汗如雨。杨正清见里面有个年纪比较大的，有些驼背，头发胡子花白，肩上搭了一条黑乎乎的毛巾，便上前问道："大叔，您多大年纪了，还和年轻人出这个力啊？"

那老人一看这阵仗，有拿电喇叭的，有照相录像的，就装作耳背，抬手指了指耳朵，拿着铁锹走开了。

尹强赔笑道："他上了年纪，耳朵不好使啦！"

杨正清又问另一个青年民工："小伙子，你们都是本地人吗？"

青年羞涩地抿嘴笑笑，点点头。

杨正清又问："在这里建个大厂子，你们都高兴吧？"

青年一张嘴，露出两排整齐的小白牙："嗯……还行吧，要不没活干哩！"

那个年纪大的民工在远处吆喝："小亮子，快过来！"青年又笑笑，拿着铁锹跑开了。

3

北海昼夜温差大，白天热浪袭人，晚上暑气一扫而光，海风习习，非常凉爽。宾馆就在海边，晚饭后，大家三三两两地出来散步。

杨正清和刁安连走在前面，刘元和徐风不远不近地跟着。刁安连下午的确是中暑，输了液，歇了歇就好了。杨正清去房间探望，见他没事了，约出来散步，两个人边走边聊。

"我总觉得'海洋强市'搞得太急功近利了，有些'大跃进'的味道！"刁安连一提起来就忧心忡忡，"心急吃不了热豆腐啊，发展不能拔苗助长，应该科学、健康、可持续，不能违背发展规律。"

"你说得有道理。"杨正清倒背着手，深有同感地说，"有些地方患了发展亢奋症，跟打了鸡血似的，恨不能一口吃个胖子！一提发展就是'弯道超车''举全市之力''超常规、跨越式'什么的，这种口号式、运动式发展哪能长久得了！民主党派是参政党，应该充分发挥民主监督职能。有什么看法就开诚布公地提出来，千万别有什么顾虑！"

"能有什么顾虑？"刁安连不觉提高了声调，大声说道，"人民至上，只求为人民负责，对历史负责！"

"这话说得好，不管是执政党还是参政党，咱们初心都一样，都是为了人民。现在各级都很重视民主协商，民主党派参政议政大有可为！"

"唉，倒想有为，不过你看北海这态度，怕是热脸贴人家冷屁股！"

"想作为就不会一帆风顺，肯定会遇上这样那样的拦路虎。"杨正清安慰道，"现在北海对咱们有戒心，我看还是没认识到建言献策对发展的好处，需要时间和成果来证明，咱们要有耐心。"

"开发区要是没有开放包容的心态，就很难做大做强！"

"从规划上看，北海还是大手笔，全区三年投入一千五百个亿，人口从二十万发展到一百万人，魄力真不小！"

"你信吗？我看不过是空中楼阁罢了！昌海发展了这么多年，几个区加起来也不过百十万人，北海一个新区就要发展到一百万人，哪来这么多人口？"刁安连质疑道，"新城发展主要是聚人汇才。人气不旺，恐怕是造一座新空城罢了！全国各地的空城、鬼城还少吗？"

杨正清深有同感，鼓励他说："你们可以充分调研，及时给党委政府提个醒。尽管我们还没发生这种问题，也要防患于未然。"

"唉，我已经讨人嫌了，人家把我当成保守派、反对派，躲得远远的！"刁安连叹了口气，无奈地说，"这次调研北海推三阻四的，我看是防着咱们呢，就怕咱们坏了他们的好事！党派想要有所作为，还真是难上加难！"

"再难也要迎难而上，这是咱们的职责所在！"杨正清给他打气说，"转身向海，发展蓝色经济，大方向没错。现在不是要不要发展的问题，而是怎么科学发展、高质量发展的问题。民主党派作为参政党，职能就是参政议政、民主监督，而不是歌功颂德、粉饰太平！你觉得自己是'反对派'就对了，党委政府科学决策、避免失误，就需要你这样货真价实的'反对派'啊！"

"我提反对意见，不是砸锅，也是为了更好地发展，让发展经得起历史的检验。我是学化工的，对化工的危害性再清楚不过了！除了污染，氯碱项目剧毒易爆，还存在不小的安全隐患。这个项目放在上风口，无异于守着个大毒气弹！新城还想发展到一百万人，这个弄法，谁敢来啊？"刁安连念念不忘那个氯碱项目，一提起来就上火。

"你别着急，慢慢来。"杨正清安慰他说，"项目确实应该严格论证，除了风险评估，还要向社会公示，决不能饥不择食，为招商而招商。这几天咱们好好调研一下，你懂化工，也可以多找这方面的专家学者深入研讨，有什么成果通过建言献策直通车提出来，也可以直接给市委市政府写报告！"

两个人边走边聊，不觉到了海滨广场。这是一个沿海而建的狭长广场，每隔一段距离便有一座造型各异的雕塑。广场很空旷，静悄悄的，没几个人。路灯昏昏欲睡，灯光无精打采地照着，雕塑或卧或立，或静姿或动态，孤单冷清，恍如没有观众的舞者。海水哗哗地拍打着岸边，像不知疲倦的母亲，拍打着即将入睡的婴儿……

前面似乎有座人像群雕，几个人坐在石头上，虽背对灯光，仍依稀看出光着膀子，衣服随意搭在肩头。有一个驼背老者，一只胳膊支在屈起的单膝上，手里平端着烟袋，坐成一幅凝重的剪影。

他们走过去，发现烟袋锅一明一灭，一缕白烟从老者嘴里吐了出来——原来是几个民工在乘凉，抽烟袋的长者，正是下午盛海工地上的那个老人。

杨正清往前一步，招呼道："大叔，在这儿凉快啊？"老人见有人跟自己说话，忙站起来，疑惑地看着杨正清。

"咱们下半晌见过面，恁不是在盛海挖沟来着？"杨正清在这里工作过多年，北海方言说得很溜。

老人这才醒悟过来："哎呀，恁就是那个来检查的领导吧？"

"没啥领导，我们随便来转转，看北海怎么发展好？"杨正清说着掏出烟来递给他，"大叔是本地人吧？这里生活环境怎么样？给我们说道说道吧！"

"净盐碱地，兔子不拉屎的地方，有啥说道的！"老人没接烟，双手倒背身后，摇了摇头。

刁安连说："咱们这里靠海，地又多，等发展起来，北海就是海滨城市啦！"

老人"哼"了一声："靠海有啥好处？成天守着腥臭气！你们是来投资挣大钱的吧？这些年来干化工的可没少挣黑心钱！"

"我们不干这个，是来监督这些人的！"刁安连认真地说。

"那是检查环保的？"老人又"哼"了一声，摇头道，"那也一样，还不是跟他们一个鼻孔出气？"

杨正清看老人有些抵触，便开门见山地问道："老人家，盛海化工要在这里上项目，办个氯碱厂，老乡们情愿吗？"

"不情愿又能咋的？"老人用力在石头上磕磕烟袋锅，干咳几声笑道，"办厂好啊！办了厂，就不用种地、不用打鱼了，都上厂里磨洋工吧！"

杨正清追问道："这儿污染厉害吧？群众有啥意见没有？"

老人警惕地瞥了一眼杨正清，又老练地笑道："哈哈，不厉害，不厉害，没到死人的地步就不厉害！"说着，他打了个哈欠，"不早了，走了，回去挺尸睡大觉去！"说完，他倒背起手转身要走。

刘元和徐风站在不远处，议论北海接待的问题。他们从一开始就推诿应付，纰漏百出，实在不应该，看来真没拿统战当回事。正聊着，刘元的手机响了。他接完电话，上前找杨正清，说公明律师事务所的陈主任想约个时间，当面汇报一下齐帅一案的进展情况。杨正清说，研讨班结束后，让陈主任上办公室找他……

老人听到他们说话，又转过身来，仔细端详了一下刘元，惊喜地叫道："恁是统战部的刘主任吧？"

刘元一愣，定睛一看，也认出老人来了：这不是前年到部里上访过的王永福嘛！刘元赶紧给杨正清介绍。杨正清一听，颇感意外，顾不得客套，忙问："大叔，你父亲是叫王彪吧，一条腿不好？"

"你咋知道的？"王永福满脸狐疑地点点头，"听老人说，是小儿麻痹症落下的后遗症……"

杨正清又追问道："他是原国民党炮兵团团长，投诚后还得过一枚奖章？"

"是啊，这恁也知道……"王永福惊讶地说，"那枚奖章俺还收着呢，是一个解放军大官发给他的，奖励他为解放昌海立了功……"

杨正清一把拉住他的手笑道："真是无巧不成书啊，我认识那个给他发奖章的首长！"

"这是市委统战部杨部长，以前在北海当过县长。"刘元介绍道。

"噢，是杨县长啊，怪不得眼熟，上了岁数不记人了！"王永福激动地叫起来，"你当县长时给老百姓办了不少好事，老少爷们都念着恁的好呢！"

杨正清给他简要讲了当年方进策反王彪的经过，说回去就联系，帮他办理其父系起义投诚人员的证明，明天再跟北海方面打个招呼，安排有关部门对接一下。刘元说已联系过文河方面，过几天照片资料就寄过来了。

"真没想到，俺爹的事多少年没个眉目，今儿总算有了说法，他老人家在地下也能闭眼啦！"王永福激动地直抹眼泪，回头招呼那几个民工，"小亮子！你们还愣着干啥，快腾个地儿让杨县长坐！"

几个人跳起来，小亮子用小褂扫了扫石头，王永福拉杨正清坐下。

王永福问："杨县长，你今儿回来是检查工作还是来办厂？"

"我们来了解一下北海污染的情况，看看怎么才能发展得好、发展得快。"

杨正清指了指刁安连，笑道，"这位是科技学院的化工专家，大伙有什么意见就直说，我们一定给市里反映上去！"

"专家不敢当，化工我倒不外行，大家有啥问题尽管放开讲。"刁安连说着一拍胸脯，"我老刁没别的，就是敢为老百姓说话！"

民工们围着他们坐下，七嘴八舌地说起北海的污染来。有的说，以前响水河入海口的鱼活蹦乱跳的，现今水面上漂着带异味的废水废油，打着旋顺流而下。近海鱼也少了，早年的北海特产大银鱼早已绝迹，对虾、梭子蟹、小金鲳也不多见了。前些年在近海就好打鱼，现在得跑出上百海里，还不一定够本。还有人说，这几年村里小媳妇不生育的多了，怀了胎一不小心就掉了……

"前几年一哄而上办化工，污染得厉害，把这一片海都给祸害完了！"王永福愤愤不平地说，"老板们挣了钱跑到外地享福去了，害得这里喘气都不顺溜了！盛海原来排污就厉害，再弄那么大一个厂子，又是在北海上风口，真要建起来，这里可住不得人了！"

刁安连摇摇头，心情沉重地说："真不出所料！我们来调研，就是担心项目草率上马会加重污染，看来大伙也有这个担心啊！"

小亮子往前凑了凑，龇着小白牙问："北海的电怎么老不够用？三日两头断电，电视剧都看不完整。办这么大一个厂得用不少电，听说还要专门建电厂。北海风大，这里又是个风口，怎么不搞风力发电呢？"

杨正清听了笑道："年轻人脑子就是活啊，下午我也琢磨这个事呢，咱们想到一块了！老刁你记着啊，可以当作一条建议提出来。"

上潮了。海水自远而近，伴着凉爽的海风，哗哗欢唱着涌向岸边，激起层层泡沫，又倏尔往后退去。呜——远方海面上一艘轮船缓缓驶过，汽笛声犹如奏起了夜的摇篮曲，又似吹响了起航的号角。天空中一弯月牙，正笑眯眯地守护着海滨梦境般的夏夜。

4

研讨班最后一天上午是民主协商会，江林和马杰赶来参加，会议由杨正清主持。"海洋强市"战略规划征求意见稿几天前就发给了与会人员，马杰做了规划起草说明，介绍了北海的发展情况。今年北海突出大招商、招大商，组织实施了"十百千"产业聚集工程,重点培育打造化工产业园等十大园区,培优扶强盛海集团等一百家骨干企业,突出抓好氯碱化工等一千个重点项目,加快推进形成蓝色高端产业体系,发展前景十分广阔。

他踌躇满志地说:"现在,北海正面临着一个凤凰涅槃、浴火重生的关键节点,'海洋强市'必将掀开改写北海历史、助推昌海腾飞的辉煌一页!我们要按照全国乃至世界一流标准,高点定位、重点突破,把北海打造成为东方的威尼斯和新时代的未来之城!"

"我先发个言吧!我借此机会向大家问个好,感谢各位对市委市政府工作的关心支持!"马杰刚介绍完,江林接上说,"党外人士围绕中心建言献策,为昌海发展做出了巨大贡献。今天我们齐聚一堂,共商发展大计,大家一定要知无不言、言无不尽,拜托大家了!"说着,他站起来,向大家深鞠一躬,会场上响起了一片掌声。

"我在这里表个态,"江林继续说道,"以后凡是市委市政府的重大决策、重要活动,事前都要和大家协商,事中请大家监督,事后向大家通报,做到协商于决策之前和实施之中。我本人参加民主协商会,原则上一季度一次,大家有什么想法,也欢迎随时找我交流。"

"还可以通过议政建言直通车反映,这是江书记专门安排创办的。"杨正清补充道。

江林的话如同热了场,大家深受鼓舞,积极性一下子高涨起来,结合这几天调研考察的情况,围绕"海洋强市"战略实施和北海发展规划,在基础设施建设、人才集聚、城际轻轨规划、节能环保等方面提了很多建议。江林和马杰不时回应,与大家互动,现场气氛十分热烈。傅春提的加快北海职业教育园区建设的建议,李丽提的开通昌海至北海 BRT 的建议,戴国庆提的出台政策吸引昌海籍人才回乡创业的建议等,江林高度重视,当即表示会后立即安排专项调研。

谈到大招商时,江林特别强调道:"民主党派、工商联资源丰富,联系广泛,希望大家充分发挥优势,多多牵线搭桥。有什么好点子,都敞开谈。"

杨正清见刁安连两手捻笔,闷坐不语,便点将道:"刁主委有什么想法就别闷着了,发表发表高见吧!"

"高见没有,意见倒是有点。"刁安连原本没打算讲,杨正清一招呼,又憋不住了，脱口而出，"本不想扫兴，江书记想听，杨部长点了名，那我就实话实说吧！大招商好处的确不少，不过也不能一哄而上，这方面是有教训的。前些年北海急着招商，门槛过低，把一些人家转移淘汰的项目当成宝引进来了，污染很厉害，群众意见奇大，连鱼虾鳖蟹都跑到临市海域了。如今再上六十万吨氯碱PVC综合电化项目，环保、安全压力都很大，一旦上马，会产生一系列问题……"

此言一出，石破天惊，会场上瞬间静了下来。他这番话既有悖于市里大招商的思路举措，又涉及杨正清和马杰的政绩。北海前些年急于发展造成污染，正值杨正清主政北海时期；新上盛海氯碱项目，则是马杰现在正全力推动的化工产业园"一号工程"……

杨正清还没在意，马杰脸却拉长了，面无表情地说："既然刁主委提到了，我就解释一下。这个项目几个沿海城市都在争，我们争取了一年多，好不容易才落地。明年上半年项目一期建成投产，年内实现产值五十亿元，六十万吨全部产能配套PVC二期建成投产后，年产值就能达到一百亿元！可以说，这个项目简直是摇钱树，作为北海化工产业园的重头戏，不但要上，还应该加快进度。至于可能存在的污染问题，总不能怕跌倒就不敢走路了吧？再说，这方面我们也有考虑，上最先进的环保设备，执行最严格的环保管控，只要下足功夫，没有解决不了的问题！"

刁安连一听也犟上了，反驳道："氯碱化工不光有污染，危险性也不小，放在城区这个地方，就像个定时炸弹。再说污染吧，甭管采取什么措施，只要继续坚持发展重化工，污染就很难根治！各位想想，以前北海是什么天？那时蓝天白云，碧空如洗；再看现在，昏天黑地、灰头土脸的，老远就闻到一股刺鼻的化工味！要是六十万吨氯碱项目投产了，真让人担心北海的生态环境会不会出大问题？要是还走先污染后治理的老路子，日后总有后悔的时候，不知道要花多少个一百亿才能解决问题！"

马杰涨红了脸，分辩道："你这是危言耸听嘛！这几年北海环保投入相当大，去年刚对所有化工企业拉网式排查，污染超标的，全部整改到位。大家上企业看看，烟囱都冒白烟，哪有污染？"

刁安连较了真："你说的冒白烟，那是白天看，有些企业为省钱，半夜关了排污设备，偷着直排废气！有时刮北风，我下半夜在家一开窗户就能闻到硫化物的味，离这里还几十公里远呢！"

"刁主委真是不鸣则已、一鸣惊人啊！"见他两个人顶开了牛，杨正清打圆场道，"慢慢说，别着急，民主协商就是求同存异、体谅包容嘛！"

听了他们的争论，江林表面上不动声色，心里也打开了鼓。北海化工产业园区几经规划，好不容易才争取下来。园区规划面积超过六十平方公里，计划投资近千亿元。盛海氯碱项目作为首批进驻的龙头项目，直接关系到产业园的开门红和总体布局。要是这个项目出了问题，产业园就会开局不利、元气大伤，直接影响到"海洋强市"战略实施乃至整个昌海的发展进度。不过话又说回来，当前各级高度重视生态环保，这么大规模的项目，要是论证不充分，方向上真有问题，仓促上马了，造成的损失更是无法估量……

江林看了一眼杨正清，正和他目光相对。他又看看马杰，马杰也看着他，似乎大家都在等他定夺。江林心里已有主意，觉得发展宁可慢些，也要稳妥，真要草率行事，留下隐患，自己岂不成了历史的罪人？想到这里，江林不再犹豫，明确表态道："不管哪种意见，大家的出发点都是为了北海高质量发展。既然氯碱项目还有争议，作为问题提出来了，就要认真研究，不能操之过急。下一步是不是再集中力量，深入做一下可行性研究……"

"现在工期很紧，能不能边调研边推进？"马杰急了，他知道江林原则性很强，认准了的事不会轻易改变主意，就提了个折中方案。

"好饭不怕晚，何必急于一时嘛！"江林态度坚决地说，"调研论证要吸收党派参加，请他们做好民主监督。这么大一个项目，只有充分听取各方面的意见，做到科学论证、科学决策，才能把好事办好。大家再下点功夫吧！"

散会后，杨正清赶上江林，满怀歉意道："江书记，会上大家提的意见是不是有些突兀？事先也没和您通个气……"

"协商会嘛，就要畅所欲言，难道还得写脚本、搞排练啊？"江林笑了，"不过你们也真能下狠手，上来就拿我的大项目开刀！"

"您心疼了吧？"杨正清开玩笑道，"要不我们以后就手下留情？"

"用不着，只要对了症，我就不怕痛！"江林指着远方一望无际的滩涂说，"你看，这么好的一张白纸，必须画出最美最靓的蓝图，可不敢胡乱涂抹啊！不管压力有多大，认准了就要坚持。"

"只求为人民负责,对历史负责!"杨正清想起了刁安连的话。

"讲得好,共产党人就要有这样的境界和底气!"江林微笑着点点头说,"功成不必在我,发展必须脚踏实地,决不能急功近利。你们不用有顾虑!"

"还有句话,功成必定有我。"杨正清接着说,"江书记,您放心,无论有啥困难,我们统一战线在围绕中心、服务大局上,一定不会缺席,更不会当逃兵!"

第八章 "拼命三郎"拼了命

1

民主协商会结束后,杨正清赶回办公室,陈公明已在接待室等着他了。

陈公明是个大高个,国字脸,皮肤白皙,高挺的鼻梁上架一副黑框方边眼镜,不苟言笑,神态严肃,总是若有所思的样子。杨正清在北海中学时,陈公明是他班上的学习委员,也是全校第一个考入中国政法大学的高才生。他为人正派,性格耿直,毕业后分配在北海县法院工作,因看不惯机关里的团团伙伙、拉拉扯扯,被视作另类。陈公明两耳不闻窗外事,除了工作就是学习,在单位里数他业务最棒。有一次院长让他办人情案,他据理力争,拍了桌子,当天递交辞呈,开始了律师职业生涯。他职业操守好,业务精湛,很快在业内异军突起。他创办的公明律师事务所,以公正廉明、收费合理、扶弱助贫为人称道,常年为弱势群体提供法律援助。他本人是老市政协委员、市律师协会副会长,今年又刚当选为市政协常委,还被推荐为省社会新阶层党外知识分子联谊会副会长。

"齐帅杀妻案"闹得沸沸扬扬,陈公明有所耳闻,感觉不过是个普通的刑事案子,并不难办。此案社会影响大,涉及机关干部,又是杨正清点名找的他,陈公明不敢怠慢,亲手接了这个案子。不想案子开局不顺,申请会见齐帅遇到了麻烦。尽管新刑事诉讼法强调了律师会见犯罪嫌疑人的权利,具体执行中个别环节仍掣肘不少,他几次申请都碰了钉子,最后颇费周折才见到齐帅。

齐帅是个小白脸，面容俊朗帅气，颇有几分韩剧"小鲜肉"的模样。在看守所关了这么长时间，他神色黯然，形槁心灰，一审被判死刑后，精气神一下子垮了，全无求生欲，甚至希望这一切尽快结束……

陈公明递上名片，做了自我介绍，和他讲了杨正清接访遇上他母亲，委托自己给他辩护的事。

"晚了……"齐帅无精打采地低着头，喃喃道，"你别叫俺娘跑了，这案子谁也翻不了……"

陈公明看他目光呆滞、万念俱灰，给他打气道："我干了十几年律师，疑难案子不知办了多少，真的假不了，假的真不了，你要相信法律是公正的！你跟我说实话，白茹萍到底是不是你杀的？"

"我说不是，谁信啊？公安局认准了就是我干的……"齐帅趴在桌子上，哽咽着说，"他们用大灯照我，三天两夜不让我睡觉，大冷天的逼我光腚坐水泥地上……我实在受不了啦，他们说什么就是什么吧……别费事了，你们律师还斗得过公安……"

陈公明一听公安部门有逼供行为，诧异之余，心里有数了，安慰他说："你甭怕，有理走遍天下！我这些年接的案子什么样的都有，每周我们所都在电视台以案释法，打赢了不少棘手的官司呢！你要相信我、配合我！"

"我记起来了，电视台采访过你，你们通过法律援助，给老百姓办了不少好事。有你当律师，我就不怕了！"齐帅直起腰，详细讲起事发前后的情况……

和白茹萍相识，是他噩梦的开始。他常年出海，一直顾不上个人问题，直到在"月亮船"与白茹萍邂逅，才心有所属。那天白茹萍心情不好，独自一人喝多了，他陪她说话，送她回家，两个人就这么相识了。白茹萍年轻漂亮，比他小六岁，又在市委机关工作，条件这么好，他本没抱太大希望，不料白茹萍对他颇有好感，有意与他交往。他喜出望外，穷追不舍，终于抱得美人归，两个人相识不到仨月就结了婚。婚后两个人聊起来，白茹萍说之所以喜欢他，是因为他长得帅气，海员收入又高，家里只有母亲一人，负担也不重。他并不知道，当时白茹萍正情场失意，身心疲惫，漂泊累了，内心渴望遇到一个真心喜欢自己的人，找到一个温暖的归宿……两个人交往时间过短，彼此了解不深，婚后很快暴露出了许多问题。白茹萍爱慕虚荣，喜欢交际，很少顾家。齐帅出海时，起初把母亲接来和她做伴，母亲看不惯她的做派，没几天就被气回了老家。凑合着过了一年多，两个人聚少离多，感情越来越淡。用白茹萍的话说，她已习惯了他不在家的日子，他回来她反而觉得不适应了……

齐帅闭上眼睛，双手捂面，仿佛不堪忍受揭开记忆疮疤的痛苦。陈公明没打扰他，默默等他调整情绪。过了好一会儿，齐帅咬咬嘴唇，嗓子里咕噜响了一声，睁开眼睛，继续讲下去。

那天他刚从南美回来，长达四五个月的海外漂泊，让他归心似箭。下午他冒着大雾，从青岛赶回家，晚饭时专门做了几个白茹萍爱吃的菜，想和她好好谈谈。两个人的婚姻虽已亮起黄灯，几次吵架都提到了离婚，但他这次出海期间冷静地想了许多，自己常年在外，白茹萍一人在家也不容易，只要还能将就下去，他愿意做出改变，甚至考虑辞职回昌海发展。这一趟他捎了不少礼物，倾情表白也让她颇为感动，两个人边喝边聊，气氛还算融洽。小别胜新婚，本以为那会是个温馨之夜，不料一张小小的化验单，突然把他们推向了万劫不复之地……饭后白茹萍在卫生间洗漱，包里的手机响了。他帮她掏手机时带出了一张化验单。他好奇地看了一眼，竟是白茹萍怀孕八周的化验报告！尽管他对她出轨有心理准备，但真正面对时还是难以接受！两个人爆发了激烈的争吵，态势变得不可收拾。他本想只要她肯认错，悄悄打了胎也就罢了，没想到她竟毫无悔意，甚至声称要把孩子生下来，还刻薄地说：结婚这么长时间，也没要上孩子，谁知道你行不行！这个孩子是我的，我一定要生下来！这话深深地戳到了他的痛处。他勃然大怒，使劲推了她一把。白茹萍的腹部撞在橱角上，把她撞疼了，她发疯般扑上来，连打带挠，把他的脸抓破了。他出海这么久，漂泊在大洋上，整天盼着回家，没想到回来情景却如此不堪！他心灰意冷，拉起行李箱甩门而去。哪想到他这一去，两个人从此阴阳两隔，临了自己还要赔上性命，当个屈死鬼……

"你离开家是什么时间？在哪儿过的夜？这很重要。"陈公明追问道。齐帅抬起头，继续讲下去……

那天出了门，夜里雾更大了，什么也看不清。这种天气里根本打不着车，他从小区东便门出来，沿路往西走了一会儿，约八点钟左右，在一家洁宜快捷酒店住下了，一整个晚上没出来。第二天上午，他打车回老家住了两天，还和母亲商量过与白茹萍离婚的事，直到被抓。初审时知道白茹萍遇害，他大惊失色，目瞪口呆。警察逼问他作案细节，他自然答不上来，连她怎么死的他都不清楚……在警察的"循循善诱"下，他才得知白茹萍是被凶手用抱枕捂头窒息昏迷，又被用电话线勒了脖子。警察一开始就认定他是凶手，反复追问他家中小保险柜的下落。他是最后见到她的人，白茹萍指甲里还有他的皮屑，证据确凿，让人百口莫辩。警察审讯他时，不分昼夜地用强光灯照着他不让睡觉，弄得他精神恍惚，恨不得痛痛快快都交代出来算了，可自己没做过的事，编也编不出来。警察见他真的不知所云，开始诱供。那个姓崔的刑警队队长亲自审讯，说他这个事顶多算是夫妻吵架酒后误伤人命，罪不至死。要是认罪态度不好，顽抗到底，那就不好说了，零口供照样判死刑。威逼利诱之下，他精神崩溃了，最后一晚审讯时不管问啥都应下了，让咋说就咋说。警察暗示他是不是把小保险柜放在行李箱里，半路上扔了。他两天两夜没睡觉，脑子早就不清醒了，随口说扔进响水河里了，后来他们去捞过，自然一无所获……

陈公明听了大为震惊，真如齐帅所说，这个案子性质就很恶劣了。尽管法治建设中司法领域还有这样那样的问题，但没想到这种逼供诱供的行为还在大行其道，肆意践踏法律的尊严！现在看来，此案疑点甚大，极有可能就是一起冤假错案，自己作为辩护律师，有责任拨乱反正，找出隐藏在案件背后的事情的真相。他安慰齐帅说："我愿意相信你说的是真的，不过还要靠证据说话。咱们一块努力洗清你的不白之冤，找出真凶，你一定要有信心！"

从看守所出来，陈公明去洁宜酒店了解情况。酒店规模比较小，不是很规范。他本想调取案发当日的视频，经理说公安局来要过，因当晚电脑出了故障，没有存下来。他询问当晚谁值的班，经理说当值服务员叫王晓霞，年前辞职去南方打工了，手机也停机了，联系不上。

案卷材料并不复杂，除了齐帅的供词和DNA鉴定，还有餐桌上的酒菜、打开的煤气阀门、燃剩的蜡烛及凌乱的卧室的现场照片等，事实清楚，证据确凿，形成了完整的证据链。陈公明仔细查阅后，反复推敲，发现有出入的是：法医鉴定白茹萍的死亡时间为晚上九点半以后，而据齐帅所讲，他八点就在酒店住下了……事发当日酒店的电脑坏了，没有监控，再加上当晚大雾，能见度极低，沿途的监控模糊不清，没有提取到任何有价值的视频资料；另一处疑点就是白茹萍家里丢失的保险柜一直没有下落。齐帅的供词是：他意图制造抢劫假象，把保险柜装进行李箱拉走了，路上丢进了响水河，但警方没有找到。像这种情况，《刑事诉讼法》规定，对一切案件的判处都要重证据，重调查研究，不轻信口供。只有被告人供述而无其他证据支持的，不能认定被告人有罪和处以刑罚。在没有找到保险柜的情况下，不应轻率地认定此案系齐帅所为……

陈公明向杨正清详细汇报了上述情况，肯定地说："我看这个案子经不起推敲，十有八九是个错案。"

"现在看来确实有问题！"杨正清听了也觉得不可思议，惊讶地说，"年前市委机关大院发生这种恶性案子，公安部门急于破案，可能急了些。不管怎样，人命关天，也不能马虎草率啊！"

"个别地方片面追求破案率，很容易发生冤假错案。齐帅这个案子，弄不好又是一个反面案例！"陈公明语气沉重地说。

"这些年，我们一直提法治昌海建设，可不能光喊喊口号，放放空炮！"杨正清神情凝重地说，"又够你忙活的了！你想从哪里入手？"

"我觉得齐帅几点钟在酒店住下的，这个时间点很关键！只要能证明齐帅八点在酒店住下了，他就根本不可能九点半在家里杀人！"陈公明胸有成竹地说，"那个叫王晓霞的服务员是关键证人，要想办法尽快找到她。"

"齐帅供认把保险柜丢到了河里，公安部门没有找到物证，这也是个漏洞！"杨正清提醒道。

"是啊，保险柜去向不明，证据缺失，这也是此案的一处硬伤！"

杨正清叮嘱他道："那你就抓抓紧，救人如救火！有什么需要协调的，随时来找我！"

2

下班回家，杨正清刚进楼道就闻到一股熟悉的糖醋鱼的味道。开了门，他果然看到潘玉梅腰系围裙，正端着鱼盘往餐桌上放。

"今天啥日子啊，夫人又做拿手好菜喽！"杨正清一边换鞋，一边打招呼。

"还不是给杨大人接风哟！"潘玉梅瞅瞅他，用围裙擦着手说，"你自个儿照照镜子，才出去几天就晒黑啦！"

潘玉梅和杨正清同岁，比他还大俩月，当年是北海县赫赫有名的盐厂"铁姑娘队"队长，多次荣获县劳模、市"三八红旗手"称号。有一次县委开表彰会，杨正清负责她的事迹材料，访谈中二人很有共同语言，一来二去，就交往上了。多年来，杨正清对潘玉梅总有些愧疚感。以前家里穷，结婚因陋就简，单身宿舍当婚房，同事送的脸盆架和镜子算是新添的家具，手电筒成了唯一的家用电器……潘玉梅不讲究这些，家里也没提任何要求，两个铺盖卷搬到一块，就算成家了。那时候厂里生产任务紧，潘玉梅在盐厂领着生产班组连轴转，结婚时只休息了一天，生孩子时没出满月就上了班，结果落下一身病，遇上阴雨天，全身痛得厉害。杨正清当县长时，盐厂效益下滑，有时连工资都发不出来。不少职工跳槽，潘玉梅也动了心思。杨正清没给她调单位，甚至县海渔局主动提出要把潘玉梅调到局里，还让他挡下了。这些年来，潘玉梅很少向他提要求，也没托他办过事，让他很省心。杨正清调到东城后，潘玉梅从盐厂办了内退手续，跟着进了城。儿子上大学后，她在家闲得难受，报名参加了街道社工组织，跟一帮老头老太太混在一起，不是跳广场舞，就是维持交通秩序，检查社区卫生，忙得成天不着家。

两个人边吃边聊。潘玉梅说："昨天晚上玉海来家里了。他们几个朋友要集资办厂，想从银行贷款呢！"

潘玉海是潘玉梅的弟弟，小她八岁，因三代单传，打小被父母和三个姐姐宠坏了，好吃懒做，不求上进，高中没读完就辍学了，找了家粮店打工，也不正经干，整天混日子。粮店实行绩效工资，职工都有营销任务，月底一算账，他那工资连扣带罚，不但领不着，还倒贴店里两块八毛钱！他干脆离了岗自己干，几经折腾，竟也混得有模有样，成立了个飞海化工经贸有限公司，当起了小老板。

杨正清对这个内弟没啥好感，看不惯他那穷人乍富的做派。公司流动资金周转不畅，他经常东挪西借填窟窿，却接连换了好几辆车，一辆比一辆高档，整天开着招摇过市，胡吃海喝，为这些事杨正清没少说他。潘玉海对这个姐夫也是敬而远之，本指望多少沾点光，哪知他是个老正经、死脑筋，啥业务不给揽不说，还不让插手辖区内的项目，不许打他的名义疏通关系，把自己撇得干干净净，为此潘玉海颇有怨言。其实，有事他宁愿求别人也不找杨正清，因为找别人能办成的事，找了他很可能就黄了。不过这次事情实在大了点、急了些，他才硬着头皮来姐姐家，见姐夫不在，便跟姐姐说了。"海洋强市"战略实施以来，北海到处是商机，到处都在投资兴业。潘玉海有个朋友在北海开纯碱厂，找他商量说，现在盛海氯碱项目要上马了，自己打算筹资办个溴素厂给盛海供货，这是稳赚不赔的买卖。在朋友的游说下，潘玉海头脑发热，集资入了伙。经过一段时间筹备，现在办厂还有近千万资金缺口，银行贷款一直没批。潘玉海知道建行刘行长是姐夫的同学，想找他打个招呼，把贷款批下来。

杨正清听潘玉梅讲完，笑道："这鱼不白吃啊，还安排了个活！"

"又不是别人，自家兄弟，能拉就拉上把呗，难得小海用你一回！"潘玉梅说着给他夹了块鱼肉，"来，尝尝怎么样，这次用的老陈醋！"

"小海净胡来，和他说别跟着瞎掺和！"杨正清没动筷子，板起脸来说，"改天叫他来，我给他讲讲形势。我们这次去北海，就是研讨如何摆脱对化工产业的过度依赖，实现转型发展的问题。以后北海化工类项目只能关停不能新建，那些小化工'兔子尾巴长不了'！"

"你不给办就算了，还给人讲一堆大道理！"潘玉梅知道杨正清的脾气，也没多说，悻悻地低头扒饭。

3

万东方一早去找马杰，魏高全提醒道："钱部长在里面呢，市长心情不大好，您可悠着点！"

万东方笑笑说："那正好，我哄哄他呗！"

马杰看了江林批转的暑期学习研讨班汇报，大光其火，打电话叫来钱洪军。研讨班结束后，市委统战部印发了《昌海市各民主党派、工商联关于发挥优势助推"海洋强市"战略实施的意见》，将研讨情况向市委提交了报告，建议重视解决群众反映强烈的污染问题，慎重上马氯碱项目，加大北海产业转型升级力度。江林批示将报告印发各市委常委，由政府组织力量就北海污染问题做专题调研，同时进一步论证氯碱项目规划，结果向社会公示。

钱洪军详细介绍了办班经过，还拿来一份发言纪要。马杰黑着脸翻了翻，没好气地说："杨正清想干什么？怎么老跟我唱对台戏？氯碱项目争取下来，这是全市的一件大事、喜事，统战部非得横插一杠子，又是协商又是调研，鸡蛋里挑骨头，明摆着找事嘛！"

钱洪军赔笑道："马市长，您别生气，我看他就是吃饱了撑的，没事找事，整天吆喝着围绕中心、服务大局，硬往中心上靠。人家是帮忙不添乱，他是唯恐天下不乱！"

正说着，万东方进来了，笑嘻嘻地说："马市长，好些天不见，又忙着日理万机啊？"

"你看看！"马杰抓起报告丢到茶几上，没好气地说，"树欲静而风不止，我倒想歇歇，人家统战部又出新题目了，就怕我闲着！"

万东方浏览了一下报告，不屑地说："这个杨正清，简直是根搅屎棍！成事不足，败事有余！"

魏高全泡上茶，递给万东方说："党派能搞调研论证，咱政府不比他们更有条件搞？让发改、环保等部门找些人成立调研组，把程序走完，论证结果一公示，项目就无可争议了。"

马杰点点头："我也是这么想的，听拉拉蛄叫，还不种庄稼了？"

万东方恭维道："您是强将手下无弱兵，小魏主任这水平，都能干秘书长啦！"

"嗯，历练历练，是把好手。"马杰不无欣赏地看了魏高全一眼，又问万东方，"你是无利不起早，又有什么事吧？"

"还真是无事不登三宝殿！"万东方点头哈腰地赔笑道，"没别的，还是莱茵小镇的事呗！听说上周就调研完了，该有结果了吧，我这边等着下手呢！"

马杰说："小魏还在起草调研报告。这次调研还真费了事，除让规划、建设、文化、档案、史志等部门参加外，还挑了一部分党外人士和居民代表座谈，都赞成小镇改造。等给市委打了报告，批下来再动工呗！"

"太好了，我还担心节外生枝呢！前期光设计费就投了几百万了，真怕打了水漂！"万东方挠了挠脸，喜形于色。

钱洪军说："有马市长运筹帷幄，万董还担心啥？那几个参加座谈的党外人士，都是我精心挑选的，确保跟政府保持一致嘛！"

万东方感激地冲他作了个揖："那是，那是，钱部长也费心了，晚上我请客，好好庆祝一下！"他又问马杰，"那我准备进机械吧？只等您一声令下，我们马上就下手，要不年底拆不完啊！"

马杰说："你少安毋躁，可别弄巧成拙了，还是等小魏把报告起草完，市委批了再动工。"

万东方忙不迭地应着，对魏高全说："小魏主任一定要妙笔生花，多多美言。你在办公室写稿子不安静，就去东方大厦，那边随时给你留着房间，回头我给你备套房卡和健身卡，钱部长也有啊！"

"我又帮不上什么忙，无功不受禄啊！"钱洪军笑道，"不过，下半年统战口搞扶贫工程，万董要是感兴趣，到时我给你介绍一下！"

"那敢情好，等晚上多敬你几杯！"万东方说完，极力邀请马杰道，"马市长，我和连成在湿地搞的农家乐差不多了，下个月就开业，完全按照您说的酒店要走大众路线的指示办的！您下午有空去指导一下吧，晚上试吃，一块消遣消遣！"

"好吧！这阵子叫统战部闹得头疼，放松放松也好。"马杰揉了揉太阳穴，答应了。

响水河湿地公园位于东城区西南地段，围河圈出约六十公顷心形水面，冠名怡心湖。湖边亭台楼榭，垂柳婆娑，湖面建有大型音乐喷泉，造型瑰丽奇特，湖景十分优美。离岸数百米有几个湖心岛，都做了商业开发，大多主营游艺项目和餐馆，游客坐船上下岛。

马连成早在码头上候着了，接了马杰、钱洪军后，他们乘画舫缓缓而行，一路观赏湖景，十多分钟后在离岸最远、尤为僻静的一座小岛码头靠岸。万东方正陪刘志海在岸边石桌上喝茶，见船来了，弹簧般跳起来，上前接过缆绳，拴在木桩上，又作势扶马杰上岸。

马杰头一次来，感觉很新鲜。码头全用原木建成，原生态仿古风格。木桩树皮都没剥，横切面年轮清晰可见。牌坊上挂着一串中式仿古方形羊皮灯，随风轻轻晃动，门楣横挂一块木匾，上刻三个墨绿色舒体大字——快活岛。

马杰四处张望着说："叫快活岛，感觉像水浒里的快活林似的！"

钱洪军笑道："对，就是要这个感觉，大块吃肉、大碗喝酒，快活人生、及时行乐嘛！"

万东方说："这摊子忙活了小半年，可别说，连成科长还真有眼光，选了这块风水宝地。湖里饭店数咱们的有特色！"

马连成得意扬扬地指着菜畦子和棚圈介绍说:"最大的特色就是绿色有机,吃玩结合。食材自给自足,岛上种了有机菜,养着鸡鸭羊兔,从湖里捞鱼捉虾,现吃现杀,新鲜着呢!除了餐厅、棋牌室、茶室,还有钓鱼和射箭项目,游客上岛可以钓鱼,也能射箭,捕获啥就让厨房做啥,连玩带吃奇过瘾!"

"啧啧,比我搞的度假村好玩多了,大众化、接地气,开业后生意一定火得不得了!"万东方高兴地说。

马连成笑道:"还不是多亏了万董帮衬着!您是大股东,我就是个伙计!"

"我出资凑个热闹,经营上全靠你!"万东方伸出大拇指赞道,"我看马科做生意有两下子,商业奇才啊!"

钱洪军说:"连成毕竟是我们统战部的经济科科长,当然有经济头脑啦!"

"哪里哪里,我不过是跟万董学点本事。"马连成谦虚道。

年初,他托刘志海协调租的小岛,租金很便宜,每年三十万元。马连成在机关待够了,一心想当老板挣大钱。虽然统战部开展作风整顿后他不得不回去上班,可人回去了,心还在外头,整天琢磨着干啥挣钱。他发现如今大酒店顾客明显少了,那些特色农家乐、私人会所却颇受欢迎,有的甚至要提前一两周预订。怡心湖这里风景优美,岛上安全僻静,正是个集旅游、休闲、特色餐饮娱乐的好去处,在这儿搞农家乐肯定行。他在机关待了这些年,别的没啥收获,就是攒了不少人脉,光靠政界商圈的伙计们捧捧场就够忙的了。他和万东方说了想法,两个人一拍即合,投资上万东方拿大头,马连成出小头,老婆和舅子一家过来打理,所有服务人员都是从老家带的,十分可靠。

进了射箭场,马连成笑道:"领导们都露一手吧,射啥吃啥,试试手气!"

射箭场不大,里面长满了灌木,还堆了几座土丘。里面散养着鸡鸭鹅兔,马连成特意让人放进了两只小山羊。射箭场边上有一座简易亭子,茅顶木柱,柱子上挂着弓箭。在美女教练的指导下,马杰戴上护腕护指,张弓搭箭,对准较近处的一只小公鸡连发数箭,都射偏了。鸡受了惊,扑棱着翅膀跑远了。马连成和服务员耳语了几句,服务员飞奔到围墙一侧,用弹弓射了几发橡皮弹丸,把远处灌木丛边的两只小羊赶了过来。马杰等山羊靠近,瞄准一只稍近些的,弯弓搭箭,一箭射去,正中小羊腹部。小羊哀叫了一声,趔趔趄趄走几步,摔倒了。众人一齐鼓掌叫好。

马杰有些累了，放下弓，摘去护腕，跟万东方说："看来要有收获，还得奔着大头来，目标取向很重要啊！"

"那是那是！抓大放小嘛！"万东方满脸堆笑道，"以后我就跟马市长学，您怎么指挥我怎么落实，理解的要落实，不理解的也要在落实中加深理解！"

马杰听了忍俊不禁道："你这个老万，怎么越来越油嘴滑舌啦！"

刘志海和钱洪军乱箭之下，射中了两只鸡、一只兔子。钱洪军放下弓，揉着手腕笑着说："看来不管箭法多差，射多了总会中的！万董你射个试试呗！"

"鸡兔羊有了，我再射只鸭子吧！"万东方是神箭俱乐部的常客，精于此道。他随手拿起弓箭，也不戴护具，抬手搭箭开弓，嗖的一声射出去，远处一只正蹒跚踱步的鸭子应声而倒，众人齐声叫好。

"嗨，这项目还真不错！"钱洪军递给万东方一块湿巾，笑道，"市里要搞南部山区扶贫开发，发展乡村旅游肯定受欢迎。"

万东方想起上午钱洪军说统战口有扶贫项目，忙问怎么回事。钱洪军介绍道："统战部要组织民营企业去营山镇搞'光彩项目'，杨正清和高天华谈过，天华集团投资两千万元呢，你们集团是不是也投个项目？"

"我以为啥大生意呢，原来是'光彩事业'项目，没油水，折本搭吆喝！"万东方撇了撇嘴，不屑一顾地说，"人家高天华财大气粗，抗震救灾出手就是一个亿，咱可比不了人家！"

钱洪军解释道："你外行了吧？'光彩事业'不是慈善捐助，企业到贫困地区投资，义利兼顾，以义为先，既赚钱又光彩……"

"能赚大钱就行，管他光彩不光彩的！"万东方笑嘻嘻地说。

马杰嫌他说话粗鄙，斥责道："你这是什么话？企业家要讲政治，别铁公鸡似的一毛不拔！该捐献时要捐，该露脸时不能缺席！"

"是，是！"万东方赶紧点头赔笑道，"参加活动我不差钱，只是觉得闷声发大财就好，没必要抛头露面……"

"站得高才能望得远，人家高天华是全国政协委员，有了这个平台，层次一下子就上去了，企业才越做越大。你也想当全国政协委员，不做点社会贡献，怎么能行？"钱洪军劝道。

听说是争取全国政协委员，万东方忙赔笑道："领导点拨得对！等我把小镇打理好了，就腾出手来多做公益，到时再向领导们请教！"

4

"百年基业，传世宅第。上风上水，十全十美。入住莱茵小镇，体验完美人生！尊贵不凡的欧式宫廷风格，独一无二的法国皇家园林景观。鎏金湖三千平方米超大水面，多方位领略湖岸景色；聚宝山大视距观景台，城区盛景一览无余。五十幢别墅单栋面宽设计，七千平方米五星级会所设施齐全。全国一级资质金贵物业携手全球知名物管专家，为您量身定制国际水准一流管家贴心服务……"

杨正清翻看着莱茵小镇的宣传折页，对东方集团的大手笔不由心生赞叹。这些年正是房地产发展最快的时期，东城坚持服务业强区，大力发展金融、物流、商贸等产业，旧区改造如火如荼，许多新兴小区雨后春笋般拔地而起。平心而论，老矿区作为南部市区的"贫民窟"，是城市建设的一块疮疤。当时为了发展"求资若渴"，谁来投资开发还求之不得呢！他来统战部后，听了郑峰的一再呼吁，才对小镇那些德、日老建筑群有了新认识，这或许就是"屁股决定脑袋"吧？其实他心里也颇为纠结，要是小镇不能拆除开发，那就意味着数十亿的项目泡了汤，自己曾全力推动的矿区改造工程，会被扼杀在摇篮中，这让区里的干部群众怎么看呢……

好在，市委刚批转的政府调研报告让他打消了顾虑。该报告以翔实的数据史料、缜密的调查方式和逻辑思维，说明莱茵小镇老建筑群早已废弃多年，大多成了危房，不仅没啥保留价值，还成了阻碍矿区开发的瓶颈。前些年省文化部门来调研过，连省级文保单位都没定上。附近居民对小镇内杂草丛生、藏污纳垢等问题意见很大，强烈呼吁早日改造开发。东方集团投资建设高端商务区项目因地制宜、变废为宝，对于改造环境和提升城市品质很有帮助，对带动周边发展也必将起到强有力的引擎作用……

杨正清觉得报告有理有据，让人信服。展开小镇改造效果图，只见蓝天白云绿湖，青砖红顶白栏，数十座西式别墅倚山傍湖、错落有致，近百家店铺星罗棋布、配套完善，真是上风上水、居家宝地。项目一旦落成，这个百年小镇也算是破茧成蝶、涅槃重生了。

正想着，刘元过来说郑峰来了，还是为莱茵小镇保护的事。他请示道：

"我没说您在家，要是不方便，就打发他走吧？"

"嗯？"杨正清眉头一皱，不满地说，"党外干部来统战部就是回娘家，哪能不见？以后凡是来找我的，随到随请，不能挡驾！"

刘元红了脸，心想还真得换换思路了……他赶紧去接待室，领郑峰过来。

郑峰一进门，抢前一步，双手紧握杨正清的手，急切地说："杨部长，你知道市政府调研结果了吗？那些百年老建筑拆不得啊！"

杨正清注意到，虽然离上次见面时隔不久，但郑峰更瘦了，背微驼，白色半袖衬衫空荡荡地垂着下摆，前胸后背都让汗水打湿了，两鬓白发明显多了，胡子也没刮，嘴唇干裂爆皮，上了大火。杨正清端起茶杯递给他说："看你热的，先坐下喝口水吧！怎么瘦了这么多，别光忙工作，还要注意身体啊！"

"多谢部长关心，没事，我这人怵夏，天热掉膘。没打招呼就来找您，打扰您工作了吧？"

"哪能，接待你就是我的工作。"杨正清递给他报告说，"市政府调研有了结论，你知道了吧？我刚看完报告，正好咱们交换一下看法。"

"知道了。我就是听说有了结论，才找文化局要。局里说不能复印，我就记了记要点。"郑峰放下报告，拉开一个边角开线的旧文件包，掏出笔记本。

"又不是密级文件，怎么不能复印？这次调研本来就是落实你的建议，结果本应向你反馈嘛！"杨正清感到奇怪，安排刘元说，"你给郑所长复印一份，以后党外人士的提案、建议办理情况，第一时间向建议人反馈！"刘元应着，拿起报告出去了。

"这次调研根本不像话，纯是走过场糊弄人！"郑峰涨红了脸，一激动呛着了，咳嗽起来。杨正清让他喝口水，慢慢说。

郑峰愤愤不平地说，这次调研就是认认真真走过场。他们先入为主，命题作文，找的那帮子人，就是冲着证明小镇无价值亟待开发去的！所谓省里的专家也不靠谱，一个研究甲骨文，一个负责群众文化，对古建筑既不了解，也不感兴趣。参加座谈的群众代表，与拆迁都有利益关系，都统一了口径，一边倒地支持拆迁改造。而他作为保护小镇的首倡者，又是文化研究馆员，却不让他参加座谈，摆明了就是怕他多说话，坏了人家的好事。

听了郑峰的话，杨正清的心情一下子晴转多云。他刚才还为东城即将迎来一个地标性的高端项目而高兴,没想到这次调研论证竟如此不负责任!本来调研邀请部分党外代表人士参加,他还觉得考虑挺全面,让钱洪军推荐几名认真负责、有专业造诣的党外人士参加,没想到还是打了马虎眼。

他想了想,有了主意:"看来调研不太客观,让市政府组织力量论证自己的决策,难免带有倾向性。我看还是旁观者清,应该从外面请更高层次、更权威的专家来问诊把脉。"

"从哪里请高层次专家?"

"我协调吧,省里不好找就从全国请。你也做好思想准备,别意气用事。要是经过论证小镇保护价值的确不大,也要实事求是……"

"不是有无价值的问题,而是价值难以估量!要是我们现在不珍惜,拆了后悔也晚了!"郑峰越说越激动,忽地站起来,"杨部长,我知道文保不属于统战部管,不难为你了,我上省里反映去!"

杨正清招呼他坐下,劝道:"你还是个急性子啊!统战部不管文保也要支持党外人士建言献策嘛。我有个想法:近期全国知名党外院士来我省调研考察,其中不乏文化、城建方面的专家学者。我想请省委统战部协调一下,邀请院士来昌海考察,顺便请他们鉴定一下小镇建筑群的价值……"

"太好了,这是国家级水平,肯定有说服力。只要院士出了鉴定意见,说咋办就咋办,我绝无二话!不过也得抓紧啦,昨天小镇开始进机械了,回头我还得盯着去,别让他们偷着拱了!"郑峰说着拎包要走,又回头问道,"部长,我还有个请求,院士论证会能不能让我旁听?"

杨正清笑道:"放心吧,落不下你,不是旁听,是邀请你正式参加,还要在会上展示你的研究成果呢,你提前准备准备!"

"太好了,我回去就办!"郑峰像个孩子似的,开心地笑了。

送至门口,杨正清拍他的后背时,感觉他的脊背瘦削得硌手,心疼地叮嘱道:"你真是瘦多了,要劳逸结合,千万别累着了!"

望着郑峰微驼的背影在走廊里渐行渐远,杨正清心里感到暖暖的。郑峰虽然是一名党外干部,素质却丝毫不比党员差!他为人正直、勤奋敬业,对文物事业高度负责,坚持实事求是,勇于抵制错误,不会屈从奉迎,品德难能可贵。对这样的优秀党外干部,统战部门必须为他们撑腰鼓劲,支持他们大胆地开展工作,决不能让他们冷了心、懈了气。看来,争取邀请院士专家们来昌海，这步棋势在必行了。

想到这里，杨正清拿起电话，给省委统战部黄卫平部长打了过去。

5

部务会专题研究"院士行"活动筹备工作。前几天杨正清向市委做了汇报，江林非常支持，让统战部牵头筹备，有关部门配合，他全程参加活动。

这次全国党外知名院士调研活动是中央统战部举办的，主要任务是调研考察海洋发展战略实施情况。考察团领队钟青院士是刁安连大学时的导师，刁安连给他打电话请教盛海氯碱项目问题时，知道他近期要来省里调研。杨正清得知消息后，积极协调，争取省里把昌海作为调研点，才促成了这次活动。

钱洪军汇报完活动方案，杨正清很不满意。十几个参观点横跨北海新区、旧城，包含六大园区十大产业，虽然全面，但每处参观时间不长，都是蜻蜓点水、走马观花，时间都耗在路上了。

"我看调研座谈要遵循三多三少原则：多看项目，少看规划；多讲问题，少谈成绩；多听专家讲，少做解释，以避免先入为主，影响专家的判断。"杨正清翻了翻方案，继续讲道，"比如，参观点安排了盛海化工集团总部，却没安排氯碱项目现场；沙滩、湿地两个参观点不用停车，路过时解说一下就可以了，省下时间多看项目。"

钱洪军解释道："这些都是上半年全市科学发展综合考核时的观摩点，现场比较好看，也有现成的解说……"

"这次'院士行'可不同于一般的考察接待，来的都是高端智库，请他们为昌海发展把脉开方，就要看全面些，千万不能讳疾忌医，问题藏着掖着。"杨正清态度坚决地说，"参观现场还要有莱茵小镇，方案再完善一下吧！"

散了会，杨正清刚进办公室，见桌上的电话正在执拗地响着。他接起来，听筒里传来急促的喊话声："喂，喂！杨部长吗？我是郑峰，东城区文化局的郑峰！"

"哦，郑所长啊！是我，有事吗？"

"杨部长，他们动手拆了！我就在老火车站，怎么讲他们也不听！"

杨正清大吃一惊："啊？我跟志海打过招呼了，先缓缓，等'院士行'论证完了再说，怎么现在就下手了？你别急，我马上协调，你先拦住他们！"

刘志海手机打不通，杨正清又打给万东方，也打不通。问过副书记张乐，他才知道刘志海带企业家去南方考察了，按行程今天回来，这个时间应该都在飞机上，难怪联系不上。杨正清跟张乐简要说了一下，叫他马上协调，立即停止强拆。张乐也很意外，说也不知情，马上就协调，坚决照办。

杨正清刚放下手机，电话铃又急促地响起来。他拿起话筒"喂"了一声，没人应答，只听里面人声嘈杂，吵得厉害，有人吆喝了一句"你给天王老子打电话也没用……"接着啪的一声，听筒里没声音了。来电显示正是郑峰的号码，杨正清回拨过去，打了几遍都无法接通。他不放心，叫上刘元和徐风，立即驱车往莱茵小镇赶。路上刘元联系了东城区委统战部，部长周国森不在家，副部长李文刚说马上过去。

莱茵小镇老火车站乱了套，站房前停着几辆推土机和挖掘机，围了一些民工和看热闹的群众。站房西墙已被推土机拱倒，尘土飞扬，一片狼藉，砖石瓦砾中露出一段锈迹斑斑的铁轨，像是被压住了尾巴根的蛇。一辆挖掘机停在站房正前方，挖斗耀武扬威地高举着，张着大口，龇着两排粗壮的钢牙铁齿。

郑峰张开双臂挡在站房前，怒发冲冠，双目圆睁，衬衫被撕掉了两个扣子，胸襟凌乱地敞开着。他身边站了一个斜背电脑、留小平头的男青年，手里拿着摔成几片的手机，正试图拼装起来。

"我再说一遍，你们这是犯罪！"郑峰声嘶力竭地怒吼着，"根据《中华人民共和国文物保护法》第三百二十四条规定，故意损毁省级保护文物的，处以三年以下有期徒刑……"

一个光头赤膊的工头满嘴酒气，双手叉腰站在他面前，哂笑道："老板叫拆咱就拆，你算哪根葱啊？快滚一边去，别耽误爷们干活！"

"我是区文化局文管所的郑峰，专门负责文物保护！"郑峰身材瘦弱，声音嘶哑，气势上却丝毫不输，"市里安排了，任何人都不准动！我警告你，真要拆了你们可负不起这个责任！"

围观的群众中有人认识郑峰，喊道："他就是文管所的'拼命三郎郑疯子'，谁敢动文物他会拼命的！"

"光头"不耐烦地叫道："我还真就不信这个邪了，管你'正'疯子'邪'疯子，今儿老子非拆不可！"

说着，"光头"跳上挖掘机，打起火来，一轰油门，挖掘机喷着黑烟吼叫着，履带隆隆转动，卷得尘土飞扬。

郑峰张开两臂挡在墙前，双腿叉开，站着纹丝不动。

"再不滚开，信不信老子把你一块拱了？""光头"吼着，猛一脚油门，稍松离合，挖掘机喘着粗气往前逼近，他又一拉操纵杆，挖斗下翻，铁手囊中探物般直压下来。"小平头"想拉郑峰闪开，他倔强地站着不动。挖斗猛地探过来，在一片惊叫声中，直落到郑峰头顶才骤然停住。挖斗悬在他头上，齿尖蹭破了他的额头，鲜血瞬间涌出来，顺着他的脸流到脖子里，他的衬衣领子都染红了。

郑峰依旧岿然不动，任凭血流满面。"小平头"大叫着："快住手！伤着人了！"他手忙脚乱地从电脑包里掏出纸巾，捂在郑峰额头上。

"光头"一看郑峰竟然不躲，还真是个不要命的硬茬，恼羞成怒，跳下车，吆喝几个民工上前拉扯，要把他俩拖到一边去。

"住手！"众人推搡间，忽听一声怒喝，杨正清几把分开人群，大步走到挖掘机前，指着"光头"大声训斥道："你们搞强拆，还敢伤人，真是无法无天了！谁让你们这么胡来的？"

"哎呀，羊群里跳出头驴来，这年月还有管闲事的！""光头"双手叉腰，歪头乜眼瞅着杨正清，见他衣着打扮像老师，又没镇上的人陪着，料也没啥来头，便没放在眼里，"今儿爷们还就胡来了！识相的趁早滚远点，要不连你一块陪葬！"说着，他又要上挖掘机。

杨正清气得脸色发青："你是哪个单位的？找你们负责人来！"

刘元上前一步，指着"光头"斥责道："你这是什么态度，你知道他是谁吗？这是市里的常委……"

"哎呀，乖乖，吓死俺啦！""光头"嬉皮笑脸地打断他，"怎么，还是个常委？人大常委还是政协常委啊？不会是政治局常委吧？"

"老黄，别乱来！"李文刚满脸是汗地挤了进来。他接到刘元的电话后，立即报告了区委办，又赶紧打车往这边赶。

李文刚认识"光头"，吆喝他关了机械，又满脸歉意地对杨正清说："杨部长，不好意思，我来晚了，他们不认识您，别和他们一般见识！"

正说着，一辆警车鸣了几声笛，带着一辆轿车跑过来了。区委副书记张乐正在公安部门调研，接到电话后连忙赶了过来，一看闹到这个地步，忙不迭地给杨正清赔不是。"光头"见这阵仗怂了，方知眼前这人来头不小。趁他们说话间，他慢慢往后退了两步，转身想溜。李文刚见势一把揪住他："老黄，别跑！闯了祸还想拍屁股走人？"

杨正清上前仔细查看郑峰的伤势，见他额头上划开了一个大口子，皮肉往两边翻着，血流如注，上面厚厚的一沓纸巾很快就湿透了。他失血过多，有些头晕，站立不稳。徐风和"小平头"扶他坐下，杨正清拿出一沓干净的纸巾，给他捂住伤口，焦急地说："快上医院吧，口子这么深，肯定要缝针，做个CT看看，可别伤了骨头！"

"没事，不打紧……这里可……千万不能拆啊！"郑峰脸色苍白地说。

"我在这儿，你放心就是！"杨正清催他快去医院。

张乐赶紧安排李文刚用警车去送他。"小平头"自我介绍说他叫肖剑飞，是郑峰的学生，也随车跟了去。

警察在一旁训"光头"，说如果鉴定构成轻伤，他就是故意伤害罪，够判个三年两载的！"光头"吓得低头站着，两腿直打战。

杨正清问张乐，这次强拆区里是否知情。张乐摇摇头，说不是区里安排的。虽然前段时间市里的调研结论是可以开发改造，但区里还没拿意见。

"我和志海打过招呼，等过些天院士调研论证了再说。"杨正清叮嘱他说，"你可给我看好了，专家论证结果出来之前，谁也不准动！"

傍晚，首都国际机场。

刘志海刚下飞机，张乐就打来电话，说了东方集团强拆伤人、杨正清现场干预的事，网上舆情开始发酵，怕是影响不小……刘志海越听脸色越难看，让张乐一定稳住态势，抓紧"灭火"降温，千万别在网上炒起来。

放下电话，刘志海黑着脸上网浏览了一下，帖子还真不少，照片、视频都有，网友一边倒地谴责强拆行为，呼吁严惩责任人，保护好百年小镇。他越看越生气，把正在一旁打电话的万东方喊过来，埋怨道："你这个老万啊，叫你再拖几天，等他们那个'院士行''行'完了再下手不迟，你就是不听！

再急也不差这几天吧？"

万东方也接到公司的报告了，蔫头耷脑地嘟囔道："我也没想到弄成这样……听说院士们快来了，我怕节外生枝，真不让拆了，项目不就泡汤啦……"

"你这才是自作聪明、弄巧成拙嘛！伤了人，惊动了杨正清不说，你看网上这些帖子，多少人在骂你？现在的事就怕上网，一炒作，能办的事也难办了。你倒好，自个儿把自个儿炒成网红了！"

"红不红我倒不在乎，要是项目出了问题，银行收回贷款，合作方撤了资，我东方该归西方了！"

"那你也不能擅自行动，节外生枝，搞得区里太被动了！"

"反正调研论证过了，我想生米煮成熟饭，拱了还能叫咱们再垒起来不成？"

"老万你真是糊涂！你以为那是个鸟窝，捅了就捅了？真要有什么文保价值，你就是故意毁坏文物，还想啥项目，直接作进去了！"刘志海气不打一处来，数落道，"老万啊，办事要讲策略嘛！"

"偷袭也是策略啊，没想到半路上杀出个程咬金来……"

"你还跟我犟！我早有安排！"刘志海眯起眼，老谋深算地说，"院士看小镇是临时加的议程，不过是走马观花，能看出个啥？我找了省城市规划设计院的何院长，他参与过矿区改造规划，这次也在考察团，让他在团里多吹吹风、通通气，等院士们下了结论，你不就可以名正言顺地搞开发了？"

万东方恍然大悟，喜笑颜开道："哦，我明白了，还是书记站得高看得远！我听您的，马上叫他们撤设备！"

刘志海看着远处，不动声色地掏出一支烟来，万东方赶紧给他点上。他慢条斯理地说："机械嘛，倒不用撤啦，不光不撤，还要大张旗鼓地造势，有多少设备就进多少，再竖上些标牌、标语、效果图啥的，场面越热闹越好！"

"马上要开拆了，还扎这些花架子干吗？"万东方莫名其妙道。

"这次活动江书记要来，区里借机展示一下大招商、大项目的推进情况，声势要大些，造一下气氛。矿区几个大项目都要动起来，没开工的，先安上塔吊，多租设备，营造一个热火朝天大搞建设的氛围。这么做对小镇项目也有利，场面越热闹，那片老旧建筑看上去就越发显得微不足道了！"

"我明白了!"万东方伸出大拇指赞道,"高!书记这着确实高!这就叫虚张声势,先声夺人,明修栈道,暗度陈仓!"

6

第二天上午,杨正清去医院探望郑峰。刘元问过大夫,郑峰主要是皮肉伤,伴有轻微脑震荡,清创缝合伤口后,已无大碍。不过他体质弱,又流了不少血,需要静养几天。

病房门虚掩着,郑峰头缠绷带,盘腿坐在床上,手上打着吊针,腿上放一个笔记本电脑,正和他那个学生肖剑飞讨论着什么。

刘元叫了一声"郑所长",郑峰这才注意到杨正清来了,起身要下床,杨正清连忙按住他,叫他别动。郑峰既高兴又感动,嗓音沙哑地说:"杨部长,这么热的天,你们怎么来了?"

杨正清笑道:"还不是不放心你吗?你这个'拼命三郎'名不虚传啊,关键时候还真豁得上!"

郑峰不好意思地笑了:"没事,就是点皮肉伤,叫您担心了!"

刘元说:"杨部长昨天就问你的病情,今天来也没和区里打招呼。"

"我来看你,又不看他们,打啥招呼?再说人多了,还影响你休息。"杨正清说着,看了看郑峰的笔记本电脑,关切地问道,"你养病也不闲着,忙活什么呢?"

肖剑飞给杨正清搬过来一个凳子,又把笔记本电脑转过来说:"这是我和郑老师搜集的莱茵小镇的历史资料。我们想制作一个专题片介绍小镇,发到网上提高一下它的知名度,还能多圈点粉!"

杨正清赞道:"嗯,这个点子不错,片子做出来,可以在'院士行'论证会上放一放!"

"太好了,我们一定做出彩来!"郑峰高兴地应着,又问,"他们这次突然强拆是怎么搞的?"

"昨天志海给我打电话说是东方集团擅自行动,区里严肃批评万东方了。我让他再缓十天,等'院士行'有了权威意见再做定论。你们这些资料有说服力吗?"

"杠杠的!"郑峰兴奋地说,"这些年我们一直关注德、日老建筑群,搜集了不少资料，其实很早就策划这个专题片了。"

肖剑飞说："郑老师真下了细功夫，跑了不少地方。他去省档案馆查资料，局长不准假，还是周末自费和我去的，忙活了两天一夜，我都累得挺不住了！"

"再累也值得啊！"郑峰说，"想想就有点后怕！那天从省城回来，我不放心小镇，就和剑飞打车去看，正碰上他们要拆站房呢……"

"多亏你来得及时，再晚些站房就被推倒了！"杨正清听了很感动，又问，"你们这次去收获大吗？"

"不是一般的大啊！"郑峰两眼放光道。

肖剑飞调出一张老照片来，介绍道："你们看，这是德军医院，当年是昌海地委第一个秘密党支部所在地呢！"

郑峰指着照片补充道："这里和统战还有渊源，听方老讲，当年他策反国民党炮兵团团长，就是在这里接的头。他还问当年的德军医院还有没有呢！"

杨正清听了感触良多。这些百年老建筑历经沧桑，承载着厚重的历史记忆，本身就是一部不会说话的史书。百年沧桑中，不知还有多少待解之谜沉睡在这里，等待着挖掘和探寻……他拍拍郑峰的手臂说："你们辛苦了，这些发现很有价值，应该给你们记上一功！"

郑峰呵呵一笑："记功就免了，别记过就不错了！我不听单位安排，自个儿跑去省城，听说局长很生气、后果很严重呢！"

"没事，我找周部长给你协调。"刘元笑道。

正聊着，护士进来给郑峰换药，提醒他注意休息，说话时间不能长了。杨正清就此告别，让他多保重，调养好身体，到时看情况能否参加"院士行"论证会。郑峰连声说没问题，这点伤不碍事。

杨正清和肖剑飞握手时，看这小伙子面部棱角分明，神色坚毅沉稳，很是精神，问道："你的网名是叫'沧海一剑'吧？我知道你，昌海城事网的知名写手。新媒体方面你在行，专题片的事就多费费心，别累着老郑！"

肖剑飞爽快地答道："没问题，保证完成任务！我无党无派，也是您的兵，有事您尽管指示就行！"

"他不光是统战成员，还是统战家属呢！"郑峰介绍道，"他爸就是民进的肖立成，这次查资料，给帮了大忙，联系了不少专家呢！"

"好嘛，还是统战一家人啊！"杨正清笑道，"新媒体时代网络宣传影响力很大，统战宣传上你们要多发声，有机会多吆喝吆喝统战！"

"遵命！我们一定坚持弘扬正能量，多宣传党委政府重视、老百姓关心关注的事，多宣传统一战线，请部长多指示！"肖剑飞说着，俏皮地敬了个礼。

"不错，挺讲政治，后生可畏啊！"杨正清欣慰地说。

郑峰乐了："哈，部长走到哪里宣传到哪里啊！以后部里有事尽管安排，我和剑飞都是统战宣传员！"

杨正清笑道："好啊，以后用武之地多着呢！咱们先把'院士行'活动筹备好、宣传好，尤其要把莱茵小镇的归属论证好！"

"您放心，我们一定全力以赴，拿出看家本领来！"郑峰高兴地说。他感觉浑身是劲，就像没受过伤似的。

第九章 "院士行"还真行

1

"院士行"活动如期举行了。这么多院士、专家齐聚昌海,还真史无前例。考察团除二十名党外院士外,还有部分国家"千人计划"专家学者和省内知名专家,他们计划在昌海参观一天,重点考察北海和东城两区。

昌海的接待人员上午去北海高速口迎接,团长顾青谢绝了去宾馆休息的安排,一行人直奔考察现场,风尘仆仆地到规划馆看沙盘、听汇报,又顶着日头观摩项目。

面对北海一望无际的滩涂,考察团成员眼前一亮,都说这里靠海,有这么多非耕地可用,发展空间很大。看过大学城、物流园、生态谷等几个项目的现场后,更是交口称赞,一致认为新区规划起点高、魄力大,应该多发展此类节能环保的绿色产业。马杰听了颇为得意,又担心接下来要看的盛海氯碱项目能否顺利过关……他费了不少心思,精心布置了参观现场,汇报材料中大幅充实了生态环保、加强监管等方面的内容。

在盛海氯碱项目规划图前,顾青凑上去,仔细查看项目布局,问过几个问题后,便开门见山地说:"我看这个项目选址有问题。当初为什么放在这里?"

马杰的心一下子提了起来。他知道顾青治学严谨,点评直来直去,丝毫不留情面。他小心翼翼地解释道:"主要是考虑这儿离盛海集团本部和北海港近,货物转运方便,建设成本也小。"

"不只转运方便，排污也方便吧？"顾青扶了扶眼镜，单刀直入地说，"好处不少，弊端只一条，不过最要命，就是污染大！"

"这个……"马杰一愣，是祸躲不过，他最担心的还是来了。

顾青弯腰抓了把沙土，迎风一扬，指着沙土的飘散方向说："大家看，往哪边飘？那边就是北海新区和昌海城区吧？还有，污水排进河里，顺流而下，就从入海口流到新城近海区域了。我敢肯定，项目投产不出三年，新区污染一定是个大问题！"

另有一位院士也表示赞同："氯碱化工是高危项目，一旦爆炸，有毒气体顺风顺水往城区扩散，后果不堪设想啊！"

专家们三三两两地议论起来。马杰急了，脸红脖子粗地说："这只是可能性而已，我们也考虑到了，都有严格的预案。企业要上最先进的排污处理设备，执行最严格的环保安全标准……"

顾青摇摇头说："凡事预则立，不预则废。刚才我说的也不是什么新观点，你们昌海早有人看出来了。不瞒各位，刁安连是我的学生，我们讨论过这个项目。从现场看，他的意见还是挺客观的。"

杨正清见专家对氯碱项目提出了质疑，觉得事关重大，就上前请教道："刁主委确实提过这个问题，有没有两全其美的办法，既能上项目，又减少问题隐患呢？"

"项目要上马，也不是完全不可行……"顾青沉吟了一下说，"我看无非两个路子：一个是工艺转型升级，把环氧氯丙烷目前通用的氧醇法工艺改成甘油法工艺，这样产品品质高，能耗、污染也低，不过治标不治本。另一个办法嘛，就是从根本上解决问题，择地另建，这就涉及调整产业布局了。"

"转型升级，非一日之功，成本也太高。异地另建更不现实，规划都批了，临时变更谈何容易？"马杰急了，涨红了脸，"最好还是就现有条件改造完善一下，缺什么补什么，这样最好！"

江林在一旁听着，虽未表态，心里却颇不平静。上次协商会后他更加关注氯碱项目，查阅了不少资料，还咨询了环保部的同学，对这个效益巨大、环保安全隐患也非同小可的项目有了更多认识。发展是硬道理，科学发展、安全发展更是重中之重，要是急于求成，留有安全隐患，那岂不成了历史的罪人？

他心里正七上八下地打鼓，顾青异地规划的提议启发了他。他看身边站着省城市规划设计院副院长何志国，便上前请教道："何院长，您是产业规划专家，依您看重新布局是否可行？"

何志国本就对北海搞新区规划时没找他耿耿于怀，对现有布局也颇不入眼，见江林问他，便坦承道："目前的规划的确值得商榷，现在亡羊补牢还来得及。化工产业园应该远离城区，放到相对安全的地方。从风向水流来看，东北方向最佳。照现在的规划，东北方向那片五千多亩的空地要建物流园区，何不把二者调换一下呢？化工园改迁投入是大了些，但从长远看，要是等建好了污染厉害了，再改造难度会更大。长痛不如短痛，晚迁不如早迁！"

"何院长开的这个良方很对症，这些日子我也在想这个事。"江林茅塞顿开，频频点头，"现在看来，北海的产业布局规划是急了些，项目论证也不充分，没有跳出原有的框架，思想不够解放哟！"

"好饭不怕晚，趁现在新区建设还没全面铺开，调整产业布局还来得及！"顾青颔首赞同。

"您说得对，良药苦口啊！"江林感觉心里敞亮了，高兴地说，"我完全赞同您和何院长的意见，回头我们重新研究规划产业园区，考虑把盛海化工和氯碱项目整体东迁，工艺高标准升级，大幅提高项目准入门槛……"

"这么做还有个好处，把这片地腾出来，可以发挥北海地区光照时间长、风力资源和潮汐资源丰富的优势，发展太阳能、风能和潮汐发电，把北海打造成一个新能源城！"何志国见意见被采用，高兴地把心里的想法和盘托出，"重调规划虽说时间和财力投入上增加不少，不过可以一劳永逸，既能大幅改善北海的产业布局，又能从根本上解决污染问题，可以说是功莫大焉！"

江林态度坚决地说："就是投入大些、发展慢些也值了！北海发展必须是科学发展、绿色发展，决不能急于求成、急功近利。我们这届完不成的，下届接着干，功成不必在我嘛！"

"说得好！"顾青赞许地点点头，"现在各地都在转调创、去产能，推动高质量发展。北海是个老化工基地，资源丰富，不能一味摊大饼式地增规模，要有壮士断腕的勇气，在转型上下功夫！"

"亡羊补牢，还不算晚，我们就按您的意见，抓紧调研论证，尽快调整完善规划，打一场转型升级的翻身仗！"江林说着挥了下手。

大方向定了，专家们对如何调整规划产业功能区各抒己见，提了不少建设性意见，马杰也是心服口服，觉得的确客观、科学、务实，更有利于北海的可持续发展。特别是在盛海化工集团所在区域发展风电、潮汐发电等绿色能源，他不是没想过，只是考虑到搬迁成本大、影响项目进度而难下决心。这次真要把盛海迁出去，这里无疑是发展绿色能源项目的最佳位置，到时还可以再找高天华来投资。虽然规划调整功能区肯定大幅延缓项目进度，好在氯碱项目保住了，留得青山在，不怕没柴烧……

午餐后，专家们回房间稍事休息，下午赴东城考察。江林毫无倦意，在接待室和杨正清聊起来。他对上午的活动很满意，高兴地说："这次咱们开的是'诸葛亮会'啊，效果真不错！"

"又拿氯碱大项目开刀，您没心疼吧？"杨正清打趣道。

"这刀开得好啊！把病灶割掉了，发展才更健康嘛！"江林由衷地赞叹，"能请来这么多院士真是难得，这些国宝级人才登门拜访都难得一见，统一战线人才智力优势真不可小觑啊！"

初战告捷，杨正清也很高兴，感慨地说："统一战线确实资源丰富，可惜我才意识到。要是当初在区里就重视统战，东城发展还会更快些呢！"

"现在认识到了也不晚，你们多加把劲，发挥好统战优势，今后还要在推动全市高质量发展中大显身手呢！"

"没问题，请您多给我们交任务、压担子！"

"我还真有个想法呢，也是受这次活动的启发，咱俩议议。"江林说着递给杨正清一支烟，若有所思道，"昌海作为侨乡，在外的成功人士很多，不少人心怀故土，愿意回来尽点心、出份力。你看咱们能不能以亲情乡情为纽带，举办个什么活动，邀请他们回来看看？"

"好啊，这篇文章很值得做，那天接待高天华，我就动了这个心思。"江林的提议正中杨正清下怀，他兴奋地说，"昌海早年闯关东、下南洋的老乡很多，天南地北都有咱们昌海人。我们调研一下，看看通过什么方式尽快把这部分人组织起来、联系起来。"

看江林兴致颇高，杨正清谈到莱茵小镇，说前段时间政府的调研论证不够客观，下午观摩安排上小镇，想再请院士给把把脉，出具个权威意见。

"莱茵小镇这些年一直是'养在深闺人未识'，咱们不识货，请专家给鉴鉴宝也好。"江林说。

"很惭愧,我在区里几年都没去过小镇。"杨正清坦诚地说,"光忙于抓经济了,文保方面不怎么重视。没保护好小镇不说,还纳入拆迁规划了呢……"

"认识是一个反复和发展的过程,朝闻夕改,难能可贵嘛!"

"我也有些顾虑,就是矿区改造是我在东城时主导的,离开后又提出保护小镇,反对拆改,恐怕有的同志会不理解……"

"这有什么,咱们共产党人光明磊落,有错必纠,只要出于公心,我看没必要顾虑啥!"

"好的,有您和市委大力支持,我们一定实事求是,把工作做扎实了!"杨正清备受鼓舞,感动地说。

2

下午东城区的准备工作很细致,安排导播车同步解说,给每人准备了一个硬纸袋,内装行程安排、宣传折页,还有湿巾、矿泉水和水果盒。考虑有人可能习惯喝热水,又专门准备了造型简洁的流线型磨砂玻璃杯,泡着浮山特产——绿茶"碧兰春",绿莹莹的嫩芽悬浮在杯中,优雅地旋转着,让人赏心悦目。

一行人参观完金融街、动漫城等几个项目,最后来到莱茵小镇。沿途塔吊林立,机械轰鸣,标语、彩旗、广告牌到处皆是,一派热火朝天的景象。在入口处的效果图前,解说员介绍道:"莱茵小镇项目因地制宜,变废为宝,把废弃矿坑改造为鎏金湖,渣滓山绿化成聚宝山。小镇分金融商务区、豪华别墅区、养生健身馆和休闲娱乐区,品质格调无与伦比,配套设施一应俱全……"

不少专家对解说不感兴趣,看到原汁原味的德、日老建筑却来了兴致,四处张望,性急的则径直走向旁边的老火车站站房。

杨正清正在听解说,忽然有人碰他的胳膊,他回头一看是郑峰。郑峰戴着一顶宽沿遮阳帽,额头处露着一圈白绷带,变色镜片晒得乌黑,跟戴了墨镜似的。杨正清差点没认出他来,关切地问道:"是老郑啊,你的伤怎么样了?"

"早就好了!"郑峰小声说,"我接到通知,叫我参加下午的座谈会。医生不让出院，我偷着跑出来了……刚才听解说词里对小镇的历史文化价值只字不提，根本没用我提供的资料啊！"

杨正清皱着眉头说："我也注意到了！你们的专题片准备好了吧？"

郑峰焦急地说："片子早赶出来了，找市电视台的播音员配的音，他们还想播呢！没想到区里要审查，催了好几遍，到现在都没回音，真急死人了！"

"电视台想播，说明质量过硬。"杨正清点点头，又问郑峰，"你身体行吗？等会儿在东城宾馆开座谈会，你先带片子去准备，我协调一下在会上放。"

"没问题，我这就去！"郑峰刚要走，杨正清问他怎么来的，他说骑自行车。杨正清叫过刘元来，叫他安排车一块去会场。

杨正清和江林简要说了专题片的情况，请示能不能在座谈会上播放。

"好啊，我还想看看呢！"江林笑道，"你真会打谱，请专家来看了北海看东城，还要加塞论证小镇，咱们这次活动性价比可不低哟！"

下午四点半，座谈会在东城宾馆召开。

"我先谈谈感受，算是抛砖引玉。"顾青率先发言，"昌海的区位优势非常明显，北海的发展条件更是得天独厚，实施'海洋强市'战略切合实际、大有可为。至于如何突破，我谈两点建议供参考：一个是起点问题，应该用好后发优势，起步阶段就把北海开发纳入低碳工业、生态社区、绿色城市的建设轨道上来。这个问题上午大家交流了不少，我就不展开谈了……"

"还有呢？"江林边听边记，迫不及待地问道。

"再一个就是统筹问题。'海洋强市'不仅是造一个北海新城，还要拉动全市发展乃至撬动周边地区的发展。"顾青说着翻了翻材料，"南部山区是欠发达地区，还有十多万贫困人口。我看应该统筹协调，不仅抓北部沿海的大发展，还要关注南部山区的共同富裕。能不能围绕'突破北海—提升市区—开发南部山区'这条线统筹发展？我提这么个方向性意见，供参考吧！"

顾青打了头炮，其他专家争相发言。有的提出规划昌海到北海轻轨的同时，一并规划昌海至历平县的轻轨，建一条连接昌海南北部经济腾飞的大动脉；有的建议种植抗盐碱绿化苗木、推广滴灌技术，提升北海绿化的档次，降低绿化成本；还有的提出制定吸引人才系列优惠政策，抢占人才高地；等等。江林和马杰不时插话请教、回答提问，现场的气氛十分热烈，不觉间就快到六点了。

大家都发完言后，杨正清主持道："还有一项议程，再耽误各位一点时间。下午我们参观了具有百年历史的莱茵小镇，这是东城矿区开发的中心区域。希望各位就如何开发莱茵小镇提出宝贵意见！"

专家们经过短暂议论，还是顾青率先发问："小镇改造规划我看过了，因时间关系，好的方面就不谈了，提一个核心问题，就是德、日老建筑群的存废问题。按照规划小镇要全部拆除，新建一堆仿西式建筑。拆旧建新，舍本求末，这个搞法会不会得不偿失？"

"肯定不会，小镇拆改早就势在必行啦！"马杰忙做解释，"这里基础设施落后，环境脏乱差，群众意见很大。年初德国有关方面来函提醒，不少老建筑超出了设计使用年限，安全隐患很大。市里专门组织调研过，群众要求改造的呼声很高……"

"这个嘛，我应该有发言权。"何志国摇头晃脑地说，"东城矿区改造规划是我主持制定的，我专门实地调研过。这些老建筑凡能进去的，我都看过。除了个别被占用的建筑做过一些修缮，其他多数是危房，不拆也快塌了。总体看保存价值不大，维护成本极高。再说了，当前发展是第一要务，拆不动就建不动，建不动就发展不动。为了给发展让路，有所牺牲也在所难免。"

"我说两句吧！前段时间昌海找我参加调研组，我刚来考察过。"省博物馆副馆长李清阳捏着一把折扇，侃侃而谈，"我们国家历史悠久，地大物博，老建筑、旧东西多了去了，并不是说年岁长了就一定有保护价值。现在不少地方搞什么文化搭台、经济唱戏，不遗余力地挖掘所谓的名人文化，修故居、建纪念馆，其实就是利益驱动、政绩工程！"他说着哗的一下展开扇子，作势扇了两下，又忽地收拢，"扯远了，还是说小镇吧。咱们且不说这堆破烂有没有价值，就从讲政治的角度看，我们有什么必要为百年前的殖民者保留他们的旧居呢？民族感情上也说不过去嘛！"

国家地质研究所徐明院士发表意见："有没有文保价值我不懂，不过要搞改造开发也很难。小镇地处采空区，不宜开发楼盘。还有个问题，渣滓山虽然绿化了，怕是基础不牢靠，遇上洪涝极端天气，还是有滑坡危险的……"

何志国解释道："这个我们规划时考虑到了，采空区建筑物设计都是三层以下的小别墅，外围最高不过五层，不建高层就没问题。至于渣滓山，已经绿化了三五年，只要植被足够多，山坡固化处理好，就可保万无一失！"

"再说，昌海地区属于北温带季风区，干旱少雨，五六十年没遇上洪涝灾害啦，天气因素可以忽略不计。"马杰补充道。

专家们交头接耳地议论起来。有人认为小镇是一段历史见证，支持保留下来；也有的认为价值不大，不能成为发展的绊脚石。眼看久议不决，坐在后排的郑峰按捺不住，忽地站起来，大声说道："各位领导、专家，请允许我发个言。我是区文化局研究馆员郑峰，老家就在矿区，在小镇玩着长大的。从个人角度讲，我该赞成小镇拆迁改造，这样我家也有补偿。不过从文物保护角度来看，我坚决反对……"

刘志海坐在他前面，回头瞪了他一眼，小声训斥道："开会征求专家的意见，你瞎掺和啥？"

杨正清听到了，说："既然是座谈，大家都可以发表看法，集思广益嘛！再说郑所长是文化部门的，也不是外行。郑所长，你接着说吧！"

"这些老建筑是德、日殖民历史的见证，也是我们教育子孙后代不忘屈辱历史的生动教材，我认为保留下来很有必要！"郑峰不卑不亢地说，"另外，这些老建筑不仅有百年历史，还包含了许多历史文化底蕴。我们制作了一个十分钟的专题片，能不能在这里播放一下，供各位参考？"

江林征求顾青的意见："时间不长，要不咱们看一看？"

顾青点头说："好啊，看了可以多掌握点情况。"

郑峰一听同意放片子，忘了头上还缠着绷带，兴奋地摘下帽子扣在桌子上，起身去了音控室。会场里灯光变暗，电动投影幕布缓缓落下。

刘志海对加播专题片备感意外。前段时间他听说郑峰在捣鼓专题片，已严令文化局不准扩散，不知怎么搞的，竟然捅到了会上……他恨得咬牙切齿，心里直骂：这个"郑疯子"，今天疯得不轻！

专题片名为《百年角落——莱茵小镇的往世今生》，制作水准堪称专业。片子开头从百年前西方列强瓜分殖民中国的屈辱历史切入，讲述德、日殖民者为掠夺东城的煤炭资源，专门修建铁路、房屋等生产生活配套设施，在矿区逐渐形成了一个完整的殖民系统，包括德军司令部、医院、火车站、机车维修段、电报大楼、邮局、教堂、别墅区等完整的建筑群落。后来，小镇成为民国东城区公所、侵华日军驻东城司令部驻地,还诞生了昌海地区第一个中共党支部。新中国成立后,东城特别区政府、昌海军区医院、棉纺厂先后在此落脚,二十世纪九十年代棉纺厂搬迁后,有些建筑被单位或个人占用,大部分因无人修缮日益破败。随着城市的快速发展,矿区改造纳入了城市发展规划,历经百年沧桑的莱茵小镇何去何从,成为当下我们不得不面对的一个沉重话题……

片尾解说道:"时光穿梭,废弃已久的建筑群无人问津,曾经的乱世繁华默默横陈。今天,在这个被历史遗忘的角落,我们踏着厚重的岁月印痕,寻访追溯尘封的故事,更具特别的纪念意义和厚重的文化韵味。回望历史,饱经沧桑难忘曾经的屈辱;瞻望未来,能否浴火重生再担新的历史使命?小镇无言,站在岁月的十字路口,默默等待着又一次新的历史抉择……"

片子播完了,大家似乎还沉浸在影片的氛围里,久久无人说话。那些兵荒马乱的非常岁月,硝烟弥漫的沉重历史似乎触手可及,一座座老建筑饱经沧桑,留下几多孤独;一张张老照片犹如静止的历史片断,默默守望着曾经的繁华过往。

"我再补充介绍点情况。"杨正清打破沉默,缓缓说道,"这部片子是郑峰同志住院期间,和学生自费制作的。多年来,他一直在搜集整理有关资料,呼吁保护德、日老建筑群,甚至为了阻止强拆受伤流血。正是靠这种敬业和奉献精神,小镇才第一次有了这么生动形象的画像!至于小镇存废与否,正如《百年角落——莱茵小镇的往世今生》中告诉我们的:小镇已经走过了百年的风风雨雨,有着太过沉重的往世今生,希望不要让它在我们手上失去了明天!"

众人不约而同地鼓起掌来。顾青说:"刚才看了片子,很受触动;听了杨部长的话,又深受感动。我看现在没必要再纠结小镇的存废问题了,而是应该讨论一下如何着手修缮保护的问题!"

大家再次热烈鼓掌,很快形成一致意见:莱茵小镇应做保护性开发,以中心区老建筑群为重点,通过修复自然生态和莱茵文化原生脉络,规划具有异域特色的莱茵风情小镇,打造成昌海的一张特色文化旅游名片……

3

考察团明早离开昌海,今天市里安排了晚宴,还聘请顾青、徐明等院士为昌海市政府特邀顾问。宴会上气氛热烈，主殷客欢，大家坦诚交流，九点多才散席。

马杰上车后掏出手机，看到有万东方的几个未接电话。他懒洋洋地靠在椅背上，回拨过去。刚接通，万东方就急切地叫道："哎哟，我的马市长，您可回电话了！小镇不让拆了，我那项目怎么办啊？"

"你耳朵奇灵，一顿饭工夫就知道了？"马杰打着哈欠，不耐烦地说。

"志海书记让我抓紧找您啊！"万东方带着哭腔说，"马市长，您说咋办啊？前几天志海书记还说有办法，不成问题……"

"他说有办法，你问他去，还找我干吗?!"马杰气呼呼地说，"你先管好你儿子，别让他整天带着马可闯祸！"说完，他挂了电话。

马可是马家的独苗，三代单传，一家人视为掌上明珠，从小悉心培养，初中就送到美国留学，大学毕业才回来。他读的金融专业，马杰本想让他学点本事，回来也好安排工作。没想到，这小子不务正业，没学会怎么挣钱，花钱上倒学了个精通，整天在外鬼混，吃喝嫖赌一样不落。留学回来后，他起初在昌海驻上海办事处工作，但不正经上班，在上海滩结交了一帮狐朋狗友，称兄道弟，到处闯祸。马杰不放心，让他回了昌海，编制落在东城区政府办公室。马可报到后，几乎就没去过单位，整天跟万东方的儿子万伟一起打理"月亮船"休闲娱乐城，还笼络了一帮海归青年，成立了个"海归俱乐部"，经常一起聚会、飙车、冲浪、登山，玩得不亦乐乎……

刘志海刚到家，万东方就打过电话来，哭咧咧地说："刘书记啊，这事还得靠您想办法啊！刚才我找马市长了，他让我找您！"

"我也没想到今天座谈会整得这么热闹，还加播了专题片，说得挺像回事，连打过招呼的都转向了……"刘志海并不着急，不紧不慢地说，"我看小镇是块硬骨头，恐怕不好啃。"

"就是崩了牙也得啃啊，到嘴的肉还能再吐出来？前期投入那么大，说停就停了，甭说我不算完，老百姓也不答应啊！"万东方急眼了，发狠道。

"老百姓不答应？"刘志海心里一动，"你是说那些拆迁户吧？"

"可不是咋的！小镇总共动迁五百多户，外头还有三百多户要买房的，认筹金都收了，现在停了还不闹翻天？真闹起来，我也不好交代……"

刘志海笑道："又不是你不想办，是市里叫停了，你有啥不好交代的？依我看，他们闹大了未必是坏事！"

万东方不解地问："这都什么时候了您还'消遣'我，真闹起来有啥好处？"

"不是有句老话嘛——孩子哭了抱给他娘！老百姓有意见就让他们找市里反映去。找得越急越好，真闹大了，说不定还有转机……"刘志海点拨道。

万东方恍然大悟："妙啊！还是您棋高一着！我这就找人堵市政府大门去！"

刘志海正色道："我可没说让你去堵门，我的意思是可以找市里反映正当诉求，你可别弄砸了往我身上赖！"

万东方赶紧赔笑道："明白，您放心，我老万懂事！"

4

周二，市委常委会。

天阴得厉害，看样子，暴风雨快要来啦！龙王爷正在调兵遣将，排兵布阵，一团团乌云快速聚积，云层不断加厚，风紧一阵慢一阵，吹散了暑气，裹来一股呛鼻的土腥气。受强台风"天鸽"影响，全省有大到暴雨，这几天各地都在紧锣密鼓地部署防汛。昨天预报有大暴雨，学校都放了假，很多单位改成上午十点上班，下午三点半下班，基层干部通宵值班防汛，严阵以待。没想到天虽阴得厉害，却是唱"空城计"，直到现在没落下一个雨点来。

江林主持会议，调度防汛工作后，又听取了统战部"院士行"活动情况汇报，研究推进项目落地和后续服务工作。这时，忽听外面一阵喧闹，人声鼎沸，窗外隐约传来扩音器的喊话声："请大家自觉遵守信访有关规定，保持良好秩序，合理反映诉求……"

常委接访这周又是杨正清当值。他靠窗坐着，起身向外张望，只见机关大院门口黑压压地围了一群人，把门口堵了。他打开窗户，听到外面有人高喊着"莱茵小镇拆迁不能停""我们要拆迁，我们要住房"。他关上窗子，回身说："还是莱茵小镇的拆迁户，今天人多，看样子有百八十号人！"

江林问："还为停迁小镇的事？不是已经答复异地再建了吗？"

马杰解释说："群众不接受啊！异地再建地段远了不说，按照新规划，不少户拆不着了，这部分人意见最大。另外，投资方、合作方也不满意。没想到大家反应这么大！"

江林说："事在人为嘛，异地再建时尽量照顾企业和群众的利益，多给些政策支持和补偿吧！群众不理解的，要加强引导，多做思想工作。"

"拆迁户认钱不认人。"董立堂说，"有些人起初听说要拆迁改造，该买房的没买，等了一两年，现在改了规划不拆了，再想买房，价格也涨上去了，所以他们不干，埋怨政府没公信力。"

"情况有变化，规划调整也很正常。"杨正清诚恳地说，"莱茵小镇已经申报省级文物保护，我看这是家门口挖了个聚宝盆啊，等文化旅游发展起来，受益的还是群众！再说，矿区的地质条件不宜大拆大建，有安全隐患。只要把道理讲清楚了，群众还是通情达理的。"

"正清说得对，关键是做好群众工作。"江林点点头，有感而发道，"要和群众多沟通，多重视关注他们的利益诉求，设身处地为人家着想才行。我看信访工作中要多融入统战思维，用好用活协调关系、化解矛盾的方式方法，对做好群众工作还是很有帮助的……"

一道闪电掠过窗玻璃，隆隆的雷声贴着楼顶滚过。江林望了望窗外说："要下雨了！办公室通知信访局，让他们给群众好好解释，就说我讲的，市里一定协调好，拿出给自家盖房子的劲头来给群众建好房！"

办公室主任起身要去，杨正清又叮嘱道："下雨了，就让群众到信访局避避雨！"

大院门前人声嘈杂，人群围得水泄不通。这里位于市区交通主干道上，平日车流量不小，一有群体性上访的，更是拥堵不堪。上访者有的挑着横幅，有的举着纸板，还有人带头喊口号。警察和保安拉成人墙，维持着秩序。

信访局局长杜子明满脸是汗，站在传达室门前的岗台上，手举电喇叭大声喊话："大家静一下，都静一静，听我说！都在这里吆喝，不解决问题。你们选几个代表，去信访局反映意见，好不好？"

"不好！""我们都是代表！""跟你说不着，赶紧叫市长来！"人群开锅似的沸腾起来，吆喝着往前拥，吹口哨的、鼓倒掌的、喊口号的，夹杂着电喇叭叽里呱啦的嘶鸣声。警察和保安极力阻挡，却节节后退，杜子明见势不妙，赶紧跳下岗台，躲进大门里。

警车喇叭开始循环播放录音："下面播放《中华人民共和国治安管理处罚法》有关规定……请上访人员依法维护正当权益，按照正常途径反映合理诉求……"有个黄发青年上前踢了几脚车门，另一个臂带刺青的小伙子捡起半块砖头，把车顶的喇叭拍哑了。两名警察刚揪住他，又被几个小伙子抢了去，场面混乱不堪，几近失控。

"大家安静，听我说！"电喇叭又响起来，音量到了极限，嗡嗡作响。这时，忽的一道闪电，把黑沉沉的天空撕开一道口子，紧接着雷声隆隆，似有千军万马擂鼓助威，自远方杀来。人们惊骇之下，纷纷抬头看天，现场静了下来。

喊话的是杨正清。他手持喇叭，站在门卫岗台上。常委会刚散，他看到外面人们还没消停，便跟江林说，这周是他接访，他去处理。江林答应了，说这样也好，上访的多是东城的群众，杨正清熟悉情况，也好沟通。他刚要走，江林又叫住他说，你代表市委也代表我，别有顾虑，放手做工作就行。

"你是谁？说了算吗？"那个黄发青年尖声尖气地喊道。

"我是杨正清，矿区改造就是我主持规划的！"杨正清声音洪亮，大声说道，"马上要下大雨了，大家都杵在这里，不光解决不了问题，待会儿还会被雨淋了！想解决问题的，跟我走！"他说完跳下岗台，头也不回地大踏步往门口东侧走去。众人一愣，被他的气势镇住了。有人认识杨正清，说他信得过；不认识他的，也见他气度不凡，像个管事的。于是，大家便哄的一下离开大门口，争先恐后地跟着他去了信访局。

进了院，杨正清让杜子明打开会议室的门，请大家进去坐，又叫工作人员搬来几箱矿泉水，分发给众人。他站在主席台前，朗声说道："我们工作没做好，叫大家受累了，在这里我代表市委，给大家道个歉！"说着，他深鞠了一躬。人群像林子里叽叽喳喳吵闹的麻雀，瞬间安静下来。

"我们不要道歉，要解决问题！""大家别听他忽悠，都是骗老百姓的！"有人喊了两句，嗓音一高一低、一尖一粗。人们循声望去，正是刚才砸警车的"黄毛"和"刺青"两个人。

"大家都别吵，这是市委常委、统战部杨部长，也是咱东城区的老书记，现在代表市委和大家对话！"杜子明大声介绍道。

"不是对话，是跟大家商量。"杨正清纠正道，"那两位年轻人先别急，有话慢慢说，遇事好商量，靠吃喝解决不了问题！"

"都别说话了，我们听杨书记的！""杨书记说话咱们信得过！"大家纷纷表态，人们静了下来。

"上午市里刚散了常委会，江林书记委托我过来看望大家，征求大伙的意见。咱们遇事商量着办，没什么解决不了的问题！"杨正清诚恳地解释道，"莱茵小镇规划改造，是我前两年在区里工作时定的盘子，主要是为了改善矿区居住条件，改变老城区的面貌。应该说出发点是好的，不过，当时急于发展，步子迈得急了些，有些工作做得不细致。比方说，莱茵小镇改造开发，规划论证上还有重大缺陷……"杨正清详细介绍了面临的主要问题：经专家论证，莱茵小镇具有重要的历史文化价值，已被列入省级文物保护对象，不能再拆迁改造。更为关键的是，小镇地处煤矿采空区，存在重大安全隐患，不宜建设居民住房，为此市里才决定择址另行安置，地段和建设标准不会低于原规划设计。

"不在原址拆旧建新了，老房子还能参加置换吗？""新小区在哪儿建，什么时候搬进去？可别成了烂尾工程！""就怕说话不算数，放了我们的鸽子！"人们七嘴八舌地提出各自关心的问题。杨正清逐一耐心答复，说下一步莱茵小镇要修复改造成文化旅游景点，能有力地拉动服务业发展。小镇居民的住房即使不用拆迁，也会统一置换，至于置换方式、新小区选址和落成时间等具体细节，市里还要具体研究，后面再及时征求意见，一定做到规划方案大家不满意不实施，安置小区业主不满意不动工，最大限度地满足大家的要求……

众人又开始交头接耳，越来越多的人频频点头，脸上有了笑容。杨正清趁热打铁，让杜子明安排每人发一张纸，请大家写上意见建议和联系方式。刘元提议面对面建群，通过微信群随时沟通信息，保持联系。

大家齐声叫好，纷纷掏出手机加群。有人喊了句："杨书记是群主，给咱们的微信群起个名呗！"

"没问题！"杨正清脱口而出，"咱们建群的目的是为了解决问题，齐心协力建设美丽新家园，我看就叫'同心美丽家园'微信群吧！"

大家鼓掌叫好，外面哐的一声，平地响起一声惊雷，仿佛放了个大炮仗，庆祝新群的建立……

"既然大家信得过我，我就当好这个群主，有啥问题咱们多在群里交流。我能答复的，随时告诉大家；答复不了的，我代表大家向市委反映。"杨正清说着，看外面天更黑了，嘱咐道，"天不好，大家还是早些回去吧，路上注意安全。需要送的，信访局安排一下车！"

5

正午时分，大雨终于来了。一阵凉风拂过，夹杂着呛人的土腥气，就像风尘仆仆的传令兵跑来送信，紧接着一声雷鸣，犹如发令枪响，大雨倾盆而下。昌海市多年没下过这么大的雨了，不是下，简直是劈头盖脸地浇下来。路上的行人惊叫着四处躲避，有的小孩光着屁股站在雨里冲凉，被雨水打得生疼，又赶紧抱头蹿进了屋。

不到一个钟头，雨水就漫过了路牙石，路面明显变宽，敞亮了许多。窨井开始反水，从井口咕嘟咕嘟直往外冒。车轮淹没了大半，只能缓慢行驶，激起的水浪涌向路边，冲得行人摇摇晃晃地站不稳。老人们说，这场雨不比二十世纪七十年代初引起水灾的那场暴雨小。当年那场雨就是这样，又大又急，时间又长，村子里近半土坯房倒了，河水倒灌，胡同里就能捉鱼捞虾……

傍晚时分雨势才小了些，外面早成了一片汪洋。这些年城市排水管网建设欠账大，管道老化，排水标准低，地面大量硬化，雨水难以渗透，城市内涝问题严重。再加上多年没下像样的大雨了，不少排水设施损毁，泄洪道被占用，致使排水不畅。这些问题，在这场突如其来的强降雨面前暴露无遗。

虽然局里通知四点就可以下班，但快六点了，郑峰还在电脑前忙活着。莱茵小镇已经明确要做保护性开发，他兴奋不已，不等上面安排，就开始考虑如何既修缮保护好老建筑，又最大限度地开发提升小镇的价值。他查阅了许多资料，设想了多种方案，准备考虑成熟后，再写份提案报上去。

电话铃急促地响起来，是肖剑飞打来的。前几年郑峰在昌海科技学院担任客座教授，肖剑飞时常找他请教问题，两个人很投脾气，颇有些忘年交的意思。这个小伙子有头脑，又能干，毕业后经过几年打拼，先是注册成立了一家文化公司，从事广告创意、设计业务，后来又创办了昌海市首家民营网络平台昌海城事网，搞得很火，在全市乃至全省都颇有影响。

肖剑飞说他在社区空间里发了篇帖子,征求保护性开发莱茵小镇的建议,有个网名叫"光头哥"的人跟帖称:"让暴风雨快些来吧!把这些破屋烂瓦冲倒了,省得费事拆了!"看了这个帖子,他忽然想到:那些强拆小镇的人,会不会趁着下大雨搞偷袭?

听他这么一说,郑峰的心一下子揪了起来:"你提醒得对,这我倒没想到!这几天他们还在渣滓山施工,一会儿我过去看看,以防万一!"

郑峰刚放下电话,杨正清就打过手机来,问了他方案进展的情况后,又不无担心地说:"我看了气象报告,这种极端强对流天气六十年不遇了!雨这么大,那些百年老建筑怕是抗不住……"

郑峰也很着急:"是啊,我正想看看去,估计有些危房会塌。"

"这也算是个考验吧,要是能抗住就说明状况还行,后面保护性开发也就有数了。"杨正清又特意叮嘱他,"你去看看也好,但一定要注意安全,离危房远着点,千万不能进去!"

6

郑峰穿上雨衣,骑车往小镇赶。路上积水很深,没了小半个车轮,蹬起来十分吃力。矿区地势低洼,水流又急,垃圾箱被冲得东倒西歪,水里漂着些菜叶、塑料袋、纸盒等杂物,吐着白色的泡沫,打着旋儿往前跑。他好不容易骑到小镇西门,水流越发混浊起来,夹杂着沙石,冲劲奇大,人在水里站不住脚。他把裤腿挽到大腿根,吃力地推着车子涉水前行,查看各处老建筑的状况。

一路走下来,情形果真不容乐观。老火车站对面的"大顺发"旅馆外墙倒塌,把门前的小巷堵了;相邻的"怡红院"观景阳台整个塌了下来,石头栏杆断成了几截。

巷子堵了,自行车过不去,郑峰把车子停靠在老邮局门口,又往上撸撸裤腿,继续往南走。前面地势稍高,雨水浅了不少,流速却急,也更混浊。好不容易走近渣滓山,他驻足四下打量,这段时间山上正在搞建设,雨雾蒙胧中,隐约可见山顶有一处飞檐斗拱的仿古建筑。山脚下约三四百米处,停着几辆挖掘机和推土机,一只挖斗朝天举着,雨水满溢,像是高举酒杯,邀天同饮。再往前走,不远处有一排白墙蓝顶的临时板房,他隐约听到里面有人吆喝说笑,还有划拳声。他趔趄着蹚水过去,见门虚掩着。他从门缝里瞧了瞧:里面坐着几个光膀子的工人,正围着一盆热气腾腾的羊肉汤,大呼小叫地喝啤酒。

郑峰抖了抖身上的雨水,进门掀开雨衣帽子,和他们打招呼:"喝着呢,这么热闹啊!"说着,他摘下眼镜,用手擦拭镜片上的水汽。

迎面坐着的"光头",正是那天在拆迁现场和他有过冲突的老黄。他一眼就认出郑峰来了,端杯冷笑道:"怎么,兄弟,你害我蹲了半个月班房还不够本啊?又来找碴呢,还是讨酒喝?"

郑峰戴上眼镜,也认出老黄来了,讪笑道:"呵呵,没事,我随便转转。你们耍着,我就不打扰了!"说着,他转身离开,身后传来一阵哄笑声:"这人真是有毛病,下雨天出来遛弯!""嗨,要不怎么说是'郑疯子'呢?"

天色更暗了,雨势又急了些。前头就是渣滓山,再没啥建筑了,郑峰准备回去。一转身,他忽觉脚下的水流又急又浑,灰泥汤似的,还夹杂着许多小石子,冲得小腿生疼,让他几乎挪不开步。他愣了几秒,忽然意识到这是泥石流!他赶紧转身,擦擦镜片,定睛向远处一望,不禁吓出一身冷汗:天哪,这泥浆正是从前面渣滓山上流下来的!远远望去,一股股灰色泥流像一条条吐着芯子的蛇,争先恐后地从山上蹿下来,绿化树也被冲倒了,被泥石流抬着顺流而下……

郑峰回过神来,拔腿就往板房跑,大声吆喝着:"滑坡了,滑坡了,快跑啊!"风雨声淹没了他的呼喊。一不小心,他滑倒了,顾不得一身泥水,他爬起来跟跟跄跄地冲到板房前,猛地撞开门,上气不接下气地大吼道:"快……快跑……"屋里的人愣愣地看着他,都没反应过来。郑峰急火攻心,嗓子痒痒地说不出话来。他一手指着外面,一手去拉靠门口坐着的工人。

"你这个'郑疯子',又来捣乱!"老黄蓦地站起来,上前飞起一脚,把郑峰踹出了门外。他重重地跌倒在泥水中,摸索着找到眼镜,扶着门框爬起来,用手揉了揉喉结,一使劲,终于喊出了声:"滑坡了,快跑啊!"

老黄这次听清楚了,他冲出门外,往远处一看,只见百米开外,一片灰黄色的云团,裹着灰尘雾气,正凶神恶煞般地朝这个方向扑过来。他大吃一惊,回头叫道:"滑坡了,快逃命啊!"

一屋子人跌跌撞撞地蹿出来,蹚着泥水拼命往西北方向跑。几百条泥石流从山上冲到山脚下，汇合成一股，像一只杀气腾腾的灰毛猛虎，冲到板房前就地一滚，噗地一跳，就把板房吞噬了，接着又朝几辆机械扑过去，瞬间就把它们吞没了，只剩那只挖斗还在渣土中倔强地高举着……

他们一口气跑出大半里地，上气不接下气，浑身瘫软。回头看看身后不远处拐了弯的泥石流，大家都吓得面面相觑。郑峰扶着墙直喘粗气，眼镜也跑掉了。老黄走到他面前，扑通一声跪在了泥水里，叫道："大哥，你救了弟兄们的命啊！俺给你磕个头！"其他几个工人也围拢过来，一齐跪下了。

郑峰赶紧把他们一个个拉起来，哑着嗓子说："你们这是干什么？谁碰上不都得吆喝一声啊！"

老黄紧紧握住郑峰的手说："大哥，我不知情还动手打你，真是狗咬吕洞宾——不识好人心！大恩不言谢，改天伙计们请你喝酒！"

一道闪电，映亮了众人灰不溜秋的脸；一双双沾满泥浆的手相互搀扶着，大家蹚着水往外走。这时，忽听空中一声炸雷，仿佛得了收兵令似的，雨势忽地变小了，虽然还淅淅沥沥地下着，云彩却逐渐散开，西边的天空明显透亮了……

第十章　往事并不如烟

1

周六，杨正清吃过早饭出来散步。天气晴朗，气温还没升上来，感觉清新凉爽。喜鹊在树枝上飞来跳去，叽叽喳喳，黄色的洒水车像一只"水蜈蚣"，一路欢唱着快速爬过。

好久没这个闲情逸致啦！杨正清以前在县区工作没有休班的概念，白黑连轴转，恨不得每周再多出两天来。到了统战部，他本以为是个闲差事，没想到"针线"也不少，有些问题还真棘手！好在市委市政府重视支持，在他协调下一些难题也都迎刃而解了。像清真寺的问题，市里在响水河畔的一块中心地段新建了清真寺，让伊协十分感动；再如这次莱茵小镇拆迁户上访，通过靠上做工作，也及时化解了矛盾，再加上暴雨引发了渣滓山泥石流和部分地面塌陷，他们更支持异地搬迁，对新规划的小区地段也很满意……

杨正清一路想着，不觉又朝机关大院方向走去。呵，真没办法，出来散步也是满脑子工作，看来自己真像玉梅数落的那样，就是个干活的命……这些日子，他一直筹划着怎么发挥统战的优势，把在外的昌海籍成功人士组织起来。上周，他找孙奉明拿了个初步方案，不太满意，要不再去办公室考虑考虑吧！

上了楼，他见部办公室门开着，徐风正在电脑前噼里啪啦地打字。杨正清招呼了一声："小徐，忙啥呢，周末也不休息？"

徐风忙站起来说："杨部长来啦！我们申报的'活力统战'建设课题要上

报了，再改改，争取出个成果。您有事吗？"

"没事，看看材料。你来加班，孩子有人看吗？"杨正清关切地问。他知道徐风的爱人教高三毕业班，没白没黑地忙。有一次周末他碰见徐风带女儿敏敏来办公室加班，便拿了个地球仪给她玩。敏敏很快和他熟了，他写字时帮着牵纸，忙得屁颠屁颠的。那天杨正清给徐风题了幅斗方"清风徐来"，给敏敏写了幅"敏而好学"，孩子高兴，徐风心里也暖融融的。

"孩子上姥姥家了，多谢部长关心。"徐风感动地说。

"有空多休息，也别老加班，劳逸结合嘛！"杨正清微笑道。

"不光我加班，现在各科室加班加点的都多了，大家精气神都提起来了！"徐风有感而发。

"看来作风建设成效不错！"杨正清高兴地说，"你这个'活力统战'建设选题不错，统战工作只有激发各领域、各方面的活力，才能更好地发挥优势、服务大局。凝心聚力也要注重发挥好在外成功人士的作用，这方面你有什么想法吗？"杨正清觉得这个年轻人爱思考，想听听他的意见。

"我看过方案，部里筹划举办市海联会换届暨在外成功人士回乡行活动，方向没问题，感觉站位有些低了……"徐风对方案确有看法，坦诚地说。

"噢？站位怎么低了，你说说看！"杨正清鼓励他说下去。

"昌海籍在外成功人士分布在世界各地，回来一趟不容易。要是仅为了海联会换届和回乡省亲，形式落入俗套不说，也缺乏吸引力和影响力。"徐风索性把看法和盘托出。市海联会上次换届还是八年前，外地来宾不多，只得从本地找人凑数。换届会不到半天就结束了，本来安排外地来宾观摩，不想留下的寥寥无几，大部分人散会后就自由活动去了。那次换届后至今没开展过活动，与换届会不成功大有关系：没有主题，缺乏凝聚力，人心散了。

杨正清听了直点头，问他："你觉得海联会怎么换届好？"

"我看不能单纯开个换届会、组织一次回乡行活动就算了，关键是要确定主题，搭建平台，建立完善长效联系机制，真正把这部分人组织起来、凝聚起来，让他们打心底里有种归属感、认同感……"

"那你觉得定个什么主题好？"杨正清听得很认真，追问道。

"这个我还没想过，感觉不能光打乡情牌，最好得有一个能把人吸引过来、凝聚起来的明确主题……"

"嗯,说得有道理,这个主题定什么好呢?"杨正清一手摸着下巴,踱了两步,紧皱眉头思索着。

"发展是第一要务,统一战线围绕中心、服务大局,说到底还是促发展……"

"发展?"杨正清听了眼前一亮,顿时有了主意,笑道,"对,发展就是最大的主题!咱们举办一次昌海发展大会怎么样?"

"发展大会?这个主题好,与中心贴得紧!"徐风情不自禁地拍起手来,想了想,又补充道,"能不能再加上'同心'二字,就叫'同心发展大会',意思是同心协力谋发展,这个主题就立住了!"

"不错,更切题了!真是三个臭皮匠,顶个诸葛亮啊!"杨正清高兴地说,"题目有了,后面咱们就下功夫做篇好文章!"

2

中午杨正清步行回家,日头正毒,马路上亮晃晃的有些刺眼。他刚出大门口,一部银灰色的商务车在他身边停下。陈公明降下车窗打招呼道:"杨部长,这么热的天您还安步当车啊?我拉着您吧!"

杨正清也不客气,上车问:"齐帅那个案子怎么样了?"

陈公明摇头道:"还没找着那个王晓霞……二审快开庭了,我正着急呢!您中午没事吧?请老师吃个特色,咱们边吃边聊?"

杨正清一想,反正玉梅回娘家了,中午他也是一个人在家,就答应了:"好吧,吃啥特色?大热天还是清淡点好。"

"还真让您说着了,就是吃清淡的。"陈公明笑道,"刘家巷新开了一家自助素菜馆,是一家公益组织办的,花钱不多,既吃了特色,又能做慈善,一举两得,我带您体验体验去!"

杨正清一听来了兴致:"好啊,我听说过这种餐馆,没想到昌海也有了,不为吃也为见识一下!"

素菜馆店面不小,一楼二百多平方米,装修简洁,干净明快。就餐区桌椅造型简约别致,颜色或橘黄或浅蓝或草绿,看上去颇具青春活力。自助选餐区与厨房毗邻,用透明玻璃幕墙隔开。厨师和服务员着装规范,身穿白色工作服,戴了工作帽和口罩。灶台、橱柜干净整洁,食材、调料摆放有序,墙上的宣传画印着"人人献出滴水之爱，世界就会春暖人间""十五元放心用餐，点滴爱助力慈善"等标语。

门口有个公示栏，上面是餐馆运营模式和收支清单。素菜馆由义工组织筹集二百万元资金经营，全部善款和营业收入均用于餐馆日常运转。每餐提供二十个冷热素菜和各类面食，就餐者十五元一位，环卫工、民工、孤寡老人以及其他低收入群体免费。素菜馆除少数厨师和服务员为固定人员外，大部分都是义工。餐馆不设收费台，门口有投款箱，用餐者自觉投钱，不找零。箱体透明，里面有不少百元和五十元面额的现金。

陈公明投上五十元，拿了两个餐盘，递给杨正清一个，开始选菜。菜品都是些时令菜蔬，做得挺精致。午餐有醋熘土豆丝、蒜茸菠菜、干煸芸豆、红烧茄子、麻婆豆腐、金针蘑菇汤等，虽是家常菜，却也色香味俱佳，让人食欲大开，忍不住每样都想尝尝。

正值饭点，顾客不少。几个穿黄马甲的环卫工人边吃边聊，很是开心。门口进来一对卖艺的老人，男的是盲人，手持二胡；女的腿有残疾，挎着包袱。一个大眼睛的女服务员迎上去，把他们安顿下，帮着他们选菜、端菜。杨正清看了很感动，心想这种模式真不错，应该宣传推广一下。

两个人边吃边聊。陈公明说，找那个王晓霞真费劲，按理说通过公安查询身份证不难找，可费了九牛二虎之力，信息都对不上，只有一张王晓霞的照片，还是从洁宜酒店员工登记表上翻拍的。

陈公明扶了扶眼镜，疑惑道："这个王晓霞人间蒸发了似的，怎么也找不到，我怀疑她未必真去了南方，身份也许是假的！"

杨正清问："你觉得可能有什么问题？"

陈公明猜测道："我感觉她应该是知情人，或许有意不让人找到她。"

吃完饭，两个人坐着闲聊。这时，他们忽听门口传来一阵喧闹声。二人循声望去，只见两个戴墨镜、打扮得流里流气的男青年和服务员吵起来了。一个青年头发染成黄色，脖子上戴着一条筷子粗的金项链；另一个光头锃亮、臂膀上文着鬼脸刺青。那个大眼睛女孩让他们投钱，"黄毛"双手插在牛仔短裤口袋里，玩世不恭地说："哎，我说小美女，你们不是搞慈善吗？哥们这几天手头紧，没带钱，你就心疼心疼哥哥，权当救助我们了！"

那个女服务员像是暑假打工的学生，一双杏眼明亮清澈，脸上略带稚气，又有几分执拗，认真解释道："我们只照顾低收入群体，其他人不免单。两位老板不至于没有三十块钱吧？刷手机也行！"

"刺青"哈哈大笑："哟，小妞嘴巴挺甜啊，人也正点儿。哥还真是不差钱，把你收了都没问题！怎么样？跟哥走吧，包你吃香的喝辣的！"说着，他伸手去捏女孩的下巴。

女孩又惊又怕，慌忙扭头躲开，嘴里叫道："干啥啊？你这人怎么这样啊！"

"黄毛"笑嘻嘻地说："哟，还害羞呢，看样是个雏儿！陪哥们玩玩咋样？"说着，他一把揽住女孩的肩膀，伸嘴往女孩脸上凑。女孩歪着头挣了两下没挣开，脸都吓白了，哇的一声哭了出来。

杨正清一脸铁青，站起来刚要上前，陈公明离门口近，抢先过去，指着青年大喝一声："住手！你们公然调戏猥亵妇女，这是犯法！"

"黄毛"松了手，打量了一下陈公明，看他像个文化人，不屑一顾地说："哎哟喃，英雄救美啊？太老套了吧！要不哥们单练，整一出比武招亲咋样？"

"刺青"一脸凶相，发狠道："甭跟他啰唆，谁多管闲事，叫他吃不了兜着走！"说着，他一把揪住陈公明的胸襟，把他往外推。

"放手！"杨正清走过来，试图拉开"刺青"的手臂。"黄毛"见有人拉偏架，抓起个空餐盘，朝着杨正清劈头盖脸砸过来。

只听咣当一声，随着一声惨叫，"黄毛"重重摔倒在地。他挣扎着爬起来，一手撑地，一手摸着后脑勺，满脸懵懂状，还在寻思自个儿怎么摔倒的。

"刺青"松开手，回头一看，见面前有个女孩反戴着棒球帽，穿一身红白相间的休闲运动服，脚蹬米黄色渔夫鞋，正两手相握活动着手腕。

"你找死，别怪哥们欺负你！"他猛喝一声，抢前一步，一记左勾拳劈头盖脸打过来。那姑娘不慌不忙，身子轻盈一闪，避开拳锋，左手抓住他的手腕往前顺势一牵，右手化掌，在其肩部轻轻一拍，动作看似轻柔舒缓，"刺青"却弯腰屈膝地往前跟跄了好几步，好不容易才收住脚。

众人鼓掌叫好。"刺青"脸色大变，心知遇上了练家子，再不敢造次，摘下墨镜，盯着姑娘恶狠狠地说："好，记住你了！"

杨正清看"刺青"面熟，忽然想起来了，指着他责问道："我认得你，前段时间莱茵小镇拆迁户上访，就是你们俩挑的头吧？你们到底是干什么的？"

"刺青"也认出了杨正清，不敢搭话，扭头就走，"黄毛"紧跟着溜了。

杨正清正要感谢姑娘出手相助，肖剑飞匆匆跑进来，见是杨正清一愣："杨部长，您怎么在这儿？不要紧吧，听说店里有人闹事？"

"两个小混混捣乱，多亏这位姑娘赶跑了他们！"杨正清指着女孩说，"看不出你年纪轻轻，还真有两下子！"

肖剑飞说："别看人家是女孩，从小练武，还钻研国学，文武双全呢！"

"您别听他瞎吹，小女子学了点皮毛，也就刚入门！"那姑娘一张口，露出一对俏皮可爱的小虎牙，"剑飞叫您杨部长，您应该就是传说中的杨正清大人吧？小女子这厢有礼了！"说着，她左掌右拳，向杨正清施了个抱拳礼。

"这就是杨部长，我和你说过好几回了。"肖剑飞介绍道，"这是许阳，义工协会会长，素菜馆的发起人、总经理！"

许阳高兴地说："还真是杨部长，我早就听说您啦！您吃好了？上办公室坐坐吧？"杨正清正想深入了解一下这里的情况，就跟着她去了二楼办公区。

二楼有几间办公室，分别挂着综合部、联络部、财务部的牌子。到接待室坐下，那个大眼睛女孩过来倒上茶。

杨正清见肖剑飞和许阳很熟，问他怎么也来了。许阳抢先介绍道："这位肖剑飞先生是我们义工协会的宣传策划主管，兼信息员、报道员，忙时还要客串驾驶员和搬运工。现在还是试用期哦，虽说不拿工资，干不好也要炒鱿鱼的。肖主管可要努力啦！"说着，她一歪头，举拳做了个努力向上的动作。

肖剑飞涨红了脸，不好意思地说："我来这里时间也不长。素菜馆开业时我来采访，觉得这种运营模式很有创意，就加盟了。"

杨正清问："你们是怎么想到要办素菜馆的？"

许阳看了一眼肖剑飞，绘声绘色道："这事跟肖先生还大有关系呢！他在昌海城事网发了一篇报道，反映环卫工收入低、工作时间长，有人中了暑，还有的不幸遭遇车祸……他们早出晚归，经常顾不上吃饭，上路边店要杯水，有的还不让进门！看了报道，我就想开家餐馆，专门给他们提供免费就餐休息的地方。后来一商量，干脆好事做到底，扩大范围，所有弱势群体全免单，就做成现在这个样子了！先试营业，有了经验还要开连锁店呢！"

杨正清听了很受感动，赞道："你这么年轻，就热心公益，精神可嘉，不像有些老板，光知道敛财，没有一点社会责任感！"

许阳愤愤不平地说:"我最瞧不上这种人啦!理论上讲要先富帮后富,可有些人受惠于改革开放,暴富后却成了铁公鸡,一毛不拔!他们花天酒地、挥金如土,穷得只剩下钱了!"

"有些土豪招摇过市,浑身上下带着一股铜臭气!"陈公明深有同感地说。

"现在有些老板被称作'两院院士'——要么违法违规进法院,要么挥霍无度进医院。如何引导他们富而思源、富而思进,健康成长,是一个大课题啊!"杨正清亲切地看着许阳和肖剑飞说,"不过好在新一代企业家成长起来了,像你们这样有社会责任感的年轻创业者,一定能给社会带来正能量和新风尚!"

"我们刚起步,还差得远呢!"许阳笑笑,伶牙俐齿地说,"不可否认,资本是有原罪的。《资本论》中有一句话:资本来到世间,从头到脚,每个毛孔都滴着血和肮脏的东西。资本是不道德的,但又可以是道德的,如何最大限度地减轻或者消除资本的原罪,使不道德的资本变成道德的呢?我认为就是要取之于社会,用之于社会。简而言之,就是把从社会上赚取的财富,再最大限度地回馈社会,在实现自我价值的同时,推动社会进步。这样一举两得,何乐而不为呢?"

杨正清心中称奇,等她连珠炮般地讲完,笑道:"哟,真看不出你这个小女子理论上也一套一套的,真是文武双全啊!除了素菜馆,你还有其他副业吗?"

"哈,素菜馆才是我的副业呢……"许阳一咧嘴笑了。她说,她在意大利学的服装设计,回国后从服饰店做起,用了不到三年时间,就把一家小手工作坊式的服饰店发展成了集研发、设计、生产、直营和网络销售于一体的头花饰品公司,现在年销售额过千万。去年投入运营的"品尚"服饰旗舰网店,已升级为皇冠级网店,产品热销亚欧多个国家和地区……

杨正清听了非常惊讶,钦佩地说:"哎呀,你这么年轻,既干实体又做电商,边搞经营边做慈善,真不简单!你的事迹应该多宣传推广,鼓励带动更多的年轻人创新创业!"

"我们许老板在创客中还是有名的侠女呢!"肖剑飞介绍道,"不少年轻人开网店找她做指导,哪家企业资金转不动了就来拆借,她是有问必答、有求必应,人气旺着呢!"

"你把我吹成活菩萨啦!"许阳瞥了他一眼,"干脆说我香火旺得了!"

"嗬,你还是年轻人中的领军人物啊!"杨正清笑着向她伸出大拇指,提议道,"你们年轻人一块创业,可以成立一个协会,把全市服装业电商整合起来,抱团发展,这样人多力量大嘛!"

这话正合许阳的心思,她兴奋地说:"我也这么想呢!现在电商发展很快,有些网店搞恶性竞争,踩压内耗。要有电商协会协调,就能有序发展了。"

"我问过,成立协会很难办,又要主管部门又要挂靠单位什么的,手续够麻烦的……"肖剑飞皱着眉头说。

杨正清说:"你们先成立服装行业商会,再以此为依托申请成立电商协会。行业商会是工商联的业务,回头我给你们协调。这是好事,应该大力支持!"

陈公明也主动表态道:"法律方面有需要咨询的,我们事务所提供义务服务。要不我也加入义工组织,做个法律志愿者吧!"

杨正清笑道:"我也算一个!"

许阳拍手跳了起来:"太好了!义工组织可不嫌人多,我是许阳将兵,多多益善!不过您两位可不是兵,给我们当顾问就行!"

"可别光挂虚职,会长有事就安排我们!"杨正清笑道。

"好,那我就安排任务啦!咱们义工组织本来想叫'昌海义工协会',素菜馆叫'昌海素菜馆',但工商局不批,说是不能随便用'昌海'冠名。那就劳烦两位顾问帮着起个名字吧!"

"这好办,有现成的嘛!"杨正清笑吟吟地说,"你们巷子里的民主党派机关明年就搬到同心大厦去了。我看'同心'这个名字就不错,'二人同心,其利断金;同心之言,其臭如兰'。义工协会就叫'同心义工协会',素菜馆就叫'同心素菜馆',怎么样?"

"哇,这名字好,正合适!"许阳高兴地说,"做公益就是要同心协力促进社会和谐。领导当顾问,水平就是高!"

"会长满意就好,有事随时联系!"杨正清笑着递给她一张联系卡。

"我们现在是试营业,正式开业时你们一定要来揭牌啊!"

"没问题,我们都成会员了,哪能不来啊?民主党派有设计专家,回头我请他们帮咱们协会设计个会标。"

正说着，刚才端茶来的大眼睛女孩进来续水。许阳叫道："晓霞，你一会儿拿两份登记表给两位领导填填。"女孩应着，继续倒水。

陈公明听到许阳叫她"晓霞"，心里一动，仔细端详，模样果然与他手机上存的照片有几分相像，便试探着问道："姑娘，你是叫王晓霞吗？"

"大眼睛"听了一愣："是啊，您怎么知道我的名字？"

陈公明压住心头的狂喜，进一步确认："你在洁宜酒店干过服务员吧？"

"大眼睛"疑惑地点点头，眼中掠过一丝慌乱，又使劲摇了摇头。

"真是踏破铁鞋无觅处，得来全不费功夫！"陈公明大喜过望，一下子站起来，笑容满面地说，"王晓霞，我可找到你了！"

原来，王晓霞身份证上的名字是"王筱霞"，她嫌这个"筱"字生僻，一直都用"晓"字，怪不得陈公明查了"王晓霞""王小霞"都查不到她。她到洁宜快捷酒店打工不到两个月，就碰上警察调查杀人案，吓得她辞职回了家，后来应聘到了这儿。

陈公明急切地问道："你还记得去年年底的那场大雾吗？那晚发生了凶杀案，嫌疑人住在你们酒店。当时是你值的班吧？"

王晓霞一听神情紧张起来，两手揉搓着衣角，喃喃地说："我不知道，我啥都不知道，你别问我，他们不让说……"

杨正清站起来，安抚她说："晓霞，你不用怕，有我们呢！这可是人命关天的事，你讲实话就能救一个被冤枉的好人，要是隐瞒真相，他可能就冤死了。现在是法治社会，咱们没啥好怕的！"

许阳揽着她的肩膀劝道："晓霞，你就实话实说，有什么事姐给你顶着！"

在众人的劝说下，王晓霞终于打消了顾虑，讲起那天晚上的情形……

那晚有大雾，和她一块上夜班的同事请了假，她自己在服务台值班。晚上不到八点钟，来了一个三十岁左右的男房客，她印象特别深。那个人拖着一个大行李箱，像是喝了酒打过架，头发蓬乱，脸上有很明显的两道划痕，渗出的血珠风干了，结了痂挂在脸上。她登记时，发现电脑死了机，她不会操作，在登记簿上做了记录后，让他进房间了。第二天上午，那个男房客收拾利落，退房走了。几天后酒店的主管找她，说那个男房客是杀人犯，被公安局抓住了，因为当晚她值班时没用电脑登记上传信息，会被追究责任。她吓坏了，问主管怎么办，主管让她辞职回家，说他们找不着人也就算了。主管还一再叮嘱她，不要跟任何人提起这件事，否则会受到牵连……

陈公明边记边问道："你确定他是晚上八点前住下的吗？没再出来过？"

王晓霞点点头："我确定！时间应该是七点五十吧……他一晚上没出门，我一直都在服务台呢！那天雾大，没几个人住宿，我记得很扎实……"

陈公明松了口气，合上笔记本说："晓霞，如果让你上庭做证，把刚才说的再讲一遍，你能做到吗？"

王晓霞用求助的目光看着许阳，许阳拉着她的手鼓励道："没问题！姐和你一起去，案子不关你的事，那个酒店主管怕担责任，吓唬你呢！"

"对，咱们身正不怕影子斜，没啥好怕的！"肖剑飞也给她打气。

王晓霞还是有些犹豫："我可从没上过法院……去做证真没事吗？不会扣下我吧……"

"你放心，保证没事，我以前还代表县政府上过法庭、当过被告呢！"杨正清笑着指了指陈公明说，"这位陈主任是有名的律师，打赢了很多官司。只要你去做证，就能救那个被冤枉的男青年啦！"

陈公明说："我打了二十多年官司，什么案子没接过？我打包票，只要你说的是真的，咱们一定能赢，你不但没责任，还是功臣呢！"

"你们这么说，我就敢去了……"王晓霞说着又看看许阳，恳求道，"到时许姐可要陪我一块去啊！"

许阳和肖剑飞异口同声地说："我们都去！"

3

江林对筹办同心发展大会很认可，市委常委会专题研究时，他特意提出会议名称加上"首届"二字，以后每两年举办一次，在统战部建立常设工作机构，使活动制度化、联系常态化。受邀范围不限昌海籍人士，凡在昌海学习过、工作过、生活过，乃至有投资兴业意愿的，都来者不拒、热烈欢迎。

杨正清正在审改市海外联谊会换届大会暨海外知名企业家"昌海行"活动方案，这是同心发展大会系列活动之一。市海联会八年没换届了，会长早已作古多年，至今仍未卸任，实在让逝者难以安息。他看了理事名单，觉得海外理事还是有些少，就拨通了方进的电话，想请他帮着多联系一些海外来宾。

方进接到他的电话很高兴，开口就问："那个王彪的历史问题落实了吗？他的后人现在过得怎么样？"

"您老就放心吧，有了您的证明材料，很快就落实了！"杨正清告诉他，"北海特事特办，一次性给他补偿了二十万。王永福专门给部里送了锦旗，还让我捎话感谢您呢！"

"那就好！"方进听了很满意，"等我啥时回昌海看看他去！"

杨正清介绍了同心发展大会和海外知名企业家"昌海行"活动安排，方进赞道："你们这个路子对头！昌海是侨乡，在外闯荡的人可不是个小数。这些海外游子都挂念着家乡，应该多和他们联系，请他们回来走走看看！"

杨正清说："我正愁联系少呢，这不向您求援来了！"

方进爽朗地笑道："好啊，没问题，我也是昌海人嘛！虽说早退下来了，不过和老朋友的联系可没少！还有啊，小卉回国了，正在上海开会，回来我叫她帮你联系几个五百强企业！"

杨正清心头一热："是吗？太好了！这次一定让她回昌海看看！"

方卉是方进的小女儿，二十世纪九十年代大学毕业后，去德国卡尔斯鲁厄理工学院读研。她天资聪颖，从小喜欢玩积木、搭房子，对建筑设计情有独钟，在校时作品就拿了全德校园建筑设计比赛金奖。凭借出色的专业素质和近乎自虐的敬业精神，方卉在众多学子中脱颖而出，被德国著名的艾尔森建筑规划设计公司录用。她从设计员做起，经过多年打拼，干到了副总裁的位置。

她要回来了！杨正清心里荡起阵阵涟漪。往事随风，虽然过去了这么多年，当年那个扎着马尾辫，喜欢戴遮阳帽、穿白裙的美丽少女，她的一颦一笑、一举一动，早已镌刻在杨正清的心里。他默默地点上一支烟，吸了几口，缓缓吐出，在袅袅烟雾中，尘封的记忆若隐若现，幻灯片般一帧帧从他脑海中掠过……

杨正清和方卉初识颇具戏剧性。那是一个夏日的周末，杨正清去方进家送材料，二人正商量着修改意见，忽听门外一声清脆的叫声："老爸在哪儿？本公主打道回府，速来接驾！"说话间，一个头戴米黄色流苏遮阳帽，身穿白色连衣裙,身材高挑的姑娘,背着双肩包,拖着一个行李箱,风风火火地闯进门来。

"家里有客人呢,老大不小了还这么调皮!"方进疼爱地看着女儿,介绍道,"这是我小闺女方卉,在昌海一中读高二呢,放假刚回来。"杨正清忙起身帮她拎行李箱。方进又和方卉说:"这是杨秘书,虽然比你大不了几岁,不过是我同事,你该叫人家杨叔叔!"

方卉皮肤白皙,穿了白裙,恍如一只优雅的白天鹅从天而降,让杨正清自惭形秽、局促不安。他涨红了脸,腼腆地摆手道:"啊,不用……不用那么叫,喊我小杨就行……"

"小羊?嘻嘻……"杨正清的地方口音,让方卉听了好笑。她调皮地双手捏住腮帮子,做了个鬼脸,"咩咩"叫了两声。

"你这孩子,真没正形!"方进哭笑不得,佯怒道,"快上屋里歇着吧,别耽误我们工作!"

方卉刚要进屋,忽又想起了什么。她摘下墨镜,露出娇美的面庞,一双长睫毛大眼睛盯着杨正清,看得他不知所措。

"是——你?真的是你?"她惊叫起来。

杨正清愣了,有些莫名其妙。方卉白皙的脸庞因兴奋而涨红,提醒道:"你不认识我了?前年海边……那个……那个游泳呛水的……"

她一提示,杨正清也认出来了,高兴地说:"哦,是你啊!长这么高了,真是女大十八变,我都不敢认了!"

方进有些摸不着头脑,问道:"怎么,你们俩早就认识啊?"

"老爸,跟你说了可不许生气啊!"方卉揽着他的脖子撒娇道,"两年多了,该解密了!前年暑假,我偷着下海游泳,腿抽了筋,差点就和你们永别啦……"

那年夏天,方卉初中毕业后,约了几个女同学去海边游泳。她们正在近岸玩着,没注意退潮了,方卉不知不觉间被潮水裹卷着漂离了海岸。她手忙脚乱一阵扑腾,不料腿抽了筋,情急之下喊人,又呛了水,挣扎着越漂越远。同伴吓坏了,有的爬上岸大声呼救,有的吓得直哭。杨正清那天刚好来北海报到,听到有人喊救命,丢下行李,一路狂奔过来。他望见海水里有个红色泳帽起起伏伏,知道有人溺水了,便边跑边扒掉汗衫,一头扎进海里。他从小在河里玩着长大，水性不错，很快游过去，一把抓住女孩就往回游。方卉被淹得迷迷糊糊，遇人施救，可算抓住了救命稻草，双手从背后死死地抱住杨正清不撒手，害得他也呛了几口水。杨正清临危不乱，两手抓住她的手指往外一掰，挣脱开后，一只手从她腋下揽住她，让她仰面往上，倒拖着她往回游，以防再被她抱住。上了岸，方卉已处于昏迷状态。杨正清弯腿屈膝，让她趴在腿上，用膝盖顶住她的腹部，使劲拍打其后背。不久，方卉哇的一声呕出不少水来，吐了好一会儿，才慢慢缓过劲来。她脸色苍白，身上沾满黑污泥，双手抱肩，坐在地上瑟瑟发抖。几个女同学七手八脚地给她披上外衣，有的搂着她，有的安慰她。等她们回过神来，才发现救人者不知啥时候离开了，连声"谢谢"都没跟人家说……因为偷着下海出了事，方卉她们回家都没敢跟大人提。她曾悄悄打听救命恩人是谁，也没消息。暑假结束后，她去昌海上了高中。一晃两年过去了，没想到那个一直印在脑海里熟悉而又模糊的面容，今天突然在家里出现了！

方进听方卉讲完这段渊源，不胜唏嘘。真是造化弄人啊，想不到自己挖的这个人才，竟然还是宝贝女儿的救命恩人！方卉的妈妈去世得早，方进对这个女儿特别疼爱，视为掌上明珠。那天方进留杨正清吃饭，做了一大桌子菜，还专门开了一瓶战友捎来的茅台。吃完饭，杨正清回去时，方进给他装了一大袋子吃食，还把剩下的一瓶酒放上了。从此，方进对杨正清更是另眼相看，不只作为优秀人才培养，还多了一份长者对晚辈的关爱。方卉放假回来，也时常找杨正清请教问题。第二年，方卉考上大学后，杨正清应邀来方进家吃饭庆祝，他还送给方卉一个精美的日记本呢！

高考后方卉彻底放松了，周末经常缠着杨正清陪她去游泳。一来二去，二人接触多了，机关里有了些议论。本来杨正清并未多想，方卉比他小八岁，他只是把她当成一个小妹妹，因为方进才跟她走得近些。不过人言可畏，他不想让人误会他攀高枝，便有意疏远她。方卉正是少女怀春、情窦初开的年纪，难免有些风花雪月的小心思。二人接触多了，她觉得杨正清勤奋好学、多才多艺、待人诚恳，对他从最初的感恩逐渐转化成一种难以释怀的眷恋。上大学后，她曾给杨正清写信含蓄地表露过心扉，不料寄了两次信都石沉大海、杳无音讯，她感觉很受伤，也就慢慢冷了心。

杨正清没回信不是故意不回，其实他压根就没收到信。县委办公室综合科有个年轻人叫何勇,心胸狭隘,见不得别人好。杨正清进机关比他晚,但无论工作成绩还是领导认可程度,都远胜于他。更让他妒火中烧的是,县委书记的漂亮千金竟然也和杨正清走得这么近。在强烈的嫉妒心和偷窥欲的驱使下,何勇利用收发信件之机,把方卉寄给杨正清的信私拆后销毁了,甚至连报纸或杂志社寄的约稿信、笔会通知也未能幸免,后来发展到了私拆领导信件、冒领他人稿费的程度。多行不义必自毙,最终东窗事发,何勇被开除公职。

方卉心里一直没放下杨正清。寒假回来,她鼓起勇气去找他,想当面问问他为什么不回信,心里到底是怎么想的。她快到杨正清的宿舍时,远远看到他正骑着自行车往外走,车的后座上坐着一个身穿红色面包服的女孩。那女孩头上裹着一条花围巾,头靠在他背上,亲昵地搂着他的腰……方卉呆呆地望着,泪眼婆娑。她转过身去,站了一会儿,头也不回地走了,整个寒假再没找过杨正清,甚至春节听说他要来家里拜年,她也借故躲了出去。失恋的女孩都是诗人。那时正是朦胧诗风行的年代,诗能疗伤,方卉在杨正清送给她的那个日记本上写了一首又一首的诗。她用那句句带泪的诗行,默默舔舐着心头的创痕……半年后,方进调任昌海市委统战部部长,全家搬到了昌海,方卉和杨正清也就断了联系。

直到大学毕业前夕,方卉回家听爸爸有意无意地提起杨正清,说他光知道忙工作,到现在也没成家,不免又有些心动。她找了个理由,借去北海探望同学之机,约他在海边见面。那时杨正清已是县委办公室副主任,风华正茂,正是干事创业的好时候。方卉也成熟了许多,从自怨自艾的青涩少女变成了落落大方的窈窕淑女。对于感情,她现实了许多,不再逃避和压抑,而是选择了勇敢面对。这次她专门来找杨正清,就是因为心里始终放不下那段没有开始就夭折了的初恋……

海风飒飒地吹着,拂起了方卉黑亮柔软的长发。她特意穿了一袭白色套裙,戴了那顶米黄色流苏遮阳帽。不过,与当年的青涩相比,这身打扮更多了些端庄秀气。两个人并肩沿海边走着,三年多没联系,见面后彼此发现都有所改变,感觉生分了些,话也少了许多。

方卉问起杨正清为什么不给她回信时,才知道他从来没收到过信——原来她放飞的爱情信鸽遭人暗算啦!丘比特之箭如此捉弄她,难道两个人注定无缘？如果当年他能顺利地收到她的来信，两个人或许不是今天这个样子……方卉试探着问道："杨哥，我马上大学毕业了，你说我回昌海参加工作好，还是出国留学好？我有个公派去德国留学的机会……"方卉尽管想去她心仪的大学深造，心底却有个无比强烈的声音在呼唤：留下我！留下我！让我留下，我会不顾一切地回来，永远和心上人在一起！

杨正清沉默了一会儿，缓缓说道："留学机会很难得，我看你还是出国深造好。走出去海阔天空，眼界更宽，学业提升会更快些……"

方卉有些失望，他竟毫无挽留之意，看来心里根本没有她……她不再纠结，毅然做出了决定，淡淡地说："好吧，我也是这么想的，还是出国吧！你说得对，换个环境会更好些……哎，我爸挺关心你的个人问题，还问什么时候喝你的喜酒？"

杨正清平淡地说："快了，昨天刚订婚……对象是县盐厂劳模。"

方卉心里有说不出的难受，脑子里一片空白，好一会儿才平静下来，酸涩地问道："我应该见过，还是那个女孩吧？"

杨正清一愣："哪个女孩？你什么时候见过？"

方卉提醒道："我大一那年寒假去宿舍找你，正碰见你骑车带她出去。那个女孩穿着红色面包服，裹着花头巾，还挺壮实的……"

杨正清这才明白过来，笑道："嗨，你说的是我堂妹啊，当然不是她了！那天三叔让她找我借钱，我送她去车站呢，让你碰上了！"

方卉听了顿觉一阵眩晕，心里五味杂陈，有种说不出的难受！又是阴差阳错、造化弄人，难道这是命中注定的？如果那天她喊住他，当面问清楚多好……既然爱情的小舟一再迷失航向，自己何不放下心结，再最后做一次努力？

她用手拢了拢被海风拂乱的秀发，一双美丽的大眼睛紧盯着杨正清，直截了当地问道："杨哥，如果……我是说如果，你当初收到了我的信，会答应和我在一起吗？"

杨正清避开她的目光，望着远方缓缓地说："小卉，你是个好姑娘，我懂你的心思。不过说实在的，咱俩在一块不合适。你的梦在远方，我的事业在家乡，根就在这块土地上……再说，我比你大八岁，在心里一直把你当妹妹看……"

"我可以不出国,回来和你在一起!"方卉几乎从心底喊道。

"小卉,你不要意气用事……你还年轻,有自己的学业,还有更广阔、更远大的未来。咱俩真的不合适……"

方卉情绪激动地问:"跟你订婚的那个劳模呢,难道你们就合适吗?"

杨正清微微点头道:"感觉还行吧,交往一段时间了,挺谈得来。既然订了婚,我就要负责到底。"

"订婚又不是结婚,就不能改变了吗?"方卉仍不愿放弃,又追问道。

"小卉,外面的世界很大、很精彩,你出去发展空间会更大。如果你愿意,我还是做你的哥哥吧,无论你在哪里,我都会为你祝福的……"杨正清故作轻松道。

方卉早已泪眼婆娑,她从包里掏出那个精致的日记本,塞给杨正清,哽咽着说:"这是你送我的日记本……这几年我都写满了,也没啥写的了……我要出国了,这个留给你做个纪念吧……"

杨正清接过日记本,刚要翻开,方卉一把抱住他,猛地亲吻了一下他的脸,然后跟跟跄跄地跑开了。海滩上几只海鸟受了惊,忽地飞起来,啾啾长鸣,仿佛在呼唤她回来、留下……

杨正清从回忆中收回思绪,摁灭烟头,站起身来,从书橱的最高层,取出了那本一直珍藏着的日记本。历时二十几个春秋,日记本的封面已有些发黄,纸张也变脆了。他翻开扉页,默诵着那首用隽秀的蓝色钢笔字誊写的小诗——

　　爱你,与你无关,
　　想你,也总是枉然。
　　我的出现你视而不见,
　　却无法阻挡我对你的爱恋。
　　你的冷淡让我装作和你疏远,
　　心中却始终放不下那份挂牵。
　　爱人啊,如果时光能够倒转,
　　我会珍惜与你相处的每一天。

如果你爱的人已经出现，
我会默默离开你的身边。
我宁愿自己伤感，宁愿自己孤单，
爱人啊，就让我这样默默地爱你，
这，与你无关……

泛黄的纸页上有几滴渍湿的痕迹，不知是泪水还是雨水，在纸上淡淡地化开，湿了字迹，淡了墨痕，宛如朵朵泪花，见证着一份没有结果的爱情……

4

方卉这次回国，是去上海参加国际建筑设计规划创新大会。这些年，她把精力几乎全放在了事业上，天南海北到处跑。虽然每年都回来，但除了到省城探望父亲，她再没来过昌海。昌海——这是一个让她心痛的地方，是她爱情的处女地，也是她爱情夭折后的埋葬地。真是除却巫山不是云啊！后来她也遇到过不少优秀的男士，无奈都没什么感觉。她拼命地工作，让忙碌填满自己的生活，用闪亮的业绩来证明自己的价值……

这次与她一起来的，还有同事菲恩。菲恩是公司设计部主管，父亲弗洛里是公司现任董事长，曾祖父是二十世纪初德国著名建筑设计师赫尔曼。菲恩对父亲的经营管理之道毫无兴趣，却继承了曾祖父的设计天赋，对建筑设计情有独钟，尤其对东方文化特别是中国元素有着超乎寻常的热爱。他业余时间在孔子学院学习中国文化，能说一口流利的汉语。方卉刚到公司时，菲恩一眼就爱上了她。除了喜欢方卉的清纯靓丽、东方气质，她那中国味十足的设计作品更是让他如痴如醉。尽管方卉一再表明自己奉行独身主义，菲恩还是初心不改，说愿意陪她一块独身……方卉多次劝他，让他不要为自己空耗青春、无谓牺牲，他却不在意，说我们一块共事、一起研究专业，我能在一旁默默地关注你、欣赏你，这就足够啦！喜欢你，这是我自己的选择，与你无关……

方卉这次回昌海，除了走亲戚，还遵方进之嘱考察项目。方进嘱咐她说："你事业做得再大，飞得再高，也永远是昌海人，不能忘本，回去和正清好好谋划一下怎么给家乡出把力！"

　　这些年来，方卉心里始终放不下那片让她爱恨交织、难以割舍的海滩。多少次在梦里，她在冰冷的海水中挣扎，那种深不可测、踩不到底、摸不着边的恐惧和无助，一如无边无际的黑洞把她吞噬，令她坠向万劫不复的深渊。她想喊却喊不出，徒劳地挣扎，绝望中好不容易抓住了一条坚实的臂膀，不顾一切地扑上去，紧紧抱住一个厚实的胸膛不肯撒手。正当庆幸时，突然有一双手使劲把她的手指掰开，让她重新跌入无助与绝望之中。这时，她会惊叫着坐起来，环顾四周，但在空旷的房间里，只有她独自一人，面对寂寥的漫漫长夜……

　　有时她会想：我是谁？我在哪里？为什么孤身一人浮萍般漂泊在异国他乡？回想起这些年来的拼搏历程，真的不容易，她心疼自己，甚至被自己近乎自虐的努力所感动……当初她选择远走异国他乡，既是为了逃避感情上的失败，也与她对建筑设计那与生俱来的天赋和深入骨髓的热爱有关。在德国，她疯狂地读书学习，拼命地钻研业务，逐渐在业内崭露头角，凭着精湛的业务和令人叹服的敬业精神，没几年工夫，就从设计员升任设计部主管，步入公司管理层。菲恩一直锲而不舍地追求她，她也很欣赏这个西方小伙子过人的艺术天赋和执着追求，不过她的心门尘封已久，早已容不下别人走进她的生活……她甚至有了洁癖，对外物颇具抵触感，总是一遍又一遍地洗手，家里从不让外人来，甚至要好的闺蜜也不例外。她升任公司副总裁后，舞台大了，业务发展如日中天，公司很快跻身全球建筑设计十强企业行列，在十几个国家开设了分公司。在事业上，她无疑是个成功者，但感情上的创伤，随着岁月的流逝不但没有痊愈，还时常隐隐作痛……

　　到昌海正逢周六，方卉事先没跟杨正清打招呼，和菲恩从省城直接坐高铁过来，就近在东方大厦住下，安顿好了才和他联系。

　　杨正清正在书房看书，接到电话又惊又喜，说马上过去，晚上请她吃饭。潘玉梅正在客厅里拖地，听到他又有应酬，不满地说："说好晚上去孩子姥姥家吃饭，怎么又安排了活动？"

　　潘玉梅的父母年纪虽大，却不愿麻烦子女，坚持自己住。她们姊妹四个轮流去照顾，并约定每周六晚上去老人那边聚会。杨正清这段时间忙，已经一个多月没去看望老人了，本想今晚过去，商量下周怎么给岳父祝寿。

他解释说："真不巧，国外来了客商，我得接待一下，明天还要去北海考察项目呢，你帮我和老人解释一下吧！"他说完正要走，想了想，又去厨房，从酒橱最高层找出一瓶酒来，正是当年方进送给他的那瓶茅台。酒没包装盒，用白油纸包裹着。父亲和岳父都不沾酒，他也没舍得喝，留到了现在。

潘玉梅看见了问："你扒拉出这瓶老酒来干啥？"

杨正清说："国外客商是多年的老朋友，今晚就喝这个了！"

潘玉梅不满地嘟囔道："什么尊贵客人啊，非得喝这个？儿子结婚你都没舍得开，说等抱了孙子再喝。你就留着吧，别糟蹋了！"

"自己喝啥不行？外商最喜欢这个，他们喝高兴了，项目谈成了，到时你想喝啥我请！"

"你就知道哄我，不办正事！小海那厂子开工了，你没帮上忙，也不问问？他本想叫你去剪彩，我知道请不动你，就没应。人家都说假公济私，你倒好，这些年净假私济公了！怪不得小海叫你'杨济公'！"

"啊？他还真干上了？我不是提醒过，现在环保抓得这么紧，小化工千万不能碰吗？他上哪儿弄的钱，贷下款来了？"

"你不管就算了，哪来这么多话，活人还能让尿憋死？小海朋友多，先拆借着呗，反正没使咱们一分钱，你放心就是！"

杨正清摇摇头，把酒放进提包里。

多年不见，方卉已从当年那个活泼任性又懵懂的花季少女，变成了矜持大方、优雅稳重的白领。她成熟了许多，眼睛还是那么清澈明亮，宛如一泓清泉。她身材依然秀俏，较以前略丰满了些，更添了几分优雅。她穿一袭墨绿色短袖低领长裙，配一双风格简约的黑白间色高跟鞋，浅棕色长发盘在头上，白玉般的脖颈上挂着一条纤细闪亮的银链，胸前吊着一枚银色的十字架。一晃二十多个春秋过去了，岁月的刻刀似乎未曾在她身上留下多少印痕。

"欢迎你回来！"杨正清和她握手道，"这么多年了，你一点也没变，还这么年轻漂亮！"

"哪里，我都成老太婆啦！"方卉微笑道，白皙的面庞泛出一丝红润。她端详着杨正清，心里百感交集，久别重逢，似乎多了些陌生感。他明显变老了，原本瘦削的身材现已发福，两鬓斑白，曾经浓黑的头发日渐稀疏，饱满的额头上多了几道抬头纹,唯一没变的是:目光依旧那样温暖热情、坚定有力。

杨正清真诚地说:"你在国外发展得很好,是咱们昌海人的骄傲啊!"

"哪里,过奖了!"方卉矜持地微笑道,"昌海变化可真大,我都认不出来了,你们才是建设家乡的功臣啊!"

菲恩听方卉提起过杨正清,抱拳施礼道:"杨先生,听说你是方总的救命恩人,鄙人代表公司在此谢过了!"

杨正清听了很惊讶,也抱拳还礼道:"哈,你这洋秘书还是个中国通嘛!"

晚宴就安排在东方大厦,杨正清订了个六人雅间,中式装修,墙角摆着花瓶,插了几支富贵竹。墙上挂着花鸟字画,音响里播放着《高山流水》的古筝乐曲,房间不大,却也雅致有味。他叫了傅春作陪,她在德国培训时就和方卉较熟,又是致公党市委主委,而致公党正是由归侨、侨眷和有海外联系的代表人士组成的,她出面陪着再合适不过。

杨正清点了几个地道的昌海菜,从包里掏出酒来。傅春看了笑道:"杨部长还自带酒水啊?没再备上几个小菜?"

杨正清认真地说:"今晚是我个人宴请老朋友,自带酒水是必须的嘛!再说,要是工作餐,这酒还超标呢!"

菲恩拿过酒瓶去,内行地查看时间,惊叫道:"哇,这是八九年茅台啊!珍贵得很!酒喝完,瓶子归我了!"

傅春乐了:"国外也兴收藏酒瓶啊?你还真是个'中国通'!"

人不多,气氛却好。方卉和傅春酒量都不错,大家用小玻璃杯倒上白酒,边酌边聊,相谈甚欢。

方卉谈起这些年她在国外的打拼经历,说最大的感受就是海外华人普遍对祖国日新月异的建设成就感到骄傲和自豪。北京奥运会、我国成为世界第二大经济体、神舟飞船上天、深海勘探、航母试航、女排夺冠等,无不让海外游子欢呼雀跃、激动不已……

杨正清说,海外华人华侨和祖国血脉相通、心心相印,祖国发展这么快,也有海外游子的一份功劳。他介绍了昌海市的发展情况,讲了打算借海联会换届之机举办昌海首届同心发展大会的想法,并邀请方卉参加,请她再帮着多引荐一些海外企业。

方卉听了很感兴趣，肯定道："这个创意好，国家发展这么快，投资机会又多，很多海外华人都想回来发展呢！有什么好项目我们也可以考虑一下！"

他们聊着，菲恩见缝插针，一杯接一杯地敬酒。他满脸通红，摇摇晃晃地端起酒杯敬傅春，傅春再三推辞说不能喝了。菲恩大着舌头劝道："傅女士，你不要敬酒不吃……吃罚酒，还是……是从了吧！"

方卉又好气又好笑，嗔怒道："你少喝点行不行？你这么贪杯，还乱转词，再回来不领你啦！"

菲恩一手举杯，一手挥舞着，脸红脖子粗地嚷道："Nein（不），Nein（不），我还要来！中国酒……好喝！你到哪儿我跟到哪儿……中国有句老话，鱼儿离不开……开水！让我们为合作成……成功，干……干杯！"说完，他一饮而尽，往椅背上一靠，悄没声地出溜到桌子底下去了。

方卉让服务员先把菲恩扶回房间，他临走还不忘抓上那个空酒瓶。大家又聊了一会儿，约好明天上午去北海故地重游，下午去莱茵小镇看百年德、日老建筑，杨正清知道菲恩肯定感兴趣。

吃完饭九点多了。傅春接了个电话说："车来了，我先回去，你们多年没见了，再聊一会儿吧！"杨正清叫服务员结过账，他们一起下了楼。

送走傅春，方卉说："你要不急着回去，咱们在院子里走走吧！"

杨正清说："没事，你不累就散会儿步。"

入夜起风了，微风习习，吹在身上非常凉爽。虽然还未出伏，却有些初秋的凉意了。酒店西侧是个凉亭，长廊相连，往北通往酒店后花园。花园中间有个小人工湖，莲叶田田，垂柳婆娑，一对大白鹅在喷泉间静静游弋，一只稍大些的用喙亲昵地为另一只梳理着羽毛。

他们在湖边的鹅卵石小路上踱步。路灯若明若暗，树墩状的音箱正播放着小提琴协奏曲《梁祝》，湖面上的喷泉随之翩跹起舞。杨正清看看方卉，在灯光映照下，她面容清秀，脸色绯红，头发不知什么时候散开了，披肩长发在微风轻拂下秀美飘逸。聊了一晚上，彼此没了初见时的拘束与隔阂，似乎又重新找回了二十多年前的影子。

"明天我们去北海看看，北海变化更大，原来那些盐滩地、黑泥滩都开发改造了，现在的北海成了一块投资兴业的热土啦！"杨正清一提起北海来，兴奋之情溢于言表。

方卉笑道:"你真是个工作狂,一晚上光谈工作。我们聊聊自己吧,一晃二十多年过去啦!我那时年轻,意气用事,想走出去看看,没想到这一去就走了那么远、那么久……"

"是啊,时间过得可真快!"杨正清感叹道,"这些年你独自一人在外打拼,挺不容易的。好在你找到了事业归宿,实现了人生价值,也算是不虚此行、不枉此生了吧!"

"我事业发展得还行,可还是怀念以前的生活,怀念在北海的日子。尼采说过一句话:我们走得太远了,已经忘记了当时为什么出发。这句话以前我不太理解,现在有些明白了。人啊,有时一路狂奔,不过是因为惯性或本能,即使发现不是自己真正要去的方向,想停也停不下来了!"

"人生若只如初见嘛!走得再远再久,只要不忘初心,就不留什么遗憾。"方卉微微仰头,望着星空若有所思:"年轻时我喜欢卢梭的'人生而自由'这句话,觉得人要有梦想,要敢于追求。我的确不想被禁锢在一个地方,世界那么大,我心里一直渴望出去闯闯……其实,你是懂我的!"

"'人生而自由'还有下半句——却无往不在枷锁之中。按我的理解,这枷锁就是责任和义务吧!"杨正清缓缓说道,"我小时候的梦想是渴望从山沟里走出去,看看外面的世界究竟有多大。后来出来了,却更愿意留在这块生我养我的热土上,就像希腊神话中的大力士安泰,一刻也不能离开大地母亲的怀抱,否则就会失去力量……我觉得我也离不开这片土地。"

"你离不开,当初为什么不把我留下来呢?"多年来,方卉心里一直纠结这个问题,时过境迁,索性一吐为快,"我有时想,如果时光倒流,让我重新选择,我还会出去吗?如果咱们重新来过,你还会做同样的选择吗?"

"我想我会的……我离不开这块土地,更不愿意把你的梦想禁锢在这里。"杨正清坦白地说,"人生永远无法假设。你是基督徒,圣经里说,凡事皆有定期,万物皆有定时。随遇而安,这或许就是所谓的命运吧……"

"的确造化弄人,我的事业在国外,你的理想在家乡。咱们的人生轨迹就像原本平行的两条直线,有过短暂的交集后,又不得不各奔东西……"

"别那么伤感,现在不也挺好嘛!咱们的选择都没错,应该说都适合自己。"杨正清掏出一支烟来点上,深吸了一口,微笑道,"虽然我们失之交臂,那就留份记忆在心里,永远彼此祝福吧!"

方卉微微侧身，近距离地端详着他。他食指中指并拢，与拇指一起斜夹着烟卷，这姿势是那么熟悉、那么亲切！这些年来，她一看到菲恩抽雪茄时，就不由得想起杨正清吸烟的这个独特动作。她以前总看着别扭，像握笔一样，原来他无师自通，不经意间一直是用抽雪茄的姿势拿烟的。在路灯柔和的光晕里，他的鼻梁依然高挺，眼角的鱼尾纹镌刻着一道道岁月的印痕。这还是她情窦初开时爱恋的那个白马王子吗？这就是她多年来魂牵梦绕的那个青春偶像吗？方卉似乎又觉得，身边这个男人是那么遥远、那么陌生……这些年来，她心灵深处一直坚守的，或许只是一个影子、一个少女时代的梦。这个梦，犹如岁月之河中的一块鹅卵石，在时光无声的流淌中，被打磨得越来越光滑，越来越璀璨明亮，却又那么虚幻迷离。也许，她内心真正眷恋的早已不再是他，而是一个被回忆和思念不断升华、美化、固化的精神寄托。或许真的是：爱你，与你无关……

5

第二天，杨正清让刘元安排一辆商务车去北海。今儿周末，也怕人多麻烦，他就没通知北海方面。

车子直接开到了海边，正是当年黑泥滩所在的位置。按规划，这儿要改造成人工沙滩，建成亲海游乐区。工程车辆来往穿梭，忙着清淤、投放沙石。

杨正清指着已成雏形的一大片白色人造沙滩，笑着对方卉说："你看这片人造沙滩，就是你当年遇险的地方。以前在这儿下海，上来一身黑污泥；现在好了，建成人工沙滩，再下海就方便多啦！"

"是吗？那咱们照个相作为纪念吧！"方卉说着拉杨正清过去，让傅春照相。菲恩忙跑过去，站在方卉身边，挤眼吐舌扮鬼脸。

看完海滨沙滩，他们上车继续参观。方卉问原先的拦海坝在哪里，杨正清笑道，我们正在坝上跑着呢！不过这可不是原来的大坝了，这是刚建成的滨海大道，已从旧坝址往海里推进了两公里，导航地图都没来得及更新。喏，你看导航显示，车正在海里游泳呢……

北海大开发时的平房早已不见了，取而代之的是一排排崭新的楼房。到处是脚手架，到处是工程车和建设者，一派生机勃勃的热闹景象。杨正清介绍道，每次来都能看出新变化，北海建设速度之快，令人叹为观止。目前已投入上千亿，每天都有新项目开工落地，规划速度甚至跟不上建设速度。规划图一改再改，盘子越摊越大，项目越引越多，倒逼着人加油干呢！

方卉边看边拍照，赞不绝口道："这就是中国速度！在德国，街区几十年没变化，好多建筑还是十九世纪的呢！"

"不过，老建筑老街区更有韵味！"傅春说，"旧是旧了些，但那种历史沧桑感真的没法比。国内建筑最大的问题是雷同，缺乏地域特色。"

方卉点头道："从设计学视角看，建筑大同小异，没有个性特点，就缺少了文化韵味。新区建设不同于一般的旧城改造，就像在一张白纸上作画，应该画出最美的图画。要规范建筑设计，对风格雷同或与环境违和的一律不批。要是各自为营，建起来再改，那就麻烦啦！"

"你说得有道理！"杨正清深有同感地说，"文化是一个国家、一个民族的灵魂，也是一个城市的名片。善于建设更要善于保护，我看对承载历史记忆的老建筑，保护比建设还重要。"

"过犹不及，事缓则圆嘛！"傅春感慨道，"我也觉得有些地方太急于求成了，一窝蜂地大拆大建，到处开膛破肚，城市面貌恨不得一天变一个样，要知道罗马不是一天建成的！"

杨正清说："发展不能光看速度，更要重质量效益。北海发展正处于关键时期，咱们是从这儿出来的，都一块出份力吧！"

"那是自然啦！我现在还常梦到这儿呢！"方卉指着前面那片海滩说，"你们看，这片人造沙滩面积是不是太小啦，弄成海水浴场了。我觉得格局要大，定位和起点应该再高一些。"

"你有啥好点子？不妨说出来嘛！"杨正清鼓动道。

方卉拂了拂额前的头发，拿墨镜指着远处说："你们看，这片海滩视野不够开阔，应该连片开发，面积不能小了，至少沿海岸线五公里以上。这儿适合发展旅游娱乐区，不能只建海水浴场，像冲浪、快艇、潜水、滑水漂流、摩天轮等项目要应有尽有，还可以搞海鲜城、观景房、海上婚庆项目。总之，就是要高点定位，全方位发展，把这儿打造成东方的欢乐之海和激情之海！"

杨正清听了正中下怀，觉得这个规划堪称大手笔，很上档次，提议项目可以叫"欢乐海"。方卉摇头道："好像还不太贴切……我想这里不仅有欢乐，还要成为一个所有爱海、亲海的人能够寻梦、圆梦和放飞梦想的地方！所以，应该叫——"

"应该叫——梦之海!"没等她说完,菲恩一边忙着摄影,一边抢答道。

"抢答正确,你还真成精了!"方卉笑道。菲恩得意扬扬地吐了吐舌头,像个得到奖赏的孩子般笑逐颜开。

傅春让方卉尽早着手考虑,等举办同心发展大会时,争取拿出成型的规划来,届时说不定这个项目有不少投资方抢呢!

中午傅春请客,在海丰宾馆吃海鲜。午饭后他们驱车回东城,直奔莱茵小镇。到了小镇西门,他们见郑峰已在等着了。杨正清找他过来介绍情况,他还带了几份宣传折页和专题片光碟。

这段时间小镇有所变化,看上去干净了许多,空荡荡的像座废弃的城堡。泥石流灾害虽未造成人员伤亡,但刘志海还是吓出了一身冷汗,立马开展了专项整治清理。占用老建筑的单位和住户都搬走了,部分危房做了简易加固,顶着木棍,如同拄着拐杖。街巷清理后铺了炉渣土,车辆畅通无阻。

郑峰拎着一大串钥匙,领大家沿途参观。他打开原德军医院的大门,介绍道,这座建筑很结实,墙体近七十公分厚,楼内铺着长条木地板,下有厚隔温层,填的煤渣,墙上的壁炉能同时给两个房间供暖。客厅一角有个很隐蔽的楼梯口,直通地下室。楼顶使用的牛舌瓦,是当年德商捷成洋行设在青岛的大窑沟窑厂烧制的,小镇上的德式建筑全部用的这种瓦。

菲恩的眼睛早不够用了,他拿着相机东拍西照,蹲上跳下,忙得不亦乐乎。一到老火车站,看到锈迹斑斑的火车道轨转盘时,菲恩惊叹道:"太神奇了!保存这么好的转盘,在德国也找不到啦!我的照片拿回去发表,一定会引起轰动!"

方卉头一次来莱茵小镇,看到这些饱经沧桑、有着厚重历史积淀的老建筑,同样喜欢得不得了。她问这问那,郑峰详细介绍了小镇的由来和经历,还提到了前段时间有关小镇的存废之争。

杨正清说:"差一点就看不到了,总算保住了,刚列为省级文保单位呢!你看这里怎么保护开发好?"

方卉兴奋地说:"这儿几乎不用动,本身就是天然的欧洲风情特色小镇,有这么多现成的德、日建筑和工业遗产,发展文旅和工业旅游完全没问题!"

傅春分管科教文卫,忙问:"你给拿个主意,看从哪儿入手好?"

"我看还是主打文化产业。这么多年小镇的格局几乎没变，建筑保存得这么好，可以作为近代题材和异国风情的影视拍摄基地，也可以建西式画廊、艺术中心、雕塑展厅、油画美术馆，完全有条件打造成特色文化小镇！"方卉一路看下来，早打好了谱。

傅春赞道："到底是专家，水平确实高！我们还摸不着门呢，人家上眼一看，就瞅得明明白白的了！"

杨正清笑道："隔行如隔山啊，咱们守着宝贝不知道珍惜，还差点当破烂拆了。以后搞开发，欢迎方总投资加盟啊！"

"这是个好项目，不过……"方卉遗憾地说，"今年公司的主要业务在西欧，项目排得很满，能不能回来投资还很难说呢！"

他们一路聊着到了教堂，这是由四幢具有浓郁的巴洛克风格的哥特建筑群楼宇和一座哥特式钟楼组合而成的，郑峰介绍说当年叫"莱茵大钟楼"，也称"礼拜堂"。虽经百年，钟楼尖顶屹立不倒，高耸入云，钟表只剩了个圆形表盘，表针早已不知去向，仿佛一只空洞的眼窝，默默守望着这里。进入教堂，高大的梁柱，尖拱形的天花板，厚重谨严的结构，让人顿生肃穆庄严之感。

菲恩看得眼都直了，跑前跑后，出出进进，镜头换来换去，还支上了三脚架，从不同角度拍摄着。忽然，他对天花板最里侧的一根方型梁柱产生了兴趣，注意到上面有一处不太起眼的黑色涂鸦。他换上超远长焦距镜头，拉近照了几张，放大照片看。

"Mein Gott（上帝啊）！"菲恩惊叫一声，神情夸张地挥舞着双手，大声招呼大家过来，"你们看啊，太不可思议了！"众人凑到镜头前，上面显示的是一个用碳笔绘就的简笔画笑脸，夸张的高鼻子、蜷曲的头发表明这是个西方人，旁边还有一串潦草的字符。

菲恩激动地指着那串字符说："这是我曾祖父赫尔曼先生的签名！他签名时总爱画上本人的肖像漫画，我在他的设计稿上见过！"

方卉也很惊讶，猜测道："这是不是说明赫尔曼先生当年参与了莱茵小镇教堂的设计和建设？"

菲恩使劲点点头，肯定地说："当然啦！他年轻时来过中国，有过早期作品，我和父亲一直没找到，竟然在这儿发现了！用你们的老话说，真是'踏破铁鞋无觅处,得来全不费功夫'。我要马上告诉父亲,让他高兴高兴!"说着,他掏出手机来打电话。

郑峰也很兴奋,俨然发现了新大陆,笑道:"太好了!关于小镇建筑的设计者,我们查找过不少资料,一直没定论,谁知来头不小,出自名家之手,这是小镇的又一个看点!"

杨正清笑着对方卉说:"小镇和你东家还有渊源呢!以后小镇的保护性开发你们更是义不容辞啦!"

菲恩大步走过来,把手机递给方卉,让她接电话,然后又举起相机去仔细拍那个签名。刘元和郑峰抬来一张桌子,扶着他让他踩上去近距离拍照。

方卉接完电话,满面春风地说:"董事长听到这个消息很高兴,他让我们好好考察一下,艾尔森公司希望能投资开发!"

杨正清喜出望外道:"太好了!有全球一流的设计企业投资,这个百年小镇就要浴火重生啦!"

6

傍晚,杨正清步履轻盈地走进楼洞,拾级而上。虽然又一个周末没休息,他却神清气爽、毫无倦意。方卉这次回来,不仅邀请海外企业家一事有了眉目,莱茵小镇保护性开发也有了着落,收获还真不小。看来事在人为,工作突破并非缺少资源,缺的是发现和挖掘。

打开家门,一股烟味扑面而来。潘玉海正斜靠在沙发上看电视,嘴上叼着烟卷,双脚交叉着架在茶几上。杨正清皱皱眉头,潘玉海忙把脚放下,起身打招呼:"姐夫回来了?周末也没歇着?"

"哦,有个活动。你早来啦?"杨正清一边打招呼一边换鞋。潘玉梅端着菜从厨房出来,放下盘子说:"客商走了?接待完外宾,该招待内宾啦!小海找你有急事,这回你可得帮帮他!"

"哦,什么急事?"杨正清一下子警觉起来。

潘玉梅擦擦手说:"小海,好好跟你姐夫说,我再炒个菜,你俩喝上口!"

杨正清见潘玉海没精打采的样子,调侃道:"潘总是缺资金了,还是又有挣钱的好门路了?不妨说来听听。"

"姐夫又不肯出面,真有好项目也轮不着我啊!"潘玉海嘿嘿一笑,掐灭烟头，哭丧着脸说，"姐夫你也别光'济公'啊，也'济济'你老弟吧，要不我可完活儿了！"

杨正清听他说得这么严重，不知何事，便坐下来听他说。

潘玉海愁眉苦脸地说，前段时间他和朋友合伙在北海建了个溴素厂，自己投了一千万，全部身家都砸进去不说，还借了高利贷……厂子刚试产，不料市里开展环保集中整治，要查封关停一批工艺落后、污染严重的小化工，没想到他们厂也在关停之列！他们投入这么大，毛都没见一根呢，眼看血本无归了！他实在没辙了，想找杨正清疏通一下，打个招呼，把他们厂放过去算了……

杨正清耐着性子听着，神情越来越严肃。自"院士行"活动以来，市里专门针对北海化工污染问题研究出台了一系列整改措施，落实得还挺快。本来他早和潘玉海打过招呼，警告他一定不能涉足化工项目，没想到他不但没听进去，投了不少钱，还敢借高利贷，这不是自个儿作死吗？

杨正清黑着脸沉默了一会儿，实话实说道："年前我就跟你讲，别掺和小化工，你就是不听！甭说你们这些小厂子，就是盛海集团还要往外迁呢！大势所趋，找谁都白搭，还是早做打算吧！"

"别啊，姐夫！"潘玉海一听跳了起来，气急败坏地叫道，"你还是我姐夫不？甭扯些大道理，给个痛快话，你帮还是不帮吧？"

杨正清索性摊牌道："不是我不想帮，是真帮不了……"没等他说完，潘玉海一把抓起茶几上的包，几步走到门口，一甩门走了。

潘玉梅听到动静，从厨房探出身来瞅了瞅，问道："小海怎么走了？不是说好一起吃饭吗？"

杨正清生气地说："都是你们给他惯的臭脾气，一句话没说心里去，就甩脸子走人！"

潘玉梅埋怨道："小海这脾气又不是一天两天了，你当姐夫的就不能让着点？碰上这么大个坎，他心里能好受得了？我说这事你可不能撒手不管！"

"不是我不管，是真管不了！我说过多少次了，现在环保越抓越紧，北海不能发展小化工，他干吗不听劝，非得往这个坑里跳？市里下这么大决心，还是我们前段时间组织党派和院士调研督促的成果。现在人家抓落实了，我还能要求专门给咱们开条口子？"

潘玉梅一听火冒三丈："我说呢，厂子办得好好的，咋一下子不让办了，原来'捣事鬼'是你啊！你怎么净搬起石头砸自个儿的脚？"

杨正清耐心解释道："话可不能这么说，这不是个人的事。北海要加快发展，必须转型升级，淘汰落后产能，任何人都要服从这个大局，哪能光打自己的小算盘？你是多年的劳模了，不用我多讲，你心里都明白。这事别说我管不着，就是真管着，也不能那么办！"

潘玉梅怒气冲冲地说："这些年家里指望你办过什么事？别的领导家属跟着进城，这委那局的随便挑，你倒好，让我在盐厂离了岗，上社区当大妈！"

"你干一辈子老本行，不也挺好吗？"杨正清看她上了火，心平气和地开导她，"咱们不跟别人攀比，就像孩子姥爷说的，但求心安就好！"

"你当清官求心安，不收礼、不开后门我支持，可也不能一点不顾家里吧？他七大姑八大姨的啥光也沾不上，这些年没少挤对我！这回你要是不帮小海，我真跟你没完！"

他们结婚这么多年，从没闹过别扭，这次潘玉梅是真生气了。杨正清刚想好好劝劝她，忽听厨房里锅沸了，锅盖噼里啪啦直响。潘玉梅一转身进了卧室，杨正清忙跑到厨房，关上火，手忙脚乱地收拾沸在灶台上的汤。

忙活完，他端着汤出来，喊了声"开饭了"，却没人应。他去卧室一看，潘玉梅不知什么时候收拾了东西走了。明天是岳父的寿辰，看来她提前回娘家了。杨正清本想给她打电话，但转念一想，让她先回去也好，帮家里忙活忙活，平复一下情绪。不过，小海这回可真是作大了，一千万搁哪儿都不是个小数目！自己一再告诫他坚决不能碰小化工，可他财迷心窍，就是不听，一条道走到黑。这不，厂子刚建起来就面临关停，捅下这么大个窟窿，拿什么去堵啊？唉，这个小舅子真不是省油的灯，这些年不知给家里添了多少乱……算了，船到桥头自然直，走一步看一步吧！

第十一章 动了谁的奶酪

1

市纪委转来一封举报信,杨正清看了眉头紧锁。信上反映马连成兼职开饭店,还聚众赌博。信中还附了企业工商登记复印件和两张照片。企业工商登记复印件"企业法人"一栏明白无误地填着"马连成"。两张照片,一张是"快活林"农家乐全景;一张是马连成正跟人打麻将,桌上散放着几张百元钞票。信虽匿名,却事实清楚,证据确凿。

这个马连成真不像话!作风整顿后,他按要求回来上班了,还是三天打鱼两天晒网,工作敷衍应付,很不负责。杨正清还没来得及找他谈话,就出了这事。

杨正清叫来钱洪军和孙奉明,商量处理意见。钱洪军没想到马连成开饭店的事这么快就东窗事发,他以前曾劝马连成把饭店法人变更到家属名下,不知他怎么想的,拖着没办。现在登记注册信息都联网了,还不很快就露馅。

"嗨,家丑不可外扬,我看内部处理一下算了!"钱洪军先入为主道,"这事要放以前稀松平常,过去哪个单位没兼职的?市里还发动干部下海创业帮扶民营企业呢!反正又没造成影响,让他限期整改吧!"

"话可不能这么说,真造成影响那就晚了!"杨正清神情严肃地说。据他所知,马连成的问题也不是一天两天了,他的心思根本没在工作上,整天和一帮老板称兄道弟、胡吃海喝。今天往企业安排个亲戚,明天找老板管顿饭,还在企业入股吃红利,这些情况杨正清听到过反映,也在会上不点名地批评过。

孙奉明说:"这事以前是不少,现在要求越来越严,上周巡视组还强调'八严禁十不准'呢,他这就撞枪口上了。我分管经济科,疏于管理,有领导责任,先做个检讨!"

"我负责党务,没教育管理好干部,也有责任。"钱洪军说完,又话锋一转,"连成这么干是不对,不过他对部里招商引资贡献不小,我看功过相抵,批评教育一下吧!"

杨正清不满他的和稀泥,语气坚决地说:"这肯定不是批评教育的事了,必须从严处理!我看这样吧,奉明先和连成谈谈,让他马上整改,把问题说清楚,写出书面检查。钱部长和纪委沟通一下,严格按纪律规定处理。"

下午,杨正清接到马杰的电话,约他晚上去东方集团吃饭,说矿区拆迁安置工程正式启动,东方集团中了标,万东方想请领导们去调研指导一下。

莱茵小镇改造项目泡了汤,万东方因祸得福,中了这个大标。那场强降雨过后,区里决定全面清理渣滓山,启动莱茵小镇保护性开发规划,把采空区居民全部迁出去,新建浮云山小区。小镇改造项目功亏一篑,万东方很沮丧,蔫了些日子。一看浮云山小区项目颇具规模,比两个小镇都大,再加上马杰又帮他争取下了乡村振兴田园综合体立项,各级补贴近千万,这又让他喜出望外、满血复活。他迫不及待地宴请马杰,想一起庆祝一下。钱洪军建议叫上杨正清,借机给马连成讲讲情,别处分重了。

马杰知道杨正清的做派,专门强调了晚宴地点:"我都交代好了,不上酒店,就在集团餐厅吃个工作餐。"

杨正清婉言谢绝道:"我晚上有事,脱不开身。这个项目有你马市长坐镇,肯定差不了,我就不掺和啦!"

"你这部长可要多联系统战成员,不能脱离群众啊!"马杰再三劝道。

杨正清只好道出实情:"我确实走不开,晚上要给老泰山祝寿呢!"

"哎哟,那还真不能缺席,也替我敬老泰山一杯!"马杰打着哈哈,随口提道,"哎,还有件事,回头和嫂夫人说一声,她找柳萍跟我说的事,我尽量办,让她放心吧!"

杨正清听了一怔。柳萍是马杰的妻子,从财政局退休后,常和潘玉梅一块跳广场舞。潘玉梅托她找马杰有啥事？他心里似乎明白了，直截了当地问道："哦，玉梅找你有事吗？"

"看你忙的，家事都顾不上了？"马杰轻描淡写道，"也没啥，就是你内弟办厂的事。他那厂子刚投产，就赶上市里关停小化工，我看看能不能变通一下……"

果然不出所料，潘玉梅竟然背着他找马杰！杨正清忙推辞道："啊，别麻烦啦，按规定办就行！这事我跟玉梅说过，要服从大局，不能搞特殊，回去我再找她！"

"不必太较真，关停也是分期分批、循序渐进嘛！现在年轻人创业不容易，咱们能帮上忙就拉一把。"马杰说着，又借题发挥道，"培养干部也一样，要多关心爱护年轻人，能拉就拉上一把。连成开饭店的事，我严肃批评了他，本职工作不好好干，吃着碗里的看着锅里的，这样哪行？"

绕这么个圈子，原来重点在这里！杨正清顿时像吃了只苍蝇，很是恶心。他不动声色地说："哦，这事确属违规，让人举报到纪委了。上级三令五申，部里也在整顿，他还是我行我素、顶风违纪……"

"连成前几年离岗帮扶民营企业，入戏太深啦，人回来了心没回来。这次批评教育一下，改了就好。他这些年没功劳也有苦劳啊，要是受了处理影响进步，就忒不好啦！"

"嗯，组织上培养干部不容易，严格要求就是对他们负责。连成这种违纪行为，恐怕不只是批评教育的问题了……"

"呵呵，其实连成嘛，也不是外人……"马杰打断他的话，交实底道，"我一直没让声张，连成是我本家侄儿，没出五服呢，要不我管这闲事！他想搞经营，以后我把他调到国企干个够。这次就别处分了，让他戴罪立功吧！"

杨正清听了大跌眼镜！怪不得马连成一个科长，能和常务副市长走得这么近，原来竟有这层裙带关系，真是深藏不露！机关人际关系复杂，往往"扯扯耳朵腮动弹"。有时处理一个干部，千丝万缕的利益关系多方找来，压得人喘不过气来……这些年来，他处理过不少棘手的问题，办过贪官，撤过庸吏，严惩过违纪分子，哪次都不轻松，总有说情的、送礼的，甚至撒泼哭闹、恐吓威胁的……面对这些，他始终坚持一个原则，那就是秉公办事、无所顾虑。他坚信，只要自己大公无私、无愧于心，就没什么难办的事。

他坦然地说："真不知道连成还是你的亲戚啊，部里没管好，我有责任。其实处理干部不是目的，也是为了惩前毖后、治病救人。只要纪律规定范围内，我们能从轻就从轻……"

"好，那就这样吧！"马杰打断他的话，挂了电话。

杨正清到了岳父家，寿宴刚摆好，姊妹们来得早，做了一桌子菜。岳父今年八十二了，耳不聋眼不花，腰板硬朗，精神矍铄。他当过三十多年生产队队长，是北海县响当当的劳动模范，和玉梅有"父女劳模"之称。二十世纪七十年代，为根除水患，他领着乡亲们战天斗地，耗时五年，肩扛人抬，修建了响水河石砌拦水坝，至今还在造福十里八乡。老人一生耿直、生活简朴，本来寿宴安排在酒店里，他坚持让退了，说在家吃省钱又方便。

本来杨正清还担心潘玉梅姐弟俩给自己难堪，没想到潘玉海跟没事似的，打招呼说"姐夫来了"，又伸手接过寿礼去。潘玉梅神情不太自然，递给他拖鞋，叫他快洗手入席。

大家围桌坐定，杨正清带头给老人祝寿。酒过三巡，老人端起杯来说："今儿人都齐了，我给家里立个规矩，恁都听好了。"

看老人一脸严肃的样子，大家不知啥事，都静了下来。老人看了看杨正清说："这个规矩嘛，跟正清有关。你们姊妹四家，正清是老大，又是领导，是咱们家最出息的，我和你娘脸上老有光了！"

杨正清疑惑地看着岳父，赔笑道："爸，瞧您说的，我有什么不周不到的，您老直说就行，就别刺挠我啦！"

老人正色道："你说哪儿去了，没啥不周不到的，我说的是掏心窝子的话！这些年你不管在县里还是市里，不管当什么官，都行得端走得正，真心实意给老百姓办事，老少爷们没说不是的！"

"爸，您过奖啦，还不是多亏了家里人支持……"杨正清不明老人的用意，感觉如坐针毡。

"你们姊妹听好了，我立的规矩就是：打今儿起，家里谁也不准托正清办事，不能给他分心、拖后腿！"

"爸，瞧您说的……我这些年确实没顾上家里……"杨正清感觉脸发热，看来岳父真生气了。

"我年纪大了,可这里还不糊涂!"老人指指心口窝,继续说道,"小梅、小海回来叨咕化工厂的事,让我熊了一顿。正清你做得对!当官就要公事公办,不能只想着怎么沾光。我看他姐俩钻钱眼里了,不知道姓什么了!"

潘玉梅和潘玉海都低头不语。杨正清这才明白老人的用意,大为感动,连忙打圆场说:"爸,没什么,您言重了!"

"咱们都在北海待过,早年风暴潮淹过,化工厂炸过,海水也污染过,多亏这些年政府开始重视环保,北海发展才越来越好。市里治污不让办化工厂,那就不办!咱们家好几个党员,哪能不听话给党抹黑?"老人说着提高嗓门,"正清你就放心干吧,以后谁再扯你的后腿、坏了规矩,就别进我这个门!"

潘玉梅两手绞着桌布,讷讷道:"爸,我错了,改了还不行……"

杨正清的眼睛有些湿润,他被这位老党员、老模范的话深深打动了,情不自禁地站起来,声音沙哑地说:"爸,多谢您的理解和支持!我就不说什么了,给您行个礼吧!"说着,他深鞠一躬,端起酒杯来,"我再敬个酒吧!这些年没给家里办什么事,不过咱们心里踏实,问心无愧。就像爸说的,听党的话,不给党抹黑!这话我记一辈子,也请亲人们监督我!"说完,他一饮而尽。

2

马连成的违纪行为,很快有了调查结果。他入股二百万元经营"快活林",还常约朋友打牌,每次设数额不等的"彩头",在麻将圈里小有名气。事发后,他如实说明情况,撤回投资,退出了经营活动。经研究,给予马连成党内严重警告和行政降级处分,免去科长职务,降为副主任科员。周五部里召开了全体党员大会,宣布处理决定后,马连成在会上做了检讨。

散会后,杨正清找他谈话,劝道:"连成啊,你也是老同志了,不该犯这种低级错误。人脉广、懂经营是好事,把这个优势用在工作上多好,像你前几年招商引资、帮扶企业不是很有成绩嘛!"

"我这些年跟企业打交道多,在机关坐不住了……"马连成低头闷声说道。

"经济统战工作和民营企业打交道多,应该把握好分寸。"杨正清不客气地说,"我们一再强调,和企业打交道要建立亲清政商关系,既要加强联系,帮人家办实事、解难题,又要清清白白、干干净净,决不能掺杂个人利益在里面。那些出问题的干部,不少就是和企业家打交道没摆正位置,被别有用心的人围猎,越了底线,踩了红线,最终身败名裂。这方面的教训可不少啊!"

马连成没精打采地耷拉着脑袋,不愿多说。这次处分他始料不及,本以为杨正清看在马杰的面上,批评教育一下,让他做个检讨,顶多给个警告处分,没想到他下手这么重。对杨正清的话他嘴上应着,心里却不服气。自己对部里贡献不小,这几年完成招商引资任务两个多亿,统战部连续三年被评为招商引资先进单位。以前招商引资还有奖励,杨正清过来后,按规定把奖金都取消了。无利不起早,没好处谁还卖力干?这几年机关紧箍咒越来越多,这不行那不中,真不如在企业舒坦……人们常说,贫穷限制了想象力,不跟老板们密切接触,真不知道人家过的是啥日子!有的老板买豪车,一买好几辆,换着颜色开;吃海鲜是当天从国外空运过来的,喝十几万一瓶的法国葡萄酒,全球年产量仅五千瓶……看他们生意做得风生水起,赚得盆满钵满,日子神仙般滋润,自己煞是羡慕,动了经商的念头。以前机关人员搞兼职几乎是个公开的秘密,如今形势吃紧,有的辞了公职,有的转入地下。像马可,虽然还留在体制内,名义上参加招商小分队,不用坐班,每年完成二十亿招商任务就行了,有他爸帮着,完成这点任务跟玩似的。马可作为"月亮船"的幕后老板,占了大股,要不当年东方集团怎么可能以极低的价格把这处黄金地段的写字楼抢到手?自己常和马可、万伟混在一块,他们都鼓动他干买卖,万东方也支持他,他这才搞起了"快活林"。他的如意算盘是:反正统战部不忙,上班经商两不误。没想到时运不济,生意太好惹得同行嫉妒,暗中捣鼓他,又摊上杨正清这么较真的领导,生意没干成,还把科长这顶小官帽弄丢了。本来马杰许诺再调整时把他调到北海城投集团,级别也能提一提,现在这些都化为泡影……

马连成闷头思来想去,等杨正清讲完,抬起头直言道:"杨部长,您说的都对,是我没把握好,老觉得搞经营能给社会创造价值,也有成就感……"

"企业创造价值,机关工作就不创造价值吗?像咱们联系非公经济人士,引导他们健康成长,促进非公经济健康发展,不比单纯办个企业价值大?"杨正清和他推心置腹,"连成啊,你作为党培养多年的统战干部,希望你还是发挥优势，把心思多放在统战工作上，在岗位上体现自身价值。"

"我挨了处分，撤了职，仕途算是到头了……"马连成神情沮丧地说，"杨部长，能不能把我调到党派机关或者服务中心去，换个闲差事？"

"现在可没闲差事了！党外代表人士队伍建设抓得很紧，党派也会越来越忙。再说，市里马上要进行干部人事制度改革，你要有个思想准备。"杨正清直言相告。

马连成一愣，吞吞吐吐地说："那……我再想想吧……说不定退一步海阔天空，我会尽快做决定……"

"好吧，希望你慎重。"杨正清告诫道，"鱼与熊掌不可兼得，在机关就不能经商挣大钱，那种脚踏两只船、左右逢源的跨界官员不会再有了！"

晚上，马连成去东方度假村打麻将，试探着和马杰透露了想辞职的意思。他本以为马杰会生气，没想到马杰眼皮都没抬，一边摸牌一边面无表情地说："自个儿的路自个儿选吧！你辞了职放开手脚发展，倒也不愁没用武之地，只是可惜了这些年的机关经历！"

万东方安慰道："连成这些年在机关也没白干，拉了不少人脉，日后生意场上用得着！"

"唉，没想到杨正清做得这么绝，一点面子也不给！"马杰说着，啪的一声把牌蹾在桌子上。

"领导不待见没办法，辞就辞了，反正也没啥干头！"马连成轻描淡写道，"前些年统战部还行，事不多，累不着，孬好也是市委部门。自打姓杨的来了，又定制度又立规矩，净瞎折腾。他看乏了我，爷们还不屑伺候他了呢！"

"就是，山不转水转，说不定他成就了一位叱咤风云的商界巨贾呢！"钱洪军劝道。

马连成啐了一口道："姓杨的就是想法太多了！整天吆喝着发挥优势、凝心聚力、服务大局，拼命往中心上靠，我看不过就是拉大旗作虎皮，往自个儿脸上贴金！"

钱洪军笑道："马科……哦，以后该叫马总了！你说得对，统战部整天吆喝着围绕中心、服务大局，不过是刷存在感罢了，哈哈！"

马杰吐了口烟，幽幽地说："得饶人处且饶人，太强梁了可不好。估计杨正清这些日子也不好过,恐怕后院失火了吧!"

"怎么了?他家里出什么事了吗?"钱洪军好奇地问。

"他小舅子在北海新办的化工厂关了,损失不小,他丈母爷肯定和他算不开账了!他也是自作自受,谁叫他多事,搞什么'院士行',建议化工产业转型升级?那我就从善如流,抓好落实!"说着,马杰摸牌一看,接着把牌哗地往前一推,叫道,"和了!"

他们又打了几把,万东方问钱洪军:"钱部,听说今年全国要表彰优秀中国特色社会主义事业建设者,市里怎么个推荐法啊?"

"什么时候你也学会讲政治了!"马杰笑道,"当初叫你当政协常委,你还怕耽误生意。现在眼界宽了,又想进军全国啦?"

万东方满脸堆笑道:"还不是马市长教导有方嘛!"

钱洪军说:"你消息还真灵通!年底全国表彰优秀中国特色社会主义事业建设者,省里给了三个名额,一般从工商联常委企业中推荐,你也在范围内。"

"那就拜托钱部啦!"万东方喜形于色道,"要是评上优秀建设者,以后再争取全国政协委员就顺当多了!"

"不过,现在要求凡进必评,先做综合评价。你们集团纳税额什么的没问题,就是公益事业上投入少点。"钱洪军提醒道。

万东方笑道:"这个好办!快到中秋节了,我给你们帮扶村每家发一千块钱。"

"真是个土财主,临上轿了现扎耳朵眼,来得及吗?"马杰点拨道,"你在下面撒芝麻盐还不如疏通好上面,哪怕这仨名额轮不到你,也能额外争取个指标,这样多好!"

万东方如梦方醒,摸着后脑勺笑道:"对啊,我怎么没想到呢?钱部帮我做做工作吧,花多少钱都行!"

钱洪军点头道:"马市长说得对,名额少,杨正清卡得又紧,咱们就另辟蹊径。我有个同学在全国工商联,回头帮你找找。"

万东方高兴地说:"那太好了,可找到正头香主了!你赶紧联系,抽空咱俩跑一趟,当面汇报汇报呗!"

"好,这事宜早不宜迟,咱们下周就去。"钱洪军应着,不经意地说,"我也顺便看看闺女去，她刚工作，跟她领导见个面。"

"应该的嘛！"万东方自然明白钱洪军的意思，忙表态说，"你放心，我和你一块去，保证把她领导看满意！"

"晓菲，你们所里最近忙什么啊？"马杰不再搭这茬，轻抚了一下齐晓菲的玉臂，随口问道。齐晓菲本是东方度假村的大堂经理，大专学的法律专业，前段时间马杰把她介绍到公明律师事务所上班了。说是实习锻炼，但她干不了业务，只能做个行政文员。

"瞎忙呗！"齐晓菲双手托腮，懒洋洋地说，"那个陈公明就是个半吊子，放着挣钱的买卖不干，法律援助跑得贼欢，整天忙活那个统战部女干部被杀的案子……"

"噢，那个案子有什么好忙活的？"马杰一愣，警觉地问道，"案子不是早结了吗？一审都判完了，他要干啥？"

"就是，还想鸡蛋里挑骨头？案子办得又快又好，我当表叔的都没意见，这个呆子又要折腾啥？真讨人嫌！"万东方没好气道。他对陈公明印象很差，公明律师事务所帮东方集团的民工代理过好几个案子，害得他输了官司，又赔钱又曝光，很是狼狈。

齐晓菲解释道："呃，好像是凶手提出上诉，在准备二审……"

"噢，判了死刑的，大多会上诉，不过是走走程序，多活几天。"马杰不以为然地说，又嘱咐道，"不过小心驶得万年船，这是我局长任上办的最后一个案子，晓菲你就多上上心，有啥情况跟我通个气。那呆子真要弄出个小九九来，就麻烦啦！"

3

这些日子陈公明忙得上了火，害牙疼，腮帮子肿得老高。今天二审第一次开庭，他提前准备好材料，早早地来到法院。快开庭了，还没见许阳和王晓霞的人影，陈公明有些着急，在门口四下张望，不时抬起手腕看表。

后来，他掏出手机准备打电话，许阳先打过来了，语气急促地说："陈主任，晓霞不见了！电话关机，联系不上，我和剑飞上宿舍找，才知道她昨天下午就收拾行李走了！"

"什么？走了？"陈公明大吃一惊，忙问，"她上哪儿去了，没打招呼吗？"

许阳生气地说："听她舍友讲，她说要去南方打工，没想到不辞而别了！这个王晓霞，说撂挑子就撂，不是成心耍我们吗？"

陈公明看看表，冷静地说："恐怕不会这么简单，背后肯定另有文章！要不这样吧，你和剑飞再找找，我先进去开庭。"

关键证人意外缺席，庭审注定不会顺利，这在陈公明的意料之中。可他万万没想到的是，控方补充的新证据让他目瞪口呆：控方当庭展示了一份当晚值班员王晓霞的手写住店记录，上面登记着齐帅的名字和身份证号，入住时间填的赫然是"晚9:50"！

关键证据横空出世，让陈公明哑口无言，又难以置信：是王晓霞撒了谎，还是酒店出具了伪证？看来只有找到她本人，才能解开这个谜团……

在法庭辩论中，控辩双方唇枪舌剑、各持己见。陈公明紧抓两处疑点不放：一是王晓霞亲口说过登记时间是八点前，而不是九点五十，入住登记是否系她本人所写有待确认；二是控方所称齐帅带走并丢弃的保险柜，至今下落不明，缺乏实证。控方则回应，入住登记系酒店所存原始凭证，笔迹已确认无误；初审阶段齐帅曾供认保险柜扔进了响水河，因天黑雾大，具体方位难以确定，多次打捞未果。由于案发前后该河段正在清淤施工，不排除证据意外灭失，且该物证与本案并无直接关联，并不影响案件定性……

双方激烈交锋之下，高院合议庭非常慎重，未当庭宣判，要求控辩双方继续提交证据，择日再审。

休庭后，陈公明出来，见许阳和肖剑飞正在门口老榆树下等他。此树系明代所植，迄今已有三百多年历史了。树干一人合抱粗，枝条上系着许多红布条，都是来这里打官司的人祈福所挂。

许阳焦急地问："陈主任，咋办？这个王晓霞真要命，关键时候掉链子！"

陈公明答非所问道："你们知道这棵老榆树的来历吗？它叫'周榆'。"

"树怎么叫'周瑜'？"许阳好奇地问。

肖剑飞说："肯定不是三国时的周瑜，听说这棵树与明代大清官周烨有关？"

"嗯，是这样。"陈公明讲起这棵树的来历。此处曾是明清时期昌海县衙所在地，这棵树就是时任昌海县令周烨亲手所植。三百多年来，它长势茂盛，冠如车盖，成了老百姓遮阴避雨的地方。每到青黄不接的灾荒年景，断了粮的人家来这里捋榆钱、吃榆叶，靠它度荒。此树救人无数，被尊称为"周榆"，成了周烨爱民如子、体恤民情的见证。如今物是人非，历经数百年风风雨雨，老榆树依然枝繁叶茂、生机盎然。老县衙虽历数次修建，一直是法院所在地，门前的街道仍沿用以前的旧称——察院街。

陈公明意味深长地说："三四百年了，这棵老榆树见证了人间多少惊天奇案，历经了多少悲欢离合啊！每次我来这儿办案，看到大榆树，就觉得它像一名守护公平正义的卫士，告诫我们这些法律工作者一定要心怀敬畏、尽职尽责，决不放过任何一个冤假错案！"

许阳点点头说："我明白了！陈主任，您是一位公道正派的好律师，我和剑飞全力支持您，您说咋办我们就咋办！"

陈公明说："多谢你们的信任！晓霞不辞而别，庭上又出现了反证，我想她肯定遇上了哪方面的压力，迫不得已才这么做的。当务之急是尽快找到她！"

肖剑飞笑道："这好办，找人是我的拿手好戏，网上'人肉'搜索一下，连她家祖坟都能刨出来！"

许阳白了他一眼："怎么说话呢？让你找人又不是盗墓！"

陈公明高兴地说："这倒是个办法，不过要注意方式，别涉及案情，更不能在网上泄露晓霞的信息，免得给她造成伤害。咱们兵分两路吧，我有个师弟在市公安局，我找他问问去。"

和他们分开后，陈公明去了市公安局。师弟是刑侦技术室副主任，比他晚两届，毕业后两个人都回了昌海，常聚在一块聊业务，推敲案情，有时能侃一宿。

师弟正好不忙，泡上一壶茶，和陈公明摆开了"龙门阵"。聊起齐帅一案，师弟无意中提到初次勘查现场时，曾在厨房门后发现了半个脚印，找他们做过鉴定，后来就没了下文……

"还有半个脚印？确定吗？"这个线索引起了陈公明的注意。

"确定，我们一起鉴定过呢！呃，印模电脑里有。"师弟肯定地说，"当时排查案发前后到过现场的人，都没比对上。"

"案卷里怎么没提脚印？"陈公明急切地说，"快调出来我看看！"

照片上是一个没有脚后跟、残缺不全的右脚脚印。师弟眯着眼,盯着电脑屏幕分析道:"从脚印的特征来看,应为男性所有,四二旅游鞋,脚印中拇指压痕清晰,前脚掌压力较重,蹬痕、抬痕明显,说明这只脚承重较大……"

"这会是什么原因?"陈公明问道。

"呃,应该有两种情况:要么搬东西用力,致使前脚掌承重较大;要么就是一条腿残疾或是单脚站立……我只能瞅出这么多了。"

"能看出年龄和身高吗?哪里可以做进一步的鉴定?"

"咱们还没那个本事……"师弟笑了笑,提醒道,"再深入的话,只能找我导师大人了,要是宁导也看不了,那就没人能看了!"

陈公明一听如梦方醒。宁导是他们母校的博士生导师,公安部特邀刑侦专家,其所在的刑科所技术高超,还没破不了的案子。他高兴地说:"嗨,我急糊涂了,还真忘了!这个脚印也许是个突破口,凶手进过厨房,虽然拖过地,很可能把这半个脚印疏忽了。你给我拷盘上吧,我找宁导去!"

从市公安局出来,陈公明发动起车来,刚要起步,又想了想,给杨正清打了个电话,调头去了市级机关综合办公大楼。

"还有这种事!"杨正清听他讲完案情,甚是吃惊,"培根说过,一次不公正的审判,其恶果甚至超过十次犯罪。因为犯罪好比污染了水流,而不公正的审判却是直接污染了水源。既然这个案子有问题,你就一盯到底,需要我协调的,就随时找我!"

"您放心,我一定把案子搞个水落石出!剑飞已经上网查找王晓霞的下落了,我也尽快去一趟北京,找宁导鉴定一下脚印,为查找真凶确定方向……"陈公明正说着,手机响了,是肖剑飞打来的。

"真的吗?太好了!我在杨部长这儿呢,咱们马上找她去。你们过来吧!"陈公明兴奋地放下电话。

"有消息了?"杨正清关切地问。

"晓霞找到了!有网友说她是北海柳滩的,昨天还在老家见过她呢!"

刘元正续茶水,听了一怔:"柳滩的?王永福就是北海柳滩的,我有他的联系方式,先打电话问问吧!"

拨通电话,王永福一听是刘元,非常高兴,一个劲地表示感谢。寒暄了几句后，刘元问他村里有没有一个叫王晓霞的二十岁的女孩。

"有啊，就是我西邻家的闺女，小名霞霞！你要给她找对象吗？"

刘元大喜，问其近况，得知她并没去南方打工，在村里帮人看大棚呢！大家闻讯都很高兴，杨正清让刘元一起去，找王永福帮着做做王晓霞的工作。他们下了楼，许阳和肖剑飞也到了，大家都上了肖剑飞的车。

滨海大道已全线贯通，从市政府一路往北，约四十分钟就到了北海，他们根据导航很快找到了柳滩村。

王永福一见他们非常高兴，拉着刘元直往屋里让。刘元没进去，把杨正清捎的茶叶放下，叫他赶紧领着他们找王晓霞，说有要紧的事问她。王永福从屋里提出准备好的一袋子花生，还有一袋刚掰的嫩苞米，非要放在车上。刘元不收，王永福恼了，说不要就是看不起他。花生是炒的，让大伙都尝尝，嫩苞米捎给杨部长，是他的一点心意。刘元推辞不了，只好收下了。

一出门，他们正碰上王晓霞跟她爹从地里回来。王晓霞跟换了个人似的，没了以前的滋润。皮肤晒得发黑，头上戴着块花头巾，衣着朴素，一副村姑的打扮。见了陈公明和许阳他们，她一言不发，低着头站在那里，双手不住地揉搓衣角。

许阳刚要责问她，陈公明微微摇头示意，和颜悦色道："晓霞，我知道你肯定遇上难处了，要不那天开庭你不会无缘无故缺席。有啥事和我们讲，大家一定会帮你解决！"

许阳搂着王晓霞的肩膀，心疼地说："看你晒成啥样啦！跟姐干得好好的，为啥非要跑回来？有事跟姐说，没有过不去的坎！"

王晓霞哇的一声，趴在许阳身上哭起来，许阳揽住她的肩膀安慰她。

王晓霞她爹隐约听到"开庭"什么的，又见闺女哭了，便气呼呼地质问道："你这死丫头，是不是在外面做了啥丑事？让人家找上门来，真是丢人现眼啊！"说着，他抓起笤帚来就要打她。

刘元忙拦住他道："大叔，晓霞没做坏事，我们找她是做救人的好事呢！您消消气，我慢慢跟您讲。"说着，刘元把他拉到一边去了。

王晓霞抬起头，哽咽着说："许姐，我对不起你们……"她讲起事情的原委。原来开庭前几天，她接到一个陌生男人的电话，那个人叫出了她的名字，还说知道她家是柳滩的。她问他有什么事，那人奸笑着说，有人花钱买她的命。王晓霞吓得浑身哆嗦，斗胆问了一句，我又不认识你们，凭啥祸害俺啊？那个男人说，就因为你多管闲事！你要是敢出庭胡说，一定会死得很难看！不光你，还有你爹，一个也活不了！你要是识相呢，就别掺和这案子，趁早躲得远远的……

陈公明气极了：不出所料，此案果然有黑恶势力介入，这是一个冤案看来铁定无疑了！他安慰惊魂未定的王晓霞："晓霞，那天你不辞而别，我就猜出你遭遇什么压力了，没想到这么恶劣！你别怕，现在是法治社会，他们还用那些下三烂的手段吓唬人，想逃脱法律的制裁，是注定不能得逞的！"

"有陈主任在，你放心就是！邪不压正，坏人越是吓唬你，越说明他们心虚。你害怕了不敢揭发，正中他们的圈套呢！"刘元劝道。

许阳揽着王晓霞的肩膀，亲热地说："晓霞，你还小，经事少，没什么好怕的！以后你就一直跟着姐，我们都是你的靠山，咱们一起和他们斗！"

"闺女，甭害怕，咱们不惹事，也不怕事！"王永福朗声劝道，"我还不信这个邪了！以前北海'刮民党'厉害吧？土匪闹得欢吧？还不都叫共产党收拾了！社会上的小混混就想吓唬人，还真没个数了！你只管听哥哥姐姐们的话就中，他们讲得都在理！再说，市里还有杨部长给咱们撑腰呢，你就放心大胆地跟大伙和他们斗！"

找到了关键证人王晓霞，除了去向不明的保险柜，再加上新发现的半个脚印，足以推翻一审判决了。陈公明胜券在握，心情大好。回到所里，他坐在沙发上翻看卷宗，还开心地哼着小曲。

随着嗒嗒的脚步声，助理齐晓菲拿着文件夹一步三扭地走进来，哆声哆气地说了句"主任回来了"，顺手把半掩的门带上。

她把文件夹放在办公桌上，又过来倒水。给陈公明递水后，她一脸媚笑道："主任心情不错啊！有什么喜事吧？"

陈公明平时业务上的事很少和她交流，今天高兴，就把找到王晓霞还有半个脚印的事跟她讲了，笑道："这回就有把握赢啦！"

齐晓菲漫不经心地说："还忙活那个案子啊！法律援助又不赚钱，赢不赢的没啥意思。"

陈公明看她这个态度很不满意，板起脸来说："不赚钱就不尽力了？义务干的更要干好，我们所的信誉就是这样建立起来的！"

齐晓菲见他生气了，娇嗔道："哎呀，主任，人家不过随便那么一说嘛，您就认真了！算了，咱们不谈业务了，反正我又不懂，您签文件吧，这是上半年的出勤奖！"说着，她把文件夹递给陈公明。

陈公明看了看出勤表，她居然给自个儿填的全勤，也太不实事求是了吧？齐晓菲见他不痛快，便弯腰靠过来。陈公明往一边让了让，签上字，见她又往前贴，不禁变脸道："小齐，你离我远点，女孩子要自重！以后再进来，把门给我开着！"

齐晓菲讨了个没趣，讪讪地应着，拿着文件夹出去了。

4

有了王晓霞这个关键证人，即使脚印还没来得及鉴定，陈公明以为也是胜券在握，不料二次庭审对方显然有备而来，还祭出了撒手锏。

尽管王晓霞出庭做证齐帅确于案发当晚八点前入住宾馆，但控方提交的证据，除了当日酒店登记簿上的手填记录，又补充了电脑补录的机打记录，也是晚9：50！王晓霞当庭查看登记簿，虽系自己亲笔签字，但"7"写得很潦草，有些连笔，的确很像"9"，可能后来电脑补录时，错认成了"9"……

控方辩称，物证人证冲突的情况下，物证优于人证。王晓霞仅凭口头证明齐帅七点五十入住，缺乏物证支持，而原始登记簿和机打记录真实无误，证据确凿，法庭应予采信。更何况证人王晓霞在第一次开庭时无故缺席，这次又来出庭，出现反复，不排除受人诱导或胁迫做伪证的嫌疑。更让人意外的是，控方还补充提交了新证据，竟然就是那个一直没找到的保险柜！据称，这是一个下河捞鱼虫的人在桥下发现的，距齐帅交代的抛柜地点不远，与其供述基本相符。至此，控方证据链全部完善了起来……

陈公明也抛出了撒手锏——在厨房发现的那半个脚印。不料控方也早有准备，辩称：那半个脚印之所以没有作为物证，一是因为脚印本身残缺不全，难以辨认，缺乏鉴定价值；二是据了解，受害者生前刚维修过厨房，更换了燃气设备，不排除是维修人员所留。为慎重起见，公安部门曾对维修人员做过调查，找到了两个高度疑似的脚印。控方当庭播放了对比照片，虽有些模糊，但鞋纹大致相同，可以排除该脚印与此案无关……

经过激烈的法庭辩论，二审当庭宣判：驳回上诉，维持原判！

随着审判长宣布闭庭的一声槌响，陈公明的心忽地沉了下去。这次庭审控方完全占据主动，不但完善了保险柜证据和机打入住记录，甚至对半个脚印这一新证也有充分准备，看来人家对他们的动向早已了如指掌……

从法庭出来，许阳不解地问陈公明："陈主任，怎么会这样？难道真的是我们错了？"

"没有错，我说的每一个字都是真的！"王晓霞激动地喊道。她面色苍白，身子微微发抖，泪花直在眼里打转。

陈公明安慰她："晓霞，我相信你说的都是真的！这还没完，等最高院死刑复核时，我们还可以申辩，非跟他们斗到底不可！"

许阳问："后面咱们再怎么干？"

陈公明冷静地说："脚印和登记簿是关键证据，我想找权威专家做鉴定。下一步全靠咱们自己了！"

"需要我干点啥？"肖剑飞问。

"你在搜集信息上有优势，可以从侧面了解一下白茹萍的社交圈子，看看有没有线索。不过要注意方式方法，可别捅什么娄子。"

肖剑飞笑道："这是我的强项，您就放心吧！现在这网络技术，什么时间谁跟谁在哪儿开的房都能查得明明白白！"

许阳拿墨镜敲了一下他的脑袋说："真不知道你还有这本事！陈主任说得对，一定要小心，帮忙不添乱才好！"

陈公明回所里收拾材料，和齐晓菲交代明天去北京出趟差。齐晓菲问："又有什么案子吗？要不我陪您一块去吧？"

他把材料塞进文件包，淡淡地说："不用了，我找导师办点事。"

"听说齐帅那个案子输了？"齐晓菲"关切"地问，"您别在意，反正尽力了。"

"没什么，这种辩护案子也就是走程序，很难翻过来！"陈公明已对她有所警觉，闭口不提案子的事。

下了班，陈公明开车从单位出来，刚走不远，车子突然颠簸起来——扎胎了！他停车查看，发现右前轮扎上了一枚三角钉。单位门口哪来的这种钉子？他有些疑惑，手忙脚乱地找出千斤顶，把车子顶起来，开始换轮胎。

他正蹲在地上忙活着，一个戴墨镜的黄发青年骑摩托车过来，停下车，一腿支地，搭话道："哥们，扎胎啦？要帮忙吗？"陈公明摆摆手，头也不回地说："谢谢，不劳您驾啦，我自个儿能行！"

小青年嘿嘿笑了笑，阴阳怪气地说："哟，真看不出，老板也会干这活！听哥们一声劝，这年头少管点闲事就省心了！"说着，他吹了一声口哨，车那侧跑过一个青年来，跳上了摩托车的后座。

陈公明让他说得发蒙，扭头看了他一眼。那"黄毛"一收脚，猛踩油门，突的一声绝尘而去。陈公明也没多想，换完轮胎去路边的门头房洗手。一个女店员瞅瞅没人，提醒他说："刚才那俩人是小偷，从你车窗里顺走了个袋子……"

陈公明大吃一惊，顾不上道谢，转身跑出来，开车往前撵。只见路上车水马龙、人流如织，那俩小青年早没影了。陈公明回想了一下，觉得那个"黄毛"的背影和口音都有些熟，忽然记起来了：不正是那天在素菜馆捣乱的小混混吗？他们为啥偷走案卷材料呢？看来轮胎被扎也与他们有关！好在自己留了一手，全部案卷材料都有备份。但让他疑惑的是，幕后黑手怎么对自己的行踪这样了如指掌呢？他找到王晓霞、发现半个脚印、提出保险柜无着落等，对方都能及时掌握，见招拆招。这次他要去北京，又精准下套偷走了案卷材料，看来这一系列状况绝非偶然。

难道是她？陈公明心里掠过一丝不安。如果真是这个女人从中作祟，此案黑幕一定非同小可！他不觉惊出了一身冷汗……

第十二章　谨防"黑老大"戴上"红帽子"

1

陈公明上了高铁，找到座位刚要坐，提包碰到了邻座的乘客，他忙和人家道歉。前排有人听到他说话，起身跟他打招呼。陈公明一看是徐风，原来他也乘这趟车去北京参加培训班，碰巧遇上了。徐风调换了座位，两个人坐在一排。

徐风打趣道："陈主任，您这么大个老板，不坐商务座也就罢了，一等座也不舍得坐，真会过日子啊！"

陈公明认真地说："商务座、一等座又不比二等座先到，多花那冤枉钱干啥？我有一次坐飞机碰上高天华，人家是全国知名老总，还坐经济舱呢！"

"高董个人花钱确实挺抠的，做起慈善来可是大手笔！"徐风钦佩地说，"他创立的天华公益基金会，每年拿出两个亿捐助贫困大学生，汶川抗震救灾一出手就捐了一个亿！哪像有些老板，自己挥霍起来一掷千金、穷奢极欲，做公益却惜财如命、锱铢必较！"

"不愧是笔杆子，成语用得真顺溜！"陈公明笑道，"这些年我经手了不少老板的案子，什么人没见过？有的创业时历尽艰辛、白手起家，发达了就闹离婚，千方百计转移财产。还有的身家千万，连父母都不养。这种人，拔一毛利天下而不为，连自己的结发妻子、亲爹亲娘都这样对待，还能指望他们去做社会公益？"

徐风知道他说的是谁。万东方从县药厂离职后，和结发妻子下海创业。

他们上山下乡采过药，摆过地摊，开过门诊，后来创办了药厂才稳定下来，一起受了不少累。万东方研究中药熏蒸疗法后，发明了神功熏蒸镇痛贴，一炮打响，事业越做越大，心也花了起来。他跳舞时认识了现任妻子郝凤英，跟她好上后，和发妻闹离婚。发妻不答应，他就偷偷转移公司财产，做出亏损假账，还长期与发妻分居，暗中让自己的司机勾引她。有一次，万东方佯装出差，半夜杀了个回马枪，使发妻成为婚内出轨过错方，从而得以离婚……万东方的吝啬和精明是骨子里就有的。他小时候家里穷，闻到隔壁大娘家煮地瓜，人家还没掀锅就跑去等。吃地瓜时他蹲在墙根下，把地瓜皮隔墙扔到自家院里喂狗，吃饱后又偷偷拿了两个放在衣兜里，肚皮烫起了泡也不吱声。过年时他家从不买瓜子、花生，他领着弟弟挨家挨户去拜年，不管认识的不认识的，进门就磕头，人家给他俩兜里装满零食后，他俩回家倒空了再出去要……

徐风感慨道："这种人不光缺乏社会责任感，还到处投机钻营，想方设法当上人大代表、政协委员，人模狗样地招摇过市！他们参政议政能力不强，私心又重，满脑子想的都是怎么利益最大化！"

"你们统战部负责党外政协委员人选提名，应该把好关啊！"陈公明说。

"现在统战部严格落实党外代表人士综合评价制度，凡进必评，投机分子不好往里混了！"徐风说道。

"这个办法好，无规矩不成方圆嘛！"陈公明赞道。

2

这些日子万东方跟打了鸡血似的，忙得不可开交。他中标的矿区拆迁安置项目全面铺开，投资规模不小，也算是意外收获。

项目位于浮云山南侧，占地四百亩，一期五十栋住宅楼，安置两千户居民。这里虽地处郊区，却风光秀丽、景色宜人，尤其随着浮云山开发和要建轻轨，地价房价都噌噌地往上蹿，商业配套也雨后春笋般冒了出来。

浮云山小区项目开工奠基仪式搞得很热闹，现场彩旗招展，礼炮齐鸣，还做了一个充气彩门，两只大气球悬在半空，下面吊挂着巨幅标语，一幅是：深入学习贯彻十九大精神，全力建好惠民安置项目！另一幅是：热烈欢迎各级领导莅临指导工作！

杨正清也来了。他本想让孙奉明出席奠基仪式，没想到董立堂给他打电话，说这是全市最大的拆迁安置项目，又是民营企业家承建的"民心工程"，得出面支持一下。他不便推辞，只得答应。

奠基仪式很简短，一会儿就结束了。区里安排出席嘉宾参观浮云山开发情况。看过林海、跑马场、滑雪场、采摘园、野生动物园等项目后，最后一站是浮云山度假村，在这里吃工作餐。

杨正清看看表，跟董立堂请假道："我下午有个会，得走了。"

董立堂一路看来，兴致正高，扯着嗓门吆喝道："既来之则安之，吃饭也是工作嘛！再说我还有事找你呢！"

说完，他大步往前走去。杨正清不好驳他的面子，只得跟上。

席间，董立堂毫不避讳他和万东方的关系，对东方集团赞誉有加："东方集团是咱们昌海地地道道的本土企业，是我看着成长起来的。当年我当卫生局局长的时候，老万才开始研究中药熏蒸疗法，我鼓动他做品牌、卖产品，他听进去了，研制出了神功熏蒸镇痛贴，还真搞出了名堂，全国都火了！"

"董书记是伯乐啊，这些年扶持起了不少企业！"马杰恭维道。

"伯乐不敢当，不管哪行哪业，是人才就该多鼓励、多支持！"董立堂继续夸万东方，"东方集团这些年对昌海贡献不小，一年纳税七千万，解决了两千多人的就业。老万，我给你定个目标，明年争取创税过亿吧？"

"没问题！市领导这么支持，咱就只管头拱地嗷嗷叫地干！"万东方满脸堆笑，说着形象地往前抻了抻脖子。

刘志海说："前些年浮云山大部分荒着，路也没通，进不来车，上不去人。万董有眼光，头一个来山上开发，绿化荒山三千多亩，带起了旅游产业。现在又承建安置房，打造田园综合体，我看这'浮云山'要变成'福云山'了！"

"东方贡献不小，应该多宣传正能量！"董立堂扭头跟杨正清说，"听说你们评啥全国优秀建设者？东方就是现成人选嘛，我就举贤不避亲啦！"

杨正清见董立堂和马杰一唱一和，心里早已有数。他笑了笑，不卑不亢地解释道："董书记的意见我们会认真考虑，万董本就在考察范围内。不过，所有人选都要做综合评价，等考察完了我们专门向市委汇报。"

"综合评价不就是走走程序嘛，主要看贡献大小。"董立堂轻描淡写道。

刘志海说："万董现在一心向善，中秋节给全区八十岁以上老人赠送了神功熏蒸镇痛贴，评成上月'感动东城'人物啦！"

"感恩回报社会，这是我们企业应该做的！"万东方字正腔圆，跟做广告似的，"我们生产的二代神功熏蒸镇痛贴采用中药熏蒸疗法大幅提高疗效，哪儿痛贴哪儿，一次一贴，一贴就灵！"

傍晚，杨正清回到家，一开门见客厅里黑着。他打开灯，发现潘玉梅颓然地坐在沙发上。他关切地问："怎么不开灯啊？你哪儿不舒服吗？"

"还不是让小海那破厂子给闹的！"潘玉梅没好气地说，"他厂子关了，拉下一屁股债，还有二百多万高利贷还不上。当时我做的担保，人家打电话讨债了，说不定哪天就找上门来……"

"他什么钱都敢借？还真没数！"杨正清听了大为恼火，这个小舅子简直就是个讨债鬼，自己能作不说，还把一家人往坑里带。前些年，他跟别人合伙开酒店，用他爹的房子抵押贷款，赔了个精光，银行要收房子，还是潘玉梅帮他垫上了三十万贷款。这次办厂又拉下这么多债，拿什么去还啊……

"没有过不去的火焰山，你别着急上火。"杨正清安慰道，想了想又问，"家里还有多少钱？有多少出多少吧，姊妹们也凑凑，先帮他过了这个坎。"

"能凑的都凑了，还差五十万呢……这个活祖宗，真把姊妹们坑死了！"潘玉梅恨恨地说，"咱们现在就是帮了他也赚不出好来，他还埋怨你没帮他保住厂子呢！"

"一码归一码，怎么不吸取教训，就会怨天尤人呢?！什么时候他能认识错误，才算成熟了，要不还得跌跟头！"

"我听郝凤英说老万正在争取什么优秀建设者，你管着这事，差不多就给他评上吧，不就是一项荣誉嘛！人家老万开发小镇让你搅黄了，这次评个优秀，能照顾就照顾吧，咱们犯不着把人得罪到家啊！"

"你找郝凤英了？"杨正清一着急，声音提高了八度。郝凤英是工人文化宫的舞蹈教练，这阵子正教潘玉梅她们跳广场舞。"我可把话说头里，咱们就是砸锅卖铁也不能找企业借钱，这是个原则问题！玉梅，你可不能犯低级错误啊！"

"我知道，你就甭啰唆了！"潘玉梅不耐烦地说，"你都嘱咐多少遍了，整天老和尚念经似的来回唠叨，你不嫌烦我还嫌烦呢！"

杨正清还是不放心，又追问道："你真的没跟郝凤英提借钱的事？不管多难，咱们都自己想办法，决不能和他们有经济来往！"

"真没提，你放心就是。"潘玉梅愁眉苦脸地说，"那眼下怎么弄呢……"

"我看还是老办法，你抓紧联系一下，把咱们的房子办个抵押贷款，估计能贷个三四十万，剩下的我有办法，你就别管了！"

潘玉梅应着，悻悻地起身去厨房做饭。她心里又是愧疚又是埋怨，愧疚的是弟弟不争气，给家里添了这么多麻烦；埋怨的是杨正清干了这么多年县、市领导，家里啥光沾不上，还到了抵押房产借贷的地步……

晚饭后，她找人咨询了一下，说房子能抵押贷款三十五万，这样还剩十五万的缺口。杨正清给父亲打了个电话，问他手头有多少钱。父亲是退休教师，工资不低，在山村省吃俭用的，开销不大。不过父母手松，一向乐善好施，平时村里有红白喜事和打井修路等公事，都是他家出钱最多，乡亲们有借钱的，也是来者不拒。前些年杨正清买楼房，父亲拿出十万帮衬他，他坚决不要。现在急着使钱，他只好找父亲救急了。

父亲听说他用钱，爽快地答应道："没问题！现在折子上差不多有二十万了，够了吧？不够我再给你借。家里有什么急事吗？"

杨正清一听舒了口气，高兴地说："够了够了！玉梅的弟弟生意上周转不开，还差十五万，用的时间可能要长一些。"

老父亲满不在乎地说："有使头先用着呗，谁花不是花啊！回头我叫正明打给你！"

3

"脚印鉴定和专家意见书出来了，判决根本站不住脚！"一上班，陈公明兴冲冲地来找杨正清，顾不得客套，开门见山地说。

杨正清忙问："什么情况？你坐下慢慢讲。"

陈公明说，上周去北京找宁导，详细介绍了案情。宁导看过案卷，听他讲了情况，当时就判断案子的侦查方向有问题：先入为主锁定嫌疑人，屈打成招后，有选择地补充证据，这样不造成冤假错案才怪呢！宁导找学院物证鉴定专家做了分析，认定那半个脚印的主人系男性，三十五岁左右，瘦小个子，右脚微跛。字迹鉴定也有了结果，入住时间确为7：50，有人在原阿拉伯数字"7"上添了一笔，改成了"9"……宁导把案例提交到全国刑事疑难案件研究中心年会上，专家们就齐帅一案论证分析，形成了一致意见，结论为：其一，凶手晚上从家门入室，且死者身着睡衣，凶手无疑是与死者关系密切的熟人；其二，家中虽有翻找过的痕迹，但除保险柜外，死者的首饰、手机等贵重财物并未丢失，显然凶手并非图财，目标应是寻找保险柜里的什么重要物品；其三，如是齐帅作案，没必要带走笨重的保险柜。他即使不知道密码，可以在家里从容地撬开，完全没必要带走并丢进河里。他要制造入室盗窃现场，带走首饰、手机、钱包等小件贵重物品就行，没必要舍轻就重……综上所述，齐帅不可能是此案凶手，真凶应结合脚印特征，在与死者关系密切的熟人中查找……

专家的分析逻辑严密，入情入理，让人叹服。杨正清听了感慨道："还是一级一个水平啊，市里怎么就做不到？这可是人命关天啊！"

"不是做不到，恐怕就没用心做！"陈公明无奈地摇摇头，又说，"等鉴定结果和法律意见书快递过来，在最高院死刑复核前提交上去，我看胜算很大！"

"你盯紧点，这次一定要慎重，千万别再让人钻了空子！"

"要想发回重审，恐怕也不容易……"陈公明颇有顾虑地说，"关于白茹萍的交际圈子，前段时间我让剑飞做了些调查，看来水不是一般的深啊，要不案子也到不了今天这个地步！"

"哦，还有什么隐情吗？"杨正清神色凝重地说，"胡适老先生有句话叫'大胆假设，小心求证'，你说说看，别怕说错了！"

"那我就直说了。剑飞调查过和白茹萍交往密切的人，发现她交往圈子很复杂。她毕业后先在东方集团工作，又是万东方的远房亲戚，这些年和东方集团联系不少。她还经常出入'月亮船'，和其老板打得火热……"

"'月亮船'？老板不是万东方的儿子万伟吗？"

"万伟只是'月亮船'名义上的老板，真正的幕后老板是马可，他在'月亮船'占大股，整天和一帮海归在一块鬼混。白茹萍在东方集团时，最初和万伟处对象，后来又和马可打得火热……除了跟万伟、马可关系不一般，马杰出国时,也有几次带她当翻译……"

"噢,还这么复杂……公安部门一开始就认定齐帅是凶手,为什么不从白茹萍的社交关系上着手调查?"杨正清神情严峻起来。

"是啊,公安部门急于破案,先入为主,上来就认定是齐帅所为,哪还顾得上其他线索!"一提这茬陈公明就来气,"还有,我接手案子后,总有人盯梢,对我的动向了如指掌。从阻止晓霞出庭做证,补充完善脚印、保险柜等证据,还有车胎被扎、案卷被偷,都不是偶然的,背后有一只黑手一直在阻止我调查,试图掩盖事实真相。"

"越是有人阻止你调查,越说明有人心虚,看来你找准了对方的死穴。"杨正清关切地嘱咐道,"情况复杂,你一定注意安全啊!"

"我会注意的,邪不压正、欲盖弥彰,现在离真相不远了,我一定要揭开这个黑幕!"

"是啊,真相瞒得了一时,瞒不了一世,案情总有水落石出的那一天!"杨正清满怀信心地说,"不管案子涉及谁,你依法办案就行,按程序该怎么着就怎么着,有什么阻力,我帮你协调。"

"好的,估计起码东方集团那爷俩脱不了干系!"

"这个万东方,还一心想当全国政协委员,他要是真和案子有关,把这种人推上去了,岂不是个天大的笑话!"

"这些年我可没少跟东方集团打交道,不少案子涉及他们,我看万东方就是个大忽悠!"陈公明愤然道,"他原来不过是个江湖游医,二十世纪九十年代初气功热的时候,靠中药加气功推拿到处招摇撞骗,掘到了第一桶金,后面越扑棱越大,没想到还成了气候!"

"听说是董立堂当卫生局局长时把他扶持起来的?"杨正清问。

"当年,万东方给董立堂治好了腰椎病,董立堂开始热捧他。在老董的支持下,万东方发明了神功熏蒸镇痛贴,卖得还挺火。这几年房地产热了,他又靠马杰进军房地产,一直都是走的上层路线。"

"他倒是一直没丢下老本行,东方中医堂宣传得挺火,效果怎么样?"

"那个东方中医堂简直就是个'东方忽悠堂'!本地人没来看病的,光骗外地人。我代理的与东方集团有关的案子,八成跟他那个中医堂有关!"

"都是医疗纠纷案子吗?"

"是啊，有的还很恶劣呢，我讲个印象深的吧！有一年，从历平县营山镇农村来了两口子，妻子肺癌晚期，为治病家里早就债台高筑。看了东方中医堂癌症克星的广告后，两口子卖了三轮车和口粮，好不容易凑了一万块钱找过来，住院没几天就花完了，不但不见效，病还更重了。为治病弄得倾家荡产，再加上受不了病痛折磨，妻子一时想不开，跳进了响水河，留下了一对两岁多的双胞胎。丈夫觉得上了当，人财两空，一气之下把医生打成了重伤。他被捕后，是我提供的法律援助，现在还在服刑呢……"

杨正清听了非常震惊，愤然道："没想到还有这种悲剧……那些黑心企业家不择手段地疯狂敛财，大肆攫取社会财富，伤害的是社会的公平与良知！"

"关键是这部分人还把发家致富当成个人本事，看作是自己辛勤奋斗的结果！他们攫取社会财富后，又千方百计地谋求社会政治地位。我看过一篇文章，题目是《严防'黑老大'戴上'红帽子'》，批判的就是有些老板靠不正当手段攫取资本，迅速暴发后，又千方百计地弄顶人大代表、政协委员的'红帽子'充当挡箭牌、保护色。要是让这种人上了位，长此以往，他们就会慢慢侵蚀国家政治经济的基石，危害到我们的社会制度。"

"你说得不错，对这些企业家，除了加强教育引导，还要严格评价把关，扎紧制度的笼子，防止他们投机钻营。我看这方面大有文章可做啊！"杨正清有感而发道，"现在还面临一个富二代的问题。一些民营企业家早年艰苦创业，辛辛苦苦把事业做大了，在子女教育上却很失败，对孩子娇生惯养、极尽纵容，在这种环境里成长起来的年轻一代不用说创业，能不能守业都成问题！"

"要不说富不过三代嘛！现在有些富二代不思进取、穷奢极欲，整天沉浸在声色犬马中。香车、美女加志大才疏，就是这种人的标配！"

"现在来看，加强新生代企业家的教育培养，引导他们健康成长，很有必要！"杨正清说到这里，想到一个事，"哎，我们正在筹备非公有制经济人士培训班和新生代企业家同心论坛，你有空给他们讲一堂法律课吧！"

"没问题，如果需要，我还可以从母校请知名法律专家来做报告。"陈公明痛快地答应了，感慨道，"我原以为统战工作是虚的，没啥硬任务。听您这么一讲，还真不简单呢！我表个态，以后只要能用得上我的，您尽管安排！"

杨正清笑道："少不了你的用武之地！新的社会阶层人士联谊会打算成立

'同心律师服务团',和民营企业结对子,既能引导企业依法经营,又可以帮他们依法维权,你看怎么样?"

陈公明听了一拍大腿,赞道:"这个创意好!企业和事务所可以互利共赢、资源整合,对双方都有好处,我们一定带好头!"

正聊着,刘元进来给杨正清汇报:江林书记请他过去一趟。

4

江林站在桌前,双臂抱胸,欣赏着墙上新挂的一幅隶体书法竖轴。见杨正清进来,他招呼道:"你是行家,看看这幅字怎么样?"

竖轴上写的是"同心共筑中国梦"几个大字,笔力遒劲,柔中带刚,结体匀称,颇见功力。杨正清似觉相识,上前细看左下方几列行书落款,题的是:"欣闻昌海市民主党派同心大厦即将落成启用,不胜欢欣鼓舞之至,即兴染毫濡墨,谨表贺忱,并祝昌海统一战线勠力同心,共创辉煌。丁酉年菊月方进题。"

"原来是方老的墨宝,怪不得这么眼熟!老部长年纪大了,笔力还这么遒劲,风采不减当年啊!"杨正清由衷地赞叹道。

方进年事已高,很少写字了,怎么又题了这幅字呢?江林解释说,前些日子省政协举行老干部茶话会,方进听说昌海专门为民主党派装修同心大厦,非常高兴,即兴挥毫泼墨写了这幅字,托人捎给江林,以示勉励之意。

杨正清说:"方部长一直很关心昌海的统战工作,我们办的刊物《昌海统战》,他每期都看。有一次漏寄了一期,他还专门打电话要呢!"

"等同心大厦正式启用时,请老领导回来,看看昌海这些年的发展变化。"江林说着,从桌上拿起几封信递给杨正清,"正清,你到统战部大半年了,工作成效很明显,各方面反映都不错。你看,还有党派成员和企业家给我写信,要求表扬统战部呢!"

"江书记过奖了,我们做得还很不够。"杨正清坦率地说,"十九大对统战工作要求很高,许多新领域统战工作刚破题,还有不少文章可做呢!"

"嗯,十九大报告指出,统一战线是党的事业取得胜利的重要法宝,必须长期坚持。要牢牢把握大团结大联合的主题,坚持一致性和多样性统一,找到最大公约数,画出最大同心圆。这些论述,要求明确,表述生动,讲得真好啊！"江林由衷地赞叹。

"大会精神您吃得可真透，我们还要深入学习呢！"杨正清钦佩地说。

"不光要学，关键在于抓好落实。"江林笑了笑，又问，"同心发展大会筹备得还顺利吧？这可是今年统一战线的重头戏啊！"

"我调度过几次了，没想到大家积极性这么高！"杨正清汇报道，"党派、工商联还有统战社团都八仙过海、各显其能，提了不少好点子。他们不等不靠，早就开始联系嘉宾啦！从调度情况看，已经邀请了海外知名企业家六十多位，还有好几个世界五百强的呢！"

"好啊，你们干在前头了！统一战线人才多、联系广，资源优势很明显哟！"

"我们还有个考虑……"杨正清结合学习十九大精神做了一些思考，提议道，"现在全市正在部署精准扶贫，南部山区脱贫任务很重。我想能不能整合一下资源，把同心发展大会、海联会换届和南部山区扶贫行动结合起来一块搞？这样既可以集中力量，还能形成声势、营造氛围呢！"

"嗯，你们能把统战工作主动融入全市大局，凝聚共识，助推发展，这个思路对头！"江林肯定道，"我看可行，你们放开手脚干就行！"

"这几个活动涉及面广，协调难度大，还需要您大力支持！"

"没问题，你们拿方案，需要市委支持的，市委全力支持；需要我出面的，我全程参加！"

江林的态度让杨正清十分感动，他发自内心地说："江书记这么重视支持统战，怪不得大家都叫您'统战书记'呢！"

"呵呵，书记抓统战是本分，不抓是失职！"江林笑道，"叫你过来还有个事，优秀建设者人选怎么样了？我推荐一个，你看万东方怎么样？"

杨正清一愣，态度坚决地说："恐怕不合适，我们对几个候选人做了综合评价，他得分垫底，履行社会责任上差距不小……"

"要是上面多给个名额，能不能把他推上去？"江林试探道，"省里有领导推荐，可以不占市里的名额。"

"就是多给十个名额，也不能推他！"杨正清直言不讳道，"东方集团纳税额不少，但在履行社会责任方面有硬伤，甚至还有些负面消息。我们推出的党外代表人士典型，必须各方面认可、经得起检验，否则就会伤害社会公信力，也有损统一战线的形象！"

"好，我同意你的看法！"江林高兴地说，"有人给我打招呼，让给万东方开绿灯，我估计是不是也找你了，才想听听你的看法。你能这么把握我就放心啦！有什么压力尽管往我身上推，我顶着！"

杨正清心头一热："多谢江书记支持！说实在的，原来我还担心上头硬压下来，有您这位'统战书记'托底，我就更有底气啦！"

"好，这事就这么定了，你把好关就行。"江林说着递给杨正清一份文件，笑道，"还有个好消息告诉你，萝卜文化节筹办方案省里批了，这个节对推动昌海特色农业发展会很有帮助，多亏了民主党派的调研建议啊！"

"太好了，前两天刁主委还问呢，为这事他真没少跑腿！"杨正清兴奋地浏览了一下报告，又问，"萝卜节打算什么时间办？"

"我正琢磨着呢，刚才你说要整合资源，我看干脆和同心发展大会放在一块，互相借势，形成合力，这样岂不更热闹！"

杨正清赞成道："这样好，几个活动都围绕发展搭台唱戏，整合在一块，资源共享，效果肯定更明显！"

江林点头笑道："办好了，给你们统战记首功！怎么样，有困难没有？"

"可别说，困难还真有，主要是缺人手……"杨正清沉吟了一下，趁机反映道，"筹办同心发展大会工商联是主力，党组书记一直空缺，好在有孙奉明顶着。副部长也缺一职。我的想法是，等班子配齐了，部里再把中层干部优化调整到位，趁这次筹办活动正好练一下兵，是骡子是马，拉出来遛遛！"

"这样吧，班子怎么调整你先拿个意见，提出来市委研究，争取一步到位！"江林痛快地说，"另外，同心发展大会也要设个秘书处，需要哪方面的人，你们列个单子，先抽调过来用着！"

"好，我们一定全力以赴，把同心发展大会办成一个凝心聚力谋发展的盛会！"杨正清信心满满地说。

第十三章　能者上，庸者下

1

统战部要调整干部啦！部里的气氛一下子紧张起来。干部调整历来敏感，牵一发而动全身，尤其这次是换届以来的首次调整，又在机构改革之前，所以格外引人注目，小道消息不胫而走。

近期市委对部领导班子做了调整，副部长孙奉明兼任市工商联党组书记，姜兰兼任市民族宗教局局长，刘元由副调转实职，担任了副部长。机关中层调整随之提上日程，拟选拔两名正科实职，分别是刘元不再兼任的办公室（加挂研究室牌子）主任和马连成辞职后空缺的经济统战科科长。选拔出科长后，再对空出的主任科员或副科岗位进行第二轮竞岗，民主党派机关同步进行。

杨正清看了竞岗方案，基本上同意，强调要严格程序、严肃纪律、公开公正，调出团结、调出战斗力。

"按惯例，科长、主任职位空出来，一般主任科员递补。要不班子先统一一下意见，分头做做工作？"钱洪军建议道。他主要关心办公室主任人选，牛玖平是主任科员，徐凤是副主任，按常规，牛玖平虚转实顺理成章。

"竞争上岗不就是要让优秀干部脱颖而出吗？要是论资排辈平衡照顾，还费这些事干吗？"杨正清不以为然道，"再说，现在工作任务这么重，得选出真正能干事的精兵强将才行！"

"理是这么个理，可真要'迈过锅台上炕'，也说不过去……"钱洪军仍想给牛玖平争取一下。

杨正清态度坚决地说:"干部选拔任用不能再论资排辈了!有些人不干工作,光熬资历,任职年限一满就想动动,没动就觉得组织上亏欠了他,此风不可长!这次调整不论资历,不唯学历,不搞内定,就比谁能力强、威信高!"

钱洪军自觉没趣,没再说啥,心里却盘算着怎样运作才能确保牛玖平胜出。他觉得牛玖平活泛,人脉广,善交往,和他走得近,有事没事的爱找他坐坐,机关里有个风吹草动,还能随时通个气。让他当办公室主任,肯定比别人好用。这小子反应也快,马连成刚辞职,他就用报纸夹了两块陈年宫廷普洱茶饼找他,探问经济科科长出缺了啥时调整。牛玖平虽在部里不安心,老想往外走,不过职位上个台阶总是好事。本来这次竞岗两个科长,他和海心两个主任科员正好一人一个,不过看这架势,花落谁家还真不好说,只能在程序上做文章了。

"笔试怎么考?"钱洪军试探道,"参加竞岗的同志积极性都挺高,有的专门休年假在家里准备呢!"

杨正清说:"我看不能单纯以分取人。前些年考选了一些'学霸''考霸',但有些人工作干不上去,反映不太好。"

"是啊,的确有人沾了考选的光。"钱洪军有"考官证",常被抽去当评委,对此颇为了解,"个别人心思不在工作上,整天背书做题、强化训练,有机会就到处考,甚至有人连考三级呢!"

"干得好不如考得好,本身就不正常!咱们这次竞岗不考死记硬背的东西,重在考察工作能力,看平时的积累。"杨正清胸有成竹道,"这样吧,在会议室笔试,给每人备一台电脑,盘清空了,也不能上网,考题再说吧!"

钱洪军应着,心里直犯嘀咕,不知杨正清葫芦里卖的什么药。让准备电脑,看来要从考试中心抽题,用电脑笔试。怎么个考法连他也不给透露,明摆着信不过他!唉,自古一朝天子一朝臣,新官上任自然想起用新人、培养嫡系嘛!

钱洪军正想着,杨正清拿起海联会换届班子人选建议名单问他:"我看秘书处还有马可?他担任副秘书长合适吗?"

"哦,马可还真可以!他活动能力强、人脉广,在留学人员中很有影响力，还搞了个海归俱乐部呢！"钱洪军怕有什么差池，极力推荐道，"再说他爸是马杰市长，吸收他进来，有利于争取政府支持……"

杨正清不客气地打断他："我们成立的是联谊会，可不是什么俱乐部！代表人士必须政治性强、代表性强。他那帮子人整天胡吃海喝、飙车斗殴，社会形象好得了？这种人选能通过综合评价吗？"

"这个……"钱洪军哑口无言，没想到杨正清对马可还有些了解，看来不好糊弄！他尴尬地笑笑，自打圆场道："这些情况我也不大了解，科里草拟的初步人选，后面还要考察，既然不合适就换了。您有什么人选吗？"

杨正清翻了翻会员名单，看到有许阳的名字，便提议说："这个许阳我见过，年纪轻轻的就创办义工组织，投资素菜馆做慈善，很难得，可以考察一下。"

"这个人选行，她是东城区推荐的，还是'感动东城'年度人物呢！"钱洪军嘴上这么说，心想准是有人打招呼了，要不还会直接点名？既然这样，他乐得送个顺水人情。

2

一石激起千层浪，竞岗方案还没公布，就有人四处打探消息。有的参考近期调整过的单位的考题；有的到各屋转悠套近乎，好在民主测评中拉点感情分……

徐风这阵子忙着修改"活力统战"调研课题，省委统战部催着本周报。他对竞岗没啥想法，觉得两个科长职位光主任科员就填满了，副科哪轮得上？等科长竞完了，他能晋升主任科员就不错了，因此没做准备。牛玖平看来早得了消息，前段时间还从老家捎了一箱蜜桃，分了一圈，说让大家尝尝鲜。两周前他就整天查啊找的，弄了一堆文件资料，又写又画，晚上也来办公室学习，饭局都推了。那时徐风不知道要竞岗，还以为这小子又要参加考选呢！

徐风正在电脑前忙活着，海心拿了一份材料进来。她看屋里没别人，说话便放开了："哎呀，什么时候了还忙材料啊？别人早回家复习去了，你倒沉得住气！"

徐风满不在乎地说："急来抱佛脚，有啥用？我这个'活力统战'课题倒是火烧眉毛了，省里都催两遍了！竞岗你甭急，怎么轮也轮着你了！"

"临阵磨枪，不快也光。你们搞材料的把脉准，帮俺猜个题吧？"

"准不准不敢说，承蒙看得起，我就'有枣没枣打一竿子'，猜偏了题可别埋怨我哟！"徐风笑道。

"感谢还来不及呢，哪能赖你？别拿捏了，快说吧！"

"我觉得选拔科长，笔试不会考那些死记硬背的东西，应该重在考察综合素质，写篇策论什么的。题目嘛，杨部长一再强调工作创新，这方面可以多看看。"

"说得有道理，我看你这个'活力统战'就挺对题，给我份学习学习吧！"海心说着递上手中的材料，"我整理了一些基础知识，给你打了一份，看看有用不？"

徐风翻了翻，都是些死记硬背的知识点，觉得没啥用处，又不想拂她的好意，便放进了文件夹，说一会儿改完课题发给她。

海心刚走，贺春荣进来了，怀里抱着一个鼓鼓囊囊的大信封。她描眉画眼，穿得花红柳绿，身上一股刺鼻的香水味。见徐风忙着，她凑过脸来瞅了瞅，笑嘻嘻地说："大笔杆子，都这火候了，还忙材料啊？看来你是稳了，先预祝啦！"

"哪里，我是破罐子破摔，考个啥样就啥样吧，倒是该预祝你主任科员要转正啦！"徐风恭维她道。这次调整，党派机关秘书长不再兼任办公室主任，空出职位来一并竞岗。

"看来你是心里有数啦！"贺春荣听他这么说很高兴，回头瞅瞅，关上门，凑上前小声说道，"咱姊妹关起门来说个实在话，你是部里的笔杆子，研究室你不干谁能顶起来？我这边嘛，也是水到渠成，主任科员都好几年了，早该解决了！你在部机关，我在党派，咱俩没竞争，你可要帮着姐啊！"

"你没问题，我可没敢多想。"徐风淡淡地说。

"哎哟，你是部长身边的大红人，还这么谦虚！"贺春荣回头瞅了瞅，从纸袋里掏出一摞材料来，"这是我去市委研究室要的材料，你瞅瞅，别往外传！"

徐风推辞道："谢谢，不用了，我真顾不上呢！"

"看来你真有底了！"贺春荣收起材料，神秘兮兮地问，"你准备的什么复习资料，给姐剧透剧透呗？"

"我还真没准备,这一阵子光忙着赶课题了。"徐风说着,拿起一份刚打印出来的'活力统战'建设课题报告递给她,"喏,我这儿倒是有个现成材料,你要觉得有用,就拿去参考吧!"

贺春荣大喜,乐呵呵地接过材料,翻了几页,又大失所望:"哎呀,这不就是一篇调研报告嘛,还能考这个?"

电话响了,干部科叫徐风过去签字,进行竞岗确认。他回来时贺春荣已经走了,课题报告没拿,还在桌上。徐风给海心发完材料,翻开文件夹,忽然发现海心给的复习题不见了。就这么一会儿工夫,不是让贺春荣顺手牵羊拿走了,还能有谁呢?他心里一阵不快,抓起电话要找她,想了想又扣上了:她稀罕就拿去看吧,反正自己也用不上,犯不着为这点事闹不痛快!

3

笔试在会议室举行。桌上面对面摆了两排电脑,都编着号,竞岗者抽签确定使用哪一台,坐下后检查试用五分钟,熟悉键盘程序。

快开考了,考题还没着落。大家坐着大眼瞪小眼,不知道要考什么。钱洪军也纳闷,既无试卷,电脑上又没考题,题库中心也没来人:杨正清葫芦里究竟卖的什么药?

九点整,干部科科长吕波拎了块白板进来,说杨部长亲拟了一个题目,写在白板上了。说着,他翻过白板来,大家见上面用碳素笔写着:论新时代统战工作如何虚功实做。吕波随即宣布笔试要求:用电脑答题,字数两千字以内,时间两个小时。答卷不署名,不得透露个人身份信息,答完后以各自电脑序号作为文件名,保存在桌面上即可,违规者取消考试成绩。

参试者面面相觑,没想到准备了那么多内容,笔试竟然就是考作文!徐风和海心隔桌对坐,两个人相视一笑,开始答题。键盘声像雨打夏荷,又如马蹄疾驰,时缓时急,时高时低,颇有些扬鞭跃马、催人奋进的意思。

两个小时转瞬即逝,不觉到了交卷时间,参试人员保存答卷后陆续离开。干部科将答卷重新编号登记,打印了十套,分别送部领导班子成员和退休的老部长,还发给了省委统战部研究室,请他们帮忙阅卷评分。

下午面试题目也简单,就是谈谈担任科长后如何创新性地开展工作。面试结束,进行民主测评。四点半,笔试分数反馈回来,去掉一个最高分和一个最低分，取平均分作为笔试成绩，再加上面试、民主测评成绩和近三年来年度考核和奖励加分，得出总分后公布最终结果：徐风和海心分别以 95.36 和 92.25 分遥遥领先，位居前两名。随后，部长办公会研究决定，海心和徐风分别作为经济统战科科长和办公室主任任职人选，予以公示。

第二天，部里又对空缺的主任科员、副科长和副主任科员职务依次进行了竞岗调整，党派机关科级干部竞岗也同步进行。这种竞岗形式既新颖又公开透明，深受大家的好评。不过，党派机关竞岗又出现了状况，问题还是出在贺春荣身上……

贺春荣是民进办公室主任科员，竞争办公室主任。本来她踌躇满志、志在必得，不料笔试成绩和面试分数不高，民主测评分最低。拔得头筹的是前年刚考来的民进办公室副主任孙玲玲，无论单项和总分都名列第一。部长办公会研究人选时出现了争议：钱洪军和姜兰考虑到贺春荣在民进工作时间最长，还主持过一段时间的工作，这次要是提孙玲玲不提她，恐怕以后民进工作不好开展。孙玲玲今年27岁，是省委组织部选调生，当过副镇长，作风干练、吃苦耐劳，承担了民进机关大部分工作，不过她任办公室副主任刚满两年，直接提主任是不是有些快了？孙奉明和刘元则认为，既然是竞岗，就要按成绩来，何况贺春荣民主测评差，群众威信低，大家不认可。

杨正清等大家发表完意见，最终拍板说，这次竞岗一律不搞照顾平衡，不论资历，完全按竞岗成绩择优选拔。接着，竞岗结果公布：孙玲玲作为民进办公室主任任职人选，成为市直机关中最年轻的正科实职。

机关中层竞岗以超常规的形式和结果，在热议中落下帷幕。牛玖平自知技不如人，倒也输得心服口服，没什么异常。贺春荣却不算完，她找姜兰哭得鼻涕一把泪一把的，闹着要调走，说在民进没法待了，快被人欺负死了，这次民主测评投票肯定是肖立成捣的鬼，他一直蓄意打击报复她……

杨正清得知情况后，考虑到贺春荣本就跟肖立成不和，再加上孙玲玲原来由她领导，现在反超晋为正职，他们几个人在一块的确不好相处。他了解到贺春荣是省艺术学院毕业的，有舞蹈专业特长。征求她本人的意见后，杨正清多方协调，把她调到了市群众艺术馆担任副馆长。贺春荣早在党派机关待腻了，乐得出去换个环境，也愿意干老本行，事就这么定下了。

一子落定，全盘皆活，民进工作起色很快，肖立成大胆抓，孙玲玲放手干,样样工作跑在头里,还得到了民进省委的表扬呢!

4

中层调整到位后,部领导班子分工也做了相应调整:常务副部长钱洪军主持部机关日常工作,分管办公室、组织人事和党建工作;孙奉明分管经济统战和党外代表人士教育培养工作;姜兰分管民主党派和民族宗教工作;刘元分管海外联谊和新阶层人士统战工作,协助钱洪军抓机关。

钱洪军减了两项分工,心里不痛快,这段时间有些消极怠工。他在办公室一角支了一张桌子,找出文房四宝,有空划拉上几笔,权作消遣。

他铺开宣纸,挥毫泼墨,时而龙飞凤舞,时而舒缓凝重,因墨汁水分大,再加上他用笔过重,把宣纸拉破了。他连写了几张斗方"宁静致远",没一张满意的。字由心生,心里不"宁静",用笔自然浮躁,岂能"致远"?

真是一朝天子一朝臣!党外代表人士推荐和培训是统战部的抓手,也是党外人士最看重的地方。原来这块业务他分管,现在分给了孙奉明,社会新阶层人士给了刘元,自己作为常务副部长,只分管部机关行政、组织人事和党建等工作,还要让刘元协助,业务工作自己插不上手了,这不明摆着削他的权吗?中层调整也不按常规出牌,干部成长梯次全打乱了!牛玖平没提起来不说,贺春荣平调到事业单位,而资历最浅的徐风、孙玲玲反而从副科级直接晋升为正科实职……自己分管干部工作,又是常务副部长,理应拿主导意见。竞岗前有几个干部和自己打过招呼,他早许诺下了,谁知杨正清留了一手,这种竞岗方式跟"偷袭"似的,让他干着急使不上劲。看来,杨正清信不过他,可笑自己还做梦有朝一日时来运转,争取兼任市政协副主席呢……

外面有人敲门,吕波领着万东方进来了。

"万董怎么有时间大驾光临啊?"钱洪军洗了一把手,问道。吕波递上毛巾,收拾了笔墨砚台,用塑料盆端着出去了。

"我过来找马市长,顺便来看看你。"万东方说着从提包里掏出一份图纸,在桌上展开,"这是浮云山小区楼盘房型图,楼王位置有四个房型,给你留了一套,你挑挑!"

"现在房价这么高,我可买不起啊!"钱洪军口里推辞着,左手却按着图纸，右手食指在图纸上划拉着，眯眼细看。

"不用你买，你想要就行！"万东方笑道，"这些年钱部也帮衬了兄弟不少，这算是我的一份心意吧！"

"这哪行，不花钱可不敢要！"

"好，那就花钱，咱不给领导找麻烦！这样吧——"万东方早有打算，笑眯眯地说，"你先挑上一套，我给你留出来，成本价三千五一平方，你交个首付，先不网签，等你啥时转手卖了，直接办更名就行，你赚个差价。这楼王很抢手，开盘就八千五一平方呢！"

"哎呀，还是万董考虑得周全，首付我还是拿得出的。"钱洪军喜笑颜开，一下有了精神，招呼道，"太感谢万董啦，快坐下，我敬你一杯茶！"

两个人落座，品茗闲聊。万东方问："前段时间推荐的那个优秀建设者，不知道怎么着了？拖了这么久，行不行的，也没个动静。"

"综合评价刚弄完，搞得比考察干部还严！就等着上常委会了。"钱洪军提醒道，"你恐怕有些悬，利税就业没问题，综合评价排名太靠后。杨正清把得可紧了，听说江书记找他他都没松口……"

万东方并不着急，慢条斯理地问："以前不就是看纳税贡献嘛，咋又弄了这么多条条框框？"

"还不是杨正清搞的鬼，综合评价设了那么多条件，指不定哪条都有针对性呢！"钱洪军发牢骚道，"人无完人，这么搞有几个合格的？"

"有什么补救的办法没有？我咂摸着，这次实在不行就算了，关键是后面怎么运作弄上个全国政协委员。"

"这次我还真是爱莫能助啦，人家不让我管了，我靠边站了！"

"哦，怎么回事？"

"部里刚调整了分工，让孙奉明分管经济统战和党外代表人士，不让我掺和业务了……看来杨正清是想用自己人了！"

"我看不至于，再怎么你也是常务，主持日常工作，说话还是有分量的！"

"无所谓，本来就是铁打的营盘流水的兵嘛！"

"嘀，钱部长什么时候这么消沉了？"万东方笑着说，"你北京那个同学，我看他是个办事的人！这次不管弄上弄不上，人家真给出力，都找到省里了！"万东方心里打着算盘，眯着眼睛说，"俗话说，临时搭桥不如平时修路，以后还得和他多联系，巩固好关系。这次弄不上，后面争取全国政协委员还得用人家，你提副厅级也少不了找他，花费由我兜着，你只管运作就行！"

"县官不如现管，关键还是咱市里这一关……"

"上面通路下面就好办，胳膊还能拧得过大腿？"万东方笑道，"咱们北京有人，省里打了招呼，市里还有董书记、马市长，他杨正清也未必挡得住！"

"哦，原来万董早就胸有成竹、胜券在握啦！咱们碰一个，预祝万董马到成功！"钱洪军笑着端起了茶杯。

万东方举起茶杯，用力和他一碰，口中念念有词道："恭祝钱部步步高升，心想事成！"

第十四章　开了个萝卜会

1

首届昌海萝卜文化节暨同心发展大会开幕了！街上萝卜卡通形象随处可见，灯杆上挂着五颜六色的节会标志和宣传广告，庙会、大集、展销活动扎了堆，拔萝卜比赛、文艺演出、农家生活体验等活动丰富多彩，一时间热闹非凡，跟过大年似的。

昌海萝卜俗称"高脚青"，原产昌海历平县，个高六寸，直径一寸半，外皮深绿，尾部白色，内瓤青绿，口感清香，汁多味甜，皮微辛，清脆可口，适于生食，作为古昌海蔬菜珍品，迄今已有三百多年的栽培历史。萝卜除食用外，还极具药用价值。《本草纲目》记载，"萝卜乃蔬中最有益者"，生食有开胃健脾、清热解毒、理气降浊等功效。前些年，昌海萝卜养在深闺人不识，品种繁杂、竞争无序，一直没形成规模。这次节会，为叫响昌海萝卜品牌、形成产业化提供了绝佳的平台。

萝卜节能成功举办，还是多亏了杨正清。今春历平调研后，杨正清一直惦记着农民卖萝卜难的事。他和刁安连商量，哪知他一肚子委屈，发牢骚说："五年前的政协会上，我曾提议举办昌海萝卜节，领导说萝卜难登大雅之堂，搞节会不就成了赵丽蓉小品里说的'群英荟萃，萝卜开会'啦！气得我再不操那萝卜心了！"杨正清笑道："我看你是玻璃心吧，这么容易受伤？意见建议没被采纳，有时可能是领导的注意力不在这上面，没引起他们的重视。认准了的，就要坚持提、反复提！"刁安连心里本来也没放下那个建议，让杨正清一劝，又来劲了，亲自带队调研、考察，忙活了两个多月，形成了《关于设立昌海萝卜文化节推动我市特色农业发展的建议》。材料报到市委后，江林看了正中下怀。他接待客商时，许多客人尝了昌海萝卜都赞不绝口，临走时还要捎着呢！现在全市正在抓品牌农业，搭建昌海萝卜节这个载体平台很有必要！他把建议批给市长姜娟，要求抓好调研论证，争取尽快落实。

　　姜娟刚从中央党校学习回来，对这个建议也十分认可，强力推动，很快拿出了萝卜文化节筹办方案，决定采取商业化运作模式，本着既隆重热烈又节俭办会的原则，于今年11月中旬举办首届昌海萝卜文化节。方案上报后很快获批，还对"昌海萝卜"实施了地理标志产品保护。市里专门成立筹备办公室，在历平县萝卜主产区规划建设了万亩昌海萝卜种植示范基地，组织了十个萝卜合作社，全力整合资源，仅三个月时间，就初成规模。宣传部门也挺给力，组织制作了宣传画册、专题片，还创作了动漫连续剧《萝卜娃娃》。

　　萝卜文化节和同心发展大会共三天日程，包括市海外知名企业家"北海行""活力昌海"论坛、"品质城市"建设研讨会等十几项活动。市委统战部除了参与同心发展大会的统筹协调，主要负责组织召开市海外联谊会第三届理事会议，承办市海外知名企业家"北海行"活动。经过前期的紧张筹备，海联会换届大会共有二百多名理事参加，其中四十多名海外知名企业家是方进和方卉帮着联系的，像美国迈思硅谷公司，德国艾尔森设计公司、莱尔机器人公司等，都是响当当的世界五百强企业！

　　筹备期间，杨正清主持召开了三次协调会，就会议、考察活动和接待工作做了细致周到的安排。对海外理事实行专人接待，从接机、入住酒店、出行引导、事务咨询直到送机，全程一对一贴身服务。部机关干部全员上岗，又从党派、工商联抽调了二十人参加，由市委接待办统一做了培训。

　　主会场设在昌海大酒店，人员报到的当天下午，组织海外与会嘉宾到同心湿地公园种植了"思乡林"，晚上举行了欢迎晚宴。宴会开始前，江林和姜娟会见了部分知名企业家。当介绍到德国莱尔机器人集团董事长克鲁斯时，姜娟非常兴奋，紧紧握住克鲁斯的手说："久仰久仰！我去贵公司学习考察过，没见到您还觉得遗憾呢，想不到回来在家里见到啦！"

　　方卉主动客串起了德语翻译，把克鲁斯的话译成中文时，还俏皮地夹杂着地道的昌海方言，现场的气氛一下子活跃起来。她译语熟练，娓娓道来：

"克鲁斯先生说,他头一次来昌海,觉得这个地方奇好!城市干净,马路宽绰,人也好'嘎伙'……"

江林听了很惊讶,问:"听口音方总是咱们昌海人吧?"

杨正清介绍道:"这是方老的女儿,克鲁斯先生就是她请来的!"

江林和方卉握手道:"失敬失敬!早就听说方老有个闺女奇能干,今天总算认识了!欢迎回家乡投资兴业!"

方卉笑盈盈地说:"早盼着回来发展啦!喏,我可是带着合同来的,捞不着大项目就赖在这儿不走了!"

晚宴由姜娟主持,江林致欢迎辞,市领导全部出席了,每人主陪一桌。这些海外企业家大多与昌海有着这样那样的联系,不少人的后代头一次荣归故里,心情十分激动,纷纷借酒抒怀、倾诉乡情,现场的气氛煞是热烈。

2

海联会开完换届会,下午组织海外来宾赴北海考察。车座上除了宣传材料,还放了个保鲜盒,盒盖上贴着"昌海水果萝卜"商标,内盛切好的萝卜条,绿莹莹的,咬起来清脆爽甜,口感极佳。大家边尝边赞,都说好吃。

杨正清说:"东北人参凤阳梨,不及昌海萝卜皮。昌海萝卜不光好吃,还能治病呢!饭后腹胀不消化,生吃萝卜顺气通便;冬天感冒,吃萝卜喝茶,不用服药就好了。要不民谣说:'吃萝卜喝茶,气得大夫满街爬!'"

"克鲁斯先生说,萝卜可比药好吃多了!以后我们多吃萝卜少吃药,大夫恐怕都要失业啦!"方卉和克鲁斯坐在一块,替他翻译道。

大家品尝着萝卜,又说又笑,兴致很高。杨正清说:"这个'东北人参凤阳梨,不及昌海萝卜皮'可不是自夸的,这里面还有个典故呢!"

"什么典故?快讲给我们听听!"大家兴致盎然地问道。

杨正清开始绘声绘色地讲起来:郑板桥曾经在昌海当过三年知县,他为官清廉,两袖清风,从不受贿,也不给上级送礼。有一年,朝廷派了一个钦差大臣到昌海巡查。这个钦差贪婪成性,为让郑板桥给他送礼,先封了一百两银子,打发人给郑板桥送去。按当时官场的规矩,上级给下级送礼,不收是失礼,收了得十倍还礼。郑板桥自然心知肚明,不收不行,可收了哪有钱还礼呢?郑板桥眉头一皱,计上心来。他把礼金分给了穷苦百姓,命四个衙役装上一个大食盒,扎着红绸子,给钦差大人送去了。钦差一看抬来的大食盒沉甸甸的,心想银子肯定少不了,乐得嘴都合不拢了,连忙打开食盒一看,顿时气得七窍生烟。原来食盒里装的不是银子,而是一个个绿莹莹的大青萝卜,上面还附着一张信笺,题了四句诗:"东北人参凤阳梨,不及昌海萝卜皮。今日厚礼送钦差,能驱魔道兼顺气。"

大家听了拊掌大笑,都说一定要去看看老县衙,见识见识昌海的"萝卜皮"。

一路欢声笑语中,车子不觉到了北海。企业家们边听边看,很快就被北海优越的地理位置、充足的土地资源和优惠的招商政策吸引住了。

在北海迈腾机器人自动化研发中心,机器人演示了投篮、写字、端茶送水等项目。克鲁斯一脸惊讶,端起机器人送来的咖啡大发了一通感慨。方卉刚要翻译,机器人竟然眨了眨圆溜溜的大眼睛,声音甜美地说:"刚才这位朋友说的是,'北海的机器人研发已经达到了很高的水准,我要与北海合作,在这儿发展世界一流的机器人产业'。亲爱的朋友,欢迎您来投资兴业!"随后,机器人用德语说:"Freunde, willkommen jederzeit."(朋友,欢迎光临。)大家赞不绝口,克鲁斯也乐不可支,上前揽着机器人合了个影。

人工沙滩处已全部竣工,黑泥滩清淤后新铺了一层厚厚的细沙,和天然沙滩没啥两样。大家高兴地上前亲近大海,海鸥欢快地鸣叫着,在人们头上飞来飞去,像是欢迎大家。海水正在涨潮,白色的浪花翻卷着,一层层由远及近,争先恐后地迎上岸来,到了近前,又害羞般调皮地一翻身,藏匿在沙滩里不见了……

方卉走到杨正清身边,由衷地叹道:"施工进度可真快啊!上次来还在围滩抽泥,这才隔俩月就完工了,真是北海速度啊!"

"这就叫日新月异,形势逼人嘛!"杨正清笑着说,"你看好什么项目没有?再晚了可真没地啦!"

方卉娇嗔道:"我给你拉了这么多大老板来,没谁的也不能没我的吧?说吧,你打算怎么谢我啊?"

"等活动结束了,再请你好好喝一顿!要不我打个报告,申请授予你'昌海市荣誉市民'称号吧!"杨正清调侃道。

"酒是喝不成了,明天活动一结束我就得走,菲恩还在上海替我开会呢!

荣誉称号不稀罕，还是来点实惠的好！"

"你看什么实惠啊？"

"我就要这片海！"方卉伸出右臂，摇着朝海边晃了一圈，认真地说，"我们集团研究过了，董事局对北海发展前景非常看好，同意在北海投资'梦之海'项目！"

"太好了！这可是北海最大的招商项目，二十多个亿呢！"杨正清高兴地说，又提醒道，"你可得早下手，这片海滩好几个企业都有开发意向呢！"

"你甭为难，我们可不用照顾，凭实力投标就行！"

"你们当然没问题！二三十个亿，也不是谁都能办到的。"

"恐怕还不止这些呢，将来我们要在这里建成亚洲乃至世界上最大的摩天轮、全国最大的海洋主题公园，世界上有的水上游乐项目，这里都要有！"方卉说着，目光沿海岸望向远方，似乎在规划蓝图远景，又像在倾诉自己的心愿，"我的少女时代是在北海度过的，这里有我的青春、我的梦想，我要把这儿打造成欢乐之海、休闲之海和幸福之海！"

"呵，你一出手就是大手笔，'梦之海'一定会成为人们放飞梦想的地方！"杨正清远眺大海，仿佛看到了海上千帆竞驶、乘风破浪，沙滩上游客如织、与海共舞的热闹景象。

"还有啊，菲恩非常喜欢莱茵小镇，公司董事局已经授权让他负责，尽快拿出设计方案，把小镇打造成一个集油画基地、啤酒城和影视创作中心为一体的欧洲风情小镇。"

杨正清喜出望外道："太好了，你这次来还真给家乡带了丰厚的大礼包啊！不过小镇你也别全占了，给我留几间用。"

方卉好奇地问："你要房子干什么？"

"山人自有妙用！"杨正清顽皮地说，"剧透一下吧，我想在小镇建个统一战线教育基地，将来游客肯定少不了，正好借这块风水宝地扩大统战宣传。"

方卉笑道："你可真会算计，这是要借东风啊！"

"借东风好啊，等闲识得东风面，万紫千红总是春嘛！"杨正清望着远方辽阔的海面，乐呵呵地说。

3

初战告捷！"北海行"活动开门红，当场达成投资意向二十余个，大多是过亿元的高附加值、零污染的好项目。这可把市、区领导和有关部门忙坏了，他们跑前跑后地谈项目、看现场，签协议书。

萝卜展销会上，企业家们一进展厅，就被品种多样、口味各异的萝卜吸引住了，除了青萝卜，还有红萝卜、白萝卜、胡萝卜、"心里美"萝卜……可别说，还真像"萝卜开会"！展台前，一名厨师唰唰两刀，将一根洗净的青萝卜切头去尾，立于案板，左手食指轻摁着萝卜头部，右手执水果刀，手起刀落，切头去尾，竖拉三刀，一松食指，叫了声"开"，六瓣萝卜犹如小荷初绽，缓缓舒展开来。厨师又在萝卜花上撒了些白砂糖，恰似花瓣凝霜含露，苍翠欲滴。展柜里的萝卜制品更是琳琅满目、各有特色，有糖醋萝卜丝、油炸萝卜丸子、香煎萝卜饼、清拌萝卜苗和萝卜膨化食品……柜台提供真空包装礼品箱，尝好现场下单，随即发货。众人大快朵颐，尝了个不亦乐乎。企业家们纷纷抢购，当场下了一千多万元的萝卜制品订单，货品随即发往世界各地。

下午，同心发展大会举办"活力昌海""品质昌海""文化昌海""产业昌海"四个专题论坛，企业家们按行业领域和投资方向分别参会。会议结束时，签订的投资协议已高达320亿元。其中德国艾尔森公司投资的"梦之海"项目和莱茵小镇改造项目、高天华的光伏发电项目等，都是数十亿元的大项目，天华集团还决定在北海设立集团昌海总部。市政府从企业家中聘请了五十名"海外招商大使"，并给他们颁发了聘书。

热闹忙碌中，不觉一天又过去了。散会后，企业家们开始陆续返程，有的自行活动。服务人员帮着他们联系旅行社、订票，安排送站送机，大家依依不舍。连来带去总共三天，时间虽然不长，但与会嘉宾对活动印象深刻，都说收获满满、不虚此行。

第十五章　身正不怕影子斜

1

马杰正在卫生间洗手，见万东方进来，皱着眉头埋怨道："叫你没事少往我办公室跑，有什么电话里说不了的？"

"您先忙着，我一会儿再跟您汇报。"万东方并不介意，兀自坐在沙发上，翻起了茶几上的报纸。省报倒头条的内容引起了他的注意，标题是《一位市委书记的统战情怀》，他拿起来浏览了一下。

"哟嗬，搞了个什么同心发展大会和'北海行'，签约项目三百多亿，统战部可真能吹牛皮！不光能吹，还挺会拍马屁，把江书记写成统战书记了！"马杰刚从洗手间出来，万东方就抖着报纸说。

"看不出杨正清还有这本事，不干宣传屈才了！他没当够书记，应该让笔杆子给他写一篇《一个部长的书记情怀》嘛！"马杰擦着手揶揄道。

"哈，他统战部部长都干成这个样，宣传部部长还能干好了？"

马杰不耐烦地说："哎，我可没工夫闲扯，一会儿还来人，有事快说！"

"没急事我也不来找您，电话里的确不方便说……"尽管关着门，万东方还是习惯性地扭头看看门口，身子往前凑了凑，压低声音道，"白茹萍那个案子有麻烦了，弄不好怕要阴沟里翻船呢！"

马杰不动声色，慢条斯理地问："有什么问题吗？"

万东方神色紧张地告诉他，陈公明私底下一直在搞调查，昨天竟然和肖剑飞混进"月亮船"打探情况，让保安撵了出来。推搡中，肖剑飞的优盘掉在了现场,他们打开一看,里面有不少资料,甚至还有"月亮船"和洁宜酒店的照片和监控视频。

"防人之心不可无,总有人唯恐天下不乱!"马杰摇头道。

"没事吧?有您在这儿,他们再怎么折腾,还不是乌龟壳上找毛——白费劲?"万东方探他的口风道。

马杰沉下脸来:"这也难说!不止这些,那个陈公明去北京找人鉴定脚印,把案子都推翻了,正从外围调查你的人呢!"

万东方大为紧张,抹了抹脑门上的汗问:"这事不会弄大了,牵涉咱们吧?"

"怎么不会?"马杰没好气地说,"到时谁也脱不了干系!一会儿崔浩过来,我问问情况,叫他一定弄好了。哼,有我在,想翻案也没那么容易!"

"听说这个陈公明是杨正清的学生?他揪着案子不放,是不是想'榨油'?要不我'喂喂'他?这些律师贼黑,吃了原告吃被告!"

"你可别胡来,你以为人家都和你似的光想钱?这事远不是你想的那么简单!"

"您是说背后还有文章?"

"我看就是有人想拿这个案子做文章,给我眼里插棒槌呗!我老马干了这些年公安,也不是吃素的!"

"您是说杨正清吧?小镇改造他挡下了,氯碱项目瞎搅和,案子也来蹚浑水,怕是没当上常务,跟您较劲吧!"万东方撇撇嘴,不屑地说,"看他那副德性,自个儿都不干净,还好意思假正经?"

"嗯?刚才你说什么?"马杰敏锐地觉察到他话里有话,追问道,"他哪里不干净?有什么负面新闻吗?"

"何止负面新闻,还是桃色新闻呢!"万东方诡秘地笑了,回头看看,起身上前,小声和马杰讲了起来。

马杰听了缓缓点头,脸上开始多云转晴,有了笑意:"没想到你还留了一手,要不人家说无商不奸嘛,真有你的!哎,我以后是不是也得防着你啊?"

万东方忙点头哈腰道:"瞧您说的,借我十个胆子也不敢啊!您是我的衣食父母,孝敬还来不及呢!我这么做,还不是为了给您分忧!"

"别光耍嘴皮子,得把事办好!你干漂亮点,叫他后院失火、自顾不暇!"

马杰说着给万东方倒茶，这礼遇让他受宠若惊，忙双手捧杯迎上去。

他们正说着，魏高全进来报告说崔浩到了，万东方起身告辞。马杰又嘱咐道："我和小崔商量一下，这事不用你掺和，办好自个儿的事就行！"万东方应着，心里有了底，喜滋滋地走了。

"快坐，你越来越有局长范啦！"马杰招呼崔浩坐下，拍了拍他的肩膀。上次干部调整，在马杰的大力举荐下，崔浩如愿升任市公安局副局长。他被提拔后，压力小了，活动少了，身子像压缩的弹力球，一下子释放出来，半年功夫就胖了一圈。他很在意自己的形象，头发一丝不乱，皮鞋油光锃亮，走路迈着外八字，一手抓着小皮包，一手夸张地前后摆着，跟划桨似的。

"全靠老领导栽培！"崔浩说着，打了个敬礼坐下，汇报起情况来，"陈公明搞了个脚印鉴定和专家论证意见书，最高院死刑复核时如果提交了这几份材料，恐怕会翻案！陈公明还让那个昌海城事网的肖剑飞暗中调查东方集团的一些关系人，也包括马可……如果真让他抓住什么蛛丝马迹，麻烦还真不小！现在看来，当初这个案子确实办得急了些，有些漏洞……"

马杰听了神色凝重起来："这个案子是你提拔前主办的，事关你的前程！真有漏洞也赶紧补好了，要不然吃不了兜着走！"

"那我就再上上手段……"

"我不管你用什么手段，只要确保翻不了案就行！你先把那个'捣事鬼'肖剑飞搞定了，省得他三日两头在网上瞎起哄！"

崔浩应道："您放心，都在我的掌控中，有什么风吹草动，我一定处理好，决不给老领导添麻烦！"

"那就好，看来我没看错人！"马杰赞赏地看了崔浩一眼，又叮嘱道，"万一，我是说万一，真捅出什么娄子来，关键时候你就顶上去。你放心，有我在，你什么时候也掉不到地下！"

"崔浩明白！为老领导上刀山下火海，豁出命去也在所不惜！"崔浩说着站起来，又啪的一声立正，打了个敬礼。

2

周末，杨正清难得在家，他腰上系着围裙，在厨房里忙活着。今儿是潘玉梅的生日，儿子和儿媳要回来呢！儿子杨刚在省建行工作，儿媳朱雯雯是网站编辑，两个人上个月才结婚。婚礼按杨正清的意思，一切从简，不下请柬、不摆酒席，两家人一起吃了顿饭，小两口出去旅游了一圈，不声不响就把喜事办了。他们旅游回来，又是潘玉梅的生日，全家人齐了，可得好好聚一聚！杨正清一早出去买了菜，亲自下厨，做了几个儿子最爱吃的拿手菜——糖醋鲈鱼、梅菜扣肉和可乐鸡翅。潘玉梅给他打下手，两个人边干边聊。

潘玉梅说："现在银行工资可高呢，咱俩挣的还不如杨刚一个人多！"

"他们在省城，生活成本也高，别的不说，房价就是咱们这里的两倍多！"杨正清说着，想起一个事来，"小海欠的账都还上了吧？要不叫杨刚救救急，他才发了奖金！"

"早还上了！就是没还，你好意思要，我还不好意思使呢！小海算是花钱买个教训，又踏踏实实给人家打工去了，几年也就缓过来了。"

他们正聊着，杨刚小两口回来了，拎了大包小包的东西，沙发上摆得满满当当。一家人说说笑笑，屋里顿时热闹起来。朱雯雯生性乖巧，嘴巴又甜，搂着潘玉梅一口一个妈，叫得她心花怒放。她给潘玉梅买了不少衣服，她试完新鞋，又试外套，忙活了半天。两个人坐下聊了一会儿家常，朱雯雯要帮厨，潘玉梅不让，撵她回房间休息，说饭做好了叫她。朱雯雯正想处理邮件，便进了书房，打开电脑。

潘玉梅擦完餐桌，杨刚帮着摆餐具，娘俩正亲热地聊着天，忽听朱雯雯喊了一声："哎呀，杨刚，你快来！"杨刚不知啥事，放下盘子跑去书房。潘玉梅听朱雯雯叫得急，有些不放心，也跟了过去。

杨刚弯腰站在朱雯雯身边，两个人正在盯着电脑屏幕看。潘玉梅好奇，也凑上去瞧。只见昌海论坛网上有个帖子，内容是：昌海市委常委、统战部部长杨正清违反八项规定，与老情人方卉在酒店约会，公款消费高档酒水。他千方百计地阻止北海上氯碱化工项目，真实目的是为了让老情人在北海投资"梦之海"；莱茵小镇不拆改，也是留给方卉开发……帖子配着两张照片，一张是酒桌上杨正清正在给方卉倒茅台酒，另一张是夜色中两个人在花园里散步，照片是从侧面拍的，两个人并肩走着，挨得很近。

潘玉梅脸色越来越难看，急火攻心，大叫一声："杨正清，你给我过来！"

"哎，来了！"杨正清忽听夫人河东狮吼，不知有啥事，忙关上灶火，用围裙擦着手走进来。

"你干的好事！"潘玉梅怒气冲冲地指着电脑叫道，"我说呢，周末不去看孩子的姥爷，非要拿老酒出去喝，原来是会情人去了！和你一块过了这么多年，真看不出你还藏着这些花花肠子！今儿守着他俩小的，你不说清楚就不算完！"说着，她狠狠地把手里的抹布摔在地上。

杨正清有些莫名其妙，弯腰看完帖子，不由得倒吸了一口凉气。虽然他也曾想过，到统战部后工作是不是抓得急了些，风头太盛会不会引起一些负面影响，因为自古以来就是木秀于林、风必摧之，行出于人、众必非之。但他没想到这"摧之""非之"来得这么快，还是以这种龌龊的方式来诋毁自己。不过，对方连这种上不得台面的下三烂手段都用上了，恰好证明了他们的恐惧和心虚。身正不怕影子斜，他问心无愧，又有什么好怕的呢？

杨正清异常冷静，揽着妻子的肩头安慰道："玉梅，我们一块过了这么多年，我是什么样的人你还不了解？那些别有用心的人，跟踪拍摄我们正常的接待活动，把朋友聚会污蔑成偷情猎艳，目的就是想把我搞垮整臭，你要真信了，不就让他们得逞了吗？"

杨刚在一边劝道："妈，我爸不是那种人！他原则性强，从没办过违心的事，这帖子明摆着污人清誉嘛，肯定是为了什么事打击报复、污蔑陷害！"

潘玉梅也冷静下来。杨正清跟她说过和方卉的交往，他俩要有事早就有了，还用等到现在？杨刚说得对，八成是他得罪了什么人，人家使坏糟践他……

朱雯雯把照片放大，仔细看了一会儿，肯定地说："妈，您看，照片明显是加工处理过的，因为照片的角上还有一套餐具，说明桌上还有别人。散步这一张也有问题，地点是酒店的花园长廊，客人吃完饭从这里走也很正常。发帖的专挑这个角度拍，就是别有用心，您可别上人家的当啊！"

"就是嘛，雯雯是美术编辑，整天跟图片打交道，眼力错不了！"杨刚说。

潘玉梅意识到自己有些冲动，不好意思地捡起抹布，半信半疑道："那是我让人蒙了？是哪个坏种挖这么个坑啊？"

这时，杨正清的手机响了，是肖剑飞打来的，他着急地说："杨部长，跟您汇报个事！刚才有人在昌海生活网和论坛网上都发了帖子，说您公款宴请、喝高档酒会朋友的事，您知道了吗？"

"知道了，我刚看到。"杨正清平静地说。

"这些人造谣中伤，真可恶！您是不是和有关部门协调一下，尽快删帖？我组织一些人在网上反击他们！"肖剑飞义愤填膺地说。

杨正清说："谢谢你的关心，不用麻烦啦，我估计他们不光发在网上，应该也发给纪委了。清者自清，让他们折腾去吧，咱们没必要接招！"

潘玉梅听到手机有彩信提示音，打开一看，气不打一处来，跺着脚恨恨地骂道："这些断子绝孙的，还发到我手机上了！"

不出杨正清所料，省纪委和市纪委都收到了举报信。他实事求是地答复纪委函询，写了书面报告。调查人员找傅春了解情况后，又去酒店调取监控，还原了事件的真相。纪委负责同志向杨正清反馈了初查情况：不予立案，还要追查不实举报人。

杨正清神情淡然地说："算了，举报虽然失实，权当是群众监督吧，有则改之，无则加勉，不必在这上面浪费时间了！"

尽管他不让追查发帖人，但没几天，肖剑飞还是有了调查结果。他通过倒查发帖人手机上网的 WIFI 和 IP 地址，发现发帖人居然是东方大厦的一个服务员！她用手机发帖后就停机了，人也离了职。服务员认识杨正清并不奇怪，因为东方大厦有个内部规定：市里副厅级以上领导的相貌，都让他们熟记在心，一旦发现有市领导来酒店，都要第一时间向老板报告，这就是杨正清他们一进酒店就被人盯上的原因。肖剑飞还有一个重要发现，就是他进入那个服务员的 QQ 空间后，发现她在洁宜酒店干过，正是那个鼓动王晓霞辞职外出的领班。QQ 空间里还有她跟男朋友的亲密合影，那个男青年不是别人，居然就是大闹素菜馆、偷走陈公明案卷材料的"黄毛"，而这个"黄毛"和同伙"刺青"，都是万东方公司车队的员工。由此看来，事件背后一定有万东方的幕后黑手在操控。

听肖剑飞在电话里讲了情况，杨正清更觉事态严重，嘱咐他道："我这事过去了，就别再牵扯精力了。你和公明调查齐帅一案一定合法合规，千万别乱来！"

肖剑飞应道："部长您放心，我会注意的。现在调查很有进展，东方集团绝对脱不了干系，我一定给他们揭个底朝天！"

"你可别莽撞啊，一定注意安全！"杨正清不放心地叮嘱。

真是怕啥来啥，才过了两天，肖剑飞就出事了。

那天杨正清开完会，发现手机上有陈公明打来的两个未接电话。他回过去，刚接通，陈公明就火急火燎地说："杨部长，出事了，剑飞被抓了！"

杨正清一愣："啊，为啥被抓？这是什么时候的事？"

陈公明说，今天上午市公安局和工商局、文化执法局联合行动，突然查抄了肖剑飞的公司，说是涉嫌有偿新闻和虚假宣传，电脑设备和账目全部被查封带走了。肖剑飞和执法人员争执推搡，涉嫌阻碍民警执行职务，被拘留了。

"问题是剑飞有没有搞过违规宣传？"杨正清语气凝重地问道。他感觉无风不起浪，难道肖剑飞真有违规之处，让人抓了把柄？如果他是干净的，怎么查也不怕；要是他自身确实有问题，人家依法查处，这就难办了。

"具体情况还不清楚，听说与商贸城宣传有关……"

"这样吧，你和许阳去公安部门问问，我找一下文化执法部门。"杨正清放下电话，心情难以平静。他觉得这绝不是一个孤立的事件，应该与肖剑飞近期对齐帅一案的调查有关。看来，对方狗急跳墙，已经不择手段了。

杨正清给市文化执法局局长夏磊打电话，开门见山地问："老夏，你们上午和公安搞联合行动了？听说肖剑飞被查了，他是我市新媒体从业人员的代表人士，涉及统战成员，我了解一下情况。"

夏磊当过东城区委宣传部部长，对杨正清很是敬重。他说这次行动是市公安局提供的线索，找他们联合执法，主要针对肖剑飞给昌海商贸城搞有偿报道。近期商贸城与业主发生合同纠纷，业主上访反映商贸城宣传不实等问题。前期报道是肖剑飞采发的，如果是正常报道自然没问题，但公安部门说有人举报肖剑飞曾接受过商贸城二十万元的宣传费，涉嫌为企业做虚假宣传。肖剑飞辩称这笔钱是商贸城预付的专题片制作费，并出示了合同。但公安部门认为，合同是为走账做的假合同，目前肖剑飞并没有为商贸城制作过专题片。此案的重点在于肖剑飞接受宣传费的合法性，目前正在调查核实中。

原来如此！杨正清松了口气，说："核实这笔钱应该不难，只要证明确是专题片制作费就没问题。那阻碍民警执行职务又是怎么回事，严重吗？"

夏磊说："也没什么大事。肖剑飞不让搬电脑，他们争执推搡时，警察的手碰破了。关键还是这笔制作费，商贸城原来负责宣传的部门经理前段时间因心梗去世了，新接手的说不知道专题片这回事，死无对证，这就比较麻烦。"

杨正清的心又悬了起来，嘱咐夏磊道："事情恐怕不简单，你们一定要坚持原则、实事求是，有什么进展你随时告诉我！"

打完电话，杨正清疲倦地靠在椅背上，脑海里闪现出肖剑飞那青春绽放、热情洋溢的笑脸。是有人嫌他多管闲事，像给自己泼脏水那样诬陷他，还是由于年轻人抵御不住金钱的诱惑，真收了不该收的钱？凭直觉，他更相信是前一种情况。这个小伙子热情、正直，侠义心肠，他和郑峰一起呼吁保护莱茵小镇，四处搜寻资料，自费制作专题片；他帮着陈公明为齐帅一案鸣不平，调查搜集证据；他和许阳一起筹办素菜馆，热心公益服务活动；他在网上带着一批年轻人，扬善批恶，弘扬社会正能量……他能做这些，就绝非贪财好利之徒。

想到这里，杨正清更坚定了自己的判断，不禁释然了。他坚信，真相永远不会被埋没，总有水落石出的那一天……

3

江林看杨正清拿着一摞材料进来，打趣道："拿的什么材料啊？是不是又有啥'金点子'了？"

"呵呵，不管是'金点子'还是'泥点子'，管用就是好点子！"杨正清笑着把材料递给他，"全市扶贫攻坚会开了，大家都坐不住啦，纷纷请战呢！我们开了个党外代表人士座谈会，讨论了一个活动方案，顺便向您汇报一下。"

刚才，江林有事找他，他便带了材料过来。扶贫攻坚会召开以后，部里筹备开展全市统一战线'同心·扶贫攻坚行动'，打算筹集资金，因地制宜开展产业扶贫，帮贫困村镇发展特色产业，增强发展后劲。

江林翻开材料，看着点头道："嗯，这个思路不错，方向也对头，输血不如造血，产业扶贫才是治本之举！"

"产业扶贫资金缺口比较大。我们的想法是改变过去那种百企帮百村的分散式扶贫,改为统一筹集资金,建立资金池,整合资源,发展产业……"

"可以探索建立扶贫资金池,不过要稳妥,资金一定要清清楚楚、明明白白。"江林合上材料,看着他缓缓地说道,"和企业家打交道,离不开人情交往,但一定要把握原则、守住底线。我相信你有这个党性觉悟,不过还是有必要提醒一下,不光自己把握好,还要教育管理好身边的人,保证不出问题。"

杨正清有些不解,江林指的是网上曝光他宴请方卉的事,还是另有所指？他没多想,爽快地表态道:"谢谢江书记的提醒,我会严格要求的。前段时间接待外商时喝了高档酒,虽然是自费,不过没注意场合,造成了不良影响……"

"嗯,吸取了教训就好。"江林点点头,拉开办公桌的抽屉,拿出一封信递给他,"有人举报你家老潘收了人家老板五十万,这是怎么回事？"

杨正清大吃一惊,顾不得回答,忙接过信来看。信不长,是打印的一张A4纸,内容是举报杨正清授意夫人接受公明律师事务所主任陈公明五十万元贿款,作为推荐他为市政协常委和省新知联副会长的回报。来信附着转账凭证复印件,收款人正是潘玉梅,转账单位为昌海公明律师事务所。

"江书记,这事我不知情……"杨正清深吸一口气,心情沉重地说,"陈公明是我的学生,前段时间玉梅因为弟弟工厂倒闭的事急着筹钱还贷,看来是找他借了钱,也没跟我说。这事我有责任,对身边人的教育管理没跟上……我愿意接受组织审查！"

"呵,没那么严重。"江林笑了笑,安慰他道,"谈不上审查,就是找你谈谈话,提个醒。陈公明是你的学生啊？我知道他,电视上每天都有他的法律援助热线。你用人上没问题,这我放心。但有人反映了,就要调查清楚,相信你理解,也能配合好。"

"没问题,我全力配合,丁是丁、卯是卯,决不打一点马虎眼！"杨正清态度坚决地说。

江林点点头,递给他一份通知说:"我找你还有个事。接省委组织部通知,让我市选调两名副厅级领导同志参加省委党校学习,时间两个月。你这几年忙、培训少,又新换了岗位,就去充充电吧,也休整休整。怎么样？"

"好啊,这是发福利了,培训学习可是难得的充电机会,我求之不得呢!"杨正清痛快地答应了。

"呵呵,我看你去培训,要把你们班变成统战工作培训班了!"江林笑道,"我再交给你个任务,除了向大家宣传统战,也多宣传推介一下昌海,请老师和同学们多来指导工作!"

杨正清爽快地说:"没问题,我也借机多取点兄弟市的真经!"

杨正清回到办公室,马上联系潘玉梅,家里电话没人接,手机也打不通。"这个老潘,又上哪儿串门子去了?"一丝不快涌上他的心头……

潘玉梅从盐厂退休后进了城,看什么都新鲜,整天和一帮子领导干部家属混在一块,谈这比那:谁家房子大啦,哪户家具全进口啦,等等。杨正清看她闲得慌,就动员她参加了街道社工组织。她开始还挺热心,但新鲜劲一过,不免三日打鱼两日晒网。好在她退休后虽然懒散些,脑子并不糊涂,对他"不收礼、不吃请、不为人请托办事"的约法三章,执行得挺到位。杨正清对她一向放心,从无后顾之忧,这次她怎么就犯糊涂了呢?

杨正清联系不上她,又打电话给陈公明,质问道:"你那五十万是怎么回事?"

陈公明一愣,支支吾吾地说:"啊……您知道啦?那是我借给师母的,没用几天就还给我了……我开会呢,散会后再打给您……"说完,他先挂了电话。

杨正清正拿着手机发愣,陈公明换成座机打过来,解释道:"我换成座机,是担心手机被监控了!我给剑飞打电话约他调查走访,要么扑了空,要么人家早有防范,他们对我的行踪一清二楚,我不得不防着点。"

"有这么严重?跟反特似的,小心点也好!"杨正清说完又问,"玉梅什么时候找你借的钱?真还上了吗?"

"杨部长您别生气,借钱这事是我不让师母说的,您可千万别埋怨她!"陈公明言辞恳切地说,"那天我去银行,正碰上师母去办贷款,我这才知道您家里急用钱。我要借给师母,她起先不让。我说暂时先垫上应应急,贷款下来再还给我,又不是别人,学生还不能借给老师钱了?师母这才答应。不到两周,贷款下来当天她就还我了。"

杨正清听陈公明解释了事情的原委，语气缓和下来，确认道："真还你了？这可不能开玩笑！"

陈公明认真地说："确实还了，不骗您，这钱还在我卡上呢，有转账记录，错不了。我放着没动，打算等统一战线扶贫资金池启动后，再捐出去呢！"

"那就好，纪委可能找你问情况，你如实讲就行。票据一定妥善保存好，看来的确有人盯着咱们，别再大意啦！"杨正清叮嘱道。

"纪委要调查？他们还管个人借款的事？"陈公明意识到了什么，不安地问，"杨部长，是不是我借给师母钱给您添麻烦啦？"

"没什么，知道的是借款，不知情的还以为是贿款！"杨正清苦笑道，"有人举报啦，说我授意老潘收了你五十万，还附着转账凭证复印件，证据确凿、百口莫辩啊！"

陈公明听着打了个激灵，懊悔道："是我大意了！我把转账凭证放在办公室的文具盒里，看来又让人盯上了！前段时间宁导给我寄的鉴定书，快递有破损，材料里还夹了根女人的头发，我还奇怪呢，估计早被人动过了……看来我这边的情况，都在他们的掌握之中了！"

"剑飞的事怎么样了？我找过文化执法局夏局长了，只要他那二十万元用途弄清楚了，所谓的有偿新闻也就不攻自破了！"

"哦，我还没来得及向您汇报呢，案子撤了，剑飞刚才打电话了！"

"撤了？那就好，他没事吧？"

"没事，这小子因祸得福呢！"陈公明笑道，"他是逢凶化吉、遇难呈祥，白捡了个好媳妇，再加上亿万身家的丈母爷！"

"怎么个因祸得福？你快讲讲！"杨正清好奇地问。

原来肖剑飞加入义工协会后，和许阳处得不错，两个人虽然没明确情侣关系，却是意气相投、两情相悦。肖剑飞出事后，许阳跟办案人员据理力争，说他有专题片制作合同，为何认定是有偿新闻？至于虚假宣传问题，肖剑飞是根据公司前期规划做宣传，后面规划变更是企业行为，与媒体宣传有啥关系？法不溯及以往，你们凭什么因后期公司规划变更而去追究前期的宣传行为？许阳快言快语，直问得办案人员瞠目结舌，答不上话来。办案人员翻翻白眼，说了句："反正非亲非故的，专题片八字没一撇呢，先给二十万，你觉得正常吗?"许阳反问道:"照你这么说,要是沾亲带故,自家人转的钱呢?"办案人员说:"自家人转二百万我们也不管!"许阳笑道:"那就好办了,回头我证明给你看!"下午,她又跑了去,从包里掏出材料拍在桌上:"喏,看好了,肖剑飞是我未婚夫,昌海商贸城是天华集团的子公司,天华集团董事长高天华是我父亲!"证明材料是天华集团总部发来的传真,上面写着:"兹证明肖剑飞先生系许阳女士的未婚夫,我集团投资二十万元,授权肖剑飞先生全权负责专题片制作事宜……"材料上除了公司印章,还有高天华的亲笔签名……

杨正清颇感意外,问道:"这个许阳是高天华的闺女?她怎么姓许呢?"

"高天华有一儿一女,哥哥跟父姓,闺女随母姓。前些年许阳在国外读书,回来得少,很少有人知道高天华还有个女儿哩!"

"嗨,真看不出来,他这个闺女竟然深藏不露,真是虎父无犬女啊!哈哈,许阳真行,剑走偏锋,不愧是高天华的女儿!"

"她的确很有个性,不吃父亲的老本,留学回来,不上大城市,不去父亲的企业,悄悄回昌海创业,还约法三章:一不要他投资,二不用他帮忙,三不准公开父女关系。这次逼急了,才出此下策。"

"怎么是下策?我看是上策,许阳公开了她和高天华的父女关系,这是好事!"杨正清高兴地说,"她凭实力打拼到现在,事业有成又热心公益,作为新生代创业者的优秀代表,不但要公开,还应该大张旗鼓地宣传呢!把这个典型树起来,可以鼓励带动更多的新生代企业家健康成长!"

4

省委党校培训班开学了,杨正清很珍惜这次学习机会。他在笔记本扉页上写了八个字自勉:"如饥似渴,争分夺秒。"他希望利用这段时间系统地学习充电、储备知识,也静下心来,梳理一下工作思路,下一步任务还很重。

周六上午不休息,有个报告会,下午他也没回去,给潘玉梅打了个电话,才知道纪委找她谈过,看了还款凭证,也找陈公明核实过情况,尚未做出结论。

潘玉梅没好气地说:"真是好事不出门,坏事传千里!这才几天工夫,大院都传遍了,有些爱嚼舌头的说你这阵子不见人,可能被抓进去了,气死我了!"

杨正清苦笑着劝她:"呵呵,生什么气,舌头长在人家嘴里,爱咋说咋说吧，以后咱们注意点，别再授人以柄就行了！"

和潘玉梅通完电话，杨正清想问问陈公明那头怎样了，刚按了号，想了想，又取消了。他打开手机浏览器，在搜索栏输入自己的名字，没等点"搜索"二字，就一下子跳出好几条搜索热词：杨正清受贿被调查、杨正清被双规……这些条目是那么扎眼、触目惊心！互联网时代信息真是发达，网络为人们提供海量信息的同时，又鱼龙混杂、泥沙俱下，为小道消息和流言蜚语大行其道提供了快捷方便的途径和载体……

杨正清心里异常苦闷，倾诉宣泄的欲望越发强烈。他在房间里踱来踱去，忍不住给方进打了个电话，说去看看他。方进非常高兴，叫他上家里吃晚饭。

一进门，杨正清见方进在书房刚写完字，招呼他帮着挂起来。杨正清用磁扣把字压在书橱上，退后几步欣赏。条幅写的是：岂能尽如人意，但求无愧于心。方进擅长汉隶，用笔雄浑大气、遒劲老到。

"怎么样？好久不动笔了，笔力明显不行啦！"方进摘下老花镜，凑上前仔细看了看，摇了摇头。

"我看写得很好啊，您宝刀不老，功夫不减当年！"杨正清笑道，"来得早不如来得巧，让我赶上了，这幅墨宝归我啦！"

"要是喜欢，你就拿着。字丑些不要紧，话倒是很有道理。"

"怎么想起来写这个，难道您还有什么不尽如人意的？"杨正清笑道。

"那倒没有。今天对我来说可不是个平常日子！"方进说着，从桌子上拿起一本红皮小证书，"你看，这是我的转业证，今天是我转业五十周年纪念日呢！"

"哦，您转业五十年啦，这真是个值得纪念的日子！"杨正清接过方进的转业证，翻开红色的封皮，仔细端详着他年轻英俊的样貌。

"五十年，半个世纪啦！这些年，我为党和人民做了一些工作，不敢说做得有多好，可从没当过逃兵，没有完不成的任务。"方进眯着眼，陷入了对往昔峥嵘岁月的回忆，"我也不敢说无愧于党和人民，毕竟工作中有过失误、说过错话，但我敢拍着胸脯说，我没忘初心，对得起那些牺牲了的战友们……"

方进说得有些动情，杨正清心里也暖暖的。这些年来，每当面对这位千锤百炼、矢志不移的老革命，他心里就会油然产生敬畏感和崇拜感。方进战争年代冒着枪林弹雨冲锋陷阵，"文革"时期蹲过"牛棚"受过冤屈，改革时期大刀阔斧不畏非议，经受了那么多风雨，历经了那么多磨难，却始终这么坚定、这么乐观，和他老人家相比，自己遇上一点挫折又算什么呢……

正想着，方进问他："怎么样，工作顺利吗？有啥难处没有？"

"还行吧，统战看着好干，真干好也难，'针线'不少呢！"杨正清实话实说道，"难处就是不好协调、掣肘多。干多了有人说你有想法，甚至背后使绊子；凑合着干吧，可任务这么重，党委这么重视，干不好又不甘心……"

像听受了委屈的孩子倾诉一般，方进亲切地看着杨正清，听他说完，叫保姆去书房拿来一个小锦盒。他打开盒子，揭开一块镶着黄边的红绒布，里面露出一枚军功章。他拿出来放在掌心，深情地抚摸着它说："这枚奖章跟了我六十多年啦！昌海战役那年策反王彪后，我们团第一个冲进城去，被授予'昌海英雄团'称号。纵队谭政委亲自授旗，颁发了这枚军功章……"

"这枚军功章很有纪念意义啊！"杨正清伸手摸了一下奖章，时隔半个世纪，奖章仍亮闪闪的。

方进把军功章放他手上说："转业后无论到哪儿工作，我都把它带在身边。后来我也得过不少奖章，但都比不上它的分量，这是我搞统战的一个见证！几十年来，无论碰上啥难事、啥挫折，不管受多大屈、吃多大亏，我都没丧过气。'文革'期间我被打成'右派'和'潜伏特务'，关过'牛棚'，进过'五七干校'，想不通的时候，拿出它来看看摸摸，静下心来想想，思想上就通啦！协调关系，化解矛盾，求同存异，开放包容，这是咱们统战工作的看家本领，只要用统战思维看问题，用统战方式方法解决问题，就没有渡不过的难关，没有过不去的火焰山！这枚军功章刻在我心上啦，送给你做个纪念，也算是个期望吧，就是盼着你不怕困难，把统战工作的优良传统真正担起来、传下去！"

杨正清握着奖章，心里热乎乎的："方部长，我懂了！工作中难免遇到困难挫折，只要多用统战思维想问题、找方法，就一定无往而不胜！"

晚饭后，他们又聊了一会儿，杨正清知道方进习惯早睡早起，告辞要走。方进拿出两条烟，叫他捎给王永福，说以后再回昌海时一定去看看他。

杨正清出了门，方进站在窗前，目送他走远后，拿起话筒，拨通了电话："喂，江林书记啊……听说正清最近出了点状况，怎么回事？……噢……噢……搞清楚了就好，那我就放心了！我们既要监督管理好干部，更要保护好干事创业的干部啊……"

第十六章　财源村里开财源

1

孙奉明来省城参加省工商联执委会，知道杨正清周末没回去，约他在党校碰个头，商量一下近期的工作。高天华也来开会，非要一块来看看。

高天华问孙奉明："听说杨部长收了五十万被调查了，有这回事吗？"

"你也听说啦？传得可真快！"孙奉明有些惊讶，解释道，"他家属去银行办理房屋抵押贷款，正巧碰上一个学生，哦，你也认识，就是陈公明。陈公明知道师母急需用钱后，就主动借给她五十万应急，用了没多久，贷款一下来她马上就还给他了。她借钱的事，杨部长并不知情，这事纪委调查后有结论了。"

高天华感慨道："查查也好，一查查出个清官来。杨部长当了这些年领导，家里连五十万都拿不出来，还要办抵押贷款，真让人难以置信！我要早知道，五百万也借给他！"

"那谁敢要！"孙奉明笑道，"真用你五百万，更是跳进黄河也洗不清了！"

省委党校坐落在西郊凤凰山南麓，绿化很好，空气清新，环境优美。杨正清踱步来到校园西南角的"初心亭"，这是一片地势较高的小山坡，常年绿草茵茵，像铺了一块绿毯。亭子建在高处，单体正四角造型，整体栗壳色，因建成不久，油漆尚未干透。他看到亭柱上有一副对联，便驻足欣赏，念道："忧乐关天下朝乾夕惕求学问，甘苦为民生不忘初心报国家。"

"杨部长好雅兴啊！"高天华朗声叫道，踩着草坪中的石板路，快步上前和他握手,"这儿景致不错,是个修身养性的好地方!"

杨正清笑道:"高董满世界飞,啥景致没见过,还看好这里!"

"外面千好万好,不如老家好啊!"高天华深有感触地说,"我一年到头在外面出差,最想看的还是老家的风景,最想吃的还是家乡的煎饼卷大葱,就着玉米糁子粥!"

孙奉明指着对联笑道:"高董也是甘苦为民、不忘初心啊!"

亭中有一张石桌,三个人围坐。孙奉明简要汇报了这次省工商联执委会的情况,主要任务是学习贯彻全国非公有制企业党建工作会议精神,加强对非公人士的教育引导。

孙奉明说:"黄部长在会上脱稿讲了不少,批评有的企业家不择手段投机钻营,捞取政治资本。在今年的政协会上,有个企业家委员竟然提了一皮包现金去他的房间,希望推荐自己当全国政协委员,气得他血压都高了,让查查这种人是怎么混进政协来的!"

"有些老板的确太不像话了,总以为有钱能使鬼推磨!"高天华一脸厌恶地说,"有的人钱财来路不正,花大价钱建佛堂、供菩萨,整天烧香拜佛,却不知道乐善好施、奉献社会才是最大的功德!"

孙奉明说:"会上还强调了一个问题,就是很多企业光忙活生产经营了,不重视文化建设,企业缺乏凝聚力,留不住员工。看来加强企业党建,培育健康积极的企业文化势在必行!"

"统一战线、党的建设是我们党三大法宝中的两大法宝。引导企业家健康成长,能不能在统战工作和党建工作的结合上做一下文章?"杨正清培训期间做了一些深入思考,颇有心得,"我看可以在非公经济组织中开展以党建带统战、以统战促党建的做法,通过抓企业党建加强对非公经济人士的教育引导,同时在统战工作中推动企业党建,实现二者结合、互相促进!"

孙奉明钦佩地说:"这个思路好,看来你还真是学有所获!"

"党校课程都很精彩,你们工商联也要多组织一些高端论坛和专家讲座,经常给企业家们充充电,让他们开阔开阔眼界。"杨正清说。

"杨部长说得对,学无止境!"高天华赞道,"企业家就是领头羊,自身素质能力过硬,带领的企业才有创新力和竞争力。"

孙奉明说:"市工商联正在开展企业家素质提升'百千万工程',每年选一百名优秀企业家到境外学习培训，选一千名企业负责人去高校进修，再选一万名企业骨干在市里进行专题培训，还要筹建昌海市企业家培训基地，联合知名高校定期举办大型公益讲座'同心论坛'，到时少不了麻烦高董帮我们请一些高端智囊传经送宝！"

"没问题！"高天华爽快地答应了，"我可以从北京、上海邀请一些高层次的专家来做讲座，费用我包了！"

"太好了！您方便时也给我们讲一讲，来个现身说法、言传身教！"孙奉明说完，又问杨正清，"'民营企业文化周'要开幕了，您出席一下开幕式吧？"

杨正清说："你们放手干就行，我就不参加了，这边抓得紧，不好请假……"

孙奉明劝他："安排在周末行不行？这个活动也不是非你出面不可，我是觉得……你在这里培训，有日子没露面了，有些人难免胡寻思……"

"要是有问题，天天露面又怎样？不是有人上午还在做报告，下午就落马了吗？自己走得正行得端，没必要做样子给人看！"杨正清平静地说。

"就是，走自己的路，让别人说去吧！"高天华说。

"咱们这个忙法，还真没工夫琢磨人！"杨正清心里牵挂着扶贫，问道，"市里开了扶贫攻坚动员会，咱们包哪个村定了吗？"

"刚定了，咱们可中大奖啦！"孙奉明眉飞色舞地说，"统战部和工商联一块包靠营山镇财源村，这是全市最大的贫困村，山地面积占七成，交通不便，土地贫瘠，缺水少电，是块硬骨头。要求两年脱贫，任务可不轻！"

"过去包村扶贫大多是捐钱捐物，帮村里打井修路，这些措施治标不治本。我看还是要搞产业扶贫，因地制宜上几个好项目，增强发展后劲，这才是长远之计！"杨正清对扶贫也没少琢磨。

"那是，授人以鱼不如授人以渔嘛！"孙奉明深有同感地说，"市工商联有上万家会员企业，干啥的都有，给帮扶村量身定做发展产业不成问题。回头我们抓紧调研，尽快拿个方案。"

"太好了，市里扶贫力度这么大，历平脱贫有望了！"高天华感叹道，"历平县是革命老区，解放战争年代老百姓把最后一碗米当军粮，最后一块布做军装，最后一个儿子送战场，为革命贡献很大。如今新中国成立快七十年啦，他们还没脱贫,作为历平县出来的企业家,我一直于心不安!"

"你这些年给家乡做了不少贡献,光助学就投入不少!"杨正清赞许道。

"我是教育扶贫,短时间内效果不明显,不如产业扶贫有针对性,这才是治本之策!"高天华起身踱了两步,用手抚着亭柱上"不忘初心"几个字,动情地说,"我常告诫自己,不管走多远,不管发展有多大,都不能忘了历平、忘了老家。去年我在北京遇到两个女孩,大冷天蹲在路边哭。我一问,她们是从历平来北京打工的,没找着工作,盘缠也花完了。我安排她们上了班,和她俩聊起来,听说历平南部山区有些地方还很穷,当地没企业,年轻人打工只能往外跑,我很难受,恨不得把所有受穷的老乡都接到我公司来……这下可好了,扶贫开发是山区群众的大喜事,也是我多年的梦想!杨部长,我老高报名打头阵,要钱出钱、要人有人,扶贫开发资金池我先投上一千万启动资金!"

杨正清感动地握住他的手说:"好啊,有你带头打冲锋,山区扶贫攻坚战一定能旗开得胜、马到成功!"

2

上午培训班结业典礼刚结束,杨正清便驱车直奔历平。他知道孙奉明今天在营山调研扶贫工作,便想返程时过去看看。刘元来接他,一路介绍着情况。

历平是全市唯一省定贫困县,省定贫困线标准以下人口还有十几万人。

今天车少,路上跑得顺,提前二十分钟下了高速,又沿山路跑了半个多小时。刘元是营山人,路熟,在距镇上五公里处,他指着右前方一条沙石路说,从这里往西就是咱们包的财源村。

"路过这里,先到村里看看吧!"杨正清让车子减速,往西拐了进去。

刘元说牛玖平在这里包村,拨他的电话没拨通。市直机关选调了部分干部到贫困村任驻村第一书记,牛玖平主动报名参加,整日驻村,忙得不亦乐乎。

车子绕过几道山梁,来到了村口。路边有一棵老椿树,看上去颇有年岁了,仍枝繁叶茂、郁郁葱葱,像一把伞盖遮在村口。树下有一口古井,一块圆形青石做井台,井口一道道槽沟磨得很深,如同岁月的刻痕。杨正清让在村头停下车,步行往里走。

村子依山而建,地势高低起伏,房子错落有致,很有层次感。房子大多是石头地基土坯墙,街巷不宽,七绕八拐的,路面铺着青石块,颇具原生态。村民在房前屋后种了香椿树,这些树长得粗粗壮壮,有些年头了。几只散养的土鸡不怕人,在巷子里东张西望,悠闲地踱着步,还有的在草垛底下左扒右刨,追逐抢食。有一家院门口拴着一只母山羊,见了生人,凸起眼睛,警惕地抬头紧盯着。看人走近了,母山羊咩咩一叫,小羊羔便一下子钻到了母羊腹下。

沿街走去,一路上不见人。他们又拐了个弯,看见前面有个老太太正在吃力地推着三轮车上坡,车斗里拉着两桶水。杨正清和刘元快步上前,帮着她从后面推。老人忽觉轻快多了,抻着脖子扭头看。她满脸褶皱,眯缝着眼,见有人帮忙,乐呵呵地说:"谢谢大兄弟搭手,别湿了衣裳!"

爬上坡,在一处柴门前停下,刘元帮老人把水桶提进门。老人家的院子不大,收拾得干净利落,家什摆放得整整齐齐。院子里有几畦子菜地,菠菜、韭菜长得青青绿绿。老人进屋拿出马扎,招呼他们坐下,说道:"大兄弟真是善人啊!恁来村里有事吗?"

杨正清笑道:"我们来村里看看干啥能挣钱。大娘您今年什么年纪啦?"

"我虚岁七十五,属羊的!"老人说着,端来两只白瓷碗,又去拎暖瓶。刘元起身接过暖瓶,倒上水。

"您老怎么从外面拉水,村里没通自来水吗?"杨正清问。

老人让他们喝水,又从墙角端过一簸箕韭菜,择着菜说:"去年就通上了,咱们喝的就是自来水。我不是种了几畦子菜嘛,去河里拉点水浇浇菜,也洗衣裳。"

"您家里有几口人?年轻人都干啥营生?"杨正清帮她择着菜。

"家里年轻的,没的没了,走的走了,就剩下我这个老婆子和孙女了!"老人抬手抚了抚额前花白的头发,目光中掠过一丝忧郁,"唉,也不知道上辈子造了什么孽哟,前些年大儿媳妇出去做挡纱工得了肺癌,为治病家里能卖的都卖了,实在治不了了,她想不开跳了河。俺那大儿脾气不好,把医生打伤了,坐了牢,还有三年才出来,兴许我还能见上一面……"

杨正清心里一震,想起陈公明说的那个案子,忙问:"您大儿子是不是有一对双胞胎？"

老人疑惑地问："恁咋知道的？是有一对龙凤胎。娘死了，爹坐了牢，让姥娘家抱走了……"

杨正清心情沉重地说："我有个学生是律师，帮你大儿子打过官司……"

"奶奶……"大家循声望去，见一个小女孩倚在门框上，睡眼惺忪地用手背揉着眼睛。

"快披上衣裳，感冒了可不敢吹风！"老人忙起身进屋，拿了一件花褂子给女孩披上，并把她领了过来。

"这是我小儿子的闺女，叫玉玉。"老人用一个红塑料杯子喂女孩喝水，"她爹和她娘上南方打工了，家里就剩俺这一老一小啦。这两天孩子感冒了，没上学。玉玉，叫大大！"

"大……大……"玉玉怯生生地叫道。

"哎，好孩子！"杨正清伸手拭了拭她的额头，"不发烧，多喝水多睡觉，这样好得快！玉玉，爸爸妈妈多长时间回家一趟啊？"

"俺爹俺娘头年就走了，过年也没回来！"一提到这，玉玉情绪激动地喊道，泪水从大眼睛里涌了出来。

杨正清轻轻揽住她，安慰道："玉玉想爸爸妈妈了吧？他们出去打工挣钱，供你上学，给你买新衣服……"

"俺不上学，不要新衣服，就想爹娘快回来！"玉玉倔强地扭着身子。

杨正清心里一阵酸楚。现在许多欠发达地区的年轻人外出打工，随之形成了大量空心村，留守儿童和空巢老人问题突出。有多少民工为养家糊口不得不背井离乡，多少老人孩子独守家园、长期忍受亲人分离的痛苦啊！杨正清看过材料，全市有二十余万农民南下打工，每年为市里创汇数十亿。

杨正清从兜里拿出纸巾给玉玉擦泪，摸到了手机，便掏出来问她："玉玉多久没和你爸妈说话了？咱们给他们打个电话好不好？"

玉玉一下子蹦了起来，嚷道："好啊好啊，俺有老长老长时间没给爹娘打电话啦，俺有号码！"说着，她旋风般地冲进屋子。

老人推让道："别打了吧？长途怪贵的，没事费那个钱干吗？"

"孩子病了，让她和父母说说话会好受些，再说我也有事找他们呢！"杨正清说着，拨了玉玉拿来的手机号码，通话地址显示在广东东莞。电话接通后，他递给玉玉。玉玉刚叫了声"爹"便哭开了，抽咽道："爹，俺想你们了……俺娘呢……娘，俺感冒了，两天没去学校了……俺没落下课，在家自学呢，小燕放了学帮俺补课……你们快回来吧，奶奶的腰痛病又犯了，提溜不动水了，俺帮奶奶抬的……"

老人在一旁撩起衣襟来直擦眼睛，催她道："这孩子，说两句就行了，别拉长呱浪费钱！"杨正清刚想说不要紧，玉玉就懂事地说："娘，俺没事了，这是借的大大的电话呢……"

"等等，我和你妈说两句！"杨正清接过电话，和玉玉的妈妈聊起来，"你好！我是杨正清，市里的扶贫干部，来你家走访……没别的事，就是想和你们说一声，市里要搞开发，帮村里上项目，让乡亲们在家门口就能打工挣钱。你们过年回来，就不用再撇家舍业地出去打工了！"

"好啊好啊！"玉玉兴奋地拍手跳起来，老人也高兴地撩起衣襟直擦眼睛，连声说："贵人啊，真是遇上贵人了！"

"杨部长你们来啦？"牛玖平走进来说，"村里要修路，我和村委的几个干部在勘探路线呢，山沟里信号不好，刚看到刘部长的信息。"

牛玖平在村里待了一个多月，黑了瘦了，却更精神了。他今年不顺，竞岗失利后又离了婚。他和妻子范海霞多年的同学情谊、夫妻情分，还是抵不住外面灯红酒绿的诱惑。当年范海霞刚进电视台时，一心想当栏目主播，撵着牛玖平找关系。牛玖平托钱洪军找了台领导，她这才如愿以偿成了新栏目《海霞拉呱》的主持人。栏目平实亲民，收视率直线飙升。她走红后很快就出轨了，和一个富二代老板打得火热，那人还是市政协常委……

牛玖平消沉了一段时间，日日借酒浇愁。杨正清听说后，上党校培训班前和他谈了心，鼓励他振作起来，把精力放在干好工作上。牛玖平也不是钻牛角尖的人，拿得起放得下，杨正清的话他听进去了，戒了酒，主动报名来帮扶村担任第一书记。真是物有所用、人有所长，他在村里如鱼得水，很快和各家各户混熟了，乡亲们都愿意跟他交心拉家常。不到一个月，村里情况他摸得门儿清，各家的狗见了他都远远地迎上来，冲他摇尾巴……

杨正清招呼他坐下，说："你晒黑啦，一看就没少跑！在村里要多听群众的意见，多给群众办实事。村里空巢老人和留守儿童多吗？"

"还真不少！全村328户，有245户在外打工的，占了七成多。空巢老人和留守儿童有 78 户，接近四分之一呢……"牛玖平情况摸得很透，数字熟记于心，张口就来。

"你是市里的大领导吧？这个小牛书记可真不赖，老少爷们没有不夸他的！他一心帮大伙发家致富，成天琢磨着怎么搞副业呢！"老人瞧出杨正清是领导，一个劲地夸牛玖平。

又坐了一会儿，杨正清起身与老人告辞。老人去屋里提出一个塑料袋来，硬塞给杨正清："这是我种的韭菜，腌的香椿芽，没打药，你们尝尝！"

杨正清推辞不得，收下了，握着她的手说："谢谢大娘啊，那我就捎着了，对外宣传宣传，争取上个项目，让更多的人吃上咱们村的绿色菜、放心菜！"

3

车子开进镇政府，县委副书记蔡伟和统战部常务副部长韩力迎出来。为加强对统战工作的领导，蔡伟兼任了统战部部长。他握着杨正清的手说："杨部长辛苦了！您刚培训完就来县里指导，这是对我们工作的巨大关心支持！"

杨正清笑道："还是你们基层辛苦！我顺路来看看大家。两年脱贫，任务重、时间紧，耽误不起啊！"

孙奉明说："杨部长在省里培训时就记挂着这里，研究了产业扶贫的思路。这次我们来调研就是先来摸个底，找找产业发展方向。"

"领导这么重视支持，历平如期脱贫不成问题！"蔡伟高兴地说。

大家到会议室座谈。镇党委书记不在家，镇长苗青汇报情况。她本是城关街道宣统委员，上个月刚选拔为全县乃至全市最年轻的镇长。她对情况不太了解，又有些怯场，只顾低头念稿。

杨正清见她念了两页成绩还没念完，插话道："咱们随便谈，不用念稿子，主要谈谈有什么困难和问题，对帮扶方向上有什么想法和要求，敞开讲就行！"

苗青一离开稿子更紧张了，一会儿说普通话，一会儿变成了历平方言："呃……主要困难和问题，山区交通不便，水奇缺，电也不够使……劳力外流现象奇严重……还有这个……这个……"

韩力包靠营山镇,情况很熟,见苗青怯场,脸涨得通红,汗都流下来了,便替她解围道:"我说说吧!营山这些年发展不动,原因有三条:一没钱,二缺劳力,三无企业。山区老百姓穷,消费能力低,什么都卖不动,什么也买不起;穷乡僻壤的,外人不愿来,山里的人往外跑,人口流失严重,劳动力稀缺,企业不愿来投资。越这样越穷,形成恶性循环,就一直发展不起来。"

蔡伟补充道:"还有,山区基础设施跟不上,交通不便,水电难保。这些问题也不是一天两天了,我看扶贫攻坚还得在这些方面重点突破。"

与会企业家们纷纷表态,有的要给村里修路,有的提出打深水井,还有的要捐建学校、卫生室……杨正清听得很认真,不时拿笔记录。大家发完言后,蔡伟请杨正清讲话。

"今天大家的表态都很好,初步提出了修路、打井等十二项帮扶措施,具体可行,也很有针对性。"杨正清肯定这些后,又说道,"不过,治标要治本,治病须去根。咱们从哪里入手才能找准并挖掉穷根呢?我这里有个故事……"

大家一听讲故事,都兴致盎然地看着他。

"我来的时候路过财源村,进去转了转。财——源——村,这个村名好啊,应该寄托着祖祖辈辈发家致富的梦想吧!"杨正清动情地讲起在村里的见闻,"我和村里一位老大娘聊了一会儿家常。她大儿媳前几年外出打工得了肺癌,倾家荡产也没治好,怕拖累家里,跳河自尽了。大儿子找医院理论,打伤医生被判了刑。家里留下一对双胞胎儿女,跟着亲戚过。老太太的小儿子两口子去广东打工,过年都没回来,家里撇下一个小闺女跟着奶奶过,孩子天天想她爸妈……"

会场上鸦雀无声,大家的心情都很沉重。杨正清继续讲道:"这个故事启发我们,帮扶工作不能只停留在修路打井、捐钱盖屋上,最根本的是要把山区产业发展起来,让群众在家门口就能打工,在家乡就能创业致富,让每家每户的孩子都能守在爸妈身边,老人都老有所养、老有所依,每个家庭都能团团圆圆,群众有更多的获得感和幸福感,这才是我们帮扶工作的出发点和落脚点!"

大家不约而同地鼓起掌来。孙奉明说:"发展山区产业就是我们这次'同心·扶贫行动'的着力点。营山是山区,工业基础薄弱,咱们能不能因地制宜,在种植业、养殖业方面做些文章?"

蔡伟听了很赞同:"历平特产不少,发展特色农业对路子。像县里的萝卜示范基地,一下子带起了周边好几个乡镇呢!"

"营山这几年发展林场,种了不少经济树木,既绿化了山林,还能增加收入。"韩力发表意见道,"不过,种树周期长,见效益还得等上几年。"

"靠山吃山,经济林可以搞,同时还要考虑其他发展方向,多管齐下!"杨正清说着,让刘元拿来玉玉奶奶送的香椿,"你们看,这是财源村群众自家腌的香椿,大家尝尝。"

刘元打开罐头瓶,每人捏了一片芽叶,细细品尝。

"嗯,这家腌得地道!"蔡伟嚼了几口,赞道,"叶子不老不嫩,盐渍不咸不淡,咬着筋道,口感奇好,难得有这么正宗的!"

"早就听说营山香椿不一般,今天一尝果然名不虚传!"孙奉明喝了口茶,没吃够,又捏了一根。

杨正清早有了主意,提议道:"今天在村里,我看不少人家院前院后种了香椿。听老乡说山里香椿不施肥不打药,山区气候、土壤都很适合。咱们能不能考虑一下大面积发展绿色香椿?"

"绿色香椿?"蔡伟一愣,质疑道,"这个家家户户都有,每年清明到谷雨前后能卖一两茬,季节性太强,恐怕不好卖吧……"

杨正清启发他:"各家各户零敲碎打地卖肯定不行,还要组织合作社,走产业化的路子。可以发展大棚香椿,把上市时间往前提,同时搞香椿储藏和加工,实现产品多样化、品牌化,争取把营山香椿这个牌子打出去!"

"噢,我明白杨部长的意思了,这是要把小椿叶变成大产业啊,我看可行!"蔡伟兴奋地说。他原以为杨正清想搞个香椿交易市场,没想到是要打造一条产业链,这可不是个小项目。

韩力钦佩地说:"杨部长您工作真是做到家了,一来就这么了解情况。营山香椿的确好吃,家家户户都有,腌咸菜、炒鸡蛋、做汤菜,怎么吃怎么香。就因为太常见了,又不值钱,我们还真没寻思过呢!"

"在咱们这里不值钱,卖到大城市可就值钱了!"孙奉明说,"我去上海出差,吃饭嘴里淡得慌,上超市买了袋子腌香椿,榨菜包那么一小袋,要五块钱呢!"

"五块钱够他们买棵香椿树了!"蔡伟笑道。

杨正清继续谈想法："我只是启发启发大家,也不是说光种香椿。我看每个地方都可以因地制宜,宜工则工,宜农则农,宜商则商,总之,要往产业扶贫、特色化发展的方向上使劲。"

"嗨,我看行,这方面统战优势很大嘛!"孙奉明热情洋溢地说,"民主党派专家学者多,工商联会员企业也不少,大家齐心协力,一定能让山区产业发展起来,让这里既有青山绿水,又有金山银山!"

"杨部长给我们定了个好盘子,统战又有这么多优势资源,我们县委县政府一定把扶贫开发抓实抓好!"蔡伟表态。

杨正清补充道:"产业扶贫还要注意资源整合。比方说香椿产业,从种植到加工、销售,要形成一个完整的产业链。育苗采摘、产品加工、仓储转运、销售出口等各个环节,都能发挥统战资源优势,全力帮扶。像金达集团可以提供保鲜仓储方面的技术支持,北海食品城可以指导精加工和协调出口……"

"我们还可以和省职教社联系,争取在这里建立'温暖工程'培训基地,招收学员半工半读,可以有效解决人力资源问题!"孙奉明受到启发,灵机一动,又有了新点子。

杨正清高兴地说:"嗯,整合资源,借水行船,这个思路对头。只要把统战资源优势发挥好,山区发展就指日可待!"

金达集团董事长齐会国听了感触良多,感慨道:"刚才听杨部长讲了产业扶贫,我很感动,也很受教育!我是土生土长的历平人,祖上几辈子都在山沟沟里刨食。这些年我的企业发展起来了,也常琢磨着怎么给老少爷们出点力。救灾捐款、筑路打井、架桥修庙什么的,我都没少投钱,也没见多大效果。要是按杨部长说的打造个好产业,就是给老少爷们栽下了摇钱树啊!作为县里的本土企业,我无条件拥护支持,需要我干什么尽管安排,我绝无二话!"

"齐总一心想着为家乡做贡献,给扶贫资金池捐了五百万元呢!"蔡伟介绍道。

"本来我以为扶贫就是捐款捐物,听了杨部长一席话,我算是茅塞顿开!"齐会国诚恳地说,"金达是做食品加工出口的,冷冻、保鲜、物流等方面都没问题,不管营山发展香椿还是别的什么产业,我们集团都全力提供支持!"

企业家们争相发言，有的提供电商服务平台，有的负责培训植保技术人员，有的提供节水滴灌技术……大家七嘴八舌，像参加竞标会，争先恐后地亮出专长优势。会场气氛越来越热烈，不知不觉间，下午一点多了……

第十七章　难不住干部就难不住群众

1

上午的部务会，专题研究帮扶工作。

还真是众人拾柴火焰高！这段时间，民主党派、工商联八仙过海、各显其能，争相来到党外代表人士教育实践锻炼基地——营山镇，开展精准扶贫活动。市工商联全力帮镇上打造种收、加工、仓储和营销一条龙的香椿产业链；市民革组织专家制定了新村发展规划；市民盟组织电商企业启动"互联网＋扶贫"工程，在各村试建网上销售平台；市民建开展了会员"山区行"活动……

要想富，先修路。按规划财源村要硬化村级路和村内街巷六公里，村委会提出自己组织施工队，这样既能增加群众收入，也比找外面的省钱。孙奉明和包村组商量后，尊重村委会的意见，从扶贫资金池先期拨了五十万元给村里，让村两委按设计要求组织施工。开工那天，村里搞了个简短的仪式，孙奉明对施工质量和安全问题再三叮嘱，还在路边立上了公示牌，对施工要求、期限及责任人明确公示，接受群众监督。

牛玖平汇报完工程进度，请示道："村里问能不能把工程款一次性拨过去，他们好统筹安排……"

没等杨正清表态，孙奉明就生气地说："不行！我看那个王支书不靠谱，光算计着多要钱，恨不得咱把钱给他后就啥也别管了！"

"他们要全款，是怕后续资金跟不上，弄成烂尾工程……"牛玖平解释道。

孙奉明说:"你回去告诉老王,只要预算内该花的,一分也少不了,叫他们只管干好活就行,有扶贫资金池兜底,甭瞎操心!"

杨正清强调道:"包村扶贫可不能给了钱就当甩手掌柜,除了严把工程质量关,还要加强资金监管,确保把钱花在明处,都用在扶贫上!"

孙奉明说:"这个没问题,我们严格审计,花每一分钱都在网上公示,村里墙上也贴着呢!"

钱洪军汇报机关帮扶措施时说,打算利用周五学习日的时间,组织机关干部去帮扶村"结对子""交穷亲",开展"一对一"帮扶。

"这种传统方法挺管用!"杨正清翻着帮扶名册说,"进村入户结对子,既能精准掌握群众的需求,还能密切党群干群关系,又锻炼了干部群众的工作能力,一举多得!"

钱洪军说:"这还是玖平提议的呢!他在村里很受锻炼。民进的肖立成在帮扶组表现得也不错。组织部要开现场推进会,安排他俩做典型发言呢!"

"不错,值得表扬!"杨正清高兴地说,"统战工作是特殊的群众工作,应该接地气,多到基层锻炼。现在有个怪现象:交通工具越来越发达,干部下基层却越来越少;通信越来越便捷,和群众沟通却越来越不顺畅了!"

孙奉明点头道:"确实如此!有些干部下基层,不会和群众拉呱,打着官腔,说几句客套话就没的拉了,干坐着大眼瞪小眼!"

"和群众打交道一定要用群众语言。"杨正清讲了个笑话,"有个省挂职干部下乡看望孤寡老人,问人家:'你一个人在家寂寞吗?'老人打岔说:'我老家不是即墨……'领导看他没听懂,又换了个词:'我是问你一个人孤独吗?'老人这次好像明白了,连声说:'啊,我年纪大了,是有些糊涂了!'"

大家都笑起来。

杨正清又说:"不光和群众打交道要用群众语言,跟党外人士联系交流也得注意方式方法。有些同志犯愁跟党外人士打交道,不愿说、不会说、不敢说,还真不是个别现象!"

"不懂得统战政策,不会说、不敢说还算好的,就怕有些人乱说一气,有损自身形象,还伤害了统战成员的感情!"姜兰心直口快,接话道。

"不懂就学,统战政策性强,马虎不得!"杨正清安排道,"统战干部要脑勤手勤腿勤，还要口勤笔勤。机关可以搞个练笔练讲活动，促进一下学习。可以编个内刊，每人每月写篇文章，刊发交流一下。每周五学习时间，也可以定个题目，轮流上台讲讲，锻炼一下演说能力。坚持上几年，肯定会有效果。"

刘元应道："好的，我们先在微信群里吹吹风，发个倡议。办公室建的'同心'微信群，交流得很好，'通心粉'满了五百人，正在申请扩群呢！"

"好，信息社会嘛，就要充分运用新媒体手段，多沟通多交流，统战工作才能事半功倍。"杨正清高兴地说。

散会后，牛玖平跟着孙奉明回办公室，想汇报一下村里的工作。刚坐下，孙奉明的手机响了，他接听电话时脸色大变，弹簧般地跳起来，气急败坏地叫道："太不像话了，简直是胆大妄为、无法无天！你们等着，我马上过去！"

牛玖平忙问怎么了。孙奉明拎起包，又从书橱上抓了把塑料直尺，气呼呼地说："快点快点，赶紧去村里！"

2

车子往财源村疾驰。孙奉明给杨正清打电话说："有人举报，村支书老王领着修路，把自家院子硬化了不说，还偷工减料，擅自降低施工标准！我和玖平过去看看，要是属实，必须严肃处理！"

"扶贫工程刚开始就这么干，这还了得！"杨正清也很生气，又冷静地嘱咐道，"你们去村里了解清楚，不能听一面之词，要实地勘察一下。我看先别惊动县里和镇上。"

司机见孙奉明着急，开得飞快，路况也好，一个多钟头就到了村头施工现场。一下车，只听搅拌机轰隆作响，十几个民工正在路基上忙活着。修路进度还不慢，约百米路面已基本成型。

孙奉明提着直尺，急匆匆地往前走，牛玖平紧随其后。民工打招呼，孙奉明顾不上搭理，径直来到路基旁边，蹲下用尺子量压实的混凝土厚度。一看刻度，勉强够十四公分。孙奉明顿时火冒三丈，厉声喝问施工人员："你们看这才多少？设计标准不是二十公分吗？你们真敢糊弄，一下子就差了六公分！谁让你们这么干的？"

施工人员讷讷道："领导，俺就是干活的，恁还是问问支书吧！"说着，他扭头望了望村口的老椿树。孙奉明顺着他的目光望去，远远看见老椿树底下围着井台坐了一圈人，吆吆喝喝的挺热闹。

孙奉明几乎是一路小跑，来到树底下一看，见井台上搁了一块三合板，村支书老王正和几个村干部打扑克，脸上还胡乱贴着几张小纸条。见此情景，孙奉明顿时火冒三丈，二话不说，上前一把掀翻板子，扑克牌撒落了一地。

老王吃了一惊，跳起来刚要发作，看清是孙奉明，忙一把扯了脸上的纸条，满脸堆笑道："哎哟，哪阵风把您吹来啦！嘿嘿，俺们干活累了打会儿牌歇歇，村里又不是机关，不用正儿八经地坐班。部长，您别生气啊，俺不打了，不打了！"

"你不用正儿八经地坐班，你得正儿八经地把路修好了！"孙奉明冷冷地看着老王，训斥道，"甭扯别的，你就说混凝土厚度设计要求是多少？你们弄了多少？"

老王这才明白孙奉明为什么发火，赔笑道："噢，为这事啊！村委会的几个人商量过了，村里又不跑大货车，厚度二十公分太浪费了。我们估摸着，有个十四五公分也就足够了，省点钱填补一下别的地方！"

"只怕是填补你自个了吧？我问你，你家院子是不是才硬化了？哪个施工队干的？用的哪里的材料？"孙奉明紧盯着老王，质问道。

"这是哪个王八犊子多嘴，屁大点事就打小报告！"老王涨红了脸，生气地说，"俺家确实才硬化了院子，早就想弄，一直没顾上。这不正好借村里修路有人有料，就把活干了。俺用了公家的人工、材料不假，可您问问会计，都明明白白记着账呢！工程结算时，该我出的，我一分也不会少拿！"

"要是别人都和你一样，今儿你硬化院子，明儿他垒墙，后天谁再盖鸡窝，就甭修路了，光给你们村干部扛活就行了！"孙奉明瞪着眼，劈头盖脸地训斥道，"人家瓜田李下还避嫌呢，你是老党员老支书了，修路偷工减料，路还没修成先惦记着拾掇自家院子，党性觉悟哪儿去了？今儿这事，要不是杨部长压着，依着我就叫纪委来，好好查查你还有什么猫腻没有！"

老王低头成了蔫茄子，哀求道："别啊，孙部长，纪委怪忙的，这点事就别麻烦他们了……俺改了还不行？以后好好干，再不敢打马虎眼了！"

"不是以后，马上就整改！硬化的院子，按市价交钱入账；修的路，全给我掀了重来，必须达到二十公分厚，只准多不许少！"

"俺修院子的钱马上入账，这没问题。路就别返工了吧，费事不说，糟蹋了怪可惜的，村里又不跑大货车，保准轧不坏……"

"你这个老王啊，真是眼皮子浅！眼下是没大货车，等上了项目，很快这路上跑的都是全省乃至全国的大货车！再说了，修路是为民造福的好事，你要是马虎了，子孙后代不戳你的脊梁骨才怪呢！"

老王挠挠头，不好意思道："俺明白了！部长训得对，是俺见识短，让您笑话了！俺这就翻了重新按标准来，再不敢偷工减料了！"

"限你一星期整改完，我不定期过来检查，再有问题，你就甭干了，哪儿凉快上哪儿歇着去！"孙奉明说完，拂袖而去。

3

财源村的大棚香椿试种开始了。市民革组织专家评估发现，这里都是沙壤，空气湿润，温度适宜，发展优质香椿很有条件。香椿的营养主要集中在嫩芽上，香椿芽中除了有蛋白质、脂肪、维生素等营养物质，还富含钙、磷、铁、钾、镁等微量元素，是一种色鲜味美、营养价值奇高的名贵蔬菜，近年来颇受一些大中城市消费者的青睐，在国外也很有市场。另外，香椿还是山地绿化优良树种，对改善生态很有好处。营山香椿品质色泽均属上乘，推广香椿种植，发展香椿加工业，一举多得，前景广阔。为稳妥起见，营山镇先在财源村开展香椿种植试点，技术成熟了，再在全镇推开。

牛玖平一直靠在村里，整天东跑西颠地帮着联系协调，组织成立了财源村香椿产销合作社，整理流转出的一百五十亩山地，统一种植香椿。专家建议，为提早上市，一半采用棚栽技术栽培香椿苗木，年前出芽上市，卖个好价钱；另一半露天培植，第二年清明节前后上市。刁安连亲自安排，让学院农学专家到现场指导，还帮着联系采购了优质香椿苗木，组织村里二十多名有文化的年轻人，集中学习栽培管理技术。人多力量大，很快，三十多个香椿大棚建起来了，全部栽上了两年龄的香椿苗木。远远望去，一排排白色大棚整齐划一，在阳光下白得晃眼。地头立着几块标牌，上面是牛玖平用红漆写的"营山镇香椿种植基地"，还有他拟的宣传标语：多种香椿，财源广进！

这个时节种香椿，很多人心里没底。王支书不放心，反复问牛玖平："俺这里出椿芽都是清明前后，从没见过年前出椿芽的……这个大棚技术靠谱吗？

村里可是投了不少钱哪！"

牛玖平笑道："你就把心放到肚子里吧！这是专家指导的，肯定没问题！物以稀为贵，都在清明集中上市，哪能卖好价钱？大棚香椿比露天的早两三个月，价格高好几倍呢！专家给咱们算了个账：一个大棚能种四万株香椿苗，成本四万块左右；从元旦到清明，每天采百儿八十斤椿叶，一斤至少十五块，全年能纯挣十万块！你就光等着数钱吧，别杞人忧天啦！"

村里除了栽种香椿，还有件大事，就是组织部分村民搬迁。山村人家依山傍水而居，住得分散，有二十几家零星地住在半山坡上，开了些荒地，种着几亩薄田，还有三十几户住在村前的青水溪边。按照新规划，镇上采取统一规划建设、多方融资入股的模式，沿青水溪边首批新建二十幢农家乐住宅，资金政府出大头，提供无息贷款，个人出小头，营业收入按股分红，产权二十年后归个人。按理说政策挺优惠，没想到还是有人抵触。王支书介绍道，主要是因为前些年搞新农村建设，村民的旧房扒了，新楼迟迟盖不起来。另外，上楼的住着也不方便，不少人家二楼住人，一楼放农具甚至养猪养鸡，整天爬上爬下的，比较麻烦。

杨正清了解情况后，和孙奉明商量，让群众转变观念就要充分听取他们的意见，耐心细致地做好他们的解释说服工作，决不能作风粗暴，搞强制上楼。为打消群众的顾虑，孙奉明和牛玖平找了部分村民代表，专程去浙江考察"美丽乡村"建设。一路走下来，大家十分震撼、赞不绝口。回来后，村里组织考察人员讲见闻、谈感受，播放专题片和录制的视频，群众反响强烈，很快统一了意见，争先恐后地签了搬迁协议。

按照规划，一期工程需要建二十幢三层农家乐小别墅，孙奉明考虑了几个从事房地产开发的工商联执常委企业，打算动员有条件的企业参与项目开发。

还没等开会，万东方自己找上门来，笑嘻嘻地说："孙部长，听说财源村要搞农家乐？搞这个我有经验，交给我办，肯定给您干出彩来！"

听了他的表态，孙奉明颇感意外，心想：今日太阳从西边出来了！这个万东方平时对公益事业不热心，前两次组织人员去帮扶村调研，他都托词没参加，这回怎么看上这个项目了？

孙奉明提醒道："这可是个公益项目，全靠帮扶资金成本价运作，不但不赚钱，说不定还倒贴呢！"

"做公益嘛，什么钱不钱的！"万东方爽快地说，"我也是咱工商联的副主席，搞农家乐又熟，您得给我个回报社会的机会！"

孙奉明心里奇怪，不动声色道："那好吧，这个项目不大不小，大企业不稀罕，小企业干不了。你想干也好，我和部里汇报一下，再给你个信。"

其实，这个项目根本没入万东方的眼，他来承揽是听了马杰的意见。上次打牌时，钱洪军问万东方要不要参与这个项目，万东方不屑地说："盖那么几座小破楼，折本搭吆喝，我才不掺和呢！"马杰听了点拨道："话可不能这么说。项目可能不赚钱，不过扶贫开发是篇大文章，统战口都在行动，你置身事外，以后还怎么进步？这次推荐全国优秀建设者你没评上，下一步还要争取全国政协委员，在公益活动上你得补补课，这也是投资！再说了，比你积极的企业有的是，人家用不用你还两说着呢，你得有个态度！"万东方一拍脑袋，笑道："马市长说得对，我回头就去请战，权当凑个热闹！"

孙奉明本以为杨正清不会同意，没想到他一口答应了："难得万东方这么积极，他搞农家乐有经验，可以让他干，不过要把握好两点：一是质量绝对不能马虎，二是账目必须清清楚楚！"

"您放心，有专门的监督小组，保证出不了问题。"最近扶贫工作进展顺利，孙奉明心里高兴，汇报道，"帮扶工作全面开花，各方面积极性这么高，估计万东方也坐不住了！帮扶项目中反响最好的是民盟搞的'同心小屋'，他们开展'互联网+扶贫'服务，弄了个电商平台，把山区群众卖货难和购物难的问题给解决了，群众高兴着呢！"

"'同心小屋'是虚拟的还是实体店？怎么运作？"杨正清好奇地问。

"还真有间小屋呢！他们在村里找了间房子开网店，平日除了帮群众网购商品，在网上卖农产品，还可以代办网络交费、汇款、订票、预约挂号、收发快递什么的，群众不出村，啥事都能办，可方便了！"

"这个创意不错，很接地气！房子有多大？怎么解决的？"

"有三十平方吧，用的闲置民房，简单装了装。别看屋子不大，管的事可不少！"孙奉明详细介绍道，"货架上的样品明码标价，群众看中什么，网购员直接从网上下单；群众有什么需求，他们随时上网提交。他们还设了财源村土特产品专区，哪家有要卖的东西，都可以挂到网上。像小媳妇的十字绣、老太太纳的鞋垫,都能在网上卖,乡土气息浓,很受欢迎呢!"

杨正清高兴地说:"不错,小屋办大事,有效解决了服务群众'最后一公里'的问题,我看值得推广。你们是怎么想到的这个点子的?"

"这个创意是肖剑飞提的,他还捐了三台电脑呢!牛玖平从村里找了几个爱上网的年轻人当网管,统一搞了培训。'同心小屋'启动起来先运转一段时间,等摸索出经验,再到各村开连锁店。"

"不光建起来,还要维护好,可别虎头蛇尾!"杨正清叮嘱道。

"网络维护肖剑飞都包了,义务服务。听说他已经申请加入民盟了,这么好的年轻人,我们没吸收进党组织,可惜啊!"孙奉明叹息地说。

"把一部分优秀人才留在党外,也是我们党的统战政策。他们留在党外,发挥的作用不比在党内小!"杨正清笑道,"后面要把这些优秀的新生代创业者组织起来,让他们带好头、做榜样,鼓励引导更多的年轻人创新创业、健康成长。"

"我们也有这个考虑呢!"孙奉明递给杨正清一份方案,汇报道,"工商联正在筹建全市新生代企业家商会,想把这部分人组织起来,抱团发展。"

杨正清浏览着方案说:"改革开放后成长起来的第一代民营企业家多数退下来了,不少人把接力棒交到了年轻一代手上。他们能不能顺利接好班、守好业,是个现实问题。"

"我看有的确实不容乐观!"孙奉明摇头道,"不少企业家后代要么不愿子承父业,要么安于守成、不思进取,也有的崽卖爷田心不疼,净胡折腾!"

"引导他们健康成长,正是咱们该做的!"杨正清肯定道,"这个方案不错,你们抓好落实就行。组织成立起来后,还要多开展活动。比如,可以办个新生代企业家培训班,参观现场不用去别的地方,看一下许阳的素菜馆、义工组织和电商企业就行,让年轻人多学学她不靠父辈、自主创业、奉献社会的劲头,榜样的力量是无穷的!"

"好啊,我们就照这个思路干!"孙奉明高兴地说,"老一辈创业者的艰苦奋斗精神和优良传统应该代代相传,我们再加把劲,争取把那些'富二代'都培养成'创二代'!"

4

今年天热得早也冷得快,刚过冬至,气温骤降,昌海迎来了入冬以来的第一场雪。清晨先是零星小雨，夹杂着雪霰粒子，悄悄地又变成了细碎的小雪花，越来越密集，很快给地面盖上了一床白毯子。

杨正清和孙奉明正在研究扶贫工作。村里项目出了点状况，群众情绪不太稳定，一会儿王支书和村主任要来部里反映情况。真是祸不单行啊，村里两大扶贫项目开局都受挫。先是农家乐工程进展缓慢，挖开地基后就再没动过，这几天工人也撤走了。再是大棚香椿不见长，栽上半个多月了，有的不发芽，有的生出几片嫩叶，不等舒展开就枯萎了。前几天，找植保专家看过两次，指导喷了药，灌了肥水，但起色不大。孙奉明这几天愁眉不展，嘴上起了燎泡，嗓子也哑了。

一提起农家乐来，孙奉明就恨得牙根痒痒："这个老万，真是烂泥糊不上墙，正事指望不得！一开始他上赶着要这个项目，到手了又推三阻四不开工。好不容易撵着他下手了，地基没弄完，就说浮云山小区工期紧，忙不过来，把人员机械都调到那边去了，把这摊儿给撂下了！"

杨正清淡然道："靡不有初，鲜克有终啊！我起初同意他干，就想看看他的表现。这未必是坏事，正好考察个别代表人士到底是真代表还是假代表！"

"不过工期不等人啊！"孙奉明坐立不安，哑着嗓子说，"按计划，春节前要树起筒子来，现在地基还没弄好就停了，说等明年开春再干。真急死人了！"

"呵呵，你甭急，我有办法，误不了工期！"杨正清心里有底，安慰他道。

正说着，牛玖平领着王支书到了。杨正清刚进接待室，王支书就上前一步，双手握住他的手，焦急地说："杨部长啊，快想想办法吧！工程刚开始就停了，怕是要烂尾了，乡亲们都上我家找……那个大棚香椿也不顶事，不发芽还掉叶子，不少户闹着要退社。俺带了两棵香椿苗，您看看吧……"说着，他解开化肥袋子，拿出两棵香椿苗来。杨正清接过树苗，仔细查看：一棵光秃秃的没叶子；一棵叶片蔫了，没精打采地耷拉着。

王支书的脸拉得老长，诉苦道："村里有些人讲话奇难听，说什么谁听上面的话谁上当，山里人祖祖辈辈没见过大棚种香椿、年前出椿芽的！还说什么'农家乐'弄成了'农家愁'，'扶贫扶贫，越扶越贫'……"

牛玖平打断王支书，说："个别人发牢骚，代表不了大伙。他们人品有问题，事办好了往前拱，办砸了就说风凉话，当初就不该让这种人入社！"

"话可不能这么说,我们工作没做好,出了问题,群众有意见也正常。"杨正清向牛玖平摆了摆手,示意他不要发牢骚。

王支书说:"要不杨部长您别费心了,统战部给村里修路打井,建了大棚和'同心小屋',做的够多了。个别人想退社就让他们退吧,这种人留在社里也是祸害,光会挑毛病、拉倒车!"

杨正清耐心地开导王支书:"群众可以发牢骚,咱们党员干部可不能闹情绪!困难只是暂时的,办法总比困难多!"

"可眼下怎么办?工程停了,香椿死了,怎么跟老少爷们交代啊!"王支书佝偻着背,垂头丧气地说。

杨正清说:"你放心,工程的事我有办法,保证按期完工!你回去跟大伙说,我打包票,明年春节前不能按时拿钥匙,就让乡亲们来我家过年!"

"那香椿还有办法吗?"王支书一听有了精神头,腰也挺了起来。

"香椿的事,还得请专家看。民革丁主委明天去省里开会,正好你们带了树苗来,让他捎着找省里的专家会诊一下。你们回去也请教一下种树育苗的老把式,一块出出主意、想想办法。人多力量大,只要大家心往一处想,劲往一处使,就没有过不去的坎!"

5

初雪过后,城里几乎没留下什么痕迹,山区的雪却大了许多,过了三四天,梯田里还点缀着些残雪,远远望去,淡若白纱、若隐若现。

杨正清陪高天华上营山考察项目。扶贫行动开展以后,高天华打电话找他要任务,说有需要天华集团出力的,尽管安排,不管啥项目,尤其是难啃的硬骨头,都由他兜底。财源村的农家乐工程停工后,孙奉明找万东方,万东方还振振有词,解释说没想到浮云山小区工期这么紧,年前确实顾不上这头了。孙奉明很生气,说扶贫项目工期也不能拖,他要顾不上,他们另想办法。不料万东方竟顺水推舟地说,浮云山小区安置也是政治任务、民心工程,耽误不得。既然只能顾一头,他就不耽误帮扶村工程了,工商联房地产企业不少,再找一家接手也不难。我们前期投入的,就算做贡献了……

万东方退出后,杨正清给高天华打电话,希望他能接盘救急。高天华二话不说,马上安排公司接手,说保证如期完成任务,还专程回来考察项目。

杨正清全程陪同，一见面，他紧握住高天华的手说："好钢用在刀刃上，本想先雪藏着你做篇大文章，现在看，你得提前亮相啦！"

"哈哈，我求之不得啊！"高天华身披黄色军大衣，脖子上挂着望远镜，像个勘察地形的将军，声音洪亮地说，"我早就等不及啦！我那宝贝闺女生意上从没提过要求，现在三番五次地命令我快来营山投资，说是全市统一战线都在行动，不许我缺席呢！"

"老将出马，一个顶俩——不，你顶十个都不止！"孙奉明笑道，"财源村的群众一听全国百强民营企业来接盘，人心一下子稳住啦，附近的村都想加入合作社呢！"

"有你们这些爱心企业参与，财源村实现脱贫指日可待，美丽乡村一定能留住美丽乡愁！"杨正清说着把路边一棵小椿树扶正，用脚踩实。

他们边走边聊，来到南山坡。空气中飘着一缕淡淡的豆饼香味。放眼望去，梯田大棚一排排一列列，如同接受检阅般整齐壮观。地里有不少人，有的给大棚卷草帘，有的从车上搬东西往大棚里送。人们进进出出，忙得热火朝天。高天华举起望远镜，拉近一看，除了村民，还有许阳和一些身穿"同心义工"红马甲的青年，统战部的姜兰、徐风等统战干部也在，他们都在起劲地忙活着。他好奇地问："这么冷的天，大家在忙活什么？"

孙奉明解释道："今年冷得早，香椿树苗得了病，专家说是温度低冻的。这种简易大棚没法加热，本以为没治了，村里老人想了个法子，给树苗浇上熟透的豆饼水，再用麦秸草把树干捆起来保暖，就能缓过来。这不，统战干部们过来帮工，许阳他们也来了。这么多人，大半天就干完了，香椿苗有救啦！"

王支书感激地说："这么多领导帮村里干活，不嫌脏不嫌累的，水都顾不上喝。"

高天华听了心头一热，感慨道："今天我上了一堂生动的思想教育课。我是农民出身，这些年一直提醒自己别忘本。可在城里时间多了，不觉地就离农村远了，和乡亲们生分了……以后我也要多深入基层，多接地气，不光来这里上项目，还要把这里作为集团教育实践基地，分期分批组织员工来村里参加劳动，接受群众教育。"

"说得好！"杨正清点点头，感叹道，"我有个体会，就是事再难，难不住干部就难不住群众;天再冷,冻不坏群众就冻不坏干部!只要干部带了头,发动起群众来,就没有什么克服不了的困难,没有打不赢的仗!"

"这话说得太好了!'事再难,难不住干部就难不住群众;天再冷,冻不坏群众就冻不坏干部!'我回去写下来,挂在墙上,提醒自己,也教育员工。"高天华说着,一手握着望远镜,一手指着前方的山丘,"我刚才看了,咱这里山地不少,很多山头都闲着,可以利用山地建设光伏项目,到时村里生活和项目用电就能全部解决啦!"

"那大棚的温度能不能实现电控?"杨正清关切地问道。

"没问题,完全可以啊!"高天华肯定地说,"棚顶上覆盖太阳能板发电,棚内搞种植,一举两得,既环保节能又能提高效益呢!"

"太好了!"王支书听了兴奋不已,感激地说,"托您的福,托杨部长的福,更是托共产党的福,俺们财源村真的要财源滚滚啦!"

第十八章　拔了蒿子现出狼

1

出了正月，同心大厦装修工程开始扫尾，工人们有的清理建筑垃圾，有的用白漆画车位线，还有几个"蜘蛛侠"悬吊在半空中，清理玻璃外墙。

大楼装饰风格简约明快，又不失庄重大方。杨正清专程过来调研，这里看看，那里摸摸，高兴地说："嗯，活干得不错！多长时间能搬进来？"

"装修全用的环保材料，一点味也没有！"市机关事务管理局局长魏民回答道，"月底验收完，晾上个把月，就能搬进来啦！"

"办公家具也不能马虎，既要节俭实用，还得环保健康。"杨正清嘱咐道。

"没问题，您放心就行！"魏民笑道，"啥时搬，日子定了吗？"

"原计划五一前，我看暂定4月30日吧，这天是'五一口号'发布七十周年纪念日，咱就这天搬。"

魏民疑惑地问："啥口号？'五一'还是'七一'？有什么说法吗？"

杨正清笑着和姜兰说："你分管党派工作，给老魏科普一下吧！"

姜兰和他讲起"五一口号"的由来。新中国成立前夕，我们党在1948年4月30日发布"五一口号"，动员全国各阶层人民为实现建立新中国的光荣使命共同团结奋斗。各民主党派和无党派民主人士热烈响应，纷纷发表宣言、通电和谈话，接受邀请奔赴解放区，与中国共产党共商建国大计。这是我国统一战线和多党合作发展史上具有里程碑意义的事件，标志着各民主党派和无党派人士公开、自觉地接受了中国共产党的领导，走上了新民主主义、社会主义的道路，也标志着我国民主政治建设和政党制度建设揭开了新的一页……

"刚才姜部长给我补了一课，多党合作还真来之不易呢！"魏民听完感叹道，又请示，"楼顶'同心大厦'四个字用什么字体好？"

杨正清毫不犹豫地说："用毛体吧！多党合作和统一战线是毛主席他们老一辈无产阶级革命家创立的，用毛体再合适不过了！"

魏民又问："给部里预留几间办公室吧？领导们过来活动也方便……"

"这就免了吧！"杨正清打断他的话，"大楼里所有办公场所和设施都是给党派、工商联准备的，别的部门、单位一律不准以任何理由、任何形式挤占挪用，你可得给我把住关！"

"遵命，我一定执行好！"魏民尴尬地笑笑，答应道。

杨正清刚回办公楼，就碰上陈公明。一进办公室，他就兴奋地说："杨部长，杀害白茹萍的真凶找到了！"

原来，宁导出具的鉴定报告书认定，那半个脚印系三十五岁左右男性所留，身高约一米六五，体型瘦小，右脚微跛。陈公明正在琢磨谁符合这个特征，徐风来所里找他。统战部在《昌海日报》开辟了"统战成员风采"专栏，集中宣传全市优秀党外代表人士，下一期报道陈公明，徐风专程过来采访。陈公明问他："你的熟人里有没有三十五岁左右，身高一米六五，右脚有点跛的男人？"徐风不假思索地说："有啊，刘山就是这样。他小时候爬树摔下来，右脚骨折了，没治，留了后遗症。平常看不大出来，走急了右脚不跟趟……"陈公明大喜，追问道："他和白茹萍熟吗？"徐风说："当然熟啦！刘山一直在东方集团当司机，经常接送白茹萍，只要她用车，都是招之即来、挥之即去。大家都知道白茹萍是他老板的亲戚，再加上他这身份和形象，也没人往歪处想……"陈公明豁然开朗，兴奋地说："这就对了！他和白茹萍熟，能进家门，又有交通工具，完全具备作案条件，我看这案子十有八九是个情杀案！"徐风不敢相信，质疑道："就他那熊样，能有这胆？可别再弄错了！"陈公明说："人心隔肚皮，可不好琢磨，关键看证据。你有没有办法弄到刘山的脚印？"徐风说没问题。刘山摔伤后，脚骨没愈合好，两只脚大小不一样，不好买鞋，常年穿一双定制的白色旅游鞋。徐风约魏高全和刘山吃饭，喝得差不多了，等刘山离席时，悄悄在他脚下放了张印模纸……陈公明获取刘山的脚印后，很快有了比对结果：刘山的脚印与案发现场那半个脚印完全吻合……

"太好了！"杨正清如释重负，欣慰地说，"经历了这么多波折，眼看要真相大白了！有句话说得好：正义有时会迟到，但永远不会缺席！"

陈公明说："有了实证，要尽快把真凶绳之以法，还齐帅一个清白！"

"这个案子多亏了你，还有剑飞、许阳，咱们统战人在履行民主监督职能、维护社会公平正义上真不含糊啊！"

"不管作为法律工作者还是统战成员，都应该这么做！"

"晓霞最近怎么样？"杨正清关切地问道。晓霞上次做证失利后，情绪受了影响，变得郁郁寡欢。

"我刚问过，她是有些自闭，不大愿意跟人交流……"

"她还小，没怎么经历过事，容易产生心理障碍。农工党市委委员辛宁是国家一级心理咨询师，回头让她给晓霞做做心理疏导吧！"

"哦，我知道她，辛宁心理健康教育研究所很有名气！咱统战还真是人才济济，能人奇多！"

"以后你办案累了，也可以找她疏导一下，别搞得太紧张了！"

"多谢部长关心，我会注意的！"

"新阶层人士联谊会要多搞活动，会员多联系，整合资源、合作共赢嘛！"

"好的，我们一定组织起来，把联谊会办成会员之家！"陈公明说着起身告辞，"那我走啦，跑法院去，您就坐等好消息吧！"

2

春节后首个常委接访日，人扎成了堆，跟赶年集似的。今天马杰本不想来，但上访的闹着要见市领导，信访局招架不了，只好请他过来压压阵。

他刚下车，就被人群围住了。有人揪着脖子吆喝，有人往他手上塞材料。保安使出吃奶的劲来维持秩序，好不容易才把他送进接访室。工作人员汗流浃背地指挥人们排队，好不容易排出个队形来，一转身工夫大家又挤作一团。

万东方夹着皮包急匆匆地走进院子。他给马杰打了好几遍电话都没人接，问魏高全才知道他在这里接访，便火急火燎地赶了来。万东方在门口怎么也挤不进去，跳着脚大叫"马市长！马市长！"但他沙哑的嗓音淹没在一片嘈杂声中。

看看进不去，万东方眼珠一转，心生一计，后退几步，拉开皮包掏出一沓百元大钞，用手指一捻，有些不舍，又拿回一些，然后把剩下的抓在手里高高举起，喊道："发钱啦！发钱啦！快来领钱啊！"有人半信半疑地看着他。"每人一百，领了钱回家，明天再来！"说着，他开始发钱，一人一张。挤在门口的人一见真有钱领，呼啦围上来。万东方把剩下的钱塞给刘山，自己溜进了接访室。

马杰见人群一哄而散，觉得奇怪，上门口查看，见是万东方在捣鬼，等他进门后质问道："你抽什么疯？钱多了烧的？我接访呢，怎么把人撵了？"

"我的马市长哎，都火烧眉毛了，你还接什么访！"万东方火急火燎地说，然后他四下瞅了瞅，压低嗓音道，"咱换个地说话吧？"

马杰看他急得脸红脖子粗，就领着他去了接待室。

杜子明安排好茶水，出去时带上了门。万东方从沙发上跳起来，凑到马杰面前，压低嗓音说："俺的娘来，可了不得，出大事了！那个陈公明还奇有能耐，查到刘山头上了！"说着，万东方从包里掏出脚印鉴定报告复印件递给他，"这小子有些手段，查出那半个脚印是刘山的！刘山要是出了事，那可完蛋啦！"

马杰看完鉴定报告，不动声色地问："你是怎么搞到的？"

万东方说："还不是多亏了晓菲！我让她偷配了文件柜的钥匙，偷着复印的。陈公明那边多亏有她卧底！"

马杰哼道："喊，你心思都放哪儿了，不像统战成员，简直成了谍报人员了！"

"管他啥员，眼下最要紧的是咋把这事圆下去！"万东方焦躁不安，一脸丧气道，"人家对上号了，恐怕刘山悬啦！您说怎么办呢？"

"你急什么，他不是好好地拉着你到处窜嘛！"马杰跷着二郎腿，抽出一支烟，不紧不慢地问，"这小子怎么样？家里有什么人？能不能靠得住？"

"靠得住！这小子绝对靠得住！"万东方心领神会，忙给马杰点烟道，"他和万伟是同学，家里穷，我没少帮衬他。他只有个老娘，前年长病差点毁了，还是我出钱给她治的。这小子对我没二话，那年万伟酒驾撞死人，还是他顶的包……"

"那是交通肇事，跟这不一个性质，这回可是杀人偿命的买卖！"马杰阴着脸说，"你好好做他的工作，出点钱，叫他跑得远远的！一旦被抓住，就让这小子把雷顶了！"

万东方松了口气："这是个好办法！我摸得着这小子的脾气，只要把他老娘照顾好了，要命都给！"

商议妥当，万东方临走又问马杰还有什么其他要交代的。马杰沉吟了一下，招手示意他凑过去，冷冷地说了一句："人命关天，非同儿戏！要是没把握，就想办法让他永远闭嘴！"

万东方一愣，忙点头道："您放心，我懂……"说完，他的后脊梁不禁冒出一股寒气……

3

万东方上车后心神不宁，半天没说话。刘山问："万董回公司吗？"他回过神来，关切地问："最近你娘身体怎么样？有日子没见了，去看看她吧！"

刘山受宠若惊道："托万董的福，俺娘奇好。您这么忙，就别麻烦啦！"

万东方不耐烦地挥手道："听我的，走吧！"说完，他开始闭目养神。刘山知道他的脾气，不敢违拗，开车往家里驶去。

刘母没想到万东方亲自来看她，感动得不知说什么好，忙不迭地拿抹布擦了桌椅，又去沏茶。

刘母端茶让座，万东方不坐，站在客厅里说："刘山这些年在集团干得很好，我也没拿他当外人。以后家里有事说一声，我能办的都给办了！"

刘母千恩万谢："这就很好了，俺这辈子哪承想还能进城住楼！俺娘俩能有今天多亏了万董啊！俺没别的想法，就是……"

看刘母欲言又止，万东方问："有什么事，你尽管说！"

"就是这孩子在找媳妇上老是不着急，我唠叨多了，他还嫌烦！"刘母急切地说道，"万董，他最听您的话，您说说他，差不离就行，我还盼着抱孙子呢！"

万东方笑着答应了，说包在他身上，又掏出一沓钱来放在桌子上："要找媳妇也该把家里拾掇拾掇！这一万块钱你们看着添补点家具！"

刘山母子推辞不得，千恩万谢地收下了。

从刘家出来，路过响水河公园，万东方让刘山把车开到公园僻静处，停下车。万东方降下车窗，掏出烟点上，狠狠地吸了几口，半天没言语。刘山看出他有心事，小心翼翼地问："万董遇上啥难处了吧？有用上我的尽管吩咐！"

万东方深吸一口烟，缓缓吐出窗外，阴着脸说："那个案子你没办利索，陈公明查到你头上了！"

"啊……"刘山打了个激灵，紧张兮兮地问，"那……那该怎么办？"

"你觉着该怎么办？"万东方往前探身，紧盯着刘山的眼睛，直看得他心里发毛，目光游移不定。

"要是查到我，我就揽下来……"刘山嚅嚅地说，"不过……杀人偿命……我要是被枪毙了，俺娘怎么办？再说我还没找上媳妇，俺娘还想抱孙子呢……"

万东方沉默了一会儿，用力把烟头掐灭，轻描淡写道："也没啥大不了的。我看这样吧，你先出去避避风头，我找人做做工作。要是真找到你，你先担下来，咬死了是你逼奸不成，失手误杀，我在底下托关系，保你不死。等你出来了，就是集团的功臣，万家这份家业有你一份！"

刘山神情紧张，手足无措，犹豫了半天，勉强答应道："好吧……万董怎么说我就怎么干，全听您的……"

"别紧张，没那么严重。我的路子你是知道的，咱上面有人，你就是真进去了，用不了几年办个保外就医什么的，也能提前出来。"万东方拍拍刘山的肩膀，好言相抚道，"再说，我也咨询过吴鑫大师了，他说今年咱集团有个坎，得名字带'山'的人顶起来，才能有惊无险、逢凶化吉，这不正好应在你身上了！他还说西南方大吉，可以避祸，你就往这个方向走。"

"都听您的……那我怎么走？出去待多久？"

"事不宜迟。这样吧，你回家收拾收拾，今晚集团有一车货发贵州，你连夜跟车走，出去隐姓埋名，躲个一年半载的！"万东方说着，从包里掏出一张银行卡和一张身份证递给他，"卡里有二十万，你先用着，密码是六个六……这是早些日子托人给你办的假身份证，以防万一，没想到还真派上用场了，以后你就是这个身份了，等避过风头，打点好了，我再找你回来。"

第十八章 拔了蒿子现出狼

两个人商议了一些细节，万东方给他一部手机，号码是新办的，嘱咐他一年内不要跟这边有任何联系，家里老人尽管放心，自有集团照顾。谈妥后，刘山下了车，面朝车子鞠了个躬，转身离开了。万东方自己开车，调头去公司车队，查看货车调配情况。

刘山回家简单收拾了行李，做好饭菜陪娘吃饭。他说集团在非洲有个工程，需要他去靠着，短则三五个月，长则一年半载。那边通信困难，不能常和家里联系，有事公司派人照顾她，让她自个在家多保重。刘母见万东方专门来看她，又给了那么多钱，揣测公司有事，要用儿子出力，便坦然道："万董待咱娘俩不薄，出把力是应当的。你放心去吧，我能顾过自个来。"

刘山没再说什么，把给娘买的一大包药放好，里面掖上了五万块钱。他提起行李包，走到门口，回头看了一眼，一咬牙，大踏步走了。

天有些阴冷，偶尔落几滴雨点。刘山按约定时间，在南环路口等车。时间不长，一辆大货车开过来，闪了闪大灯，溜到他跟前停下了。开车的是"黄毛"和"刺青"，他俩是公司货运处的，没事常在"月亮船"看场子。

"黄毛"递给刘山一支烟，发牢骚道："我弟兄俩整天跟着伟哥混，有日子不派我们出远差了。今儿不知怎的，老板非得叫我俩去，还派山哥做监工，看来这车货不同寻常啊！"

刘山讪笑道："还不是老板信得过你们，别人去不放心！我正好休年假，搭车出去耍耍。"

货车出城上了高速，一路向西。三个人聊着天，倒不觉寂寞。"黄毛"和"刺青"在前排轮换着开车，刘山自己坐后排。下半夜时，他感到有些困倦，盖上大衣，头枕行李包，蜷着身子躺下了。不知过了多长时间，迷迷糊糊中，他听到前面两个人在小声说话。

"黄毛"嗑着瓜子，用力吐出一块瓜子皮，揣测道："兄弟，我怎么觉得这趟差不一般，老板让山哥休假也不大正常。是不是那个案子有麻烦啦？"

"你看哪里不正常？别疑神疑鬼的！""刺青"应着，没往心里去。

"我看伟哥最近心情也不好，老是莫名其妙地发火。听说有人在调查我们，连山哥都躲出来了，看来麻烦不小！"

"刺青"叹了口气说："唉，没办法，端人碗，受人管，老板让干啥就干啥吧！别想多了，爱咋咋的吧！"

"啧啧，还真可惜了白茹萍那个娘们！这个女人天生就是个狐狸精，难得盘子段子色子都不错，嗓子也好，少了她'月亮船'倒了半边台子！"

刘山再无睡意。他闭着眼，白茹萍的音容笑貌像幻灯片似的，一幕幕在他脑海里闪现……白茹萍是他见过的最漂亮、最有女人味的女人了！初见她时，刘山呆愣了半天才回过神来。头两年他经常接送她，有时是万东方安排的，有时是万伟安排，也有时不用人安排，他只要得空就主动送她。他喜欢看白茹萍上下车时小鹿般优雅的动作，享受给美女开关车门时旁人艳羡的目光，喜欢她坐车后留下的那缕沁人心脾的幽香……后来白茹萍自己有了车，很少再用他接送，他还为此怅然若失了许久。喜欢归喜欢，他从未有过非分之想，不仅是有自知之明，知道两个人根本不在一个层次上，更因为白茹萍是老板的亲戚，心上人是万伟，尽管万伟只不过把她当作众多美女玩伴中的一个，甚至当作讨好马可的工具……他努力不去想，但眼前仍不由自主地闪现出案发现场的那一幕：他梦中无数次亲近过的那个女人，身穿粉红色浴衣仰卧在地板上，脸色苍白，睫毛长长的眼睛空洞无神地大睁着，浴衣松垮……他伸出手，学着母亲当年为奶奶收殓时那样，轻轻为她合上了眼睛，又扯了一床被子给她盖上……

车窗外响起噼里啪啦的声音，下雨了，挡风玻璃很快泪流满面，雨刷慌乱地为它擦拭着。刘山看看手机，凌晨一点多了，他已出来五个多小时。他用手掌擦了擦车窗玻璃上的水汽，往外一瞅，才发现他们不知什么时候下了高速，正行驶在莲花峰盘山公路上。这条路刘山以前跑过，很难走，弯多坡陡，路窄谷深，白天看着都眼晕。一路上多处连续下坡，必须不断地踩刹车。为防刹车片过热，很多载重货车需要不时洒水给刹车片降温，于是路边出现了几家简易加水站。跑这条路虽比高速近了不少，不过白天跑都提心吊胆的，晚上更是让人心惊胆战，何况还下着雨。

"小心点开啊！"刘山提醒道，"这条路白天走都怪瘆人的，下这么大的雨你们还敢晚上跑？"

"刺青"不在乎地说："没咱哥们不敢跑的！咱这车好，集团专门给调换的新车！"

"黄毛"补充道："没办法，这趟活要赶时间，那边厂子急用货，万董专门嘱咐走这条道，能省小半天工夫呢！"

"刺青"把车开得飞快,毫无畏惧,嘴里还吹着口哨。刘山坐起来,看到前面到了"九道拐"——九个拐弯加连续下坡,是此路最凶险之处。他刚想提醒"刺青"减速,只听他一声惊呼:"坏了,没刹车了!刹不住了!"说话间,失控的货车速度越来越快,"刺青"拼命地来回急打方向盘,几次碰断了路基上的石栏,下面就是几十米深的山谷。

刘山急叫道:"左打!左打!往崖上靠!""刺青"猛的往左一打方向,车子撞到山崖又弹回来,冲出路基,翻滚着跌入谷底湍急的河水中……

第二天上午,公安部门去东方集团抓捕刘山,才知道凌晨货车在莲花峰出事了。两名司机一死一伤,"黄毛"被摔断的肋骨刺破肝脏,当场丧命;"刺青"身受重伤,昏迷不醒;刘山则下落不明。当地人员组织力量搜救,只在河里发现了刘山的大衣。昌海公安部门与事发地警方联系,发了网上协查通报。

陈公明一听刘山出车祸失踪了,大惊失色,心急火燎地去找杨正清。

"怎么会这么巧?"杨正清听了颇感意外,吃惊地说,"你刚锁定刘山是嫌疑人,他就在抓捕他的头一天去南方,还出了车祸?"

"我也觉得蹊跷,刚查到他,这条线就被掐断了。我看公安上肯定有内鬼……真是细思极恐啊!"陈公明忧心忡忡地说。

"刘山要是真凶的话,还得从他身上找突破口。"杨正清沉吟道,"他家里还有什么人?"

"只有个老母亲。救援人员在事故现场发现了刘山的手机,第一时间往他家打电话,正好是他母亲接的,她吓得当场犯了心脏病,还在医院抢救呢……"

"刘山没别的亲人,是东方集团的人在照顾她吗?"

"指望他们早毁了!"陈公明生气地说,"东方集团交了两万元押金就不管了,护理全靠义工协会安排的护工。"

"你和许阳说,叫她们照顾好刘山的母亲,等她好些了,你从侧面了解一下,刘山跟家里有什么交代没有。如果他没事,肯定会跟他母亲联系。"

陈公明点头道:"好的,无论如何一定要找到刘山的下落,活要见人,死要见尸,否则这个案子就没个结果。剑飞在网上做了报道,也和当地媒体联系了，希望会有奇迹发生吧！"

4

下午天开始起雾，傍晚时分已是灰蒙蒙一片。路灯昏暗，像一串串小橘灯，没睡醒就上了岗，懵懂地眨着倦怠的眼睛。

潘玉梅的父亲突发脑出血，正在中医院抢救。老人前段时间感觉身子麻，偏头疼，但没当回事。他知道杨正清正在忙同心发展大会，没白没黑地靠在会上，也整天不见潘玉海，就没跟孩子们说。这段时间老人便秘，今天晚饭后上厕所，使劲大了些，虽然通下来了，却眼前一黑，栽倒在地……杨正清接到潘玉梅的电话时，刚从历平看扶贫项目回来，急忙赶到了病房。

老人尚未度过危险期，还在昏睡着。杨正清坐在他的病床边，仔细端详着这位老劳模，只见他面容憔悴了许多，脸上的胡子茬像挂了一层白霜。这是多么要强的一位老人啊，一辈子勤勤恳恳、干干净净，当了三十多年生产队长，没占过公家一分钱便宜。1960年困难时期，他在生产队库房看管粮食，守着一仓库花生，颗粒未动，竟然饿晕过去。他带村里人历时六年，靠肩扛人抬建成的响水河拦水坝，至今还在发挥作用，形成的"响水河精神"是那么激人奋进、历久弥新……

老人的胡子该刮了，杨正清叫潘玉梅买来刮脸刀，倒了盆热水，泡上毛巾。他知道老人的胡须粗硬，用不了电动剃须刀，一直习惯用刀片。他把热毛巾轻敷在老人的面部，焐了一会儿，又打上香皂，搓起泡沫，仔细地给老人刮起脸来。他一手轻轻抻紧老人枣树皮般褶皱的面皮，一手拿刀架仔细刮着，喃喃自语道："爸啊，我是正清啊，给您刮胡子呢！我这阵子忙，没顾上来看您，您怎么就病倒了呢？市里正在宣传'响水河精神'，还要请您去做报告呢，您稍歇歇，快点好起来吧……"老人嘴角微微蠕动，一滴泪珠从眼角流了出来……

杨正清从病房楼出来，徐凤说刚才碰到王晓霞了，刘山的母亲在心内科住院，她们在陪护。杨正清心里一动，说过去看看吧。

刘母心脏病犯了后，多亏社区门诊救助及时，第一时间将她送到了中医院。目前，她已脱离生命危险，从重症监护室转到了普通病房。她吸着氧，打着吊针，还在昏睡中。许阳和王晓霞下班后过来照看，替护工值会儿班，让她回家换洗一下衣服。

许阳看看尿袋快满了，拿来痰盂放了尿，又把吊针调得慢些，发牢骚道："这个东方集团也忒不像话了，自家职工出了事，老人住院好几天了，派人看了一趟就再不照面了，哪有这样的单位！"

"就是，医药费也用完了，催了好几遍就是不交！"王晓霞气愤地说。

"医院再催，咱就垫上吧！"许阳嘱咐道，"听陈主任说，杨部长都过问了，让咱一定照顾好老人。"

"嗯，刚才我在楼下碰到徐主任了，他也来看病号。"

正说着，杨正清和徐风敲门进来了。许阳高兴地说："真是'说曹操曹操到'，刚提到你们，你们立马就现身了！"

"我可不是曹操，我是义工协会的顾问！"杨正清笑道，"徐风说刚才碰上晓霞了，知道你们在这儿，我们过来看看。"

"您这么忙还挂念着，这里有我们，您放心就行！"

"病人身边没有家属，你们就辛苦点吧，可不能因为她儿子是犯罪嫌疑人，就不上心照顾，毕竟老人是无辜的……"

许阳爽快地答应道："没问题，我们专门安排了金牌护工，专业着呢，服务上不会打折扣的，您放心好啦！"

病房门虚掩着，有人从门缝偷偷向里张望。许阳瞅见了，低声喝了一声："是谁？"说话间，她几步过去，一把拉开门，只见王海洋手里提着几袋营养品站在门口。他说是刘山的同学，一个村的，听说了他家的事过来看看。

"啊，是杨部长啊，您怎么在这儿……"王海洋进屋见了杨正清，很是意外。杨正清也认出他来了，招呼他坐下。

"老人病了没人管，杨部长让我们义工协会照顾好，还亲自过来探望。刘山老家就没什么亲戚了吗？"许阳问道。

"太麻烦部长了，谢谢姊妹们了！"王海洋很是感动，站起来连鞠两个躬，解释道，"刘山他家孤儿寡母的，还真没个上门的亲戚。原来有几家瓜蔓子亲戚，他们进城后，早就不走动了……"

聊过刘母的病情后，杨正清问他："你进市场后生意怎么样？"

"生意好着呢，多亏了领导关心！"王海洋兴奋地说，"纺织品市场客流量奇大，我又加了俩人还忙不过来呢！"

"你也别满足现状,还得在产品研发创新上下功夫,争取早些把'迪日'这个老牌子重新叫响!"

"我正朝这个方向使劲呢,孙部长帮我对接了科技学院,我们校企联合研发的纳米新产品快上市了,到时再请部长去指导指导!"

"好,我就静候佳音啦!"杨正清又提醒他说,"刘山出了事,他家没别的亲戚,老人醒了也没个说话的人。有空你多来看看吧,毕竟是乡里乡亲。"

"没问题,我得空就过来。"王海洋应道。

"刘山失踪这些天了,也没消息。你要是有信,就说一声。"

"杨部长,正好给您汇报个事……"王海洋说着,看了看许阳他们。

"这里没外人,你尽管讲就行。"

"前天我接到个电话,当时我开着车,接得晚了些,对方挂了。号码也不熟,来电显示在万州,我再回过去就没人接了。"

"你万州那边有业务吗?你觉得可能是谁打的?"

"我万州没业务,与那边也没什么联系。"王海洋摇了摇头,猜测道,"万州离莲花峰不远,凭直觉,我觉得应该是刘山。这小子命硬,小时候下河呛过水,爬树摔伤了腿,放风筝掉进机井里,都有惊无险,这次也不会有事的!"

"希望他没事。你多注意点,要真是他联系你,就劝他早点自首,不管什么问题,回来咱们一起帮他解决。"杨正清叮嘱道。

"还有个事,不知有用没用。"王海洋摸了摸后脑勺说,"我在刘家巷开店时,刘山找我替他保管了一包东西。"

"什么东西?"杨正清忙问,直觉告诉他这不会是一般物件。

"我也不知道是啥,他说事关身家性命。东西用牛皮纸包着,缠了好几道胶带。我还寻思着刘山要是不在了,东西咋处理呢!"

"这个线索很重要,说不定和案子有关!"杨正清抬起手腕,看了看表说,"现在有些晚了,明天我让徐风领你去找陈公明,让他打开看看,还可以帮你做个公证。"

从医院出来,王海洋正开车往回走,手机响了,是一个陌生的市话号码。他本不想接,忽然想起杨正清的话,赶紧接通,刚"喂"了一声,听筒里一句"我是刘山",让他又惊又喜,踩了一脚急刹车,把车停靠在路边。

"刘山你在哪儿?没事吧?什么时候回来的?"王海洋急切地问道。

"我娘呢?家里怎么没人?"刘山声音嘶哑低沉。

"听说你出了事,我婶急得犯了心脏病,在中医院呢……你别急,她病情稳住了,我刚从医院出来……"

"谁在那儿陪床,是集团的人吗?"

"什么集团,他们交了押金就没再照过面!医药费不够了也不管,多亏了统战部杨部长,安排义工协会的人在照看着。他这么大领导,刚才还来病房看我婶呢!"

"万东方这个王八蛋!"

"你在哪儿?我过去接你吧?杨部长说了,不管你犯了什么事,回来都好说!"王海洋劝他道,"还有,你让我保管的那包东西是啥?我跟杨部长说了,他叫我明天拿给公明律师事务所,你一块去吧……喂……喂……"

听筒里传来嘟嘟的忙音,刘山把电话挂断了。

5

陈公明下午参加法律志愿服务项目座谈会,约了十几家律师事务所的主任座谈,商量采取"互联网+法律+扶贫"模式,助力山区扶贫攻坚。这是他向杨正清提议,以市律协的名义举办的。大家都热情高涨,议定筹建"同心·律师服务团",为贫困地区提供义务法律服务。散会后,陈公明留大家吃饭。

晚宴结束后,齐晓菲开车送他。会开得顺利,他心里高兴,多喝了几杯,正坐在车上打盹,许阳打过电话来,急切地问:"陈主任,您在哪里啊?"

"哦,许阳啊!我在回家的路上,有事吗?"

"刘山回来了,他要见您!您能马上过来吗?我们在中医院门口!"

"啊?刘……真的?人没事吧?……好,我马上过去,到了再联系!"陈公明大喜过望,扣了电话对齐晓菲说,"我去看个病号,你送我去中医院吧!"

齐晓菲"关切"地问:"谁病了?不要紧吧?"

"哦,不要紧,是一个朋友。"陈公明搪塞道。

到了中医院门口,陈公明下了车,让齐晓菲先回去。见她开车拐了弯,陈公明才用新手机号联系许阳,许阳说在医院西边水穿石茶舍等他。

原来,今晚许阳和王晓霞等护工上岗后准备回去时,刚出病房,见门口一个戴墨镜的男人一闪而过。什么人大晚上还戴墨镜?许阳有些好奇,望了一眼,就和王晓霞下了楼。"许姐,你说是不是因果报应,这刘山就是恶有恶报,祸害了人,自己也出了事!"王晓霞挎着许阳的胳膊,边走边说。许阳沉吟道:"嗯,案情还没水落石出呢,他是不是真凶还不好说……不过总会真相大白的,就像这夜色,再黑再暗,不也总会天亮吗?"说着,许阳回头望了望,总觉得后面有人跟着。路灯昏暗,又让法桐遮了些光,外面能见度不高。许阳扯了扯王晓霞的胳膊,两个人加快了脚步。出了医院大门,西边有条巷子,她们刚拐进去,许阳便拉着王晓霞闪到一棵大树后。不出她们所料,一个身影鬼鬼祟祟地跟着拐进来,走到树旁,驻足四下张望,一只胳膊吊在胸前。许阳从树后闪出来,大喝一声:"你是什么人?黑灯瞎火地跟着我们,想干啥?"那个人吓了一跳,看清是许阳她俩,马上镇定下来,回头看了一眼,摘下墨镜,疲惫地说了句:"我是刘山……"

原来,货车坠崖瞬间,刘山从后排摔出去,滚进了河里。他水性不错,强忍着胳膊骨折后的剧痛,抱着一块汽车坐垫在河里漂游,不知漂出了多远,他挣扎着游上岸,在一处废弃的瓜棚里挨到天亮。他一夜无眠,前思后想,觉得这次车祸绝非偶然:万东方处心积虑地安排他连夜跟货车走,又让"黄毛"他们走这条险路;他还亲自调度车辆,车队维修班班长是他外甥,肯定在刹车上动过手脚了……刘山不敢和家里联系,一路搭便车潜了回来。他夜里偷偷回家,一看锁着门,打电话问王海洋,才知道母亲住了院。他放心不下,悄悄来医院探望,听到了许阳和王晓霞的对话。他没想到自己对万家忠心耿耿,万东方却卸磨杀驴、背信弃义,不光要灭他的口,连老人都不管了……

"我不是杀人凶手,我是替人顶罪!"刘山激动地和许阳说,"案情我就不讲了,你帮我联系陈公明主任吧,别人我信不过。等见了他,我就竹筒倒豆子,全给这帮王八蛋揭个底朝天……"

许阳在茶舍门口接到陈公明,简要说了情况。他们进了茶舍,见刘山面容憔悴,胡子拉碴,一只胳膊打着石膏,吊在胸前。陈公明和他打了招呼,让他先喝口水。刘山咕咚咕咚猛喝几口,嗓音沙哑地说:"陈主任,我今天把知道的都和您交代了！"陈公明征得他同意，打开了录音笔……

白茹萍到集团不久就喜欢上了万伟。也难怪，那时万伟刚从英国留学回来，英俊潇洒、风流倜傥，一副绅士做派，时常秀几句标准的伦敦口音英语，很招女孩喜欢。他身边多是些歌舞厅的"小太妹"，跟她们混久了，早不新鲜了。白茹萍一来，犹如天上掉下个林妹妹，让万伟眼前一亮。他立马被她的清纯美丽吸引住了，于是大献殷勤，展开攻势。白茹萍刚从校园踏上社会，涉世未深，很快坠入情网，跟他如胶似漆。一年后，马可从国外回来，万伟带着白茹萍给他接风，不料马可对她一见倾心，被她迷得失魂落魄。万伟本是轻浮滥情之人，逢场作戏，没个常性，正愁怎么甩开白茹萍，见马可有心，为讨好他，便有意带白茹萍陪酒唱歌，一天晚上，把她灌醉后送进了马可的房间……

万伟始乱终弃，对白茹萍打击很大。本来她动了真情，想在昌海找个归宿，没想到所托非人，万伟对她虚情假意，视为玩物。她痛不欲生，消沉了一段时间，后来在马可无微不至的关心下才缓了过来。她发现马可似乎更靠谱一些，他是副市长的公子，人才也不差，关键会疼人，对她百般呵护、有求必应。在他的体贴照顾下，白茹萍开始一心一意地跟他好。这时她心也大了，不想再在企业当个小文员。很快，她顺利地"考"进了统战部。工作安定下来，白茹萍想谈婚论嫁，不料马可推三阻四。他从来没想过结婚，对他来说，白茹萍不过是他无数次"猎艳"中的一次艳遇而已……

两个人这样若即若离地交往了一年多，白茹萍厌倦了这种注定没有结果的逢场作戏。有一次和马可闹翻后，她在酒吧借酒消愁，偶遇齐帅，对他印象不错，交往时间不长就草草地把自己嫁了。婚后两个人聚少离多，没有多少感情基础。白茹萍已习惯了灯红酒绿的生活，仍和马可纠缠不清。当她的婚姻亮起红灯时，她却发现意外怀上了马可的孩子……她想以此为筹码逼马可娶她，好有个完整的家。白茹萍多次和马可商量无果，便以手里掌握着马家父子与东方集团的经济往来账目相要挟。她在东方集团上班时，对一些非正常账目做了记录，其中包括巨额公关支出和行贿人员名单，仅涉及马杰的贿款就有上千万元。马可没办法，就让万伟出面说和。

案发的那个大雾之夜，万伟和马可喝了半天酒，晚上九点多钟，刘山开车送万伟回家。路过市直机关宿舍时，万伟看到白茹萍家里亮着灯。她家那座宿舍楼与马路一墙之隔,为方便业主去对面的小公园散步,东墙上有个小便门。万伟趁酒兴想找白茹萍谈谈,他让刘山在车上等着,自己上了楼。约半小时后,万伟慌慌张张地打电话叫刘山上去。刘山一进门,见万伟脸色惨白,神情紧张。万伟说他和白茹萍话不投机吵了起来,酒后失手,用枕头把她捂死了。刘山大惊失色,壮着胆上前伸手探了探,见白茹萍气息全无。万伟翻箱倒柜地找账本,没翻到,觉得应该是锁在保险柜里了,便叫刘山撬保险柜。刘山找了把螺丝刀,手哆哆嗦嗦地撬了半天,实在弄不开,便提议把保险柜搬走。万伟冷静下来,和刘山仔细打扫了现场。他怕白茹萍再缓过来,又扯下电话线勒她的脖子⋯⋯翻找账本时,万伟发现了一根蜡烛,心一横,说干脆弄个彻底的,制造一出天然气爆炸事故,都炸烂了,就不留痕迹了。他把蜡烛点上放在客厅的茶几上,让刘山去厨房打开天然气阀门。刘山心里害怕,真炸了就不是一条命的事了!在万伟的催促下,他进了厨房,没扯胶管,只打开了燃气总阀门和天然气灶的开关,这样燃气泄漏一会儿后,防泄漏装置会自动断气⋯⋯

回到"月亮船"后,万伟让刘山撬保险柜,他去洗澡了。刘山撬开保险柜,发现了账本和日记。为留后手,他多了个心眼,把账本揣进怀里藏了起来⋯⋯后来他家里进过两次贼,啥也没偷,把家里翻了个乱七八糟,像是找什么东西。刘山警觉起来,更觉得这个账本非同小可,就把它交给王海洋保管。马可知道万伟弄出了人命案,可账本仍没下落,气急败坏地把他骂了一顿。马杰起初不知案子的内情,陈公明介入此案后,追查得紧,马可无奈之下,跟马杰坦白了案发前后的经过。马杰本以为此案真是白茹萍夫妻反目引起的情杀,督促公安部门全力缉凶,办成铁案,没想到此案竟另有隐情,还与自己的儿子有关。他大发雷霆,一顿咆哮后逐渐冷静下来。尽管此案马可并没有直接参与,但万伟要是被抓,他和万家的经济往来一旦曝光,后果不堪设想。更何况他刚调整了职位,仕途一路看好,这个节骨眼上决不能出任何问题!他开始亲自过问案子,严令崔浩务必坐实齐帅是该案的真凶。为解决陈公明揪住不放的保险柜问题,万伟和刘山趁夜深人静时,偷偷把保险柜扔进了响水河⋯⋯

刘山讲完后,长舒了一口气,顿觉轻松了不少。

"这么说,宾馆入住登记被做了手脚,值班服务员王晓霞遭到恐吓,我的车胎被扎、案卷被偷，都是你们干的？"陈公明问道。

"那是万伟安排小龙和小强干的，就是和我一起去南方的那俩小青年。看来也是嫌他们知道的太多了，想一块除掉……"刘山突然想起了什么，急切地嘱咐道，"陈主任你得防着点，公安局那个崔浩，还有齐晓菲都是他们的人！你那边的情况都是齐晓菲报的信！"

陈公明虽早有察觉，一经证实还是打了个激灵。他忽然想起刚才齐晓菲开车送他，许阳给他打电话时，她或许听到了，甚至有可能跟踪了自己。现在首要的问题是确保刘山的安全。他想了想，提议道："这样吧，你既然回来了，应该马上自首，揭发真凶。这样你就安全了，还有立功表现，量刑时可以减刑！"

"公安上有他们的人，我去不是自投罗网吗？"刘山惊恐地说。

"咱不上公安局，我领你去法院，一定保证你的安全！"

"我听你的……账本还在海洋那里，他明天会送过来。"刘山说着，站起来深鞠一躬，"还要麻烦各位照看好俺娘……"

"家里的事你就放心吧，有我们呢！"许阳说，"我们送下你就回医院，老人醒了先替你给她报个平安。"

从茶舍出来，起风了，雾已散去，天阴得厉害，不时落下几个雨点，打在人脸上，凉丝丝的。许阳开过车来，拉着刘山和陈公明向法院疾驰而去……

6

晚上十点，"月亮船"正热闹着。包厢里光线晦暗，霓灯闪烁，万伟和马可正和两个女孩踏着音乐节奏摇摇摆摆。

一曲舞罢，两个人坐在沙发上休息。马可问万伟："刘山有消息了吗？小龙伤的怎么样？我心里直打鼓……"

"马哥你放心玩吧，我都安排好了，万无一失！刘山失踪都十多天了，啥信也没有。那条路我走过，几十米深的山谷，水深坡陡，翻下去还有命？说不定早喂鱼了呢！小龙命大，也成植物人了，医生说这辈子就这样了！"

"嗯，但愿这次你干得利索，别再出岔子就好！"

两个人正说着，忽听砰的一声，包厢门开了，齐晓菲一头撞进来，上气不接下气的。万伟吓了一跳，怒喝道："干吗呢？不知道进屋要敲门？"

齐晓菲手抚胸口，喘着粗气说："哎呀，敲门你还能听见？电话都不接！我问前台，才知道你在这儿！"

"别啰唆了，有事吗？"

"可了不得了，出大事了！刘山……"她扭头看看两个女孩，欲言又止。

万伟朝门口挥挥手，两个女孩赶紧出去了。

齐晓菲这才慌慌张张地说："刘山回来了，他去找陈公明了！"

万伟听了目瞪口呆，结结巴巴地说："真的假的？你……你怎么……怎么知道的……"

"我开车拉着陈公明，听到许阳给他打电话，说刘山回来了，要见他。陈公明让我把他送到中医院，我偷着看了，确实是刘山，还吊着胳膊呢！他们在医院西边的水穿石茶舍见的面……"

"完了，全完了！"马可双手抱着后脑勺，绝望地瘫坐在沙发上，呆愣了一会儿，又跳起来，指着万伟怒吼道，"你刚才还说万无一失呢！等刘山投了案，你就等着挨枪子吧！"

万伟也怕了，可怜巴巴地央求道："别，别啊！马哥您别生气，这是意外……我已经尽力了，没想到会这样……"

"反正都是你作的，你就担着吧！"

"我为了你才这么干的，你和马市长不能不管我啊！"

"我没叫你去杀人吧？你别往我身上乱扯！"马可面红耳赤，眼珠通红，借着酒劲，指着万伟吼道，接着从茶几上抓起包来就要走。

"别走啊，马哥，再商量商量怎么办……"万伟哭丧着脸拦住他。

马可一把推开他，吼道："你还是早做打算吧，我可不给你陪绑！"

万伟登时变了脸。他今晚喝了不少酒，平时在马可面前唯唯诺诺，百依百顺，这次真急了，借着酒劲一把扯住马可叫道："姓马的！你可不能过河拆桥、卸磨杀驴！这些年我帮你干了多少事你不清楚吗？"

马可怒火中烧，歇斯底里地吼道："人是你杀的，你自个看着办！"说着，他一把推开万伟，甩手就往外走。万伟猝不及防，摔倒在沙发上，鼻子碰到茶几角，流出了鼻血。

齐晓菲惊叫一声，上前扶起万伟来，抽了几张纸巾帮他擦脸。万伟用手一抹，沾了一手血，登时红了眼，起身就往外撵。齐晓菲呆愣片刻，叫着"万总"追了出去。

他们冲出一楼大厅，外面正下着大雨。马可和万伟的两辆法拉利跑车一红一黄，相邻停在门口贵宾车位上。马可已发动起车来，万伟叫道："姓马的，你别走！"他跑过去拉马可的车门。马可一踩油门，车子轰的一声直冲了出去。万伟跳上自己的车，习惯性地系上安全带。他刚发动起车来，齐晓菲慌里慌张地跑过来，坐在了副驾驶座上，没等她关好门，车子就蹿了出去。

齐晓菲侧着身子劝道："万总算了吧，别生气了，酒后话赶话的容易伤和气，还是明天再说吧……"

万伟急火攻心，早已失去理智，嚷道："老子受够了，今儿非得和他掰扯清楚，大不了鱼死网破，谁也捞不着好！"

两辆跑车一前一后，在雨中疾驰。马可几次变道拐弯，都没甩掉万伟，盛怒之下竟激起了强烈的战胜欲，一路加速，连闯几个红灯。万伟平时开不了这么快，酒后壮胆，又在气头上，眼里只有前面那辆红车，油门一踩到底，发疯似的紧追不舍。两辆车一路风驰电掣，也不管红灯绿灯，吓得路上其他车辆拼命按喇叭、急刹车，东躲西闪。

车子很快上了东外环。马可从反光镜里看到万伟居然一路追了上来，还越跟越近，就狠狠一脚，油门踩到了底，车子轰鸣着猛然提速，箭一般飞射出去。不料前方丁字路口突然右转弯拐出一辆大货车，速度快，车身又长，一下子占了大半个路面。马可一惊，还没来得及反应，就听哐的一声巨响，车子径直撞上了大货车的尾部，前半部钻进了货车底下。货车司机刹住车正发蒙，紧接着又听一声闷响：万伟刹车不及，加上雨天路滑，从后面撞上了马可的车，把前车整个顶进了货车底部，车顶齐刷刷地被削掉了……

"我市东外环发生惨烈车祸！两部法拉利雨夜飙车，连环追尾大货车，两死一伤……"才过了一个多小时，昌海城事网率先发布了消息，很快微信、微博上也传开了。现场照片惨不忍睹，第一辆车全部钻进了货车底部，第二辆车的车头扭曲变形，成了麻花。照片配有简短的文字说明：据悉，驾车者为两名男青年，均系酒后飙车，前车驾驶员当场死亡，后车驾驶员身受重伤，车上一名年轻女性，被甩出车外，衣衫不整，当场死亡……

万伟在医院醒来后，感觉像做了一场噩梦。他手脚都骨折了，打着石膏，动弹不得。盯着天花板迷瞪了半天，扭头看见床边坐着俩警察，万伟使劲眨巴眨巴眼，好一会儿才明白过来。他沮丧地叹了口气，要烟抽。警察掏出烟塞到他嘴里，给他点上。万伟贪婪地猛吸了几口，有了精神，开始回答讯问。

"你叫什么名字？单位？职业？"

"万伟，'月亮船'休闲娱乐城总经理……'月亮船'你们都去过吧？我是名义上的老板，真正的大老板是马可，就是马杰市长的公子，我不过是给他们看家护院的……"

"请直接回答问题，不要扯远了！你认识白茹萍吗？你们是什么关系？"

"认识啊，我太认识她了！她是我爸东北一个表弟的闺女，论起来她该叫我表哥，算是八竿子打不着的亲戚了……她大学毕业后来昌海投奔我们，一开始跟我好，后来攀了高枝，跟马可好上了……"

"白茹萍是你杀害的吧？你为什么要杀她？"

"都是她自个作的，活该出事！我原来没想要她的命，不小心手重了，算是过失杀人吧？"

"你觉得这是过失吗？那是谁用电话线勒了她的脖子？又是谁清扫了作案现场，还试图制造天然气爆炸事故？"

"这……一人做事一人当，都是我干的……我怕她再缓过来……当时酒真是喝多了，觉着反正走到这一步了，干脆一不做二不休，弄个天然气泄漏爆炸事故，说不定还能蒙混过去……"

"是你点的蜡烛还是刘山点的？刘山劝过你不要这么干吗？"

"蜡烛是我点的，天然气是刘山打开的。一开始他不愿意，最后还是干了……"

"你这么做，不怕伤及无辜吗？真要炸了那得死伤多少人？"

"这么办是有些绝，不过也顾不得那么多了！人还不都是为自己，谁管别人死活？"万伟冷笑道，"刘山这小子我家对他够意思吧，关键时候还不是照样把我卖了？我心里明白，账本肯定是他窝下了，出了事好卖了我立功！天然气没炸应该也是他做的手脚……还有马可，他在国外这些年，都是俺家供着，不知花了多少真金白银，光他那辆跑车就二百多万！这么说吧，东方集团就是他家的自留地，看着门面挺大，其实都是给他们老马家打工！咱这个出力法，真遇到事了他们还不是推得一干二净？算了，不说了，事到如今说啥都晚了……我累了，你们要是问完了我得睡会儿了……"

7

杨正清去市委，江林找他。他出了电梯，迎面碰上马杰，刚要打招呼，马杰目不斜视、面无表情地上了电梯。杨正清知道马可出事后他心情不好，也没往心里去。

江林问起同心发展大会和"北海行"活动招引项目的推进情况，杨正清重点介绍了几个大项目。这段时间，统战部、工商联拿出专门的力量，对项目跟踪服务，协调推进项目落地。目前，"梦之海"项目已正式签约，德国艾尔森公司投资三十个亿，历时两年时间打造完成。同时启动莱茵小镇修缮改造项目，投资十五个亿，把百年小镇打造成影视基地和啤酒城。前几天方卉打来电话，"梦之海"一期工程将于近期奠基动工，届时她陪董事长亲临昌海出席奠基仪式。天华集团光伏发电项目，一期已并网发电……

江林听了十分高兴："你们工作很扎实，不光牵线搭桥引项目，跟进服务也到位。听说这段时间招商局、项目办的门槛快让你们踏破了！"

"外商和民企参与北海开发的热情很高，咱们得拿出跟企业家赛跑的劲头来搞服务！"杨正清笑道。

"跟企业家赛跑！说得好！为企业服务永无止境，营商环境优化永远在路上啊！"江林笑着点点头，亲切地看着他说，"这次叫你来，是有新任务。市委决定对北海管委会主要负责同志进行调整，让你兼任管委会书记和'海洋强市'指挥部常务副总指挥。你有什么意见吗？"

"啊，让我兼任？"杨正清一愣，颇觉意外。

"'海洋强市'战略实施到了攻坚阶段，任务很重。你在北海工作过多年，情况都熟。再说，你兼任还有利于整合统战资源。市委这么决定，是经过慎重考虑的。"

"马杰同志兼任成效很大，有必要中途换将吗？"

"我刚才找他谈过了。"江林神情凝重地说，"他家里出了事，一时半会儿稳不下心来。再说，案情还在调查中，他有没有关联，涉入多深，现在还不好说。我已提醒他认真反省，有问题如实向组织报告，争取主动。你辛苦点，北海那边多靠靠吧!"

"我明白了,坚决服从市委安排,一定把工作顶起来!"杨正清心里清楚,"海洋强市"战略实施到了攻坚阶段,大项目集中上马,任务非常繁重,他这次兼任,无疑又是一次临危受命。

"有困难没有?"江林关切地问。

"没有,您多支持就行!"杨正清笑了笑,又问,"下周'梦之海'项目的启动仪式,您能出席吗?"

"当然得出席,这是统一战线引的龙头项目,同心发展大会的最大成果,我肯定要去捧场!"江林说完,又补充道,"要是没有其他情况,我看叫马杰也参加吧,毕竟他还是副市长,为北海发展出过力……"

"梦之海"项目启动仪式如期举行。十里海滩已经全部成型,海水清澈了许多,也平静了许多,这主要得益于新建的弧形拦海坝,它像一块巨盾拱卫着海滩,把海浪和漂浮物都挡在外面了。坝体在海滩西边五公里处,工程还没完工,正继续往前延伸,许多大卡车跑来跑去,往海里投放石块。

启动仪式在沙滩上举行,现场布置因陋就简:在沙地上铺了建筑板材,用路牙石和大理石块临时垒起主席台,蒙了块大红毡。主席台的背景是项目指挥部临时办公室,用废弃集装箱改造而成,一层办公,二层食宿。

方卉回国十几天了,她和菲恩陪着董事长弗洛里视察国内各分公司后,最后一站来出席启动仪式。方卉上次昌海之行后,终于打开了心结,回德国不久便接受了菲恩的求婚,两个人喜结良缘,终得圆满。这次中国之行是弗洛里退休前的最后一次商务活动,他已向董事局提名由方卉接任董事长。

启动仪式马上开始,领导、嘉宾开始排队上主席台。刘元一脸焦急地跟杨正清说:"马市长找不到了!打电话不接,有人看见他开车走了……"

杨正清和江林汇报后,江林说:"他不愿参加就算了,不用等,开始吧!"

马杰正驾车行驶在北海宽阔空旷的道路上。外面气温有些低,他打开车窗,让冰凉的海风吹进车内,使自己清醒些。他心里明白,这次启动仪式应该是他出席的最后一次公务活动了……本来他还心存侥幸,托大姐马艳帮忙,争取大事化小、小事化了。昨晚大姐回电话说,她无能为力,如果真有问题,最好争取主动……齐帅案已发回重审，昨天省法院合议庭在市中院开庭，刘山和王晓霞等人出庭做证，辩方律师陈公明提交了新证。法庭重审查明了事情的真相，直接改判齐帅当庭无罪释放。万伟、刘山被另案侦查起诉，万东方也因涉嫌行贿罪、包庇罪被拘捕。听说那个崔浩正在忙不迭地跟他划清界限，主动给局里交了检查，要求重新启动齐帅杀妻冤案刑侦环节上的调查。白茹萍的账本，已交给了纪检部门……他如热锅上的蚂蚁，坐卧不安。在这个节骨眼上，不知道万东方在里面能撑多久。尽管以前万东方多次信誓旦旦地让他放心，说有事决不给他添麻烦，上刀山下火海自己全顶起来，不过他心里明白，这种商人的话哪能信实呢……

今早来北海参加活动时，他找魏高全没找到，打手机关机，这很反常，如果没猜错的话，他应该被纪委请去"喝茶"了……网越收越紧，他的心彻底凉透了。这两天他什么也没做，预定的活动都推了，整日闷闷不乐地在办公室枯坐。中午去大楼餐厅吃饭，他一个人静悄悄地坐在餐厅角落里，平日那些高接远迎、前呼后拥的人不见了踪影，大家都装作没看见，躲得远远的。到了今天这一步，其实也无所谓了。爱子没了，老伴精神失常，他的世界一夜间轰然坍塌。他心里明白，这些年虽然他走得很顺，表面上风光无限，不过幕后那些交易、那些手段，一再挑战道德底线，有时自己夜里想起来也不寒而栗……

北海的道路四通八达，尽管还有很多空场、荒地，但道路网早就规划好了，四横六纵两环城，全部双向六车道，一色的太阳能LED路灯，排水沟、沿路管线一应俱全。马杰开车沿着外环路转圈，沿途看那些他每天在心里扒拉无数遍的项目，有的已建成投产，有的正在加紧建设，还有的挡着围墙。曾几何时，他带着局长、主任们，前呼后拥地在这里观摩项目现场，指点规划蓝图，精心布好了一盘北海大发展、大跨越的绝好棋局，"海洋强市"的战略规划正一步步实现，可如今，他就要和这些倾注过无数心血的事业说再见了……

不觉间，车子开上了拦海坝。坝上安装了一排风力发电机，已经并网投产。扇叶优雅地转动着，仿佛堂吉诃德挑战的风车，嘲笑着自己的无能和落魄。马杰停下车，点上一根烟，内心逐渐平静下来。远远的，他看到坝边有一只受伤的海鸟，一只翅膀耷拉着，一只腿蜷缩着，正努力往石块上跳。另一只海鸟在它上空盘旋，鸣叫着像在鼓励它。受伤的海鸟跳上一块礁石，用力拍打翅膀，刚刚飞起来，又跌落到海里，一波海浪喧嚣着涌上来，往前一扑，瞬间把它吞没了。另一只海鸟哀哀地叫着，盘旋了一阵，无奈地飞走了。

该来的终究会来，该去的也该去了。马杰把烟头掐灭，车窗玻璃一落到底，让腥咸的海风呼啸着穿过车厢。大坝上空空荡荡，前面有一辆自卸车在大坝尽头倒下石块后，拖着一条黑尾巴，喘着粗气开走了。马杰不再犹豫，挂挡加油，车子越开越快。临近大坝尽头时，他猛踩一脚油门，车子轰鸣一声，猛地向大海冲去，如同那只折翼的海鸟，冲出坝基，在空中划出一道弧线，一头扎进泛着白沫的海水里，左右摇晃了几下，无可奈何地沉了下去……

砰——砰——，"梦之海"项目现场礼炮齐鸣，无数彩色的气球腾空而起，宛如放飞了五彩缤纷的梦。

第十九章　同心共筑中国梦

1

日子跟刮风似的,在忙忙碌碌中,来年又到了金秋时节,丹桂飘香,硕果累累,昌海统一战线也迎来了丰收季。

新建的清真寺早已落成启用,"梦之海"一期项目开业迎宾,南部山区扶贫工程进展顺利,年底即将完美收官,统一战线教育基地很快就要开馆,正在抓紧布展中……要说下半年的重头戏,还是庆祝新中国成立七十周年系列宣传活动。八月份以来,统战部陆续启动了征文、演讲、书画、摄影比赛,巡回报告,"同心"微视频制作等十几项系列活动,九月底还要举办"同心筑梦"统战成员风采事迹报告会暨庆祝新中国成立七十周年文艺会演。这段时间,统战部像开足马力的发动机,日夜连轴转,办公楼层夜间灯火通明。工作往往是忙了越忙,不等干完这一样,又衍生出另一样。这不,省委统战部九月下旬要在昌海召开全省县级统战工作示范点会议,推广"活力统战"建设经验……

上午,杨正清去东城调研,这是省示范点会议的主要参观现场。第一站到了新落成的"同心公园"。在旧城改造中,区里沿响水河建了大片绿地、广场,征集名称时,优先采用了统战部的方案,将中心广场命名为"同心广场",公园叫"同心公园",桥、石、泉、亭的命名全都融入了统战文化元素,像"同心桥""同心园""聚力亭""和谐泉"等,并统一设立了简洁醒目的标志牌,上有景点名称和百字统战知识简介。

区委副书记、统战部部长张乐介绍道:"这次湿地公园命名,纪检、政法、文化好几个部门争,最后志海书记点名让统战部负责,都眼馋着呢!"前段时间周国森退休后,张乐兼任了统战部部长。

"眼馋什么?统一战线是法宝嘛,哪个比得了?"刘志海笑道,"再说,统战工作领导小组我是组长,你是副组长,当然近水楼台先得月了!"

"好,志海书记认识挺到位!"杨正清伸出大拇指,高兴地说,"公共场所命名融入统战文化元素,让人在休闲中潜移默化地接受统战宣传,这个创意非常好!硬件上来了,还要靠实实在在的工作凝聚人、影响人!"

"自打老张兼任统战部部长,实事还真办了不少!"刘志海介绍道,"区里建了商会大厦,规定企业全部成立党组织,实现了党建工作全覆盖。'数字统战'也升级成'智慧统战'了,实现了统战工作线上线下、系统内外和跨地域、跨领域的融合。现在我上哪个地方对接项目、联系在外的成功人士,还得找统战部帮忙呢!他们这个忙活法,一年干了以前好几年的活!"

"主要是'活力统战'建设激发了活力,干劲上来捂都捂不住啦!"张乐呵呵地说,"通过落实'三清五有四化'标准,基层统战工作基础打牢了,机制健全了,工作也盘活了!"

"我考考你吧,'三清五有四化'标准有哪些?"杨正清搞了个突然袭击。

"整天干,早就扒拉清楚了!"张乐掰着手指头说,"这'三清'嘛,是统战成员档案清、工作制度清、职责清;'五有'是基层统战部门办公有场所、办事有经费、工作有制度、活动有阵地、管理有专人;'四化'是队伍网络化、载体阵地化、联系信息化、活动经常化。目前全区设立统战工作联络员、信息员1200多人,建立'统战之家''统战工作室''统战沙龙'265家,经常性开展联谊活动。可以说,哪里有统战成员,哪里就有统战工作网络!"

张乐越说越快,如同报相声贯口似的,大家都笑了。杨正清由衷地赞道:"真服了你啦,看来你这副书记兼部长不是挂虚名,完全称职哟!"

"嗯,现在统战部门关注度可不低!"刘志海感慨道,"今年区里招公务员,统战部还成热门了,报考比例68∶1,全区最高啊!"

"要不全省示范点会议选在这儿开!"杨正清笑了笑,鼓励他们,"你们好好培育一下经验,争取干成全国典型!"

在东城看完，他们十点半赶到了昌海科技学院。院长刁安连陪着他们出席了学院党外知识分子联谊会成立大会，为"留学归国博士服务站"揭完牌，又参观了少数民族学生餐厅和校企合作科技项目展厅。

"看，这就是'迪日'牌家纺新产品！"孙奉明指着纺织品展柜介绍道，"王海洋还真行，到底把企业做起来啦！不到一年工夫，产值上千万呢！今天他没来，去韩国参加展销会去了。"

刁安连补充道："为把'迪日'做起来，他真憋足了劲！先是三顾茅庐，请出了早年的老技师，又跟学院合作引进纳米技术，研制的新产品轻柔、吸汗、不掉毛，质量没的说，一上市就火了！明年他想扩大生产规模，还跟学院预订了一百名毕业生呢！"

杨正清高兴地说："校企合作这个方式好，工商联可以宣传推广一下。"

"好，的确值得宣传推广。"孙奉明答应道，"学院可是发挥大作用了！不光帮着王海洋重振'迪日家纺'老牌子，专家们还研究改良了萝卜、香椿品种，今年'同心'牌水果萝卜、香椿供不应求，都成抢手货了！"

"学院收获也不小啊，好几篇论文在全国获奖了！"刁安连笑道，"还不是多亏了杨部长推动，把校企合作变成校企双赢啦！"

"这是咱们共同努力的结果！"杨正清给大家鼓劲道，"大家还要深入探索，创新发展，争取把校企双赢变成社会多赢！"

他们下午去了营山镇财源村。还没进村子，远远望去，山坡上黑压压的一片黑色太阳能光伏板，以45度仰角面向正南方整齐肃立。这是刚竣工的二期光伏发电项目，解决了附近几个村的用电需求，还并入了县电网。光伏板下面是标准化玻璃钢管大棚，电动开合，棚温可控，棚里的香椿枝繁叶茂，长势良好。

进村的公路拓宽了一倍多，十分通畅，沿途有不少大货车穿梭往来。牛玖平和王支书把大家迎进会议室。一年多没见，王支书看上去年轻了不少，腰板直了，头发染了，穿了一件咖啡色西服上衣，脚蹬白色旅游鞋，精气神十足。隔壁屋里有不少人忙活着，有的打电话，有的操作电脑，门口挂的白板上密密麻麻地写满了香椿品名和发货单位，写字台上放着一本厚厚的发货台账。

杨正清上前翻看台账，见客户全国各地都有，高兴地说："你们生意不错嘛！村里人气也旺了，我上次过来，还空荡荡的呢！"

王支书咧着大嘴，乐呵呵地说："多亏领导帮扶啊！刚成立合作社时，有些户还不愿意入，开春一茬香椿下来，少说也挣了三五万，那些等着看热闹的，一窝蜂地抢着入社了！"

"村里有了挣钱门路，在外打工的全回来了。"牛玖平说，"有的在大棚干，有的在厂里干，年纪大的坐在家里分拣椿叶，一天也能挣好几十。村里老老少少没个闲人啦！"

新建的香椿加工厂是一座标准化厂房，前后两排，钢架结构。厂区不大，干净整洁，门口挂着"历平县财源红香椿食品有限公司"的牌子，厂房对面车棚里密密麻麻地停满了自行车、摩托车，显得人气特别旺。

王支书满脸带笑，合不拢嘴。他一说起来就滔滔不绝："哎呀嗬，现下俺村的'财源红'香椿可打出牌子来了！有速冻香椿、香椿咸菜、香椿酱、香椿方便面调料和香椿蒜汁等十多种产品，中高低档的都有，就连北京、上海的大超市都来拉，销路好着呢！现在合作社带动周围村的种植户三百多家，一年消化香椿一千多吨，产值两千多万呢……"

"这么大的量！存储好解决吗？"杨正清关切地问。

"都解决了。"牛玖平答道，"建了两排厂房，前面是加工车间，后面是冷库，金达集团援建的全套储存设备，氮气冷藏，放多久都不坏呢！"

"网上销售渠道怎么样？"

"好的很呢！"牛玖平兴奋地说，"刚开始'同心小屋'在网上销售，店小人少忙不过来，民盟又帮着开通了手机 App 网上销售系统，对外推销宣传香椿产品，对内实现了种植户、合作社联网，实时掌控市场供求，方便得很！剑飞可帮了大忙，在这儿住了好些日子呢！"

他们边说边看，一起走进包装车间。工作台前一个穿蓝色工装的女工站起来，目不转睛地盯着杨正清，试探着问道："您是市里的杨部长吧？"

"我是杨正清。你是……"杨正清不认识她，但觉得声音有点耳熟。

"我是玉玉她娘啊，咱俩通过电话！"女工摘下口罩，激动地说，"您在电话里告诉俺村里要办厂，在家门口就能上班挣钱，现在都实现啦！俺心里甭提有多高兴了……"

"哦,是玉玉的妈妈啊,恁娘俩长得可真像!玉玉和奶奶都好吧?"杨正清笑着跟她握手。

"好着呢!俺两口子都在家门口上班,再也不用外出打工,玉玉可高兴坏了!她成绩上得奇快,期中考试全 A 呢!俺婆婆没事在家里和一帮子老人拉呱摘椿叶,耍着一天也能挣个三五十。乡亲们都说好日子来啦,都念您的好呢!"玉玉的妈妈快言快语地说完,又回头喊了一嗓子,"姊妹们,市里的杨部长来啦!"车间里正在装箱的几个女工闻声跑了过来,七嘴八舌地抢着和杨正清说话,争相表达谢意。

杨正清说:"大家不要谢我,这是党的政策好啊,大家齐心协力加油干,日子就会越过越红火,咱们财源村,一定会成为名副其实的财源村!"

2

莱茵小镇保护性开发工程正在收尾,计划国庆节前开门迎客。方卉亲自操刀,拿出了详细的设计方案。小镇每一座主体建筑都做了个性化设计,本着修旧如旧的理念加以修缮。小镇仍按早年四纵四横的老街格局,划为四个功能区:当年繁华热闹的商业街区,开发为啤酒城,沿街建起了德式啤酒屋,专营德国啤酒和欧式风味餐饮;老火车站所在街区规划为旅游区,原址重现当年老火车站的情景,还按 1∶1 比例复制陈列了一台老式蒸汽机车,依托机车维修房,新建了煤矿铁路博物馆;利用住宅区原住房、店铺、教堂等老建筑,打造影视基地,发展文化创意产业;别墅区独立院落辟为莱茵小镇艺术区,打造油画创作基地,特邀国内外知名油画家在此设立画室,开展创作交流活动……

统一战线教育基地也定在国庆节前开馆。基地设在原德军医院,通过图片、实物展示,再现昌海市统一战线和多党合作的历史。经协调,从市、区两级统战、文化部门抽调了力量,集中筹建。一个多月来,徐凤和东城区的李文刚、郑峰都靠在基地,撰写脚本,搜集甄别资料,设计制作版面。现在距开馆不到二十天时间,布展任务很重。尽管杨正清一再要求劳逸结合,不搞疲劳战术,他们还是日夜加班,紧锣密鼓地赶进度。

甄选资料是个细活,既要查图片,又要找实物,极其琐碎。需搜集查证的资料很多,尤其涉及辛亥革命、黄埔同学会以及早期爱国实业家、留学归国人员的资料，市级层面不好找，需要多方协调，四处求援。再加上郑峰对史料的准确性要求苛刻，有时为了考证一个地名、一个时间节点，需要查阅大量资料，跑不少腿。好在资料都已基本到位，就差一份当年报道德军进驻莱茵小镇的旧报纸原件还没着落。肖剑飞在网上四处淘换，功夫不负有心人，他终于查到青岛有一位老先生有收藏，不过人家不愿转让，联系过几次，后来电话都不接了。

郑峰这段时间身体不好，老是头痛，瘦得厉害。徐风劝他去医院查查，他总说没空，老毛病了，上学时还休过半年学呢！他说以前也不是没看过，去医院做一圈检查，什么毛病也看不出来，开上一堆药，还不如吃止痛片管用。

这天一早，郑峰叫上徐风去青岛，去找那位收藏报纸的老先生。他们下了高铁坐地铁，再转公交，最后打的，几经周折，好不容易找到了老先生的家门。

老先生酷爱收藏旧报刊和老字画，与郑峰一聊，知道他是行家，便拿出当年报道德军进驻莱茵小镇的老报纸给他看。原件品相不错，保存完好。不管郑峰出什么价，老先生只答应可以拍照复制，决不转让，说是集齐一套老报纸不容易……他们磨了半天，老先生就是不松口，最后不胜其烦，端茶送客。

郑峰无奈，只好告辞出来。徐风劝他道："算了吧，咱们这一趟也不算白跑，弄到了照片，做个复制件也能将就。"

"那哪行？"郑峰仍不甘心，想了想，一拍额头道，"我有办法了！走，咱们再找他去！"他们又折回去敲门。老先生以为他们落下了东西，很快开了门。

"刚才光忙着欣赏您的藏品了，我还没给您看我的藏品呢！"郑峰说着打开手机，翻出几张照片来，放大了给老先生看，"您瞧，我这儿有几幅郑板桥的书法原碑拓片，您给掌掌眼。"

老先生一听来了兴致，把他们让进屋，戴上老花镜，仔细一瞅，眼睛放了光："你从哪儿淘换的？这原碑拓片不好弄了呢！"

"我父亲留给我的，家传的，市面上不好淘换了！您看看品相怎么样？"

"嗯，拓片完整清晰，品相上乘，实属难得！"

"现在原碑都保护起来了，拓片收藏价值越来越高啦。"郑峰跟老先生商量道，"您看这样行吧？您要是喜欢呢，咱们就换一下，您把报纸给我，拓片您随便挑一幅，两幅也中！"

"呵，那我可占大便宜了！"老先生手捻胡须，摇头不解道，"这拓片比那份旧报纸珍贵多了，你这个换法可不划算！我就不明白了，搞个教育基地，为啥一定要这份报纸呢？"

徐风解释道："我们这个教育基地，是昌海市统一战线教育基地，这份报纸刊登了当年德军占领莱茵小镇的消息，是一段历史见证呢！"

"统一战线教育基地？"老先生摘下老花镜，瞪大了眼睛。

"是啊！"郑峰恳切地说，"这份报纸对您来说就是一份藏品，对教育基地来说可是意义重大！希望老先生能割爱换给我们！"

"原来是这样！你们光说是教育基地，怎么不早说是统一战线教育基地？"老先生听了大为感动，"我是民盟会员，天下统战是一家，建统战教育基地我得支持。这样吧，报纸你们拿走，算是我捐的，钱就免提啦！"

郑峰喜出望外，深深鞠了个躬，感激地说："那就多谢前辈了！您看中哪幅拓片，回头我给您快递过来！"

老先生摇头道："拓片是你父亲传给你的，你还是留着做个纪念吧，你把照片发到我手机上就行！"

郑峰感动得无以言表，拉开黑提包看了看，还剩一根青萝卜，是捎着路上吃的，便掏出来双手递给老先生："我们没带什么东西，这是正宗的昌海萝卜，您一定收下！"

老先生见他郑重其事的样子，也双手接过来，笑道："好，礼轻情义重，千里送萝卜，这是你们的心意，我就收下啦！"

徐风乐了："您先尝尝，下次来多给您带两箱！"

3

晚上九点多，莱茵小镇各处工地早停工了，教育基地院内仍是灯火通明。屋里摆得满满当当，两张乒乓球台拼在一起当工作台，上面放满了图片资料。墙上挂着一块白板，写着：距基地落成还有 9 天。打印机似乎累了，吱吱叫着，像老掉牙的纺车，噪声在夜里特别刺耳难听。

郑峰拿放大镜对着一张老照片看了又看，然后摇摇头，哑着嗓子和李文刚说："这张照片不能用，像素太低，放大了更模糊。你明天再去档案馆换一张，最好翻拍原件。"

李文刚抱怨道："有些照片原件就很模糊，也有的实在没地去找，说不定当时就没留过影呢！"

郑峰说："实在找不到照片的，可以配相关图片，最起码也要画张插图吧，要不版面上全是文字，根本没法看！"

"就像那个'迪日家纺'，只有创始人的照片，找不到公司的照片。我问过王海洋，他家里也没有。我看网上有不少早期纺织厂的老照片，干脆随便找一幅顶上算了，反正厂子什么样谁也没见过……"李文刚心不在焉地说。

"弄虚作假可不行，历史资料哪能假冒顶替！"郑峰生气地用放大镜敲了敲桌子，"咱们弄的这些资料都是要存史的，准确真实是最起码的要求！李部啊，你这个态度可不行！"

"呵呵，说着玩呢，老郑你别当真！"李文刚做了个鬼脸，不敢再说了。

"哎，我知道哪儿有！"徐风突然想起来，兴奋地说，"上周咱们去青岛找报纸，老先生书橱上有一本民国时期的全省知名老企业专辑，封面照片上的厂房牌子就是'迪日家纺'呢！"

"太好了，可见不是没有，而是没下功夫找！"郑峰高兴地说，"这两天咱们再去一趟老先生家，好好翻拍下来，顺便给人家把拓片送过去。"

"可别忘了捎昌海萝卜啊！"徐风笑道。

"那是自然喽！"郑峰说着，拿着"同心筑梦"的版头走到门口，踩着梯子在墙上比画位置。定好位置后，他一手按着，一手伸下来说："给我递支笔来！"徐风和李文刚他俩正在屋里用电钻打眼，没听到，郑峰又重复了一遍，有人过来扶着梯子，把笔压在他手心里。郑峰标注好版头位置，从梯子上下来，才发现扶梯子的竟是杨正清。他很意外，忙招呼道："这么晚部长怎么来了？快进屋吧！"

杨正清答道："我们去历平调研，回来路过这里。听刘元说这些日子你们赶进度，没白没黑地靠着，我们顺便过来看看。"

他们进了屋，徐风和李文刚放下手里的活迎上来。刘元拎来一大包东西，放在桌子上。杨正清说："你们都受累了！我让刘部长买了些吃的，你们晚了垫补一下,别饿着肚子。"

"多谢部长关心!"徐风说,"我们累不着,主要是郑所长靠得多。他不光顾这头,还有铁路博物馆那边,两头跑……"

"老郑说他离家近,老让我们先走,他自个忙活到凌晨一两点钟!"李文刚抢着"告状"道,"我们说他他不听,杨部长你批批他,又好几天没回家了,有时犯了头痛病,吃了止痛药接着干!"

"哦,你头疼是怎么回事?看过吗?"杨正清关切地问,"身体是革命的本钱,可别大意了,明天赶紧去医院看看!"

郑峰不在乎地说:"没事,老毛病了,就是神经性头疼,上学累的。我自个有数,等忙完再说吧!杨部长,您来了正好,给指导一下吧!"

杨正清又叮嘱他几句,让他一定注意休息好。郑峰把版面效果图摆成一排,靠在墙上,杨正清看了点评道:"总体不错,图文并茂,资料翔实,挖掘得很有深度,文字也生动,可见下了功夫了!不过,要注意一个问题……"

"有问题您尽管提,我们马上改!"郑峰从桌子上抓过笔和本子来。

"别的都挺好,就是最后这个板块领导照片太多了。我看照片选择可以把握这么几个原则……"杨正清指着版面点评道,"要少用领导的,多用基层的;少用会议的,多用活动现场的;少用个人的,多用集体的……"

"爸爸!"门外传来一声清脆的叫声,一个小女孩提着一个蛋糕盒蹦蹦跳跳地跑进来,后面紧跟着一个老太太,赶得气喘吁吁。郑峰一把揽住孩子,摸着她的头,爱怜地说:"玲玲!这么晚了,你咋和奶奶上这儿来了?"

郑母忙不迭地解释道:"你看这孩子!我不让她来,怕耽误你的工作,她非要等你一起吃蛋糕,说你不吃她就不吃……"

玲玲把蛋糕放在凳子上,双手抱着郑峰的腿哭着说:"爸爸,我想你了……又好几天不见了,今天是我十岁生日呢,我要你一块唱生日歌,一起吹蜡烛……"

杨正清听了鼻子一酸,弯腰搂着玲玲的肩膀说:"好孩子!你妈妈没在家吗?"孩子只顾抽泣,没答话。郑母用衣袖拭了拭眼睛说:"她妈妈是医生,前年参加医疗队去非洲了,明年才回来。领导,真不好意思,耽误你们工作了,我们过来看看,这就走!"

杨正清拦住郑母:"别走啊,咱们一起给玲玲过生日好不好?我们还要送她生日礼物呢!"说着,他看了刘元一眼。刘元会意,悄悄出去了。

郑峰介绍道:"娘,这就是市委统战部杨部长,这么晚了还过来看我们!"

郑母双手拉住杨正清的手说:"你就是杨部长啊!郑峰常提起来,说你是个好领导,不管在区里还是上市里,都给老百姓办了不少好事!"

"大娘您过奖了,还有不少事没办好……"

"这就不孬了!小镇是你保下来的,矿区改造也是你办的,还给俺这些煤矿老职工解决了保险待遇,大伙都念你的好呢!"

"老人家,这都是我们该干的。我跟您说啊,这次保护小镇郑所长可是立了大功啦!我们现在修缮改造小镇,建设统一战线教育基地,是为了让人们记住历史,了解统一战线,这是很有意义的事情啊!"

"我知道你们忙的都是大事、好事,郑峰跟着你干我放心!"郑母指了指儿子说,"这孩子没别的本事,就是能吃苦,肯下死功夫。有活你尽管支使他,家里不拖他的后腿!今儿小孩过生日,她妈妈又不在家,闹着非要找她爸爸……"

说话间,徐风和玲玲在桌上摆好蛋糕,点起了十根蜡烛。李文刚关掉电灯,蛋糕上五颜六色的小蜡烛现出心形,发着柔和温暖的光亮。玲玲闭着眼睛站在蛋糕前许愿,烛光映亮了她那红扑扑的小苹果脸。大家一起拍掌唱起了《生日歌》:"祝你生日快乐,祝你生日快乐……"

玲玲许完愿,睁开眼,嘟起嘴用力把蜡烛吹灭。灯亮了,刘元正好抱着一个大玩具熊走进来:"祝玲玲生日快乐,这是送给你的生日礼物!"

玲玲高兴地扑过去抱住玩具熊,歪着头,小脸紧贴在上面,兴高采烈地说:"太好啦,我有伙伴啦!嘟嘟熊,以后爸爸加班,你在家陪着我好不好?"

4

9月下旬,庆祝新中国成立七十周年活动达到了高潮。昌海市统一战线教育基地如期落成,莱茵小镇煤矿铁路博物馆也同日揭牌开放。

教育基地由原德军医院的五间大房改造而成,布展精细,装潢考究,设计水准很高。展厅里有"历史抉择""风雨同舟""共创辉煌""继往开来""同心筑梦"五个板块,通过翔实的图片、文字资料和实物展示,系统介绍了昌海市建立党组织以来的统一战线历史发展和法宝作用。

揭牌仪式非常简短，十几分钟就结束了，解说员引导与会人员参观，大家的耳麦里传来声情并茂的解说词："欢迎各位领导、朋友参观昌海市统一战线教育基地。这是全国首个地级市统一战线教育基地……"

杨正清没看到郑峰，问李文刚："怎么没见郑所长？他没来参加活动吗？他可是基地建设的第一功臣啊！"

李文刚犹豫了一下，吞吞吐吐地说："郑所他……他住院了……"

这段时间郑峰的头痛越来越厉害，一开始偶尔犯一次，后来几天一次，最近几天一天要发作好几次。他顾不上去医院，靠加大止痛片剂量硬扛着，吃药都背着人。基地完工那天，他们又忙了一个通宵，郑峰神采奕奕，毫无倦容，仿佛有使不完的劲。他领着大家把各展室彻底打扫了一遍，又把全部图纸资料、电子文稿、优盘封存好，留作日后维护用。忙活得差不多了，郑峰拿了块抹布，在门口仔细擦拭"昌海市统一战线教育基地"那块铜牌。徐风递给他水杯，催他喝口水歇歇。"好，好，这就干完啦！"郑峰应着，擦完铜牌，退后一步，眯着眼深情地看着牌子，喃喃自语道，"这块牌子可真亮啊……"说话间，他软绵绵地瘫了下去。"郑所长！郑所长！"徐风他们喊着扶起他，掐了人中，没见反应，赶紧把他送到了区人民医院。医生一问情况就知道不妙，这边办着住院手续，那边先给他去做脑磁共振。经北京专家远程会诊，确诊为毛状星细胞瘤。医生介绍说，这种病非同寻常，发作起来剧痛无比，狮子都会疼得满地打滚，真不知道这些日子郑峰是怎么熬过来的……

活动一结束，杨正清就心急火燎地赶到医院。进了病房，见郑峰正斜靠在床头安静地睡着。他吸着氧，打着吊瓶，人又消瘦了许多，颧骨都突了出来。郑峰的妹妹郑爽在陪床，想叫醒他，让杨正清制止了。郑峰手上有张纸，杨正清拿起来一看，是一首歌曲，用铅笔改过，歌名是《同心圆》……

郑爽抱怨道："我哥就是个工作狂，一点也不爱惜身体，都住院了，还要写歌改词的。他要是听话早注意点，也不至于这样了！"

李文刚解释道："郑所知道统战系统要办晚会，想出个节目，向新中国成立七十周年献礼……"

"还献什么礼，我看怕是连命都要献上了！"郑爽激动地说，"我哥我这家人真不像过日子的！嫂子是全市优秀共产党员，报名参加援非医疗队也应该；

我哥连个党员都不是，没白没黑地这个干法，图个啥啊？"

"你哥虽不是共产党员，他做的一点也不比党员差！正是有许多像你哥这样的优秀党外干部，听党话，跟党走，不计个人得失，咱们国家才发展得这么快、这么好啊！"杨正清眼睛有些湿润，动情地说，"我们工作没做好，把你哥累倒了。你放心，组织上一定给他治好病！"

张乐说："志海书记专门批示了，全力以赴给郑所长治疗，北京的专家这几天就过来动手术。区委已经决定，今后除正常的干部查体外，每年专门安排优秀党外代表人士休假疗养……"

郑峰醒了，他吃力地睁开眼睛，眨了眨眼，看见杨正清他们，挣扎着要起身。杨正清按住他，叫他不要动。郑峰用枯瘦的手掀开氧气罩，护士关掉氧气开关，给他摘了下来。

他咳了两声说："杨部长、张书记，你们这么忙，怎么都来了……我这身体不争气，说起不来就起不来了……好在教育基地和博物馆都按时完工了，总算没误事……"

杨正清握着他的手说："你身体都熬成这样了，还惦记着工作！这回得好好休养休养，彻底把病治好了！"

"哥，今儿咱娘还问呢，用不用叫嫂子回来看看？"郑爽问道。

"千万别告诉她！"郑峰一听急了，面部涨红，又咳嗽了几声，"非洲那么远，她回来一趟不容易，不回来心里又挂挂着，工作上会分心……你带毕业班，也甭整天靠着，别耽误了上课……"

李文刚说："医院里有专门的陪护，照顾得很好。郑姐您抽空过来看看就行，不用您陪床。再说了，单位上也有人。"

"玲玲知道爸爸病了吗？"杨正清惦记着孩子，嘱咐道，"住院时间一长，孩子又要想爸爸了，一定要把老人孩子照顾好！"

郑爽答道："我和玲玲说她爸爸出差了，这次时间长一些。孩子很懂事，说'爸爸又给国家找文物去了，我不想爸爸，不拖他的后腿……'"

张乐说："我去家里看过老人了，老人很通情达理，不让麻烦单位……"

郑峰叹了口气说："唉，我在这么忙的时候生病，耽误工作，还给领导忙上添乱，太不好意思了……"

"不好意思的是我们……"杨正清内疚地说，"你身体不好，还给你压了那么重的担子。你安心养病吧,别的不要想了。"

"不过躺下了,倒有空静下心来想想了……"郑峰说着,用手捂了捂额头,"说心里话,我这人性子直,平时工作上爱提意见,也没少发牢骚,有时让人不好接受,叫领导下不了台……要不人家叫我'郑疯子'……"

"你说哪里去了,党外干部就应该积极建言献策嘛!"张乐说。

郑峰勉强笑笑,喃喃道:"这些年我身在党外,心在党中,都是以党员的标准来要求自己……发牢骚提意见,出发点也是为了促进工作。有人把党外干部提意见看成是唱反调,多干点活被认为是越位抢权,工作上不放心不撒手,挫伤了大家的积极性……现在好了,这几年从上到下都重视党外代表人士工作,中央还专门出台了意见,我们党外干部劲头更足啦……"还没说完,郑峰又猛烈咳嗽起来。

杨正清赶紧给他拍背,郑爽端过水来,郑峰喝了几口说:"没事,呛着了,激动的……今儿感觉精神好多了,难得和领导说说这些心里话。"

"你别累着了,先休息好,争取早日康复!"杨正清握着他的手说,"市里刚出台了加强与党外代表人士联谊交友的意见,每个市领导至少联系两名代表人士,你这位我先占下啦,等你养好了病,我请你喝酒,咱们边喝边聊!"

杨正清说着,告辞要走。郑峰拿起床头柜上的纸递给他:"我写了首歌,您看看,晚会能用就用,算是我们党外干部向新中国七十周年华诞的献礼吧!"

"我刚才看了,写得很好,不知道你还有这才艺呢!"杨正清说着把纸仔细叠好,装进上衣口袋,"我捎给刁主委吧,他们学院成立了'同心'合唱团,让他们排练这首歌!你安心养病,到时去看演出!"

5

"同心大讲堂"设在同心大厦顶层,室内宽敞明亮,设施齐全。今天这里灯火辉煌,舞台装饰一新,大屏幕上亮着红色字幕——昌海市统一战线"同心筑梦"专题报告会暨庆祝新中国成立七十周年文艺会演,侧屏是一副对联:

听党话跟党走凝心聚力谋发展

建良言献良策发挥优势有作为

这是同心大厦启用后举办的首场大型活动,采取事迹报告和节目表演穿插的形式进行,由十名优秀党外代表人士和统战干部做事迹报告,中间穿插的文艺节目,由统战成员自编自导自演,内容都是根据真人真事改编的。容纳八百人的中心会堂座无虚席,二层和走廊上都站满了人。

"您这么忙,也亲自来啦!"江林走出电梯,杨正清迎上去打招呼。

"我把别的事都推了,专门来听报告、看节目!"江林笑道,"听说今天讲的演的都是统战人、统战事、统战情,我也想一睹为快!"

走进会客室,市五大班子领导,各民主党派主委,还有统战部健在的几任老部长都到了。让大家格外惊喜的是,方进老部长也出席了。多年不见,大家倍感亲切,争着上前问候致意。方进这次专程回来,杨正清陪他观摩了面貌一新的清真寺、党派大楼和莱茵小镇,逛了同心公园,看了统一战线教育基地。方进连连点头,赞不绝口,直夸"你们干得好!"听说今晚有这场报告演出,他又多住了两天。杨正清陪他去北海故地重游,到他曾经战斗和工作过的地方,看看这些年来北海翻天覆地的变化。一路走来,方进感慨万千,连声说:"发展变化这么快,这是党和政府带领干部群众凝心聚力、苦干实干的结果,也离不开统一战线发挥优势、献计出力啊!"他还去柳滩村看望了王永福,和他促膝长谈,追忆了和他父亲交往时的那些历史片段……

江林扶着方进的胳膊说:"方老,您是昌海市委统战部首任部长,您能来出席,这是今晚活动的最大亮点啊!"

方进笑呵呵地说:"我老喽,长江后浪推前浪,看你们工作干得这么扎实,我打心眼里高兴啊!统一战线这个法宝没有丢,还发扬光大了!"

"统一战线永远是法宝,不但不能丢、不会丢,还会越来越重要、越来越管用!"江林笑着,搀扶着方进进场入座。

开场铃响了,大幕缓缓拉开。昌海科技学院"同心"合唱团的演员整整齐齐地站在舞台上,八十名演员分列四排,清一色的白衬衣、红领带,个个情绪饱满、精神抖擞。两名主持人踏着开场曲健步走上台来,男主持人是市政协委员、电视台资深播音员丛军,女主持人是统战部经济统战科科长海心。丛军西装革履,海心一袭长裙,两个人台风端庄得体,声音抑扬顿挫,满怀深情地致开场辞——

"金风送爽,盛世辉煌。今晚,全市统一战线各领域代表欢聚一堂,共同庆祝中华人民共和国成立七十周年。

"在这里，我们通过先进事迹报告、歌舞、小品等形式，为您讲述我们身边那些平凡而精彩的统战人、统战事和统战情！

"每当我们进入隆重的庆典时刻，都会情不自禁地回想起那令人血脉偾张、激越昂扬的旋律；每当我们回望那些走过的辉煌历程，都会由衷地唱出那首中华民族洗清耻辱、挺起脊梁、走向独立、走向复兴的歌——国歌。

"现在，请全体起立，让我们共同引吭高歌中华人民共和国国歌！"

激扬的旋律百听不厌，熟悉的歌词百唱不倦。这是一种任何时刻都能使人燃烧、热血沸腾的精神力量，这是一曲中华民族不忘初心、铿锵前行的奋进之歌！以齐唱国歌开场是杨正清提议的。本来导演要抽调一部分有舞蹈基础的统战成员排练开场舞，再加上部分专业舞蹈演员，杨正清没同意。他说："我们今天的活动不同于一般的联欢晚会，不必以歌舞开场，更不用专业演员。既然是庆祝祖国的生日，我看开场就唱国歌吧！"

国歌唱得气势恢宏，荡气回肠。舞台上的大屏幕里播放着精心剪辑的视频，里面有建国大业和多党合作、政治协商方面的镜头。刁安连亲自担任指挥，他穿了一身笔挺的中山装，手握指挥棒，一丝不苟，坚定有力。一曲唱罢，合唱队员往两边快闪离台。

接下来，统战成员先进事迹报告和文艺节目表演穿插进行，每个事迹报告后面，是一两个主题相关的文艺节目，二者巧妙地衔接在一起。报告实实在在，感人至深；节目精妙绝伦，升华主题，营造出了一台震撼人心、情景交融的视听盛宴。

先进事迹报告涉及统一战线各个领域，有艰苦创业、致富不忘乡亲的功勋民营企业家代表高天华；有秉公执法、敢于和黑恶势力做斗争的新阶层人士代表陈公明；有白手起家、创新创业、勇担社会责任的新生代企业家代表许阳；有仗义执言、积极弘扬正能量的新媒体从业人员代表肖剑飞；有热心公益、服务社区的心理咨询师辛宁；有校企合作创新产品、叫响爱国品牌的王海洋；有全身心投入包村扶贫事业、积极为群众办实事的牛玖平……

文艺节目全是原创性节目，表演朴实、感情真挚，现场高潮迭起、掌声不断。

昌海市新的社会阶层人士联谊会选送的快板舞《喜看统战新变化》闪亮登场，六个姑娘身穿齐膝彩裙，手拿荧光彩球，蹦蹦跳跳地走上台来。"姐妹们,快点走啊,听说全市统一战线举行庆祝新中国成立七十周年文艺会演,咱们赶紧看看去……"快板响起,姑娘们两个人一组,边舞边说快板,"说统战道统战,昌海统战不一般。活力统战引活水,一县一品春满园。楼宇统战有特色,同心阵地谱新篇。商圈统战聚人气,海外统战齐声赞。和谐统战促和谐,齐心共画同心圆……"演员形象青春靓丽,说词紧贴形势,舞姿编排活泼紧凑,节目令人耳目一新。

民进的孙玲玲朗诵了徐风创作的诗歌《早安,海峡》,背景是金达集团选送的沙画表演。齐会国站在舞台一侧,一手撒沙,一手快速抹动,大屏幕上映现出波涛汹涌的大海、远去的白帆、展翅飞翔的海鸥……孙玲玲满怀深情地朗诵道:"早安,海峡/晨雾中你轻笼一抹薄纱/如此的神秘/又那样风景如画/我是你怀中一朵小小的浪花/走过千山万水/漂过海角天涯/分别已太久太久/思念早就生根发芽……/早安,海峡/每当晨风吻过你的脸颊/海面上微波荡漾的/不是深情的表达/不是问候的情话/那是我在悄悄地告诉你啊/我——想——回——家……"

节目表演接近尾声时,方进摘下眼镜来,用纸巾擦拭着镜片,对杨正清说:"今天的节目演得真好,演员咋看也不像是业余的啊!"

"艺术来源于生活,有了真情实感,就能打动人心。"杨正清侧着身子介绍道,"今天节目中的演员全是统战成员和统战干部,故事都有原型,大家凑一块研究排练节目,还增进团结、增强了凝聚力呢!"

江林点点头,肯定道:"开展统战文化活动,对外扩大宣传增强影响力,对内加强交流增强凝聚力,一举两得!等节目剪辑好了,让电视台播一下!"

这时,主持人报幕:"今天本来还有一位党外干部为大家做报告,可他今天却无法来到活动现场。"观众听了一下子静下来。主持人继续说道:"下面,我们有请市委常委、统战部部长杨正清同志介绍这位党外干部的事迹。"

杨正清快步上台,接过话筒,动情地说:"这位党外干部没能来现场,是因为他正在医院接受开颅手术,与病魔顽强做斗争。他在文物保护岗位默默干了二十多年,不计名利、无怨无悔。为了保护文物不被强拆,他奋不顾身,以血肉之躯拦下了铲车,受伤流血也毫不退让;为了莱茵小镇的保护性开发,他积极建言献策,四处呼吁奔走,自费搜集整理资料,义务制作宣传片;为了建设统一战线教育基地和煤矿铁路博物馆,他加班加点、呕心沥血,连续几天几夜不回家，最后累倒在工作岗位上……他，就是东城区文化局主任科员、文管所所长、党外干部郑峰……"

大屏幕上开始播放郑峰的照片，有在野外考察的，有在会场慷慨陈词的，有精心修补文物的，还有一张在教育基地给女儿过生日的，最后一张是他在病床上的照片，鼻子吸着氧，手里拿着一张纸，还在写着什么……

"郑峰同志是听党话、跟党走的优秀党外干部代表，是新时代统战成员同心同德、同心筑梦的先进典型。他虽然没有参加今晚的报告会，但他以实际行动，为我们做了一场生动深刻的事迹报告！"杨正清话音刚落，全场掌声雷动。

"在团结联合的旗帜下，我们筑成牢不可破的统一战线，凝心聚力、众志成城，我们形成了坚不可摧的统一战线！"随着音乐响起，主持人缓步上台，"郑峰同志在病床上为晚会创作了一首歌曲，这不是他的专业强项，却写得情真意切，道出了统战人的心声！最后一个节目，大合唱《同心圆》；作词作曲：郑峰；合唱：全市统战干部和统战成员代表。"

近百人从舞台两侧徐徐登台，里面除了全体演职人员外，还从各领域选了数十名统一战线方面的代表，有统战干部、民营企业家、党派成员、民族宗教界代表人士……演员们每人手持一张红色心形卡片，随音乐轻轻挥动。陈公明担任指挥，许阳和肖剑飞领唱，歌声时而婉转舒缓，时而气势恢宏。观众纷纷挥动着手机和荧光棒，随声合唱，把活动推向了高潮——

> 也曾万水千山走遍，
> 始终风雨同舟命运相连；
> 也曾历经激流险滩，
> 始终不离不弃坚守誓言；
> 也曾有过分歧各持己见，
> 始终求同存异致力向前。
> 啊，在团结联合的旗帜下，
> 我们筑成牢不可破的统一战线，
> 始终紧跟中国共产党的坚强领导，
> 绘就了新时代的美好画卷！

多少梦想正在实现，
大江东去笑看层林尽染；
多少辉煌留驻昨天，
优良传统永远代代相传；
多少共识凝聚合力，
向着共同目标快马加鞭。
啊，在团结联合的旗帜下，
我们形成坚不可摧的统一战线，
放飞中华民族伟大复兴的中国梦，
画出了最大最美的同心圆！
……

  活动刚结束，刘元和杨正清汇报，刚接到消息，郑峰的手术做得非常成功，医生说完全能康复，不会留后遗症。这多亏了杨正清找方卉帮忙，从德国联系世界知名脑科专家，进行远程视频手术指导，确保了手术成功。
  江林听了杨正清的报告，高兴地说："太好了！祝贺郑峰手术成功，也祝贺活动圆满成功！方部长很满意，表扬你交了一份完美的答卷呢！"
  "这多亏了市委和您的关心支持！"杨正清真诚地说，"统战工作任重道远，要求也越来越高，我们刚破题，以后还要加把劲呢！"
  江林笑着点点头："好，那就再接再厉，后面还有更艰巨的任务等着你呢！"
  二人相视一笑，两只手有力地握在了一起。

第二十章　尾声

年底，市委对统战部班子做了调整。早在年初，钱洪军因与万东方交往中有违纪行为，被降为副调研员，到市政协任职，常务副部长一直空缺。这次调整，孙奉明接任常务副部长，刘元兼任工商联党组书记。部里中层也有变化，徐风、海心在职级并行中定为四级调研员，机构改革市委统战部内设科室不减反增，新设宣传调研科，牛玖平任科长。

市里新一轮包村帮扶工作又开始了，牛玖平主动要求继续包村。他包村期间撰写的《营山包村日记》，得到组织部门肯定，即将出版。

徐风主笔的"活力统战"建设课题终成正果，在全国统战调研刊物发表后，引起了中央统战部领导的关注，要求认真总结昌海市有关经验做法。

这天，杨正清找他谈话，开门见山地说："昨天市委赵秘书长找我，他们研究室缺人，点名想要你呢！你觉得怎么样？"

徐风并不意外，因为前几天有人透过消息。他毫不犹豫地说："要在以前我肯定想去，现在统战工作越来越有干头，跟您学了不少东西，我哪儿也不想去了！"

"干一行爱一行，这样也好，我尊重你的意见。"杨正清欣慰地说，"那就踏踏实实干统战，现在任务这么重，咱们这里也是用人之际啊！"

徐风感慨道："这次机构改革把民族宗教、侨务都归到统战口了，统战工作越来越实，力量越来越强，氛围也越来越好了！"

"最近市里研究，新选拔安排三名市政府部门党外正职，后面还会有更多的优秀统战干部和党外干部用起来呢！"杨正清语重心长地说，"任何时候，都要让能干的有位置、有舞台，决不让老实人吃亏。那些心思不在工作上，靠投机钻营上位的干部，'兔子尾巴长不了'，往往爬得越高、跌得越重！"

杨正清指的是马杰和董立堂。前段时间董立堂被留置了，他刚主持完一个会议，就被纪检部门直接从会场带走。去年他受万东方一案影响，受到党内严重警告处分，本以为这样就过去了，不料又因吴鑫非法融资和诈骗案被捕，两个人的许多幕后交易曝光……

"您说得对！做人做事就得踏踏实实、牢牢稳稳。我那个同学魏高全升得倒是快，上周也被带走了……"徐风提起他来有些惋惜。去年马杰出事后，魏高全受牵连，从副调降成副科。按理说他跌倒了应好好反省，从头再来或许还有机会，可他偏偏自暴自弃，整天酗酒打牌、不务正业。几天前他突然被刑拘了，据说是以前跟他关系密切的一个歌厅服务员告他强奸，证据确凿……

"跷着脚走路终归走不长！《桃花扇》里不是有句唱词：'眼看他起高楼，眼看他宴宾客，眼看他楼塌了……'"杨正清发完感慨，又嘱咐他，"人不能急功近利，要守住底线、不忘初心。你综合素质不错，能力也强，还是要始终如一、志存高远，踏踏实实干好工作！"

"多谢部长鼓励！"徐风深受鼓舞，情不自禁地深鞠了一躬。他心里有数，这次谈话很可能是杨正清给他的临别勉励，上周省委组织部来昌海考察过，拟从现任常委中推荐一名市委副书记人选……

徐风走后，杨正清踱步来到窗前，朝外望去。对面广场上人山人海，像赶大集似的，异常热闹。他忽然想起，今天是民主党派社会服务活动日。市各民主党派、统战团体开展了"不忘初心跟党走，携手共绘同心圆"主题教育活动，每月组织开展一次集中社会服务活动，为群众提供科技、法律、卫生等方面的咨询服务。这两年民主党派社会服务活动越来越活跃，不但常态化了，党派组织的凝聚力也大为增强，社会形象越来越好啦！

窗台上的白菊不知什么时候开花了，杨正清方才注意到，心里不禁涌上一股暖意。朵朵皎洁如玉的花朵傲立枝头，仿佛一只只展翅欲飞的白鹭，绽放着自然的瑰丽和无限生机。

他抬起头，放眼望去，脚下这座城市碧空如洗、生机盎然。不知不觉间，又一个收获季悄然来临……

2016 年 9 月初稿
2020 年 12 月定稿

后 记

历时几载，数易其稿，作品定稿付梓之际，想起德国作家托马斯·曼的话："终于完成了，它可能不好，但是完成了。只要能完成，它也就是好的。"诚惶诚恐之余，我也有些释然：无论如何，完成了多年来的一个心愿，总归是好的吧！

我在统战部门工作过16年，对统战工作怀有深厚感情。多年来，那些过往的统战人、统战事、统战情，已融入血液中，镌刻在生命里。创作一本统战题材的小说，想法由来已久。早在2014年一次全国统战宣传工作会议上，有位同仁提到，社会上有些人对统战不了解，不知道统战是干什么的。现在职场小说不少，还没有以统战为题材的。说者无意，听者有心，我那时便有了创作此作品的最初冲动。

万事开头难。从哪里入手写好呢？我反复思考着作品的主题和切入点。直到2016年1月，习近平总书记在与党外人士共迎新春时指出："人心向背、力量对比决定事业成败。我们提出坚持正确处理一致性和多样性关系的方针，就是着眼于形成最大公约数，画出最大的同心圆。"看到"同心圆"三个字，我眼前一亮，灵感顿生，"同心"，这不就是作品最好的主题吗？从此，统一战线同心同德、围绕中心、服务大局的鲜活事例和生动图景，在我脑海中日渐清晰。我利用从事统战理论调研、宣传和信息工作的便利条件，围绕"同心"主题，搜集积累素材，为创作打好基础。

作为一名文学发烧友，我虽发表过一些文章，但缺乏创作长篇小说的经验，摸着石头过河，写得很艰难。再加上我身处文字岗位，工作任务繁重，加班是常态，只能利用业余时间搞创作。我床头摆着一本路遥的《早晨从中午开始》，这本我刚参加工作时买的书，成了支撑我坚持下来的"提神剂"和"加油站"。

大半年时间完成初稿，断断续续改了一年多，又放了一年半，直到2019年11月在省委党校培训期间，才又重新拾起来，开始修改完善。我虽心余力绌，好在创作过程中有幸得到了许多良师益友的帮助。他们或对作品初稿提出宝贵修改意见，或就涉及的有关专业知识提出建议、匡正谬误。出版过程中，山东文艺出版社的有关领导、编审同志给了大力指导和精心修改。还有许多关注此作、无私给我帮助的朋友，不再一一列出，在此一并致以衷心的感谢！

艺术来源于生活而高于生活。鲁迅先生说过，创作就是"杂取种种人，合成一个"。作品中的人物故事，皆根据情节需要虚构而成，如有雷同，纯属巧合，望读者诸君权作一笑，切勿当真。书中谬误之处，恳请读者诸君批评指正。

新时代统战工作越来越重要，任务也越来越艰巨。能为统战宣传贡献一份力量，我深感荣幸。衷心祝愿伟大祖国繁荣昌盛，早日实现中华民族伟大复兴的中国梦，祝愿统一战线事业与时俱进、创新发展，不断跃上新台阶！

千　越

2020年12月于山东潍坊